CW01650766

DE TAAL DER DIEREN:
HET WOORDENBOEK

Wil je op de hoogte blijven van de boeken van Uitgeverij Orlando? Meld je dan aan voor onze nieuwsbrief op www.uitgeverijorlando.nl, of volg ons op Facebook, Twitter of Instagram.

HEIDI SOPINKA

De taal der dieren: het woordenboek

Vertaald door Tjadine Stheeman

uitgeverij
ORLANDO

Deze uitgave kwam tot stand mede dankzij een vertaalsubsidie van de Canada Council for the Arts.

Canada Council for the Arts Conseil des arts du Canada

Oorspronkelijke titel *The Dictionary of Animal Languages*
Oorspronkelijke uitgever Scribe Publications, London

Omslagontwerp Janine Jansen, naar een idee van Kelly Hill / Penguin Random House Canada Ltd.
© Omslagbeeld Fred Van Schagen / Getty Images
© Foto auteur Arden Wray
Zetwerk Pre Press Media Groep, Zeist
ISBN 978 94 93081 33 8
NUR 302

www.uitgeverijorlando.nl

FSC www.fsc.org MIX Papier van verantwoorde herkomst FSC® C004472

Voor JL

‘Wanneer je droomt dat je wordt achtervolgd door een woeste stier, een leeuw of een wolf betekent dat: iets probeert bij je terug te komen. Je wilt het afweren, je ervaart het als iets oneigens – maar dan wordt het des te gevaarlijker.’

– Carl Jung, *Kinderträume*

DUIF

Columba livia domestica;
eet brood achtergelaten door een zwerver
+ onbewerkte buitenopname van regen.

Mijn ogen zijn haar ogen geworden, de ogen van iemand die jong gestorven is. En dat maakt het lastig om ermee te leven. Maar dat weet Skeet niet, en Ondine ook niet. Zelfs Valentina weet het niet. De enige die het nog weet ben ik.

Liggen er eieren in het hok, Frame?

Ja, zeg ik. Maar hij hoort me niet. Hij is koffiebonen aan het malen waardoor ik overstemd word.

De tanden van de vork rinkelen ritmisch tegen de metalen kom, als de blikkerige roep van een langpotige weidevogel die ik ooit op band heb vastgelegd. Ik ben gevoelig voor geluiden en klanken. Dat komt door alle dieren die ik heb opgenomen, hun elementaire symboliek heb doorgrond, als liedjes. Hij zet de keukenkraan open. Hij weet dat water beter werkt dan melk. Ik bedenk dat we een vrouw en een man in een stenen huis zijn. De man die ontbijt maakt. Het had zo'n intiem moment kunnen zijn, tussen seks en aangekleed in. Maar dat is het niet. Ik heb hem niet verteld over de brief. Het lijkt of me een soort streek wordt geleverd, dat de brief en Skeet bij dezelfde lage zon opeens uit het niets opdoken.

We eten langzaam, in een prettige stilte. Ik zit erbij met bungelende benen, als een kind, op de te hoge stoel. Skeet smeert de boter in hoekige streepjes op zijn brood, en zegt: Dit huis is kleiner dan ik dacht.

Klopt, zeg ik. Het is heel doordacht ingedeeld, driekwartformaat. Ze heeft vast alle spullen dicht bij elkaar gezet en vanuit een slim standpunt gefotografeerd. Wat is dat? Hoog of laag, dat vergeet ik steeds.

Hoog.

Hij neemt een slokje koffie en kijkt recht voor zich uit. Wat me er weer aan herinnert hoe dol ik op hem ben. Dat niets tussen ons onoprecht is.

Je weet toch dat dit dal vroeger de Speeltuin van de Koningen werd genoemd, zeg ik. De Hof van Frankrijk. Wat me de gedachte ingeeft dat het zo idyllisch had moeten zijn, maar het enige wat ik zie zijn zinderende gele velden vol zonnebloemen, die binnenkort geoogst zullen worden, glanzend en stoppelig als de vacht van een grote kat. Het zouden evengoed maïsvelden in het hart van Amerika kunnen zijn. Ik til mijn beker op, voel de stoom op mijn huid. Deze koffie smaakt naar niks. Dat vind ik ook vaak van het eten.

Hij kijkt uit het raam, knijpt zijn ogen toe tegen de zon.

Het uitzicht heeft ook wel iets moois, denk ik. Hij neemt een hap van zijn toast. De schoonheid van de dood.

Ik heb je gemist, Skeet.

Ach, Frame, wat maakt het ook uit? Je bent als een dier. Je verandert niks, waar ter wereld je ook bent. Hij zwijgt even. Hoe gaat het met je?

We weten allebei dat dat niet waar is. Met mijn been gaat het beter, zeg ik, maar dat is niet echt een gebeurtenis te noemen. Ga je er nog naar vragen of niet?

Wat?

Naar *le grand projet.*

O.

Hij is er niet helemaal bij met zijn hoofd. Normaliter is dat het eerste waar hij naar informeert. Zijn ogen zijn omlaaggericht, naar de envelop met het gepreegde embleem en hetzelfde Franse lettertype als alle folders op het tafeltje bij de voordeur. Er wordt een brief uit de postbus gehaald en de hele wereld kantelt. Misschien ben ík er wel niet helemaal bij met mijn hoofd.

Skeet staat op en begint te ijsberen, zijn vingers strijken over de vellen papier die tegen de muren zijn geplakt. Dat was ik van hem vergeten. Hij heeft geen zitvlees. Hij blijf staan en draait zich naar me om.

De foto's zijn overal en vormen in elkaar grijpende, vertakkende patronen, extreme dichtheid afgewisseld met leegtes. Alle gegevens, de transcripties in veldboeken en de opgerolde papieren met elastiekjes erom die in boodschappentassen op de vloer staan. Heel even zie ik door de ogen van een ander. Niet door die van Skeet, maar van een normaal iemand. Wat een volkomen idiote indruk het moet maken. Alsof ik eindelijk en voorgoed kierewiet ben geworden. Hoewel ik momenteel nogal uit mijn doen ben, vind ik in het project altijd geruststelling. Ik weet niet anders dan dat ik ermee bezig ben.

Na een lange stilte zuigt Skeet lucht naar binnen. Godverdomme.

O jee. Wat is er?

Hij blijft onbeweeglijk staan. Frame.

Ja?

Ik weet niet hoe ik je dit moet vertellen.

Wat? Je ziet er zo zorgelijk uit. Die blik in je ogen ken ik helemaal niet van je.

Hij ademt uit. Hij weet niet waar hij moet beginnen, er is zoveel te vertellen.

Wat is er aan de hand? Gaat het over het project? vraag ik aarzelend.

Eh – zegt hij schoorvoetend. Ja en nee.

Bonk. We schrikken allebei van het geluid. Het is die ene vogel weer. Voordat ik gisteren naar buiten ging, vloog hij telkens tegen de ruit. Ik deed het licht uit en haalde alle sleutels en cd-schijfjes van de vensterbank, alle glimmende misleidende spulletjes, om hem weg te houden van het raam. *Bonk.* Opnieuw knalde hij tegen het glas. De zon scheen en in de lucht dreven witte wolkenslierten voorbij terwijl ik naar de auto liep. Op het platteland neem je altijd de auto. De ruit is warm; de bestuurdersstoel schudt woest heen en weer. Ik heb er een broodplank achter geklemd zodat ik bij de pedalen kan en de stoel stevig vast staat. De hemel is weids en helder. Er is maar één weg naar buiten. De velden vervloeien, krijgen een zilveren gloed wanneer de wolken er kortstondig overheen trekken. Een hele verademing vergeleken met de gouden verzengende hitte die de grassen schroeit en honden dwingt met zwoegende borstkas in de schaduw te gaan liggen. Er schiet van alles tevoorschijn uit de scheuren. Rozen, greppels met klaprozen, bomen zwaarbeladen met fruit. Dit is het seizoen van de bezoekers. In lange rijen schuifelen ze kastelen met spitse torens binnen. Ze poseren voor kerken. Ik heb er geen gevoel voor. De schoonheid is generiek. De autoradio knettert. Hoe-heet-ze-ook-alweer zingt *Yeah what have I got? / Nobody can take away.* En opeens vind ik het zo grappig dat we onszelf als onsterfelijk zien. Want wat ik heb, zal iemand binnenkort gegarandeerd van me afnemen. Niemand komt hier levend uit. De zon knippert als een kloppend hart tussen de platanen die op gelijke afstand aan weerszijden van de weg zijn geplant, hun brede bonte stammen als een mozaïek.

Maandenlang geen post van het Instituut voor Bescherming van Bedreigde Diersoorten of van de universiteit en dan vandaag in de kleine metalen postbus eindelijk een brief. Ik denk aan de talloze veldboeken vol dierengeluiden omgevormd tot beelden, dichtbedrukte landkaarten, luide koralen, schrille zilverige frequenties. Ze komen allemaal samen in dit enkele gebaar, een vrouw die zich soepeltjes omdraait en me een witte rechthoek overhandigt, haar blik al gericht op de volgende in de rij. Alleen komt niet alles samen. Bij de blauw-gele balie open ik de brief. Het licht in het postkantoor is fel en trilt. Een zwiepende pijn nestelt zich achter mijn ogen. Alles lijkt uit het lood, alsof je op een ander halfrond naar de nachthemel kijkt en geen enkele ster weet te benoemen.

Met de geopende brief op mijn schoot rijd ik terug, maar draai niet de korte oprit naar het huis in. Ik rijd er voorbij. Het lijkt onmogelijk dat iets wat nagenoeg niets weegt zoveel verbijsterende feiten kan bevatten. Mijn ademhaling gaat angstig en gejaagd. De velden wuiven en golven in de wind. Witte koeien die op een rijtje naast elkaar staan en allemaal dezelfde kant op kijken, niet omdat er regen op komst is, zoals de boeren beweren, maar omdat de aarde één grote magneet is. De autoraampjes staan open, zodat er vogelgekwetter en opstuivende stofwolken van de gebarsten zandweg naar binnen waaien. Deze dingen heb ik honderden keren gezien maar vandaag observeer ik ze met onverdeelde aandacht. De lucht is vochtig en glad als steen, doorsneden met kleine grijze vleugels. Er heeft zich een laagje koud zweet op mijn lichaam gevormd, mijn kleren plakken aan de leren voorbank. Mijn handen trillen. Omdat er zoveel tijd tussen de inhoud en nu is verstreken. Feiten komen nooit snel genoeg. Wat is een feit? Een groot deel van het leven bestaat uit verloren lege tijd waarvan je je haast niets meer herinnert. Het geheugen is geen feit. Maar wat is het geheugen? *Miljarden oneindig kleine deeltjes afkomstig uit de ruimte,* aldus Edison.

Skeet verschuift zijn stoel, het lage timbre van hout dat over de stenen vloer schraapt.

Mijn eerste ontmoeting met Skeet was jaren terug, op een vliegveld in Whitehorse, in een soort loods aan het einde van de landingsbaan waar ik op hem wachtte. Hij was lang met een stel mooie ogen waarin iets wilds blonk. Hij keek ernstig met een flauwe grijns die scheve tanden verborg, van die tanden die je tegenwoordig niet meer ziet. Het eerste wat hij zei nadat hij de omgeving in zich had opgenomen: Je krijgt het gevoel dat dit zo'n plaats is waar mensen nog op paarden rijden. Hij is vriendelijk maar afstandelijk. Het veldwerk is een welkome afwisseling met de hele tijd gebogen over de opnameapparatuur in het lab zitten. We wachten soms uren achtereen in de koude, droge sneeuw. Onze ogen schieten heen en weer, bedacht op de grijze flitsen die tegen het verblindende wit zullen verschijnen. In het stadje zien we hoe een raaf met zijn poot sneeuw van een dak trapt die omlaagglijdt en op het hoofd van een man valt. Dat stemt overeen met de legende van de Haida, waarin wordt gezegd dat de raaf schepper en schelm ineen is. Er is ook een legende over een witte raaf, die de wereld zou hebben gecreëerd. Hij stal de zon en de maan en vloog ermee door een rookgat waardoor hij zwart werd maar tegelijk het licht in de wereld bracht.

Skeet was indertijd bezig met de afronding van zijn dissertatie over de klankstructuren van wolfachtigen en was naar Whitehorse gestuurd om mee te helpen met het veldonderzoek. Bij het Instituut voor Bescherming van Bedreigde Diersoorten hadden ze nog nooit zo'n slimme doctoraalkandidaat gezien. Een winter in Yukon. IJskoude schoonheid. Het zonlicht door de vrieslucht zette alles in vuur en vlam. De truck slipte en schoof op de sneeuwkettingen. Ik werd bevangen door het gevoel dat ik zo eeuwig wilde doorrijden. Hoog op mijn zitplaats, door de beslagen raampjes naar buiten kijkend, voelde alles veiliger. Ik vertelde hem dingen die ik nog nooit aan iemand had verteld en hij kwam ook los. Zijn lange benen opgevouwen in de cabine, turend door zijn oogharen naar de lucht.

Hij lijkt uit het niets te zijn gekomen. De naam is niet van hem. Hij was te vroeg geboren. Mager en sprietig. Hij leek meer op een mug dan een baby en werd *mosquito* genoemd. De naam werd later afgekort tot Skeet en bleef hangen. Zijn vader en moeder vochten elkaar de tent uit, zegt hij, tot zijn vader er voorgoed vandoorging. Zijn moeder was pas vijftien. Iedereen roemde haar schoonheid, maar helaas had ze een sterke neiging tot zelfdestructie. Skeet vertelt dat ze boven een armetierige kapsalon woonden. Volgens zijn moeder was de kapster in de Heer. Sloot op de gekste tijden de zaak. Ze had geprobeerd met krulspelden in te slapen, maar werd wakker met het gevoel alsof iemand haar een klap in haar nek had gegeven. Ze zei dat de kapster niet meer helder kon denken vanwege de naar kattenpis stinkende ammoniak in de permanentvloeistof. De enige jongen die hij een keer meebracht naar huis zei de volgende dag op school smerige dingen over zijn moeder. Ze had met een wezenloze blik aan de keukentafel in een doorschijnende kamerjas zitten roken. Dat deed ze wel vaker. Hij wist niet wat erger was, die catatonische toestand of de euforische buien wanneer ze geweldige dingen verkondigde waarvan hij wist dat ze toch nooit zouden gebeuren. Hij nam zijn schoollunch altijd mee in een bruinpapieren zak van de drankwinkel, die elke keer scheurde wanneer hij zijn eten eruit haalde. Het duurde niet lang of de lerares ontbood zijn moeder. Die droeg een smalle roodleren riem om haar strakste spijkerbroek die ze, liggend op de grond, nat over haar heupen had dichtgeritst met behulp van een metalen kleerhanger. Skeet werd altijd nerveus van die broek. Als ze die aanhad, zat er de volgende ochtend een man in hun keuken. Een kind kan niet leven op alleen chips en perziken uit blik, had de lerares gezegd. Het begint met een voedzame lunch. Zijn moeder moest lachen en weigerde haar sigaret uit te doen. De lerares ging verder. Hij is een slimme jongen. Zij wilde graag helpen. Het laatste beeld van zijn moeder voordat hij werd weggehaald was dat ze in enkel een glimmend, ondoorzichtig wit onderbroekje in de deuropening stond, met een fles whisky in haar hand. Haar donkere oogschaduw was uitgelopen, waardoor ze op een wasbeer leek, de punten van haar blonde haar streken langs haar ribben. Door het drinken uit de fles was haar lippenstift uitgesmeerd en leek het of ze gewond was aan haar mond. Wat sta je nou te kijken? Zijn ogen gingen naar het enige kledingstuk dat ze aanhad. Godallemachtig, lachte ze. Het klonk als een grap. Ze keek omlaag en hield haar vingers in de vorm van een V aan weerszijden van haar schaambeen. Hier ben jij wel uit voortgekomen, hoor, zei ze uiteindelijk.

Toen de vrouw tegen hem had gezegd dat hij snel zijn spullen moest gaan pakken, besefte hij dat er eigenlijk niets was wat hij mee wilde nemen. Hij werd ondergebracht bij een lang Duits echtpaar, veefokkers en eigenaars van een zelfvoorzienende boerderij. Ze leefden volgens Hermann Hesses ideeën over het zelf. Hij werd door hen geadopteerd. Ze wilden zijn naam veranderen in Hermann. Ze hadden een hekel aan Skeet, zijn echte naam, die boven het stuitje van zijn biologische moeder was getatoeëerd. Was ze soms bang dat ze die zou vergeten of zo? Maar uiteindelijk besloten ze dat er al genoeg veranderd was in zijn leven. De rest van zijn jeugd bracht hij door op het platteland. Ze keken samen naar natuurprogramma's en na afloop werd hij altijd fanatiek door hen ondervraagd. Hoeveel harten heeft een octopus! Wat is de levensduur van een huisvlieg! Waarom spuiten walvissen lucht uit! Het deed hem terugverlangen naar zijn moeder die schreeuwde en lachte naar de tv, of er soms een klap op gaf, alsof het een levend wezen was. Behalve bij dat ene programma over die operazangeres. Toen was ze muisstil. Het enige wat ze zei was: Ze heeft een stem alsof God via haar spreekt.

De andere kinderen vonden Skeet een kouwe kikker, maar binnen in hem gloeide een vuur. Hij vond het heerlijk als in de herfst de school weer begon. Hij hield van de herfst. De oranjerode bladeren, zo maakte hij zichzelf wijs, waren de gedachten van brandende bomen. Hij hield van de rijen glazen erlenmeyers in het practicumlokaal. Zijn favoriete element van het periodieke systeem was selenium. Hij groeide uit tot een opvallend lange jongen, even lang als het Duitse echtpaar. En vlak voor zijn afstuderen kocht hij in een opwelling, van het geld van zijn studiebeurs, een vliegticket voor zijn moeder. Hij had al die tijd een geheime, maar onregelmatige correspondentie met haar gevoerd.

Bij zijn buluitreiking was haar stoel zo lang leeg gebleven dat hij al dacht dat ze niet meer zou komen. Maar ze kwam wel, de tijd leek vreemd genoeg geen vat op haar gekregen te hebben. Wat ben je knap geworden, zei ze aldoor. Ze ging met haar handen over hem heen. Als je door je wimpers keek, konden ze voor een stelletje doorgaan. Ze had een wazige blik in haar ogen, een flesje whisky in haar laars. Ze sloeg een paar plastic glazen wijn achterover die op een vergadertafel stonden met een gesteven wit tafellaken dat verblindend blonk in de hete middagzon. Zodra hij haar zag, kwam alles weer bij hem terug. Zijn verlangen naar een moeder in wier gezicht hij iets van zichzelf herkende. Maar al bij de eerste opwelling van gêne werd hij overvallen door moedeloosheid. Na al die jaren, na alles wat hij had geleerd, de reizen die hij had gemaakt, de studie die hij had gevolgd, zag hij in dat ze nog steeds een kind was terwijl hij dat zelf al lang niet meer was.

Die smerige schijtmachines, riep ze, doelend op de duiven die in kluitjes in de bomen op het universiteitsterrein zaten. Uit haar handtas haalde ze een pistool dat ze zorgvuldig aanlegde en afvuurde, waarna ze zich omdraaide naar Skeet en zei: Oké, schat, laten we wat gaan eten. De politie moest eraan te pas komen.

Skeet keek me van opzij aan. Hij leek van binnenuit door iets gevuld te worden. Zijn blik verbond hem met mij, door een gevoel dat we geen van beiden nog konden benoemen. Ik was me bewust van zijn onderhuidse verdriet en ik werd overspoeld door liefde voor hem, hoewel het enige wat ik kon uitbrengen was: Vroeger stonden duiven in de samenleving in veel hoger aanzien.

Hij slikte en knikte.

In de steden werden ze gebruikt als ornamenten, ging ik verder, vanwege hun oranje ogen en hun iriserende keel. En het zijn natuurlijk belangrijke boodschappers. In de oorlog zijn ze daarvoor onderscheiden.

Als een dakloze met een heldhaftig verleden, zei hij, zijn blik gefixeerd op een onzichtbaar punt.

Wat zijn pleegouders hem niet konden vergeven was niet wat er die dag gebeurde. Ook niet dat hij contact met haar had opgenomen. Maar dat hij het niet had verteld. Het gaat om het vertrouwen, zeiden ze, dat nu is geschaad. De doodzonde van het adoptiekind. Toen hij het huis uitging om te studeren en te werken wist hij niet zeker of hij ze ooit terug zou zien. Er kwamen geen brieven.

Gekletter van servies, Skeet die de ontbijttafel afruimt. Hij haalt een pakje sigaretten tevoorschijn, schudt er twee uit, stopt ze beide in zijn mond, steekt ze aan en geeft er eentje aan mij. Wat ik je dus, blaast hij uit, probeer te vertellen… hij zwijgt even. Is dat. Eh. We op de vlucht zijn.

Uit zijn blik kan ik niks opmaken. En ik weet niet wat absurder is. Dat Skeet uit het niets voor mijn deur stond of dat hij een uitdrukking gebruikt als 'op de vlucht' terwijl ik onbeweeglijk op mijn stoel zit.

Skeet, ik ben negentig. Ik zeg negentig, maar in werkelijkheid ben ik tweeënnegentig. En er is nog zoveel te doen, zeg ik met een onwillekeurige huivering.

Ik zie dat je al enorm gevorderd bent, Frame. Echt. Ik kan je helpen.

Hoe dan, zeg ik bozig, al heb ik direct spijt van mijn onvriendelijke toon. Ik kijk naar hem, zijn haar staat in plukken overeind, en ik bedenk dat er iets te doen moet blijven.

Er is – zeggen we allebei tegelijk.

Jij eerst, zegt hij, zo luid dat ik aan zijn stem hoor dat hij verbaasd is.

Ik heb gisteren een brief gekregen, zeg ik. Ik durf hem nauwelijks aan te kijken. Ik haal diep adem. Het brandt. Hij is gestuurd door een museum. Ik snap er niks van. Skeet. Mijn stem is stroef, schor. In de brief staat. Ik schraap mijn keel. In de brief staat – hij arriveerde, kort en bondig. Ik heb hem keer op keer herlezen, alsof zich daardoor nieuwe informatie zou prijsgeven. Volgens deze brief – de klanken komen uit mijn mond, hangen in de lucht – heb ik een kleindochter. Ik krijg opeens zin om het uit te schateren, zoals je ook weleens hebt wanneer je zo lang aan een woord denkt dat het komisch begint te klinken. Ik tril een beetje. Een lichamelijke reactie op een cognitieve anomalie, dat beweren de evolutiebiologen althans. De gedachte dat er iemand is geweest die de gezichten van een heleboel mensen heeft onderzocht om tot deze conclusie te komen. Skeet zegt niets.

Maar je weet dat dat – ik zoek naar het juiste woord – *krankjorum* is.

Hij slaat zijn blik neer.

Aangezien ik geen kinderen heb.

Het beeld van de verpleegsters flitst even op. Het stugge ziekenhuishemd, de voetafdrukken in de modder. Met rust laten. Alles halfverborgen. Skeet vangt mijn blik. Ik schud de gedachte af. Het klopt niet. Herinneringen zijn zo primitief, ze hebben zo weinig getuigen.

De ochtendzon stroomt door de ramen naar binnen en brengt warmte, en daarmee ook het lage gebrom van trage slome vliegen die een voorkeur hebben voor de vensterruiten. Skeet, zeg ik nogmaals, alsof hij me niet gehoord zou hebben.

Het is een kwellende onmogelijkheid. In tegenspraak met de bestaande dingen. De niet-bestaande dingen. *Bonk.* De vogel is weer tegen het raam geknald.

Misschien, zegt hij, gebarend naar het raam, is zij dat wel.

NAUTILUS

De schelp laat je geloven dat wat je hoort
de zee is en niet het ruisen van het bloed in je oren.

Parijs ligt nog noordelijker dan Newfoundland, merkte moeder koeltjes in een brief op. Er was geen sprake van dat ik terug naar huis mocht komen. Ik had me schandelijk gedragen, vonden ze. Toen mijn ouders door de nonnen waren ingelicht over mijn laatste schorsing, met een uitgebreide beschrijving van mijn opstandige gedrag en hun bezorgdheid om mijn toekomst, had ik ze gesmeekt om me naar de kunstacademie in Parijs te laten gaan.

Vader was een praktisch man. Hij werkte in de textielbranche toen de oorlog uitbrak. Ze hadden uniformen nodig, jarenlang. Hij was er schatrijk mee geworden. Kunst studeren vond hij idioot. Dat was alleen iets voor armen of homoseksuelen, zei hij, en in zijn ogen waren dat twee even erge zonden. Moeder, die besefte dat al dat nieuwe geld een vulgaire indruk maakte, had een kritische geest. Zij had me klaargestoomd voor de dingen die zij beschaafd achtte. Ze stuurde me boeken over Goya, Delacroix en de donkere schilderijen van Turner, zonder nadere verklaring. *Ivory. Vergeet de haarborstel niet die ik je heb gestuurd. Borstel je haar minstens twee keer per dag. Gegroet, moeder*. Een intieme band met haar was onmogelijk. Ze hield altijd afstand en leek geen interesse te hebben voor wat er in mij omging. De boeken waren verwarrend. Ik had het idee dat ze toch iets wezenlijks in mij begreep.

Ik werd het huis uitgestuurd maar er veranderde niets. Op de nonnenschool kreeg ik een haast ziekelijk heimwee naar mijn broers en de bossen. Bij mijn vertrek had mijn broer Arthur me een sigarenkistje met kleurpotloden gegeven, keurig in het gelid als soldaten. Ik had ontdekt dat tekenen iets was waar ik beter in was dan mijn broers. Elke woensdagmiddag kwam er een tekenleraar bij ons thuis. Volgens hem maakten beroemde kunstenaars zoveel zelfportretten omdat het een nuttige oefening is om iets te tekenen dat je denkt te kennen. Bovendien is dat het enige beeld dat je permanent bij je hebt. Ik kijk in de spiegel. Ik heb geen idee hoe ik dat geprononceerde gezicht met al die vlakken moet weergeven. Maar als hij zijn overjas aandoet, merkt hij op: Heel goed gedaan. Hier nog wat meer arceren, zegt hij wijzend naar mijn jukbeen, en daar in het kuiltje van de hals. Een mond wordt levendiger als je donkere schaduwen aanbrengt bij de hoeken. Wanneer je elke dag tekent, al is het maar een kwartiertje, zul je vanzelf vooruitgang zien. Vanaf dat moment had ik altijd een tekenblok bij me en maakte aan de lopende band snelle grove schetsen van de edele koppen van mijn broers.

Wanneer ik op de nonnenschool het deksel van het sigarenkistje haal is het of er een heftig verlangen in me tot ontploffing wordt gebracht, hoewel tekenen de enige manier is om me beter te voelen. Elke keer glanst het vel me weer fris tegemoet. In de kantlijn van mijn schriften teken ik portretjes. Dat beurt me op maar zondert me tegelijk ook af van de rest. Er wordt van me verwacht dat ik geen emoties heb. Dat ik doe wat me wordt gezegd. En hoewel ik snap dat dat de makkelijkste weg is, maak ik het mezelf liever moeilijk. Het is een leven binnenshuis vol zwijgen, vol afkeuring. Het lijkt in veel opzichten op de nauwlettende aandacht van mijn ouders, die zich constant druk maakten om mijn gedrag, mijn houding, mijn manieren. Ik ben heel graag buiten. Wat ik mis is de frisse lucht. Afgesneden van de geluiden van mijn jeugd voel ik me stuurloos en mat. Als ik op school aankom, is het eerste wat de nonnen zeggen: regel nummer één.

De meisjes hebben meteen een hekel aan me, zoals vossen een hekel hebben aan honden. En zoals de meeste meisjes hebben ze buitensluiten tot een ware kunst verheven. Mijn grootmoeder Queenie heeft een keer tegen me gezegd dat de belangrijkste regel die een geisha op haar negende leert is dat ze aardig moet zijn tegen andere vrouwen. Dat is niet mijn ervaring. Mijn accent is verkeerd, mijn haar is verkeerd en meisjes kunnen meedogenloos zijn als je er afwijkend uitziet. Ik ben totaal niet gewend aan deze moederskindjes. Ik ben onbekend met hun gewoonten, hun geheime hebbelijkheden. Ze sabbelen op pennen, ze rollen de tailleband van hun rok om. Ik schrik elke keer van de leegte in hun ogen. Ze drukken helemaal niets uit. Enkel lege, glanzende bolletjes. Ze zien eruit als een klein leger in hun geruite kilts en gesteven witte blouses. De slaapzaal een kazerne, met rijen ijzeren bedden en naast elk bed een nachtkastje. Ik kan niet hockeyen. Ik ben slecht in godsdienst. Tekenen telt niet mee. Hoewel ik erg eenzaam ben, doe ik geen moeite vriendinnen te maken. Ik ben liever alleen dan met mensen die ik niet mag. Als we achter elkaar de eetzaal binnenlopen, staat er altijd wel een groepje meisjes op om aan een tafel zo ver mogelijk bij mij vandaan te gaan zitten. Ze smakt als een boerenkinkel, zeggen ze. Vlak voor het middageten zie ik dat iemand mijn tekenblok heeft gepikt en er blaadjes uit heeft gescheurd die ze op de muur in de gang heeft geplakt. Er is over de gezichten van mijn broers gekladderd. Ik knipper met mijn ogen, slik de tranen weg. Ik mag niet huilen. Niemand hier huilt. Je wilt niet laten zien dat ze je te pakken hebben. Daarom ga ik gewoon zitten in de volle eetzaal waar stilte heerst, want we mogen tijdens de maaltijd niet praten. Ik zit rechtop en luister naar honderden meisjes die op hun vlees kauwen en hun soep doorslikken. Het gelijktijdig getinkel van metalen lepels tegen de kommen wordt een vertrouwd geluid dat als geborgenheid voelt.

In zwarte inkt begin ik op witte blaadjes ontsnappingsroutes te tekenen. De hoge stenen muren om het terrein, de tuinen, de slaapzalen, de weg naar de buitenwereld, en daaronder een legenda met getallen en vluchtwegen. De nonnen schrijven naar mijn ouders. *Dit kind werkt en speelt niet samen met de anderen.*

Kinderen zijn conformisten. Ze ruiken mijn anders-zijn van een kilometer afstand. Het maakt niet uit op welke school ik zit, het is altijd hetzelfde. Er komen nauwelijks brieven van thuis. En ik vraag me af hoe het zou zijn om voor de verandering eens niet geconfronteerd te worden met moeders kille afstandelijkheid wanneer ze kijkt naar wat ze mijn hongerige, ongetemde ogen noemt. Ik heb een keer een vrouw een jongetje, kraaiend van de pret, door de lucht zien rondzwaaien, in haar ogen een oneindig liefdevolle blik. Zo'n blik die energie geeft.

Op mijn vorige school had ik een terugkerende droom. Het is altijd een eiland. Een rondgaande wentelschelp. Exotisch en bekend tegelijk. Pas als ik op de kunstacademie begin en door de spiraliserende doolhof van arrondissementen loop, besef ik waar mijn dromen over gingen. Ze gingen over Parijs.

Ik laat mijn haar groeien tot aan mijn middel en draag het in een vlecht, die ik boven op mijn hoofd vastspeld. Ik besluit alleen nog wit te dragen. Mijn lichaam is gespannen, op alles bedacht. Elke klokslag en elke tik. De geur van cichorei en pernod, en de alomtegenwoordige verschaalde lucht van sigarettentabak. De straten lijken in niets op de fantasieloze geometrie de ik ken. Er zijn geen rechte lijnen. Ik loop fier over de hobbelige keitjes, langs Boulevard Saint-Germain, waar het licht op de stenen valt, slalommend langs de geurige kastanjes aan weerszijden van de straat. Dit licht zal ik nooit vergeten. Tegen de duifgrijze daken is het wonderschoon.

Binnen de hekken met de vergulde punten van de Jardin du

Luxembourg knerpt het grind onder mijn stugge schoenen. Het park wordt bevolkt door vrouwen: een stenen engel met grote uitstaande vleugels, mooi en minutieus, twintig Franse vorstinnen, het eerste Vrijheidsbeeld. Er zitten mensen op metalen stoeltjes te kijken naar het water in de achthoekige vijver dat bij zonsondergang langzaam roze kleurt. De herfst betekent niet dat alles weggaat. Hier wordt het *la rentrée* genoemd. De terugkeer. Aan de andere kant van het park, voorbij de begraafplaats, is Rue Froidevaux, de brede straat met de onberispelijk gesnoeide bomen waar ik een appartement heb gevonden dat tevens dienstdoet als atelier. Vroeger was het een dienstbodekamer en nu bevindt het zich boven de werkplaats van Madame Tissaud, een *rélieure* die met de hand boeken bindt, restaureert en innaait. Door de grote ruiten aan de voorkant zie ik een naaibank, een pers en gereedschap met houten grepen. Als ik bij haar binnenloop, roept Madame Tissaud: Ivory! en omhelst me dan zo stevig dat ik mijn onderste rugwervel voel kraken.

Het spijt me. Ik ben te vroeg, zeg ik verontschuldigend.

Ze glimlacht slinks. Dat is nergens voor nodig. Ik hou niet van het woord spijt. Bovendien houden we alleen de fouten bij van degenen die ons laten wachten. Ik heb vertrouwen in mensen die te vroeg zijn, zegt ze met een blik op haar kast met boeken. Ze laat haar oog op een bepaald boek vallen en pakt dan een in bruin leer gebonden uitgave van de plank. Ze is kalm, bedachtzaam. Ze draagt een grof linnen schort, heeft een vriendelijk gezicht en wijd uitstaand haar met de structuur van jute. Kafka, zegt ze, liet zijn horloge altijd anderhalf uur voorlopen.

Ik denk na over hoe dat in de praktijk precies zou werken terwijl ik het boek, rijk en gecodeerd, opensla, geïntrigeerd door een hoofdpersoon wiens naam slechts uit één letter bestaat. Wat ziet K er mooi uit op papier.

Ze steekt de witte draad door het oog van de naald en gaat bij het raam zitten naaien terwijl we met elkaar kletsen. Ze spreekt in uitdrukkingen en gezegden. Ik heb vijf volwassen kinderen, zegt ze, en ze steekt een hand met dikke aderen van ouderdom omhoog. Het zijn mijn vingers. Ik zou niet zonder een ervan kunnen leven. Wanneer ze me aankijkt, voel ik me naakt. Ze lijkt zich scherp bewust van mijn eenzaamheid. Fel maar onzeker. Eigenschappen die haar wezensvreemd zijn. Ik zie dat ze haar hoofd scheef houdt. Alsof haar iets te binnen schiet. Later zal ze me aankijken en vertellen hoe lastig het is om jong te zijn, om met alle stemmingen, alle diepe gevoelens om te gaan, de dingen die we later zo graag weer willen ervaren maar dan niet meer kunnen. De enorme ongelijkheid, dat er zo weinig jeugd is en zoveel van het andere.

Ik heb een appartement in het negentiende bekeken. Het was niet duur, maar het voelde zo ver weg.

Ik ben geboren in het negentiende arrondissement, zegt ze, aan de voet van Parc des Buttes Chaumont.

Waar ik later Lev zal ontmoeten, nachtelijke wandelingen door kalksteen, sierhekken die bestaan uit cementen takken, waar ik met mijn hand langsstrijk om me ervan te verzekeren dat ik niet aan het dromen ben.

Na twee maanden in Parijs krijg ik een uitnodiging om te komen eten bij de van oorsprong Hongaarse architect, Istvan Szalasi, en zijn vrouw, Tacita, een vriendin die ik van de academie ken. We voelen ons verbonden als zusters, iets wat ik nog nooit heb meegemaakt. Onze vriendschap begon op het moment dat zij me een merkwaardig bevredigend chocolaatje aanbood; onze schildersezels stonden vlak naast elkaar. De meeste vrouwen hebben problemen met eten, ze proberen altijd onzichtbaar te worden, maar net als ik vindt zij honger een vergissing.

Op de dag van onze kennismaking kom ik haar drie keer tegen. In drie verschillende arrondissementen. In een stad van drie miljoen inwoners voelt dat veelzeggend. Er vindt iets plaats tussen ons, als een echo, een vibratie. In elk geval iets wat niet te negeren valt.

Als een van de docenten op de academie tijdens de eerste week halverwege de les theatraal struikelt, barsten we allebei in een hysterisch gelach uit. Ik lig dubbel, tranen over mijn wangen.

Mademoiselle Frame, verlaat u het lokaal alstublieft als u zich niet weet te beheersen.

Tacita en ik zijn als magneten, de voldoening van het aantrekken en dan de klik. Ze merkt op dat ik maar één vel papier gebruik voor mijn aantekeningen en dat ik die vervolgens uitgum als het blad vol is. Ik weet dat ik haar leuk ga vinden wanneer ze niet vraagt waarom. Overblijfsel uit mijn kindertijd toen ik stilzwijgende afspraken met mezelf maakte. Als ik over de stoep kan springen zonder de barst te raken, dan komt het goed. Als ik die rubberen bal honderd keer kan laten stuiteren zonder hem te laten vallen, dan komt het goed. Al vroeg ik me nooit af wat er dan precies goed zou komen.

Voordat ze naar Parijs ging, verdiende Tacita in Hongarije de kost met Franse conversatieles. Ze heeft een scherp ontwikkeld vermogen om gezichtsuitdrukkingen te lezen van mensen wier taal ze zich eigen heeft gemaakt, alsof ze in het land zelf is geboren. Ze legt uit dat het, zoals bij de meeste dingen, een kunstje is gebaseerd op een methode. Het draait allemaal om de tong. Je moet je bewust zijn van hoe de tong zich beweegt in de mond van degene wiens taal je wilt leren. Ze leunt achterover en neemt een slokje koffie. Er is een lyrisch dichter, zegt ze, die vertalen een heilzame gymnastiekoefening voor de geest noemt. Ze zit tegenover me aan tafel en als ik naar haar kijk, besef ik dat het jaren geleden is dat ik met zo'n fantastisch iemand heb gepraat.

Waar heb jij Frans geleerd? vraagt ze.

Moeder sprak het, maar het bleek heel lastig om een privéleraar Frans te vinden. We kregen les in Latijn, natuurkunde en wiskunde van dezelfde strenge man. Uiteindelijk wist moeder ergens een mollige roodharige lerares op te duikelen, Madame Plouffe. Uit haar kleine benepen mond klonk de vervoeging van de onregelmatige werkwoorden meer als een tragikomedie. *Bouche en cul-de-poule*. Ik moest mezelf dwingen om naar haar schelle maar tegelijk monotone dreunende stem te luisteren. *Asseoir. Courir. Devoir. Falloir. Mourir*. Een van de eerste dingen die ze ons leerde was het kinderliedje *Alouette, gentille alouette / Alouette, je te plumerai*. Het klonk zo vrolijk tot ik begreep dat ze die prachtige leeuwerik niet alleen bewonderen maar ook systematisch kaalplukken, van top tot teen. Elke keer dat ik het liedje hoor moet ik denken aan moord en aan het benepen pruimenmondje van Madame Plouffe.

Tacita is lichtvoetig en diepgaand. Elfachtig. Iemand die geen geld uitgeeft aan de kapper. Ze knipt haar haar zelf, kort, in dikke donkere krullen vlak tegen haar hoofdhuid. Ze zegt dat ze ooit als experiment al haar haar had afgeknipt. Het was pikzwart en zo lang dat ze erop kon zitten.

Ik heb het altijd een vreemd symbool van de vrouwelijke seksuele kracht gevonden, zegt ze, als je bedenkt dat het dode materie is. Het is vooral een pantser waarmee vrouwen zich beschermen.

Ze is een *bricoleur*. Ze struint uitdragerijen af op zoek naar dingen die anderen als waardeloze rommel beschouwen. Haar vondsten bewaart ze gesorteerd in de lades in haar atelier. Ze verzamelt van alles. Vliegroutes, een poppenarmpje, piepkleine glazen potjes, oude foto's, horlogeveren, glazen diapositieven van de schijngestalten van de maan, stenen met de kleur van de nacht, los rood zand, speelgoedblokken, plastic rozenblaadjes, vlindervleugels gemaakt van linnen, blauwe draadjes, knipsels van vogels en andere dieren, satijnen sterren gevuld met watten, scherven van spiegels.

We drinken *café crème* in een van de bruine cafés, met veel hout en spiegels, naast de kunstacademie. Als kind al, vertelt ze, wilde ik het liefst alle spullen ter wereld op mijn planken uitstallen. Alleen kan ik niet snel genoeg verzamelen om te voorkomen dat er voorwerpen opgezwollen door het water naar de bodem van de rivier zinken, of wegrotten in steegjes of diep in de grond terechtkomen. Ik hou van het verleden dat leeft in de modder, in barsten en butsen. Bij voorwerpen doet perfectie er voor mij niet toe, zegt ze.

Je ontdekt door voor alles open te blijven staan.

En – ze glimlacht tegen haar dikke witte koffiekopje, ze lijkt hier meer thuis te horen dan alle andere mensen die ik ken – hoe zit het met jou? dringt ze aan. Waar komt die naam vandaan?

Moeder is een uur en drie kwartier in stilte aan het baren geweest, op het ritme van de tikkende staande klok met de Romeinse cijfers op de gang, zeg ik tegen haar. Ze heeft tijdens de hele bevalling geen kik gegeven, gewoon haar tanden opeengeklemd. Ik was blauw aangelopen en op mijn voorhoofd zat een rode afdruk omdat mijn hoofd tegen mijn bekken zat geperst. Mijn vier oudere broers kwamen met groene schitterogen achter elkaar de kamer in om naar de in zachte dekentjes gewikkelde baby te kijken. Albert, de oudste, met lange stelten, zei: Ze is zo wit als sigarettenvloei. De naam Ivory past goed bij haar.

Moeder wierp hem een boze blik toe om hem het zwijgen op te leggen.

Toen de mensen zich er eenmaal mee gingen bemoeien, zeg ik tegen Tacita, kregen die mythische eigenschappen al snel een nare bijsmaak. Ik denk aan de tragiek van ivoor, verkregen van olifanten – moedwillig gedood en achtergelaten op de savanne, hun rottende lichamen omzwermd door vliegen – om er pianotoetsen en biljartballen van te maken. Ik vertel haar niet dat ik daarom moeite had met mijn naam.

Waar kom je vandaan?

Engeland. Nonnenschool. Ik ben eraf getrapt, zeg ik terwijl ik rook uitblaas. Meer dan eens.

Mooi zo, zegt ze, en ze legt de sigaret op de inkeping van de asbak en steunt met haar kin op haar hand.

Tja, ik heb geen blauw bloed zoals jij, zegt Tacita plagend. Ik stam af van een lange lijn donkerharige vrouwen uit slaperige boerengehuchten. Die met emmers water door modderige dorpjes sjouwden. Ik heb mijn moeder helaas niet lang gekend. Ze was een wichelaarster. Ze had het vermogen om overal klavertjesvier te vinden. Ze heeft een keer tegen me gezegd dat je ze kon zien zoals een bruid door een sluier kijkt. Je moet niet gericht zoeken, maar gewoon je ogen instellen op de vorm ervan. Ik draaide me verbijsterd om naar mijn moeder en zei: Dat van die sluier weet ik. Dat was ons intiemste moment. Ze is in het kraambed overleden. Ik was de oudste, dus toen ik twaalf was, werd ik de moeder. En toen ik voor mijn werk naar Parijs vertrok, werd mijn jongere zusje de moeder. We zijn als matroesjka's, Russische poppetjes. Ze stopt haar pakje sigaretten in haar tas en zegt: We hebben allemaal hetzelfde gezicht. Te expressief om voor mooi door te kunnen gaan.

Niet waar, werp ik tegen. Je bent mooi, net als alle charismatische vrouwen. Door innerlijke overtuiging.

Ik kijk naar Tacita, die naar mij kijkt. Ze straalt warmte en kracht uit.

Parijs wemelt van de boeiende objecten die je op de gekste plaatsen aantreft, legt ze me uit. Het zal je verbazen wat ik allemaal bij het afval vind, Ivory. Haar donkere ogen glimmen. Het grootste deel van de tijd is ze bezig met spullen verzamelen. De ideeën voor kunst komen later.

Dat droevige, zeg ik, is juist goed. Voor je werk.

Ze kijkt me vragend aan.

Blije mensen kijken namelijk niet naar de grond.

Ze neemt me mee naar enkele van haar ontdekkingen. Een

winkeltje aan Canal Saint-Martin waar ze poppenogen verkopen – rijen onafgebroken wiebelende glazen ogen, uitgestald op een houten tableau, tegen elkaar tikkend als de zilveren *boules* die volwassen mannen overal in Frankrijk op het zand gooien. Piepkleine gefragmenteerde Tacita's staren me aan.

We eindigen in het Muséum National d'Histoire Naturelle, waar we urenlang dierenbotten die tot een perfect skelet zijn opgebouwd zitten na te tekenen. Daarna roken we een sigaret in het aanpalende parkje waar ook de dierentuin van Parijs is gehuisvest. Na al die tijd geen dieren te hebben gehoord, kloppen de geluiden het bloed terug in mijn oren. Fluwelige veren die worden opgezet, stiltes onderbroken door geklapper, schril gekwetter, gegrom en gekrijs, duidelijk hoorbaar in de zwakke wind – de bezwerende ritmes van een levende, beweeglijke fuga. We praten over het effect van het museum en de tentoongestelde objecten, de art nouveau-leuningen van metalen bloemen, de donkere wenteltrappen, de overvloed aan beenderen. In een stoffig hoekje ontdekken we een minuscuul skelet van een twee maanden oude menselijke foetus die rechtop is tentoongesteld. Een foetus wordt bijna altijd ineengedoken op sterk water geëxposeerd, als een maansikkel. Rechtop ziet hij er afschrikwekkend grotesk uit, met die grote schedel, reusachtige oogkassen, onvolgroeide vogelpootjes en miniatuurribben. De foetus staat naast het apenoor in een pot formaldehyde en het *monstre double*, de misvormde tweelingvleermuisfoetussen, een vreemd democratische opstelling. We kijken er wat bezorgd naar, alsof we op een of andere manier op hetzelfde moment beseffen dat een baby voor ons beiden domweg een allegaartje botten zal blijven. Ik zie mijn eigen weerspiegeling terugstaren.

Tacita vertrekt om in de *brocantes* rond te snuffelen terwijl ik in de dierentuin urenlang zit te kijken naar de apen, gazellen en hyena's. Meestal teken ik ze hier niet. Ik luister naar ze. Ik ga op zoek naar de grasprieten, de bosschages, alles wat maar leidt naar het punt waar de mensenwereld en dierenwereld elkaar raken en in elkaar overgaan. Ik zit er ongestoord hele tijden achtereen te studeren. Zoals in de cafés hier, waar iedereen ongebreideld drinkt en pas uren later betaalt.

Ik heb een notitieboekje waarin ik geluiden bijhoud.

Is dat een dagboek? wil Tacita weten.

Dagboeken zijn slechts emotionele weerberichten, zeg ik tegen haar, terwijl ik zonder op te kijken verderschrijf. Daarin ben ik niet geïnteresseerd.

Ik schrijf in het notitieboekje: *Nachtegaal: bedwelmend effect, maanstof. Hyena: twinkelende sterren, kakellach*. Ik zet er het woord 'dialecten' bij met een vraagteken. Tacita schrijft in de kantlijn: *Grappig*.

Ik had gehoopt dat ik met tekenen dichter bij het pact zou komen dat ik jaren terug in de bossen had gesloten, een reddingspact. Ik heb Tacita nog niet over de dieren verteld. Dat ik in het bos constant hun stemmen hoorde, als zoevende pijlen door de zwijgende bomen. Ik hoorde hun geheimen en bewaarde die, gehurkt in de modder, mijn oren gespitst op de geluiden van de insecten, dieren en vogels tussen de wortels en in de boomkruinen. Ik registreerde niet alleen de geluiden maar ook de stiltes. De geluiden om me heen en de geluiden binnen in me. Mijn gevoelsleven heeft zich daaromheen gevormd. Voor het eerst was ik gelukkig – was het geluk dat ik voelde? Mensen denken altijd dat het de dieren zijn die bestudeerd worden, maar ze bestuderen ons ook. Mijn broer Edgar hield ervan me te plagen. Wat is er toch mis met mensen? Ik weet nog dat ik hem onderzoekend aankeek. Mensen zijn luidruchtig, zei ik ten slotte.

Het voelt zo incongruent, vertrouw ik Tacita toe. Een levend wezen vastleggen en het dan levenloos maken, welbewuste penseelstreken, krullen olieverf, het lijkt allemaal zo ontoereikend. Je kunt er ook te veel aan prutsen zodat het een saai en onbezield geheel wordt. Je richt je zo sterk op de details dat je de belangrijke dingen over het hoofd ziet. Al die kleine onvolkomenheden die samen de waarheid maken. Een gewichtige, goddelijke waarheid ergens in hun onverschillige ogen die zich in jou roert.

Ze vraagt niet naar het pact. In plaats daarvan zegt ze: Een ongewoon leven voert weg van het verleden. Misschien is het iets anders. Misschien zijn de dieren die jij probeert te doorgronden wel het licht van sterren of de manen van andere planeten. Misschien moeten ze nog ontdekt worden.

Buiten hangt een heerlijke geroosterde geur in de lucht, als juffertjes-in-'t-groen, naar iets wat bloeit in een van de geometrische bloemperken in de Ménagerie du Jardin des Plantes waar Tacita en ik zo dol op zijn. We passeren geparfumeerde, in bont gehulde vrouwen met zijden kousen en gouden ceintuurs om hun middel, hakken tikkend op het trottoir, hun armen vol met pakjes. Ondanks de naderende dreiging lijkt alles langzaamaan steeds luxer, steeds extravaganter te worden. Het zal waarschijnlijk uitlopen op ingewikkelde jurken tot op de grond, een terugkeer naar veiligheid, naar het vertrouwde. We struinen de markten af en brengen de spullen naar Tacita's appartement. We vinden dat de keuken een machtige plek is. Alchemistisch. En hoewel alle kunstenaars uit de groep de spot drijven met sociale conventies is Tacita toch degene die Istvans sokken wast en aan de lijn op het balkon te drogen hangt. We lopen terug naar de keuken.

Ik had niet gedacht dat ze getrouwd waren. Maar dat zijn ze al elf jaar, Tacita was toen zeventien. Ze kennen elkaar niet uit Hongarije, maar zij was een keer in Boedapest in een heel hoog gebouw geweest dat hij had ontworpen. Ze vond het een ongelooflijke prestatie, iets maken dat mensen een tintelend gevoel in hun borst kan bezorgen. Ze moest lachen toen hij vertelde dat hij een etmaal op de bouwlocatie had doorgebracht voordat hij met tekenen was begonnen. Omdat hij de voortgang van het licht wilde zien.

Ze zegt dat ze ook met anderen iets heeft gehad, zoals de meeste kunstenaars uit de groep. Maar ze vonden elkaar toch steeds het interessantst. Ze zegt het zo achteloos, met die brede warme lach van haar. Ik zou me opgelaten moeten voelen in haar gezelschap, aangezien ik nog maar net de benepen schrale meisjeswereld heb verlaten. Ze maakt zo'n volwassen indruk, met haar eigen keuken, waar ze kookt en tekent, en een atelier met allerlei objecten en foto's aan de muren geprikt. Haar zachte lage stem. Haar blote voeten. De exotische zijden kamerjas die ze met een smal lint om haar middel draagt. De manier waarop ze met haar vingers door haar korte donkere haar strijkt, de rijen zilveren armbanden die om haar pols rinkelen. Ik ontdek dat ik me meer mezelf voel bij haar. Ze maakt dat deel van me – de verborgen schaamte van een verschoppeling te zijn – tot een artefact. Maar dan vraag ik me af: klopt dat wel? Heb ik haar gebaren juist geïnterpreteerd? We praten steeds vaker over wat we willen maken. We complotteren, onze ogen vol vuur.

Wat ik niet kan uitstaan van stellen die zich hebben geschikt in hun huwelijk, gaat Tacita verder, is de onverschilligheid doorspekt met bitterheid. Alle vernederingen die ze elkaar aandoen, al die venijnige terloopse opmerkingen. Dat je je soms bij echtparen afvraagt of je nu liefde of haat ziet. Hun levens staan zo ver van henzelf af dat ze nergens meer over gaan; ze hebben banale huiselijke gesprekken zoals 'volgens mij zijn we toe aan een nieuwe sofa'. Ze zegt dat Istvan en zij niet volgens een patroon leven juist omdat door routine mensen niet meer goed kunnen zien wat ze ooit leuk vonden aan de persoon met wie ze samen zijn.

Ik herinner me dat ik een keer een beroemde Hongaarse cellist een concert van Brahms zag spelen, zegt Tacita wier handen rood worden van het koude kraanwater. Voor zijn toegift deed hij iets opmerkelijks. Hij speelde een loopje op de cello en hield ineens op. De zaal was doodstil. Toen zong hij het na. Speelde een loopje en zong het na. Zijn stem en de stem van zijn cello vloeiden in elkaar over totdat ik niet meer wist waar ik naar luisterde. Wat was uitzonderlijker: zijn beheersing van een instrument of een menselijke stem die een instrument wordt? Ik deed mijn ogen dicht, zegt Tacita, en erkende als gewone sterveling zonder enige bedenking zijn superioriteit. Tegelijk bekroop me de gedachte, terwijl zijn genie de concertzaal tot in de kleinste hoekjes vulde, dat deze man 's ochtends ook gewoon brood moest roosteren. Dat hij zijn kat te eten moest geven. Dat zijn sokken gewassen moesten worden. Ze lacht. Dat zal ik nooit begrijpen.

Wat begrijpen?

Mens zijn.

Ik vind het lastig om mezelf als onderdeel van een categorie te zien, zeg ik. Ik weet wat het is om mij te zijn maar ik weet niet goed wie we als geheel zijn. We zijn een soort, neem ik aan, en net als alle andere dieren proberen we ons plekje op aarde te vinden, maar alleen de mens wil alles weten van de ruimte die hij inneemt.

Volgens mij is dat de reden dat er niet zoiets als wijsheid bestaat. Ik geloof er niet in. Niemand kan je vertellen hoe je de persoon wordt die je bent. Je moet het leven gewoon leven om daarachter te komen, zegt ze.

Ken je die opname van Dvořáks *Liedjes die ik van mijn moeder leerde* gespeeld door een Engelse celliste? Die opname werd in haar tuin op de radio uitgezonden.

Ze schudt haar hoofd.

De zingende nachtegalen in haar tuin staan ook op de opname. Ze zingen steeds dezelfde vier noten en voegen er na een tijdje een vijfde noot aan toe, als een versierinkje. De uitzending was een sensatie. Iedereen was er lyrisch over. Maar weet je wat ik altijd heb gevonden? Dat het de vogels waren die de show stalen. De celliste moet zich aan ze geërgerd hebben. Mensen willen altijd winnen.

Haar hele huis ruikt naar citroen, afkomstig van de geparfumeerde houtblokken die ze in de open haard legt. Een koekoeksklok slaat elk uur terwijl Tacita in haar kleine, lichtgele keuken rondscharrelt. Ze vertelt dat de culinaire voorkeur van de groep kunstenaars uitgaat naar ingewikkelde, nogal zonderlinge vleesgerechten. Het laatste diner bestond uit een geplukte houtsnip, geflambeerd in sterkedrank opgediend in zijn eigen uitwerpselen, wat gebruikelijk is in chique Parijse restaurants. Er zijn lamshersentjes, kalfslevers, palingpaté, varkenspootjes, en allerlei beesten in een schelp. Ze houden van dingen met een duidelijke, begrijpelijke vorm, legt ze uit. De vormeloosheid van groenten heeft niet hun belangstelling. Schaal- en schelpdieren worden hogelijk gewaardeerd. Ze houden van het gevecht, tanden die in pantsers worden gezet.

Volgens mij is dat typisch voor mannen, zegt ze, terwijl ze de rest van de groenten uitpakt. Alles is een wedstrijdje.

Vind je dat niet vervelend?

Wat?

Dat soort bravoure.

Ze legt bieten op de tafel. Wat ik vervelend vind, zegt ze, is mensen met te weinig verbeeldingskracht.

Ze loopt de keuken uit en komt terug met een houten kistje. De buitenkant is van oranjebruin hout met donkere gaatjes waar ooit de spijkers zaten. De bodem is van witgekalkt hout met diepe verticale barsten. Blauw langs de randen en een dun paneeltje met kartelige uiteinden in dezelfde tint blauw geverfd. Scherven blauw glas en een stuk wit koraal dat grofweg de vorm van een mensenhart heeft. In een hoekje ligt een gespikkelde bal. Aan de klep hangen witte spijkertjes ondersteboven.

Wat mooi, zeg ik tegen haar. Alledaagse voorwerpen die samen een droom vormen. Waar heb je dat koraal vandaan?

Pigalle, antwoordt ze. In een van de straten waar in elke

deuropening een vrouw in groezelig ondergoed en met gelakte nagels staat geleund, als in een toneelstuk. Weet je, zegt ze terwijl ze het kistje op tafel zet, mensen denken dat kunstenaars op zolderkamertjes wonen en cocktails drinken. Ze glimlacht. Maar ik schuim bijvoorbeeld de straatgoten af op zoek naar vieze dingen die ik zo probeer te rangschikken dat er iets wonderbaarlijks ontstaat. Iets wat we kennen maar wat is getransformeerd door tijd of omstandigheden. Tacita pakt een geopende fles wijn van het aanrecht, schenkt twee glazen in en geeft er eentje aan mij. Zoals roze glas, zegt ze, dat na verloop van tijd mat wordt.

Het gaat erom dat je je werkelijk bewust bent van alles, zeg ik en ik neem een slokje. Dat je nooit slaapwandelt en altijd goed kijkt.

Ze zegt dat ze blij is dat ik erbij ben gekomen. Daarvoor had ze het gevoel dat de vrouwen in de groep simpelweg werden beschouwd als minnaressen van de mannelijke kunstenaars. Een heleboel mannen zijn op zoek naar een soort muze, maar uiteindelijk blijven ze allemaal bij hun echtgenotes die altijd beschikbaar zijn, maar meestal te moe.

Ik heb nooit begrepen waarom niemand ziet dat het juist vrouwen zijn die iets op de boeiendste manieren weten over te brengen. Wij zijn altijd waarnemers geweest. We zijn eraan gewend geen publiek te hebben en dat heeft ons de ruimte gegeven om werkelijk te zien. Ik heb vaak het idee dat dat de reden is waarom vrouwen in strakke korsetten werden ingeregen, zodat hun gedachten zich uitsluitend daarop zouden concentreren. Mannen voelen zich heimelijk bedreigd, zeg ik, terwijl ik mijn hand tegen mijn wang leg die warm is van de wijn. Bovendien worden zij meer gedreven door actie. Door de loop der gebeurtenissen.

Misschien komen er in mijn werk daarom zoveel vogels in

kooien voor, lacht Tacita. Ik vind het leuk dat jij je ook zo voor dieren interesseert.

Ik neem nog een slok en zet mijn glas neer. Niet voor de aaibare soorten.

Het valt me op dat ze een verbluffend talent bezit om zich volkomen open te stellen, zonder terughoudendheid. Een volmaakte, zeldzame transparantie. Van haar leer ik dat de manier waarop vrienden je bejegenen een aanwijzing is, het is een venster naar de manier waarop ze zelf behandeld zouden willen worden. Ik denk dat deze eigenschap haar ook tot een uitstekende vertaler maakt. Ze heeft me toevertrouwd dat ze zich één keer te veel vrijheden had gepermitteerd en dat die haar meteen haar baan kostten. Het was het waard, zegt ze. Het gebeurde toen ze Istvan net had leren kennen. Hij was bezig met het ontwerp van het interieur van een schouwburg aan het Canal Saint-Martin en zij was ingehuurd om te tolken bij de besprekingen tussen hem en de *maire* van het tiende arrondissement.

De *maire*, een forse man met een lang gezicht, een samenraapsel van een gegroefd voorhoofd, grote hangende ogen en een enorme neus – hij leek nog het meest op een redelijk slimme bloedhond – zei dat hij verwachtte tegen april de bouwvergunningen in orde te hebben.

Maar wat Tacita in het Hongaars tegen Istvan zei was: Gisteravond zag ik Venus aan de hemel. Fonkelend boven de boomkruinen. Ik ben verliefd op die heldere planeet.

Istvan, al opgemonterd door de aanwezigheid van de vertaalster met het littekentje boven haar lip, een zilveren verticaal streepje dat haar nog aantrekkelijker maakte, snapte maar niet waarom de kalende, nasaal pratende *maire* het over de schoonheid van ongrijpbare planeten had. Toen hij eenmaal doorhad dat het Tacita was, zon hij op een manier om haar mee uit eten te vragen. Een week later verbond de bloedhond hen persoonlijk in de echt, in het atrium van de Mairie du dixième.

Hoe was de trouwplechtigheid? vroeg ik terwijl ik het ranke steeltje van het glas ronddraaide.

Ik was in het blauw. We hadden verder niemand uitgenodigd.

VOS

Niets gehoord. Niets gehoord. Veel geregend.
Groene blaadjes aan de bomen.
Een moervos waargenomen op de derde nacht.
Geblaf, angstaanjagend gekrijs, gek genoeg net een vogel.

Skeet gaat verzitten. Net wanneer ik denk dat ik iets heb opgelost, dient zich weer iets nieuws aan om te regelen.

Heb je wel geslapen? vraagt hij na een tijdje.

Hij vangt mijn blik. Hij weet dat ik al mijn leven lang een slechte slaper ben. Hoe geconcentreerd ik 's nachts door kan werken. Het heeft me altijd verwonderd dat de mens zo'n gescheiden leven heeft, dat hij de ene helft van zijn bestaan liggend doorbrengt, in een toestand van tijdelijke bewusteloosheid.

Ik moet gisternacht wel geslapen hebben, voordat ik naar het dorp reed, want ik werd wakker in de keuken met het veldboek op mijn schoot, knetterende ruis uit de radio, een krasserige piano waarop Chopins Wals in Des-groot werd gespeeld, een stuk dat me altijd in de oren heeft geklonken als een hond die almaar rondjes rent.

Hij maakt een draaibeweging bij zijn oor.

Dat stuk heb ik al een tijd niet gehoord, zeg ik zonder acht op hem te slaan. Het is gebaseerd op een voorval dat plaatsvond in de tuin van Chopins geliefde, de schrijfster George Sand. Zoals ik het heb begrepen zat ze samen met Chopin in de tuin te kijken naar haar hond die als een dolle zijn eigen staart achternazat, waarop ze tegen Chopin zei: Als ik jouw talent had, zou ik een pianostuk voor die hond componeren. Wat hij prompt deed.

Skeet gaat naar de keuken en komt terug met koffie. Hij schenkt twee bekers vol.

Ik heb een van mijn speciale macarons gegeten, zeg ik tegen hem, wat soms helpt.

Hij lacht. En toen ben je gaan rijden?

Het helpt tegen de pijn. Het lost heerlijk, geruisloos op in je bloed. Ik koop de kruiden bij een knappe Algerijnse jongeman die een broek draagt van zulke grove stof dat ik haast zeker weet dat het een gevangenisbroek is. En dan heb ik het niet over een ontsnapte gevangene die zich had voorgedaan als tandarts. De Algerijn, zoals ik hem inmiddels noem, staat op marktdag met zijn koopwaar aan de miezerige rivier in Chinon waar de jongeren 's avonds graag komen om de liefde te bedrijven. Ik rijd langs de rivier, passeer de witte Franse koeien, mythisch afgetekend tegen de stralend blauwe lucht. Hoewel ik de voorkeur geef aan het dorp Fontevraud, dat dichterbij is. Daar woont een illuminator met bladgoud onder zijn nagels. Zijn atelier ligt vol met penselen, sjablonen en veertiende-eeuws velijn. Het is het laatste boekverluchtingsatelier in zijn soort van Frankrijk. Madame Tissaud zou het er geweldig hebben gevonden.

Mijn eerste ontmoeting met de Algerijn was lichtelijk gênant. Hij dacht dat ik ontsnapt was uit een nabijgelegen tehuis voor seniele oude vrouwen, en ik wist zeker dat hij me probeerde over te halen een boot te huren, zo'n dure boot waarmee ze toeristen bezwendelen. Ik geloof dat mijn nervositeit deels te wijten was aan het feit dat ik niet meer weet hoe ik me in het gezelschap van een imposante man moet gedragen, want dat ligt allemaal ver achter me. Hoewel hij me met een bruuske doch gedienstige beleefdheid bejegent, verloopt onze communicatie onbeholpen en stroef, vooral omdat ik nooit goed weet hoe je met verdovende middelen de grammen omrekent naar *ounces*. Is het een gram volgens het metrieke stelsel? Of is het een Amerikaanse ounce? Uiteindelijk roept een tiener die naast hem staat: Vraag gewoon om een zakje, *mémère*.

God, Frame, je moet wel een beetje oppassen.

Skeet. Alles wat ik doe is roken, denken en werken. Ik spreek haast nooit met iemand.

Oude schuwe mensen zijn dwazen.

Nou, ik wil gewoon met iemand praten, Skeet, zeg ik en ik neem een slokje koffie. Maar liever niet met mensen.

Er valt een lange stilte. Welke serie is dit? vraagt hij uiteindelijk en hij houdt een plaatje op van geometrische vormen met opeengepakte spaakachtige lijnen, die van een afstandje op een reeks generfde cirkels lijken, allemaal anders, als sneeuwvlokken.

We zijn er goed in om te vermijden wat we hierna moeten bespreken. Skeet lijkt afweziger dan anders. Normaal gesproken is hij alert en spraakzaam. In de kamer klinkt vaag geruis. En hoe moeten we ook over dit onderwerp praten? Iets waar ik altijd over heb gezwegen. Er zijn zoveel dingen, ik weet niet goed wat ik moet voelen. Ik heb er geen taal voor. Voor de tijd dat er de mogelijkheid van een kind was. Toen die mogelijkheid was weggenomen, heb ik er met geen woord meer over gerept. Tegen niemand. Er was ook niemand meer om het tegen te zeggen. Maar als vrouw is het ondoenlijk om de kwestie uit de weg te gaan. Om een of andere reden is de voortplanting een eeuwig gespreksonderwerp waaraan iedereen mee mag doen. Ik heb het er nooit over gehad. Dat had ook geen zin. Omdat ik besefte dat ook ik behoor tot de familie van de zwijgende vrouwen, maar dat ik niet in staat ben dat te veranderen. Ik heb pijn in mijn longen, ergere pijn in mijn maag en mijn hart klopt overal in mijn lichaam. Ik realiseer me dat de pijn veroorzaakt wordt door de brief.

Morpho eugenia, zeg ik na een tijdje. Het subtiele trillen van vleugels. Het zijn de trillingen van trillingen, aangezien vlinders niet kunnen horen, geen geluid maken.

Het is onvoorstelbaar, zegt hij, dat jij... Hij aarzelt.

Dat ik?

Ik weet niet. Denk je dan helemaal niet meer aan die brief?

De lagere frequenties creëren minder ingewikkelde patronen, zeg ik, met een vreemde stem. Maar, ga ik verder, de hogere frequenties zijn dichter en mooier, al is dat laatste betwistbaar.

Deze ziet eruit als een motief voor een tapijt, zegt Skeet wijzend naar het zuidelijk dwergblauwtje. En wat is dat?

Rode vos.

Lijkt wel een prehistorisch insect. Hij draait hem opzij en kijkt even. Of psychedelische kunst. Hij bladert door de stapels afbeeldingen en gaat direct daarna zitten. Hij ziet er afgemat uit.

Wat is er?

Soms raak ik ontmoedigd door de schaal van het project. Ik vind het verbazend dat het jou nooit te veel wordt.

Tja, godzijdank word ik juist gemotiveerd door het idee van mislukking, zeg ik. Ik krijg altijd een rotgevoel als een experiment zijn einde nadert. Soms vraag ik me af of dat de reden is dat ik zo'n groots project op me heb genomen. Hoewel het me al m'n energie kost. Op het moment ben ik alleen met het project bezig. Ik woon hier nu al twee jaar en ik heb nog niet eens het bos dat achter dit huis ligt gezien. Ik huur de woning van een oudere Amerikaanse vrouw. Dat het oorspronkelijk een kippenhok is stond niet vermeld in haar brochure op internet.

Het heet geen brochure, zegt Skeet. Je moet website zeggen. Anders klink je zo oud.

Maar ik bén oud, zeg ik tegen hem. Oud genoeg om ontzet te zijn dat er, toen hij me tot de nieuwe technologie probeerde te verlokken door mijn naam op de computer in te typen, ongevraagd allerlei informatie over me verscheen, waarvoor ik nooit mijn toestemming had gegeven.

Het huis is opgetrokken uit lichtgekleurde robuuste natuursteen die al duizend jaar overeind staat en eruitziet of ze het nog eens duizend jaar vol zal houden. De Amerikaanse vermoedde dat zich onder het huis grotten bevonden, waarop ze met haar blote handen eeuwenoude aarde heeft uitgegraven, onder het stenen bordes, liggend op haar buik. Zwemmend door de aarde. Des te indrukwekkender als je bedenkt dat graven moeilijker is dan tekenen. Of dan wiskunde. Het wemelt hier in de streek van de grotten, waar wetenschappers en toeristen op afkomen, al zijn de meeste nog niet ontsloten. De eerste witte grot op het terrein, een hoge onderaardse ruimte met drie aparte ingangen die toegang bieden tot drie aparte grotten, heeft een hoog gewelfd plafond, akoestisch perfect, waarin elke noot die ik heb opgenomen zuiver en bondig weerklinkt. Elke trilling wordt opgepikt en kristalhelder weerkaatst.

Volgens de Amerikaanse zitten er vleermuizen, zeldzame vlinders en zelfs leeuweriken. Het enige waartoe ik nog in staat ben is deze kamer doorsteken en de trap afstrompelen naar de grotten. Als je de voordeur uitgaat, heb je aan de oostelijke zijde van het huis een smalle tuin die in de vroege ochtenduren glinstert van de dauw. In het midden van het terras is een bordes van brede platte witte treden, overwoekerd met weelderige lavendel die langs mijn benen strijkt wanneer ik naar de grotten afdaal, de lucht zwanger van kamfergeur. Bewegen kost me tegenwoordig zoveel moeite. Skeet snapt dat niet. Wanneer je zelf nog soepel bent en goed ter been kun je je niet voorstellen hoe het is om immobiel te zijn. We zijn allemaal lichamen als het erop aankomt. Maar als je ouder wordt, laat ook je lichaam je in de steek. Je raakt ervan vervreemd. Het valt je op dat plezier en genot altijd gepaard gaan met werkwoorden.

Door het open raam waait een briesje dat gekwinkeleer van

zangvogels aanvoert, snavels open, op- en neergaande borsten, onopvallend grijsbruin. Na het observeren van de vogels van het zuidelijk halfrond met hun opzichtige neonkleurige sportoutfit maken hun Europese tegenhangers maar een saaie kleurloze indruk. Terwijl ik naar ze luister bedenk ik dat ik, opgesloten in dit huis, nu de gekooide ben. Ik werp een blik op mijn volgeschreven notitieboek. In de zang van vogels zitten geen rustpunten. Ik wiebel mijn polsen heen en weer om het verdoofde gevoel te verdrijven waardoor het veldboek op de stenen vloer klettert. Ik voel een steek van honger, maar ik krijg geen hap door mijn keel, mijn maag zit in de knoop. Normaal gesproken eet ik elke dag hetzelfde twaalfuurtje: een dubbele bruine boterham met kaas, weggespoeld met een glaasje whisky, soms sherry.

Toen ik terugkwam van het postkantoor doorzocht ik de kast naar de grijze archiefdoos waarin het handjevol notitieboekjes zitten die het hebben overleefd, inmiddels vergeeld en de inkt vervaagd tot grijs. Trilling van botten. Klanken die luider worden door iets weg te nemen in plaats van iets toe te voegen. Kleine vorstendommetjes van concrete muziek doorweven met configuraties, onderbrekingen, gerinkel, gezoem, gesproken fragmenten, onverwacht. Ik raak zo opgetogen dat ik in lachen uitbarst. Naïef. Vol met wilde plannen en ideeën, bruisend van vitaliteit. Zo is het leven. Je denkt dat je verandert in de loop der tijd, maar als ik in dit notitieboekje kijk zie ik nog steeds mezelf op de pagina. Je gaat nergens naartoe. Het verleden bevat de toekomst. Wat zuivere, bevrijde observaties van geluid worden. Ik weet nog wat ik dacht toen ik dat opschreef. Ik wilde een groot kunstenares worden. Ik dacht dat ik een nieuwe manier van kijken zou ontsluieren.

Met mensen is er een spreker en een luisteraar. De spreker informeert de luisteraar. Met dieren is het meestal slechts geroep in het duister.

Ik vind een van mijn veldopnames, een gouden schijfje met

een etiket erop, en ik druk op *play*. Gehuil en gejammer in de witte stilte, een ijle wereld van grijze luchten, ineengedoken en huiverend in de wind. Klapperende kaken en knerpende poten in de sneeuw, jankend, blaffend, bevriezend van de kou in het woud onder de sterren en de maan die helder aan de hemel staat. Ik speel het fragment nog een keer af, genummerd en gedateerd, en hoor dat de uitgestoten klanken die scheuren, snijden en kletteren geleidelijk aan lieflijker worden, helder en gearticuleerd. Het verbaast me dat ik er na al die jaren nog steeds zowel vreugde als ondraaglijke pijn in hoor. In sprookjes ontbloten ze altijd hun tanden.

Je kunt niet in de buurt van wolven komen zonder de data te verdraaien. Deze geluiden zijn vastgelegd met zogenaamde 'huilkastjes', apparaten waarop wolvengehuil digitaal is opgenomen en wordt uitgezonden via een 80 GB-computer, die met ducttape is vastgeplakt aan een boom. Skeet en ik gebruikten die om onderzoek te doen naar de wolven waarop eerder was gejaagd, vanuit de lucht, en op de grond met klemmen en gif – onderdeel van een ontzettend slecht bedacht extinctieproject.

In Yukon, waar we elkaar voor het eerst ontmoeten, logeren we in een van de weinige hotels die 's winters open zijn. Het restaurant ligt achter de lobby en je moet eerst langs het aquarium met de vissen met doodse ogen die een soort gechoreografeerde bewegingen lijken te maken. We eten eieren en onnatuurlijk hoekige aardappelen die naar de vriezer smaken, opgeschept uit een metalen bak. Ze zijn taai en droog. De serveerster ergert zich doorgaans aan gasten die zich zo uitgebreid installeren aan tafel maar ik geloof dat ze een oogje op Skeet heeft, dus mogen we onze veldboeken en opnameapparatuur op de formicatafel leggen en urenlang op de brede bankjes zitten ontdooien. Skeet legt zijn arm op de rode kunstleren rugleuning en merkte op:

Als iets niet echt is, wordt er altijd 'kunst' voor gezet, maar het heeft niets met kunst te maken.

De oudjes die hier hun koffie drinken geloven dat enkele raven de *goldrush* nog hebben meegemaakt. De raven weten waar het goud verborgen is, beweren ze. Maar raven worden in het wild hooguit dertig jaar. Toch spreken we ze niet tegen.

We rijden in een pickup-truck met sneeuwkettingen. Het wordt zo koud dat je ringen om de maan kunt zien. Bij veertig graden onder nul beweegt er niets meer. Maar in maart schijnt er tot acht uur 's avonds een lage verblindende zon. De sneeuw is zo droog dat ik eindelijk de zin van bontlaarzen snap. Ik drink koffie uit een stalen thermoskan, waarvan de damp vervliegende patronen op de voorruit maakt. Dan zien we een grote zwarte hongerige vogel met verfomfaaide vleugels. Hij maakt een wolf attent op een konijntje op de grond. De wolf rent door de sneeuw, een zilveren flits. De raaf wacht tot de wolf het beestje heeft gedood en duikt dan met zijn lange zwarte vleugels omlaag. Samen eten ze van het vlees en daarna – ongelooflijk maar waar – spelen ze samen. Ik weet niet hoe ik het heb. Deze spontane actie van de twee dieren, de een met een gehavende verentooi en de ander met bebloede kale plekken in zijn vacht, tegen deze immense troosteloze horizon. Hun moed bestaat eruit dat ze beseffen dat er zelfs in de dood leven schuilt. Ik kijk verbijsterd toe, met gevoelloze tenen, opgezwollen knokkels, terwijl ik mijn handschoenen uittrek om de apparatuur in te stellen. Ogen prikken van de sneeuw die erin wordt geblazen, wimpers die aan elkaar vriezen. Je wordt wel heel wakker van deze bijtende ontstellende kou. Van dit eeuwige heden. De plotse stilte gevolgd door het knerpen van sneeuw, geblaf en gekrijs, het besef dat er iets gaat gebeuren. De ondoorgrondelijke ogen, de moorddadige klauwen, de glinsterende vacht. Vandaag is het slechts vervlochten pootafdrukken. Hiërogliefen in de sneeuw die warmte en vorm verlenen aan het verblindende wit, me duidelijk maken waarom dit het enige is waarvoor ik leef.

Op de terugweg zijn de grijze raamwerken van boomtakken bedekt met een ribbelig ijslaagje en op elke kruin ligt een reep sneeuw, als een naad. We rijden langs uitgestrekte linten donkere dennen en blauw ijs. Dat vind ik prettig aan Skeet. De stilte wordt ineens doorboord door een hoog regelmatig gepiep. Skeet ramt met zijn vuist op het dashboard. Ik veer verschrikt op, kijk hem van opzij aan, verbaasd door zijn onverwachte agressie. Ik vraag me af of hij dit misschien van zijn tienermoeder heeft geleerd, of een van haar vriendjes over wie hij het weleens had. Hoe zou hij ook zo ongeschonden aan zijn afkomst kunnen zijn ontsnapt? Dat kan toch niemand?

Het dashboard rammelt, zegt hij. Als er eenmaal iets rammelt, krijg je het er gewoon niet meer uit. Onmogelijk vast te stellen waar het precies zit. Ik heb een keer een hele autoreis gemaakt met een constant rammelend dashboard. Gek werd ik ervan.

Skeet ritst zijn jack open en haalt er de recorder uit die hij onder zijn sweater had gestopt. Hij blaast erop om hem op te warmen. Hij zegt dat de sneeuw hem doet denken aan een van de weinige ontmoetingen met zijn moeder. Het was in een skidorp, ergens in het westen, niet ver van de plek waar hij onderzoek deed naar geherintroduceerde wolven. Ze was daar met haar vriend. Ze zei niet veel, maar toen ze hem weer voor het eerst zag, moest ze lachen en woelde door zijn haar. Skeet wachtte samen met haar aan de voet van de heuvel. Ze konden geen van beiden skiën. Dat is voor eikels met geld, had ze tegen hem gezegd. De vriend skiede naar beneden en kwam abrupt tot stilstand, waarbij hij haar met sneeuw besproeide. Ze gooide haar brandende sigarettenpeuk als een pijltje en miste op een haar na zijn ski. De peuk doofde met een onaangenaam geknetter in de sneeuw. Hij lachte en ze zei: Dat zet ik je betaald, smeerlap.

We rijden langs reeds lang verlaten huisjes van goudzoekers. Verroeste zagen en steelpannen hangen aan spijkers in het grijze hout. Wollen dekens aangevreten door motten liggen op veren matrassen. Wasberen zo groot als vijfdeursauto's scharrelen rond op de vliering. Soms stonden in deze woninkjes de koffiekopjes nog op tafel. Langspeelplaten die uit de hoes waren gehaald alsof de bewoner elk moment terug kon komen.

Boven ons zweeft een grote zwarte havik.

Ah could my hand unlock its chain / How gladly would I watch it soar / And never regret and never complain / To see its shining eyes no more.

Emily Brontë?

Dat is het enige gedicht van haar dat ik uit mijn hoofd kan opzeggen.

Dit ken ik. Ik vind het mooi hoe ze het gedicht begint met zichzelf te identificeren met de havik, met de mededeling dat ze beiden *wholly alone* zijn, moederziel alleen. We zeggen een hele tijd niets, het enige geluid is het snerpende gejank van het dashboard.

Ze hield een heleboel dieren, zeg ik na een tijdje, terwijl ik door het raampje naar het wazige wit kijk. De huidige dierenactivisten zouden er niet blij mee zijn. Ik wist ook nooit zo goed wat ik aanmoest met de informatie dat ze haar hond een keer slapend op haar bed had aangetroffen en hem net zo lang op zijn oog had getimmerd tot hij halfblind was. Ik bedoel, wie doet zoiets nou? En dan lees je haar gedichten en verwonder je je dat er in één persoon twee zulke verschillende zielen kunnen huizen.

Twee maar? vraagt Skeet met een zijdelingse blik op mij.

We zijn een hele tijd stil. Dan hoor ik een prachtig, fragiel geluid dat uit Skeet lijkt te komen. Het is een schemerig, troebel geluid, vol wegstervende akkoorden. Hij zegt dat het afkomstig is van een opname die hij ooit heeft gehoord. Een man met een mondharmonica en een muziekdoos die beweerde dat hij de zon kon horen gonzen en het geluid kon naspelen.

’s Avonds gaan we vaak een biertje in The Snake Pit drinken. Ik vertrek ruim voordat de alcohol begint te werken. Elke avond is het raak: kapotte stoelen, uitgeslagen tanden, een vloer vol met plassen bier. Skeet vertelt dat het personeel na sluitingstijd, als iedereen weg is, vuilniszakken met zaagsel naar binnen sleept en die over de vloer uitstrooit om de urine en de kots te absorberen. Sommige lui die hier komen, zitten letterlijk onder het vuil. Van die types die stadsmensen verzonnen in de oren klinken. Een misantropische oude schipper met tatoeages van naakte vrouwen op zijn pezige armen vertelde ons dat hij na zijn dood wil worden opgezet en tentoongesteld in deze kroeg.

Taxidermie is weerzinwekkend, zeg ik tegen hem. Ik heb nooit begrepen waarom iemand vrijwillig in een ruimte met onthoofde dieren wil zijn. Hij bromt iets en gaat aan een tafeltje verderop zitten. Op een van zijn vingers zie ik *Flo* getatoeëerd staan. Flo moet stevig in haar schoenen hebben gestaan om het uit te houden met deze onbehouwen botterik. Het is me hier veel te rumoerig, oorverdovende knetterende geluidsgolven, de aanzwellende omgevingsgeluiden. Het doet pijn aan mijn oren. Ik ben inmiddels te zeer gewend aan enkelvoudige geluiden die in bijna perfecte stilte worden voortgebracht. Lawaai dat overstemd wordt door ander lawaai is voor mij een ware foltering. Ik krijg er een claustrofobisch gevoel van.

Dear enemy-effect, zegt Skeet na een grote slok. Heb ik over gelezen, maar nog nooit meegemaakt. Hij kijkt om zich heen. Herken en respecteer het territorium van je buurman. En richt je energie uitsluitend op onbekende vijanden, zegt hij, doelend op de raaf en de wolf die we eerder in het veld zagen. Dat is me ook opgevallen bij het onderzoek naar territoriale zangvogels, gaat hij verder. Leeuweriken kunnen het wijsje van hun buren jarenlang onthouden en ze accepteren hun buren als ‘dear enemies', bevriende vijanden, en in de loop der jaren is dat een voorwaardelijke strategie geworden.

Die verdraagzaamheid tussen vreemde buren heb ik ook bij uilen en leeuweriken gezien, zeg ik. Daar is onderzoek naar gedaan door de geluidsopnames van hun roep in het veld af te spelen.

Maar het was niet puur verdraagzaamheid, zegt hij. Ze speelden echt samen.

Ik denk dat dat ook de reden is van 'We still have Paris'. Een bevriende vijand. Hetzelfde fenomeen zie je tijdens oorlogen.

Hoe bedoel je?

Ik weet niet. Hitler zou naar verluidt aan de telefoon met brullende stem hebben gevraagd of Parijs al in brand stond. Maar Parijs stond niet in brand. Zeker, de stad had schade opgelopen. Er waren barricades, in de straten waren loopgraven gemaakt, de boulevards lagen vol met omgekapte bomen, gebouwen waren doorzeefd met kogels. Maar de stad stond nog, herkenbaar, overeind. Mensen van elders vroegen zich verwonderd af: was het leven in Parijs onder de Duitse bezetting niet iets te gemakkelijk geweest? Was er soms gecollaboreerd? Die vragen waren des te pregnanter bij de onontkoombare vergelijking tussen het redelijk ongeschonden Parijs en de andere Europese steden die compleet in puin lagen.

Skeet neemt nog een slok van zijn bier, maakt zijn vingers los en draait zijn glas langzaam rond op het houten tafelblad. Ik heb gelezen dat Hitler vegetariër was.

Wat heeft dat er nou mee te maken? snauw ik. Hij hield er ook van om volkomen onschuldige mensen om zeep te helpen.

Hij zegt niets.

Sorry dat ik uit mijn slof schoot. We hadden geen idee dat de nazi's niet zouden gaan winnen. Achteraf is het makkelijk praten voor iedereen.

Op dat moment komt er een benevelde jongeman aanschuifelen. Zijn vriend is naar de wc. Skeet en ik hebben hem hier al eerder 's avonds gezien, een jongen uit Klondike een tafeltje verderop, die meestal het etiket van zijn bierflesje zit te pulken. Zelfs van een afstandje kun je zien dat hij een glazen oog heeft, en onder zijn kin zit een stukje ruwe huid dat erop lijkt genaaid. Brede gebogen schouders met bladen die als vleugels uitsteken. Blond haar zo steil als ijzervijlsel. De jongeman vraagt of we de vader van zijn vriend weleens hebben gezien. Je weet wel, onze enige echte dorpsgek, zegt hij. Misschien hebben jullie hem een keer in de ijskoude rivier zien springen. Terwijl de ballen uit zijn zwembroek vlogen. Hij staart recht voor zich uit. Hij heeft een kwade dronk. Hij was er zelfs een keer zo erg aan toe dat hij zichzelf voor zijn kop wilde schieten. Hij had het geweer van zijn pa gepakt. Hij pauzeert om een slok van zijn biertje te nemen en maakt met zijn vinger een gebaar alsof hij een wapen onder zijn kin richt. Hij heeft het gered, zegt hij slikkend. Daarna lacht hij met een raar geluid dat klinkt als een rietstengel die geknakt wordt. De kogel miste zijn hersenen, maar kwam er gewoon bij zijn fokking oog weer uit.

Het duurt een hele tijd voordat de jongen uit de wc komt en dan loopt de vriend weer terug naar hun tafeltje. We zitten een poosje te zwijgen.

Moet je die stem horen, Skeet schudt een sigaret uit het pakje.

Uit de oude luidsprekers komt een haperend keelgeluid, rasperig en intens, begeleid door een traag dreunend ritme dat mij doet denken aan paardenstaarten die horizontaal wapperen in de wind.

Wanda Jackson, zegt hij ten slotte. 'Funnel of Love'.

Ik kijk naar Skeet die achteroverleunt. Het is voor het eerst dat ik hem het woord 'liefde' hoor gebruiken. Hij heeft het nooit over een vriendinnetje. Dat moet ik ook niet van hem verwachten. Wat hij waarschijnlijk ook niet van mij doet. Maar volgens mij zijn de jongeren tegenwoordig anders. Minder emotioneel. Ik denk dat ze de oude mensen maar dwazen vinden. Alles is anders. Hun telefoons rinkelen niet. Ze schrijven geen brieven. Hun lichamen communiceren met elkaar via de telefoonlijn, niet eens een telefoonlijn. Ze praten er niet over en laten er tegelijkertijd te veel van zien aan de buitenwereld.

De volgende dag rijden we verder het land in, over de snelweg vol gaten, met in de verte de beijsde pieken van de Tombstone Mountains waar vroeger sabeltandtijgers rondzwierven. Als je eenmaal in het noorden bent, word je steeds geconfronteerd met de mythe dat je verder moet. Nooit ben je noordelijk genoeg. In de kroeg hebben ze het over ene Core, een man die stroomopwaarts woont en elk seizoen naar de stad komt om een nieuwe vrouw te zoeken. We rijden langs de granieten bergketen, vlak en puntig aan de bovenkant, als grafstenen. Op deze toendra klinken alleen de piepjes van de opnameapparatuur en het droge knerpen van sneeuw onder onze voeten. Een groot witbevroren meer ligt er stil bij. Af en toe schrikken we op van een knal, als een geweerschot. We vinden een rustig plekje bij de rand van een opening. Ik kijk naar Skeet.

Wat?

Niets.

Waarom kijk je me zo aan?

Weet ik niet. Het is meer. Je doet dit al zo lang, maar het valt me op dat je steeds de knop weer weet om te draaien en rustig afwacht op wat er komen gaat. Alsof je je leven op één bepaalde manier leidt en alles elk moment kan kantelen.

Maar dat kan het ook.

Als ik vraag wat hem hiernaartoe heeft gebracht, zegt hij: Mag het maar één ding zijn?

Nou, zeg ik, wat wil je precies doen met dat ene woeste, unieke leven van je?

Hij zuigt lucht in zijn longen. Ik was een keer in Japan op

een illegale vissersboot. Ik had een deel van hun navigatiesysteem gestolen. En terwijl ik daar stond zag ik hoe een visser vlak voor m'n neus een haai aan de haak sloeg. Hij haalde hem binnen en ramde het beest tegen het dek. De haai gleed recht op mijn voeten af. Bloedend lag hij naar lucht te happen, lag daar als een dolle te spartelen, in de hoop te kunnen ontsnappen, terwijl de vissers zaten te overleggen hoe ze dat beest uit hun viswater moesten krijgen. Zij waren rustig aan het babbelen en toekijken terwijl de haai voor zijn leven aan het vechten was en ongeveer zijn rug brak. Uiteindelijk besloten ze de vislijn door te snijden en hem terug te gooien in zee, als een stuk afval. Alsof hij niets was. Op dat moment wist ik het.

En heb je je sindsdien nooit meer afgevraagd: ben ik op de goede weg?

Nee, antwoordt hij.

Weet je waarom? Omdat je weet dat je op de goede weg bent.

WOLF

De wolf is de nacht die de zon heeft opgeslokt.
De scherven glinsteren in zijn onbegrensde ogen.

Tacita geeft me een catalogus van een tentoonstelling in Parijs, die plaatsvond toen ik er nog niet woonde. Op het omslag staat een schilderij: een cirkel van zilverwitte vormen die zo pasteus zijn dat ik ze wil aanraken. Ze worden verlicht door een volkomen andere constellatie. Het is een kalm, stralend, haast mystiek werk. Rechtsonder in de hoek staat in kleine letters: Lev Aleksandr Volkov. Het lijkt totaal niet op de rest van zijn doeken. Die zijn boeiend op een ruigere manier, maar dit ene werk staat op zichzelf. Ik strijk met mijn vinger over de afbeelding en er trekken twee woorden door mijn hoofd als een film. Net als een kloof die je naar de rand toe zuigt, zeggen ze: Kies mij. Ik scheur het omslag eraf, vouw het op en sindsdien draag ik het bij me, als een toverei, een gebed, een edelsteen.

De uitnodiging voor het etentje maakt me lichtelijk nerveus. Mijn kinderlijke verlegenheid, het gevoel van buitenstaander heb ik stilletjes, plotseling afgeschud, als bloemen die alleen 's nachts bloeien. Mijn grootmoeder, Queenie, zei altijd dat ik niet zozeer verlegen was, maar dat ik gevonden wilde worden. In deze groep realiseer ik me dat vrouwen het moeilijker hebben. Tacita zegt dat sommige vrouwen als een wegwerpartikel worden behandeld, voornamelijk door de belofte van hun uiterlijk. Ik vraag me af wat zij dragen op een feestje, maar uiteindelijk trek ik toch weer mijn witte jurk aan. Ik fatsoeneer mijn haar, verbloem mijn accent, hoop dat ik mijn Frans minder houterig kan laten klinken. Toch heb ik me lang niet zo vrij en uitgelaten gevoeld. Dezelfde uitgelatenheid als vroeger met mijn broers in het bos, waar ik net als zij ongegeneerd tegen bomen plaste.

Ik loop de donkerroze lucht tegemoet. Ik steek de begraafplaats door, langs Baudelaire en De Maupassant, over het stoffige grindpad dat zich door het felgroene hart van de Jardin du Luxembourg slingert. Ik loop door de stille, verlaten straatjes van Île Saint-Louis en ten slotte door het tiende. Ik ben heel blij met dit nieuwe genoegen van gezelschap. Ik had gedacht dat het ten koste zou gaan van mijn innerlijk leven, maar het heeft er juist een extra dimensie aan gegeven. Vreemd genoeg dwingt het idee dat ik mijn innerlijke leven moet blootgeven me tot nadenken over hoe dat leven er dan precies uitziet. Ik besef dat ik me nooit op anderen heb verlaten om te weten wie ik ben. Maar deze mensen, al deze onbekenden, maken de gebeurtenis extra bijzonder. Ik wil rustig de tijd nemen om er te komen, omdat ik dit moment vast wil houden, letterlijk vasthouden, en het van alle kanten bekijken. Ik voel de koele avondlucht op mijn huid en het branden van mijn voeten die schuren in mijn schoenen. Ik loop langs de starende donkere etalages die zich in de ochtend weer vullen met brood, bloemen en charcuterie. De fluwelige gloed verdwijnt langzaam wanneer de lichtjes aangaan in de boten die langs de kade liggen; het water klotst zachtjes tegen de zijkanten.

Enkele kunstenaars van de groep heb ik al eerder met Tacita in Brasserie Lipp ontmoet, toen we losse woorden op papiertjes schreven die rare zinnen opleverden. We vouwden het papiertje op en gaven dat aan elkaar door. Een van de kunstenaars schonk whisky uit een heupflesje in mijn champagneglas. Goedkoper, zei hij erbij. De uitkomst wordt hardop voorgelezen en luidt ongeveer zo: De guillotine is een lieftallige teef, lui en wellustig met kronkelend blond haar, ze slaapt met een zwaar voorbestemde tong. Tacita en ik liggen slap van de drank en het lachen. En ik heb niet het idee dat ik een van de kunstenaars van de groep kan worden, maar dat ik al een van hen bén. Ik krijg zo'n vreemde gewaarwording dat het even duurt voor ik weet wat het is. Voor het eerst van mijn leven heb ik het gevoel ergens thuis te horen. Ik heb voor de verandering niet de automatische neiging om me af te zetten. Het gekke is dat waar zij zich tegen afzetten – de bourgeoisie, mijn rechtmatige achtergrond met mijn weelderige ouderlijk huis, gouvernantes en kindermeisjes – mij juist het zelfvertrouwen geeft om met ze mee te doen. Voor het eerst is je denkvermogen het enige wat telt.

Als ik eindelijk op het feest aankom, pakt Tacita mijn hand en trekt me de kamer in. Ik herken veel kunstenaars van de vorige keer. Binnen hangt een dikke warme deken van lichamen, muziek, parfum en sigarettenrook. Mijn blik wordt naar de deurpost getrokken waar Istvan staat te praten met iemand die ik nog niet eerder heb gezien. Een man. Prachtig en groezelig, als een gevallen engel. Ik voel iets ontvlammen. We maken even oogcontact, er gebeurt niets, maar er gaat iets over en weer. Ik krijg een glas ijskoude champagne in mijn hand gedrukt en word aan tafel gezet tussen een anarchist en een revolutionair, hun gezichten verlicht door de kaarsen. Tegenover me zit Leni, een kunstenares die hier op een beurs onderzoek doet naar regenbogen. Het diner begint met een reeks gerechten van het normale, gepaste soort dat mensen doorgaans eten. Een pan *soupe aux cèpes, haricots verts* met *marrons chaudes au beurre*. Opgerolde *galettes* gevuld met kirschroom. Kokkels in hun glimmende, glanzende schelpjes. Dan knipoogt Tacita naar me als een haas gefarceerd met oesters op tafel wordt gezet. Mijn bord wordt weggehaald. Bij wijze van verklaring zegt Tacita: Ivory eet geen vlees. Ze vindt het verkeerd om dieren van hun leven te beroven. Vooral dieren die taai zijn. Daarna eten we iets wat volgens mij tapioca is dat Tacita in pijlinktvisinkt heeft gekookt zodat het zwart is geworden. Ze serveert het op gebroken ijs met citroen alsof het een groot bord kaviaar is, alsof we tsaar en tsarina spelen. Elk moment kan er een schandaal losbarsten.

Er klinkt muziek van Satie en er is een spectaculair nagerechtenplateau dat bestaat uit een piramide van verse zondoorstoofde vijgen, gesuikerde abrikozen, doorzichtige gekonfijte vruchten en macarons in de onwaarschijnlijke kleuren van de Russische bouwwerken, zoals Istvan die ons heeft beschreven: mintgroen, zalmroze, citroengeel. En er zijn kistjes wijn uit Madiran meegebracht door Istvans vriend, Hugo, uit het stoffige cowboygebied van Frankrijk waar het naar woestijn ruikt. Het soort primitieve, onmodieuze wijn waar Tacita van houdt omdat hij je met een klap wakker schudt.

Ivory, zegt Tacita, terwijl ze me voorstelt aan de man die zo-even met Istvan stond te praten. Dit is Lev.

In mijn zak ritselt zijn tekening.

Het is een lange, levendige man met donker haar. Zijn ogen zijn zo blauw dat ze haast wit lijken. Hij haalt zijn vingers als stralen door zijn zwarte haar, dat warrig, grof en kortgeknipt is. Dat verbaast me. Ik had altijd gedacht dat de ogen, de huid en het haar van Russen allemaal dezelfde bleke tint hadden. Zijn zwarte scheerwollen pak is nauwsluitend en zijn dichtgeknoopte jasje heeft te korte mouwen, alsof het pak eigenlijk van een andere man is. Om zijn hals zit een reep stof geknoopt. Ik heb nog nooit een man ontmoet die er zo uitziet als hij. Hij is misschien twee keer zo oud als ik, al moet ik eerlijk zeggen dat ik werkelijk geen idee heb.

Ivory zit net als ik op de schildersacademie, zegt Tacita tegen Lev.

En?

En wat.

Wat schilder je, Ivory? Hij spreekt mijn naam langzaam, moeizaam uit, in het Frans. Het is niet zijn eerste, zelfs niet zijn tweede taal.

Wat er in mijn hoofd zit.

Wat zit er in je hoofd?

Zoals hij het zegt kan het ook betekenen: waar denk je aan?

Het bos.

Waarom bos? vraagt hij.

Het brengt me weer in herinnering dat het Franse woord voor 'bos' vrouwelijk is. Ik vind het mooi hoe hij het uitspreekt: *la forêt*, alsof er een boomblad naar beneden dwarrelt. Hij weet niet waar zijn stem op lijkt.

Voor mij is het een plaats waar alle gewenste en gevreesde dingen wonen. In mijn jeugd vluchtte ik vaak naar het bos rondom ons huis. Daar voelde ik me altijd veilig.

Hij lacht.

Later vertelt Tacita me over Levs kinderjaren in Oekraïne. Zijn vader kwam uit Siberië, zijn moeder uit het Oekraïense dorpje waar ze elkaar hadden ontmoet. Hij zag haar uit de verte. Ze was bezig het wasgoed van haar familie te wassen. Een lijn met witte vierkanten die de blauwe lucht doorsneden. Hij zag haar maar twee keer en nooit van dichtbij. En daarna vroeg hij haar ten huwelijk. Haar vader gaf hem een kleine bruidsschat. Twee magere koeien. En wat geld. Levs vader wilde niet om meer vragen omdat hij van haar hield.

Lev ging precies twee jaar naar school. Op een keer zei de onderwijzer dat zijn klas boeken zou krijgen en dat iedereen dertig grivna moest meebrengen. Levs vader gaf hem het geld mee, maar omdat de boeken nog niet waren geleverd, hield hij het geld bij zich. Het was erg koud op weg van school naar huis, daarom ging hij met zijn vriendjes even bij de buurvrouw langs, mevrouw Ruza, om warm te worden. Ze had broodjes gebakken, die ze allemaal snel naar binnen schrokten, waarna Lev zijn dertig grivna aan haar gaf. Toen Levs vader ontdekte dat het geld aan broodjes was opgegaan, werd hij razend. Je hebt je keus gemaakt, zei hij, je hebt je boeken opgegeten.

Op zijn achtste, gaat Tacita verder, haalde zijn vader hem van school. Voortaan moest hij ossen hoeden in het bos, samen met de andere dorpsjongens. In het bos stikte het van de wolven. Er waren acht jongens, of *holavari*, hoofdherders. Hij had verteld dat ze 's nachts in het bos onder de bomen sliepen. Ze maakten een groot vuur dat ze de hele nacht brandende hielden om warm te blijven en om de wolven op afstand te houden. Elke avond ging een jongen naar het dorp om proviand voor de groep te halen. Duisternis, vuur, wolven met gele ogen, volgens Istvan waren dat de drie dingen die Levs dromen jarenlang bevolkten.

Tacita, heb je gehoord van die tsunami-paddenstoelen die in Japanse grotten groeien? Die aardschokken kunnen voorspellen?

Ik snap het, knikt Tacita, die mijn hand pakt en ons omlaagtrekt om op de koude stoep te gaan zitten, waarmee ze benadrukt hoe gewichtig de zaak is. *Un choc amoureux*, zegt ze. Het lichaam is heilig, Iv. Het liegt zelden.

Holavari, herhaal ik tegen Tacita. Het klinkt als een knokkel die langs een gehoorbeentje strijkt. Ik vraag me af of hij wrok koestert. Of hij hierom nu een hekel aan dieren heeft.

Nee, Iv, zegt Tacita. Hij vindt ze prachtig.

Hoe kan hij dat zeggen?

Hij vindt ze prachtig omdat ze, in tegenstelling tot mensen, ook naakt zijn aan de binnenkant.

Het antwoord van Lev is dan ook geen verrassing.

Bossen hebben hun eigen bestaansreden, zegt hij tegen me,

daar hebben wij niets mee te maken. Pas op voor veiligheid, waarschuwt hij. Dat is een bedrieglijk begrip. In de natuur komt het niet voor.

Er wordt meer wijn op tafel gezet. Het gesprek reikt tot aan het gewelfde plafond van het appartement van Istvan en Tacita. De anarchist zegt dat als we het leven willen veranderen we de maatschappelijke orde moeten opblazen. De revolutionair veegt zijn mond af en glimlacht. Zijn tanden zijn paars. De opruiende revolutiepraatjes worden theater. We leveren allemaal een bijdrage. Tacita pakt in het wilde weg een boek uit de kast. Ze verdwijnt naar de keuken en komt drie kwartier later terug met Rimbauds *Les Illuminations* gebakken in honing, versierd met maanzaad en blauwe korenbloemetjes, omringd door toefjes chèvre, gedoopt in bloeiende rozemarijn. Ik maak een omelet met haren erin, afgeknipt van de baard van een disgenoot die te veel eau de vie op heeft en op de bank ligt te snurken. Als hij wakker wordt, serveren we hem de omelet op een wit porseleinen bord. Ursula, een van de gasten, gekleed in een smokingjasje, die in perfect getoonzette beelden spreekt, ziet een typemachine staan, zet die op tafel en begint te typen. Als ze klaar is, zegt ze dat het het zesde Brandenburgs Concert is. De klavecimbelsolo, die ze ons laat zien, is in rood. Dan gebiedt Lev ons om stil te zijn. We gehoorzamen. Alles houdt tijdelijk op. Het gekletter van vorken en messen en kristallen glazen, het kraken van stoelen, hoesten, het afstrijken van lucifers, zelfs de dorre bladeren buiten. Het moment is bijna grappig, maar dan begint het plechtig te voelen. Zijn ogen staan vrolijk maar met een dodelijk serieuze grafstem zegt hij: Luister.

Luister naar het geluid van de vallende avond.

Tacita vertelt me wat ik tijdens mijn afwezigheid heb gemist. Dat onze beschaafde grapjes werden overtroefd door Félix, een boomlange, depressieve maar productieve kunstenaar, die zijn broek openritste, zijn reusachtige lid tevoorschijn haalde en dat op zijn bord legde.

Iedereen moest lachen. De dames vielen niet flauw, zegt ze. Ze verwonderden zich vooral over het roze, zware ding dat daar maar passief lag.

Ik voel me vol van een onverwachte vreugde en te veel wijn, en alles begint te lijken op een traag spel in slow motion, zoals de van pastis benevelde oude mannetjes die petanque spelen onder de knoestige platanen in de broodwarme zon van de Provence. De decibellen nemen af wanneer ik me door de kluitjes gasten een weg baan naar mijn jas. Lev en ik botsen met onze armen tegen elkaar in de vestibule als ik mijn handschoenen uit mijn zak wil halen. Ik kus Tacita en Istvan, vier keer, en Lev biedt aan om met me mee te lopen naar het huis van Madame Tissaud. Ik herinner me niet meer mijn voeten op de straatkeien of op de rand van de trottoirs.

Hij vertelt me, met een stem die in flarden verloren gaat in het geronk van een passerende auto, dat hij morgenochtend vroeg weg moet. Verplichtingen.

Wat dan?

Daar kan hij niet over praten.

We lopen naast elkaar. Ik voel iets in me tintelen. Er ligt een deksel op de stad, natglanzend zilver, en de beregende straten ruiken naar benzine en kastanjes. Ik voel me geborgen en overmoedig, door de wijn.

Ik blijf op afstand, beleefd. Hij vertelt over zijn werk, maar ik merk dat ik zijn prettige lage stem moeilijk kan verenigen met de heftige ideeën die uit zijn mond komen. Hij praat over zijn schilderijen. Hij heeft prominente jukbeenderen, als oplaaiende vlammen, misschien van de honger, en ik voel me overrompeld. Ik mompel iets over hoe mooi de stad is. Dat de stad je vraagt er verliefd op te worden. Hij zegt dat het licht een uitnodiging tot overgave is. Maar, zegt hij, schoonheid alleen verveelt hem. De buitenkant interesseert hem niet. Het gaat allemaal om de binnenkant, zegt hij. Ik ben slechts het vermaak van de krachten die binnen in me zijn geboren en in me zullen sterven. Hij heeft iets uitgelatens dat wordt weersproken door een zekere afstandelijkheid. Zijn lijfelijkheid en zijn manier van vragen stellen veroorzaken paniek bij me. Door de paniek voel ik me plotseling zo levend dat ik er bijna van schrik. Het is net of hij vraagt of ik hem wil volgen om me daarna aan mijn lot over te laten en dat ik daarna zelf maar moet zien hoe ik terugkom. Ik hou van zijn woorden, van de bestendigheid ervan. In gedachten verzin ik verlangens eromheen. Hij zegt dat hij met bewondering keek naar de manier waarop ik Tacita's schaar vasthield. Sierlijk en agressief tegelijk. Hij neemt mijn kalmte in zich op. Ik zie dat de stilte hem in zijn greep heeft.

Ik concentreer me op de ronde keitjes onder mijn voeten, dan op de zwarte scheerwollen broek, het nauwsluitende pak. Ik ben me bewust van de contouren van zijn lichaam. Zijn vingers die zijn jasje dichtknopen en de kraag opzetten. Ik schrik van zijn blik als hij me aankijkt, zijn ogen lijken onder stroom te staan. Hij stelt me vragen, gunt me niet de beschutting van mijn eigen geest. Hij informeert naar de kunst die ik maak, naar wat ik boeiend vind. Ik beschik niet over de taal om mezelf te verklaren. Niemand heeft me eigenlijk ooit iets gevraagd. Ik heb me altijd schuilgehouden. Naar anderen geluisterd. En waarom heb ik daar altijd de voorkeur aan gegeven? De stilte begon als iets dat ik mezelf aanleerde, uit zelfbescherming, maar inmiddels kan ik er niet meer mee ophouden. Het verontrust me dat er misschien dingen zijn, doodgewone dingen, waar ik niet toe in staat ben.

En jij? vraagt hij. In de daaropvolgende stilte hoor ik het getinkel van de gloeidraden, als tere glasscherven, in de straatlantaarns die aanfloepen.

Ik word aangetrokken door mensen die hulp nodig hebben, denk ik. Ik weet niet eens of ik dat hardop zeg.

Hij draait zich naar me toe. Zijn gezicht is als de kaart van een verdwenen land, zoals de plattegronden die Tacita op mooie verborgen plekjes vindt in een onzichtbare stad die onder de stad ligt waarin we leven.

Misschien ben jij het wel, zegt hij, die hulp nodig heeft.

HERT

Kleine, bleke berichten geëtst in het gras.

Hij laat me achter met een handjevol witte rozen waarover een zweem van het lichtste groen ligt, geplukt uit iemands voortuin. Hij overhandigt me de bloemen en loopt weg, en met hem verdwijnt alles. De dagen erop kijk ik hoe de rozen zich met een trage behoedzaamheid ontvouwen. Een man die een vrouw bloemen geeft, heb ik altijd banaal gevonden, maar nu niet.

Een ongeopend hart bloedt niet, zegt Madame Tissaud die mijn blik ontwijkt, wanneer ze de volgende ochtend de stelen afsnijdt en ergens een vaas opsnort.

Er gaan een paar dagen voorbij. Ik kan niet slapen, ik krijg geen hap door mijn keel. Ik prik alleen wat in het eten op mijn bord. Ik ben half verhongerd en kwijn weg. Hoewel ik geen trek heb, verfoei ik mijn reactie. Honger is niet origineel.

Ik spoel mijn kwasten uit in Madame Tissauds wastafel achterin. De kranen met *chaud* en *froid* zijn verwisseld, maar dat maakt niet uit want ik ken geen enkel Parijs appartement dat warm water heeft. Ik heb een opdracht om vijf dagen achtereen dezelfde schaal met fruit te tekenen. Het is nuttig om eetwaar te schilderen als je zelf niet eet. Dan zie je het meer als object, als iets theoretisch, waardoor de vereiste afstand ontstaat om de zogenaamde werkelijkheid getrouw te kunnen weergeven. Het is anders als een schilderij naar me toe komt. Dan rol ik mijn bed uit, knipper met mijn ogen en ga direct voor het doek zitten, zonder me te wassen of te ontbijten of een praatje met Madame Tissaud te maken. Ik sluit me af voor de wereld met haar verleidingen, zodat ik het op het linnen krijg voordat ik het kwijt ben. Ik knijp de verf uit de tubes en meng de kleuren zoals ik die in mijn hoofd zag, en daarna doop ik mijn kwast erin en zet een streek op het doek. Ik stap naar achteren en voel de energie door me heen stromen. Daar kan niets tegenop.

Ik probeer open te blijven staan voor de saaie technische opdrachten die een betere schilder van me moeten maken. Ik waardeer het dat ze willen dat je de chemie begrijpt van alle dingen die je gebruikt, ook van potlood en papier. Maar deze opdracht en het essay dat ik net heb ingeleverd over de plastische eigenschappen van Cézannes vruchten maken me onzeker.

Wat is het volgende? vraag ik kreunend aan Tacita. Word ik zo'n starre stoffige criticus die alleen nog de kleuren van de maan in het werk van Van Gogh beschrijft?

Onmogelijk, zegt Tacita, die haar jas dichtknoopt. De maan heeft geen kleur.

Istvan noemt Lev *le loup*. Wat een verwijzing kan zijn naar zijn naam, of naar de tijd dat hij in de bossen leefde, maar ik denk dat het eerder slaat op iets in zijn vileine, onverschillige ogen. De afstandelijkheid. Dat hij losstaat van zijn eigen kracht. Maar uit Istvans mond is zo'n bijnaam eerder bedoeld als compliment dan als spot.

La rentrée loopt ten einde, bedenk ik. De bladeren zijn goudkleurig en beginnen van de bomen te vallen, voorbodes van de onbestendige kou, de kou die ik weldra zal leren kennen. Die is hier anders dan in het noorden. De onbarmhartige kou. Daar is het simpel. Het is een kwestie van overleven. Je treft voorbereidingen. Hier is het ingewikkeld. De kou is vochtig en de hoge, dikke, beslagen ramen tochten. De kleren zijn te modieus en te dun. Niets is ontworpen om warmte te genereren of vast te houden. Als ik nu wakker word in het appartement, zie ik mijn adem dampen, maar de kou is wel bevorderlijk voor mijn werk.

Ik ben bezig met een dierenschilderij, rode tinten in het landschap, alsof er ergens een vuur brandt, een eigenaardig witte maan, vogels en een hert. Een merkwaardige mist. Dikke felgekleurde verf, een gevoel van verwarring. Als je goed kijkt, zie je dat een van de wezens een vrouw is met een dierenkop. Ze is als een geestverschijning, in zekere zin vertrouwd maar met een vreemd uiterlijk. Haar huid is kletsnat van de regen, als een drenkeling die net op tijd uit het water is gevist. Haar gezicht drukt walging uit, alsof ze, wanneer iemand te dichtbij komt, zijn haar zal uitrukken. Het was nog een lastige klus om het goede wit te vinden. Ik heb rood, blauw en geel gemengd, wat donkergrijs heeft opgeleverd. Op het doek geeft dat een wit effect. Dat is iets wat ik op de academie heb geleerd. We hebben Millet, Daubigny en Corot bestudeerd, die sneeuw kunnen schilderen zonder een enkele wittint te gebruiken. Ik ben verliefd op rood, niet te blauw en ook geen oranje, maar van die prachtige roodschakeringen die je ziet bij kindermutsjes op renaissanceportretten.

Tacita en ik lopen naar een bistro waar we volgens haar frites moeten eten en wijn drinken. We komen langs een verbleekte affiche voor stierengevechten in Spanje. Weet je dat het Spaanse woord *matador* 'doder' betekent? vraagt ze. Onze schoenen tikken onder het lopen op de keitjes, hetzelfde geluid dat walvissen maken wanneer ze andere walvissen tegenkomen, heb ik ergens gelezen, al zijn ze doorgaans stil.

De warmte van de bistro is het verschil van uit de schaduw de zon inlopen. De kroonluchters branden als zwakke vlammen tegen de spiegelwanden. Er zijn palmen in potten, wijnrode fluwelen bankjes en vrouwen die schaterlachen met open mond. Ronde tafeltjes met rotan stoelen op een zwart-witte tegelvloer, schemerlampen met kwastjes, en een plafond dat zeker een meter hoger is dan normaal, sigarettenrook die rondwervelt in de lichtstralen. Heel Parijs zit in cafés, besef ik, omdat het te koud is in hun appartement.

In de bistro zeg ik: Tacita, je moet me iets vertellen.

Zeg het maar, duifje. Wat is er?

Wat weet je van Lev?

Ze blaast rook uit en strijkt met haar vingers door haar korte donkere haar, de sigaret vlak bij haar hoofdhuid.

Ze is lange tijd stil.

Merde, zegt ze uiteindelijk.

Wat?

Hij heeft een vrouw.

Mijn wangen beginnen te gloeien. Het voelt net of ze me een klap in mijn gezicht heeft gegeven.

Ondertussen eet Tacita, die de bouw van een mus heeft, onze twee borden frites leeg. Ze spoelt ze weg met wijn. Goed dan, zegt ze terwijl ze haar glas hardhandig neerzet en net doet of ze doodernstig is. Er zijn twee manieren om verlicht te worden. De ene is androgynie.

Daar moet ik om lachen. Je bedoelt zoals in sprookjes, waarin ieder personage een afspiegeling van onszelf is, onze mannelijke en vrouwelijke kant.

Zoiets. Rook kringelt uit haar sigaret.

Androgynie veronderstelt compleetheid, de gelukzalige toestand van verlangenloosheid. Ze houdt de sigaret bij haar mond. Het samenkomen van de mannelijke en vrouwelijke kracht in één individu. Voor de meesten van ons, zegt ze met een glimlach, haar hoofd scheef, is dat niet haalbaar. De andere manier is om dit ideaal te bereiken via het versmelten van een verliefde man en vrouw. Het is een ontologische sprong, en een heel gewaagde sprong.

En het huwelijk?

Dat is alles. Ze blaast uit. En tegelijk niets. Al is niets niet per se het tegendeel van alles. Ze zwijgt even. Tot man en vrouw verklaard. Ik vind het idioot dat bij een huwelijk de man altijd als eerste wordt genoemd en de vrouw erachteraan hobbelt. Ze tikt haar as af. Een huwelijk kan de hoogste staat zijn of alleen een bindende overeenkomst. En hoe kun je nou beloven dat je langer zult liefhebben dan de liefde duurt? Ze gaat verzitten. Ik bedoel, ik was min of meer nog een kind toen ik trouwde. Op mijn trouwdag waste ik 's ochtends m'n haar. Terwijl ik koffie zat te drinken, vloog er een vlinder met iriserende blauwe vleugels, die van een ander halfrond afkomstig leek, naar binnen, landde op mijn badjas en bleef daar zitten. Ik hield me stil en liep daarna door de kamer, betoverd door zijn aanwezigheid op een moment dat ik niet precies wist wat me toekwam.

Haar woorden glijden mijn oren in en weer uit. Het zijn maar woorden. Haar ervaringen. Wat zij beschouwt als belangrijk voor zichzelf. Zelf kan ik niet eens beschrijven wat ik voel, deels omdat ik niet goed weet wat ik voel. Hartstocht. Kwetsbaarheid. Gevaarlijk vervuld. Woorden die iedereen gebruikt. Ik weet dat deze gemeenschappelijke taal bedoeld is om mensen te verbinden, maar ik vind dat het ons alleen maar scheidt van elkaar, door onze ervaringen tot dezelfde woorden te reduceren. En wat is er nu eigenlijk echt gebeurd? Niets. Het enige wat er is gebeurd, is dat ik me veranderd voel. Dat mijn zenuwen zijn blootgelegd. Door hem zijn mijn ideeën over mijn werk, over mezelf weggevaagd. Het verandert alles. Ik bezit niets.

Ivory, zegt ze, en ze reikt over het tafeltje en pakt mijn hand, die koud is, nagels bespikkeld met gesso.

Niet in de put gaan zitten. Alsjeblieft. Probeer het uit je hoofd te zetten. Anders maakt het je kapot.

Dat weet ik. Ik knijp in haar hand, maar toch lukt het me niet om geforceerd vrolijk te doen.

Een onverbeterlijke romanticus. *Merveilleux*, zegt ze en ze legt haar hand op mijn schouder.

Na een tijdje pak ik de fles en giet de wijn zo uit de fles mijn keel in, één lange, theatrale teug. Mijn broer Edgar heeft me geleerd hoe ik mijn keel open moet houden. Dat oefenden we vroeger met limonade waar we ons in verslikten en die dan brandde in onze keel. Waarna we proestend van het lachen op de grond vielen.

Fantastisch, zegt Tacita lachend. Ziet er heel overtuigend uit, zegt ze op een toon waaruit ik afleid dat ze onder de indruk is.

Mijn beeld van Lev is zo levendig dat het lijkt of ik hem met wilskracht heb opgeroepen. Want enkele dagen later staat hij zomaar op de binnenplaats van de kunstacademie. Hij leunt tegen de stenen muur. En al sta ik met mijn rug naar hem toe, toch weet ik dat hij er is. Dat kan ik zien aan de uitdrukking op de gezichten van de andere vrouwen. Als ik me omdraai, zie ik hem, met zijn warrige zwarte haar en flitsende wit-blauwe ogen, waardoor hij er bijna uitziet als een waanzinnige. Zijn dreigende, vastberaden blik brengt me van mijn stuk. Op dat moment zie ik dat er iets in hem zit dat hem optilt boven de wereld, en boven mij. Hij bevindt zich buiten tijd en plaats. Er is iets, iets aan hem dat me verblindt. Hij kijkt me aan en ik wend me af. Als iemand naar je kijkt, écht naar je kijkt, is het moeilijk om terug te kijken. Naast hem staan is alsof je onder een laagvliegende zwerm vogels staat.

We lopen alle arrondissementen door, stuk voor stuk, totdat ik blaren op mijn hielen krijg en er een gaatje, ter grootte van een centime, in de zool van mijn linkerschoen verschijnt. Ik heb maar één paar schoenen en de schoenpoets die ik elke avond in de scheurtjes wrijf is weggeschuurd door de natte straatstenen. De voet van mijn kousen ziet er nu uit als een zwarte trompe-l'oeil van een schoen. Ik weet nauwelijks meer waar we over praten. Ik ben overmand door een bête verlegenheid en ben me opeens sterk bewust van mijn ietwat zwalkende pas, van mijn gebrekkige Frans, van hoe ik moet kijken, hoe ik mijn armen moet houden en waar ik mijn handen moet laten, die rood worden in de koude buitenlucht. Ik ben te druk bezig met alles van hem bestuderen – hoe hij praat, hoe hij zich beweegt – om te onthouden waar ons gesprek over gaat. Er vallen lange stiltes, die hij anders interpreteert. Die stiltes doen mij altijd denken aan mijn eigen sterfelijkheid. Dat er altijd zoveel meer te zeggen is.

Ik hou van de manier waarop hij zich, recht als een speer, een weg baant door de kronkelstraatjes. We gaan zitten op de heuvel van Belleville, de huizen zilver onder de violette lucht. Hij scheurt een stuk van een baguette en biedt me dat aan. Zijn handen zijn groot, ruw, met lange vingers. Ik schud mijn hoofd en ik kijk naar zijn malende kaken terwijl hij eet. Ik bedenk dat waar hij vandaan komt ze donker roggebrood eten. Er komt plotseling een herinnering boven aan mijn vader die vertelde dat de Russen dol waren op Iwan de Verschrikkelijke. Hij legde uit dat voor hen het woord 'verschrikkelijk' geducht betekent. Hij zei dat Napoleon de Russen niet kon verslaan omdat de Russen Moskou al in brand hadden gestoken toen hij er met zijn leger arriveerde. Ze hadden hun eigen stad in de as gelegd. Het was beter een verwoeste stad te bezitten dan hem prijs te geven.

Zijn handen scheuren nog een flard brood af. Verder denk ik: alle mannen hebben honger.

We horen flessen rollen en rammelen in de laadbak van een open bestelauto die met zijn vrachtje op weg is naar de *cave aux vins*.

Waar denk je aan, Ivory? vraagt hij terwijl hij zich naar me toe draait. Hij zegt mijn naam: Iev-or-aia.

Ik vraag me af of hij in het algemeen bedoelt of nu, maar in beide gevallen zijn er zoveel gedachten in dit begoochelend stille moment tussen ons dat ik er nauwelijks eentje uit kan pikken. Ik kijk naar de overkant van de straat, naar de bakken met viooltjes op de vensterbank die de ruimte tussen de luiken afbakenen en denk dat ik gek ben op oude witte verf, maar dat lijkt een onnozele opmerking na zo'n lange stilte. Ik denk aan liedjes die opstijgen. Ik denk aan hoe ik na het wakker worden mijn wang en een stukje van mijn voorhoofd tegen het raam van mijn atelier druk om het branden van de ochtend te voelen. Maar zulke schijnbaar geconstrueerde antwoorden durf ik niet hardop uit te spreken. Ik weet niet zeker of hij me voldoende mag om te zeggen wat ik denk.

We lopen terug naar Levs atelier. Het is een hoge witte ruimte. We klimmen de krakende houten trap op. Terwijl mijn atelier niet meer is dan een schilderij op een ezel is dat van hem een verheven chaos, als een archeologische opgraving. Het is er schrikbarend smerig. Iets wat ik niet ken uit mijn eigen jeugd, waar de weelde in de vorm van kristal, marmer en zilver je tegemoetkwam. Hier zijn de muren met verf bespat, staan er overal blikjes met aangekoekte verfkwasten, en liggen er hoge stapels gescheurde foto's, tijdschriften, boeken en kranten. De vloer is bezaaid met kolen voor de kachel, houtskoolstaafjes en lucifers. Het is het tegenovergestelde van zijn werken, die strak en simpel zijn, tot de kern teruggebracht. In zijn atelier heb je het gevoel of zijn onderbewustzijn overal doorsijpelt. Het komt zelfs op mijn voeten terecht. Alles verkeert in verschillende stadia van schepping en vernietiging. Hier zie je hoe zijn geest werkt zonder dat het mysterie wordt onthuld. Het ruikt overal naar rook en terpentijn. Een paar dagen geleden is er brand geweest in zijn atelier, de hele ruimte stond in lichterlaaie, en het vuur heeft een zwarte afdruk op de tussenmuur achtergelaten. Hij zegt dat je nooit de *pompiers* erbij moet halen. Die vernielen de boel. In plaats daarvan heeft hij het vuur geblust met emmers water. De muur, zijn stoel en de tafel zijn zwartgeblakerd maar de rest van zijn spullen, ook zijn doeken, zijn wonder boven wonder ongeschonden gebleven.

We houden niet de schijn op. We zijn nog maar net de trap op. Dan liggen zijn ruwe handen op mijn schouders. De donkere wolk van zijn jasje in mijn neus. Wol, koude buitenlucht en sigarettenrook. Als ik hem proef, proef ik buiten. De ongeschoren huid laat een constellatie van lichte striemen achter op mijn wangen en in mijn hals. Kousen met een naad, die met het gaatje waar je witte dij doorheen ziet, worden afgestroopt. Mijn schouders fladderen tegen de blinde muur, gemarkeerd met koolzwarte vleugels. Nieuwe vingers, nieuwe mond. Hij pakt mijn haar vast, de spelden vallen op mijn schouders, langs mijn rug op de vloer, als een fijne motregen. Mijn haar stort omlaag en omhult hem in een donkere golf. Hij tilt de witte plooien van mijn jurk omhoog. Ik ben koel tegen zijn huid. De warmte terug het lichaam in. Tere netwerken van bloedvaten. Flitsende zilveren ogen. Zweet parelend op botten. Mijn hand op de pezen in zijn hals. De gezalfde waarheid. Het soort waarheid dat alleen uit zo'n intens woordloos moment kan voortkomen. Het afgelegen, taalloze gebied waar alleen gevoel heerst.

Ik val in slaap op zijn blote borst, met het kloppen van zijn hart tegen de zijkant van mijn gezicht. Het enige wat ik denk in het omringende duister is: verder doet niets ertoe.

Een tijdje later loopt hij de kamer door en komt terug met een groot doek, waarvan het houten spanraam over de grond sleept. Op een dikke witte ondergrond, die Siberië of Lapland zou kunnen zijn, is een lichtblauw vierkant geschilderd. Blauw is de warmste kleur, zegt hij zakelijk. Als alle kleuren oplossen, krijg je blauw. Uit de datum op de achterkant maak ik op dat het al een paar weken terug is gemaakt, maar het kleine woordje in de rechterbovenhoek is niet mis te verstaan. Drie kleine glinsterende letters in grafiet, een oplichtende voorspelling. Er staat: *feu*.

NACHTEGAAL

Luscinia megarhynchos: bedwelmend effect;
stem die het voorjaar aankondigt.

Wat is dit? vraagt Skeet die door de handgeschreven zangstemmen bladert die ik op een verbleekt blauw ruitjesvel heb uitgeschreven.

Vocalisatie: 15.45 uur, ten westen van de Albion Hills. Borrelende vloeistof in afnemende sterkte. Klinkt als water dat uit een fles wordt gegoten.

Jeugdwerk. Ik heb het gisteren gevonden. Een oud notitieboekje. Uit de tijd dat ik alles nog antropomorfiseerde. Voordat ik apparatuur gebruikte. Na een tijdje zeg ik: voordat iets iets was geworden.

Frame?

Ja?

Ik moet met je praten.

Ik probeer me te herinneren wanneer ik je voor het laatst heb gezien.

Parijs, zegt hij ietwat ongeduldig.

Hotel du Nord, toch? Ja. Ik had de presentatie van je dissertatie over groepsgehuil van wolven gemist. Ik weet nog dat je het restaurant binnenliep en zei dat je weet dat je in Parijs bent als je hondenpoep ruikt.

Frame, ik…

God Skeet, wat moet ik doen? Ik sluit mijn ogen en hoor nog

steeds de harmonische hoogfrequente wolvengeluiden, die geassocieerd worden met hun agnostische innerlijke staat. Ik snap dat hij waarschijnlijk ook geen praktische oplossing heeft.

Ik heb er de hele weg hierheen over nagedacht, zegt Skeet.

Skeet? Ik kijk om me heen naar de rondslingerende veldboeken en papieren.

Ja?

Soms ben ik bang dat het te laat is.

Gelul, zegt hij.

Mijn wetenschappelijke carrière begon onder een sikkeltje nieuwe maan in Toronto, mijn borstkas bonkend als die van muizen waarvan je alleen al aan de verhoogde hartslag kunt afleiden dat ze beloerd worden door uilen. Ik was nog maar net weg uit Parijs en had moeite met de eenvoudigste dingen: slapen, eten, praten. Ik had mijn verdriet veilig weggestopt in een afgelegen, ontoegankelijk hoekje. Maar iets had een helder gaatje in mijn geest gebrand, een moment van doorzichtigheid waardoorheen ik alles kon zien. Zoals oprechte boswezens met enorme koppen die fabels bevolken en je de weg wijzen. Alles leek duidelijk en mogelijk. Ik verlangde naar een plek zonder geschiedenis. Ooit waren hier wouden met zulke dikke bomen dat je een zwarte lucht zag als je omhoogkeek. De kolonisten hadden de bomen langs de waterkant gekapt en waren noordwaarts getrokken, waar ze een stad bouwden van het hout totdat het grootste deel afbrandde en ze weer van voren af aan konden beginnen. Op een korte, koude, donkere winternacht werden hele stadswijken opgeslokt, de gloed van het vuur was vanuit de omliggende dorpen te zien. Moeder had het gehele land eens als vies bestempeld, een oord vol houthakkers, mannen die in smerige blokhutten woonden en met hun vingers lappen vlees aan stukken scheurden. Toen ik van de boot stapte, was het laat in het najaar. Grijs. Ik keek naar de bomen en dacht: ze hebben geen bladeren meer. Het winterlicht was vlug en fel, maar in de zomer bleef het lang schemeren en stond alles in groei en bloei.

Ik kortte de rok van mijn wollen jurk in zodat ik me vrijelijk kon bewegen. Dat is belangrijk als je veldwerk doet. Al snel had ik een route ontdekt, langs de pianofabriek en de steengroeve naar het ravijn waar het vol stond met brandnetels en distels die tot aan mijn sleutelbeen reikten. Een route die veel makkelijker werd toen ik eenmaal een fiets had. Ik maakte kennis met de skeletachtige wolfsmelk, de hartvormige bladeren van seringen en nieuwe bittere geurtjes. Volgens de man bij wie ik groenten kocht schepten de zwarte beren nog niet zo lang geleden de zalm zo met hun poot uit de rivier. Gehurkt op de steile oever voelde ik de natte koele planten in mijn met modder bespatte hals kriebelen. Haar in wapperende vlagen. Ik wachtte en hoorde het kraken van de bomen in de wind en vervolgens de spookachtige lage roep van een stel gestreepte bosuilen. Toen ik achteraf mijn transcripties nalas, leek het op *joe joe joe*.

Het oversteken van de felgroene grascirkel naar de biologiefaculteit voelde als een groot geluk. Het opnemen van de dierengeluiden op de kunstacademie had gevoeld als een antwoord bedenken op een vraag die ik nog niet had geformuleerd. In Toronto draaiden alle colleges – evolutiebiologie, ecologie, organische scheikunde – om geladen atomen en cellen. Ik vond de biologielessen heel stimulerend. Praktische theorieën die tot magische dingen leidden. Het leek meer van het verstand te vergen. Maar ik had er moeite mee. Ik worstelde met berekeningen maken. Na een paar ongelukjes en fiasco's vanwege mijn onervarendheid was ik de wanhoop nabij. Niets was me helder, het enige wat ik wist was dat ik me in iets echts wilde onderdompelen. Ik werd vanaf het begin gegrepen door experimenteel onderzoek, maar ik leerde ook om mijn ideeën voor me te houden. Of als ik er wel met anderen over sprak, deed ik dat in de saaie bewoordingen en het technische jargon waar zij de voorkeur aan gaven. Ik vond het heerlijk in het lab, de orde en precisie. Het was er schoon, met rijen vitrinekasten waarin instrumenten en stapels vergeeld papier lagen met waarnemingen, zoals verduisteringen, aardbevingen en meteorologische bulletins uit de vorige eeuw. Er hing een vage, brandende waskaarslucht. Na afloop boog ik me zwijgend over boeken in de bibliotheek of aan mijn houten tafel in mijn gehuurde zolderkamertje, te gehecht aan rust om een woning met anderen te delen. Ik studeerde en werkte, dat was het enige wat ertoe deed. De spaarzame vrije tijd die ik had bracht ik door in de natuur, zwierf door de modderige kloof, klauterde over de oever van de rivier, een en al nieuwsgierigheid en durf, tientallen ideeën opborrelend in mijn hoofd, terwijl de andere studenten ijverig in het lab bezig waren met minutieuze experimenten. Een terugkeer naar de wildernis. De groene bladeren, takken en ranken die zich om de gevallen eiken slingerden. Al dat leven. Het krijsen en kwetteren, lage brommende geluiden. Langzaam voelde ik me ontdooien, een voorzichtig toelaten van de mogelijkheid op geluk. Niet het soort geluk dat je als een golf overspoelt, maar het gewone soort, het soort dat blijvend is.

Op de gang had iemand een kartonnen doos laten staan met daarin een Edison-fonograaf en een kistje met wasrollen uit de muziekfaculteit. Hetzelfde model dat Koch had gebruikt voor het opnemen van de roep van uilen. Na de Eerste Wereldoorlog was hij van muziek op wilde dieren overgestapt. Als jongen had hij de grote Franz Liszt ontmoet en in Clara Schumanns muzieksalon gespeeld, waar Brahms een vaste gast was. De fonograaf was een van de eerste modellen waarop je zowel geluid kon opnemen als afdraaien. Ik nam hem mee naar huis en sleepte hem de trappen op naar mijn zolderkamer. Met een doek maakte ik zorgvuldig alle onderdelen schoon. Er waren kartonnen buizen met donkerblauw geverfde cilinders erin; later ontdekte ik dat de verflaag de ruis dempte. Ik zette het raam open en nam de hoge zuivere zang van twee met elkaar babbelende spotvogels en de stoomfluit van een trein op. Daarna speelde ik het af, de geluiden waren op magische wijze in de tinfolie geëtst. Ik liep opgewonden heen en weer alsof dit niet zittend kon worden beluisterd. Na een tijdje kleedde ik me uit en ging op mijn smalle bed liggen, maar ik kon de slaap niet vatten. Het donker was stil, onderbroken door het gieren van een motor in de verte, gedempte stemmen in de gang beneden, ogen die staarden naar het plafond.

Het allerbelangrijkste, had professor Tapping gezegd, is je ogen goed de kost geven. Eerst moest ik kraaien van hem observeren, wat ik heel toepasselijk vond. Het had iets folkloristisch, zoals in een sprookje waar de held de raad krijgt om uit een groep edele dieren de minst hoogstaande te kiezen. De simpele, haast lelijke taal van het dier verlangt niets. Hij bestaat louter uit betekenis, uit wat het dier wil zeggen. In sprookjes en volkslegendes wemelt het van de dieren. Indirecte verwijzingen dat we ooit wisten dat dieren op gelijke voet met mensen stonden.

Ik lees dat het Griekse woord *cathartes* – gier – reiniger betekent. Er valt iets op zijn plaats.

Een kraai zal een broodje van een picknicktafel weggrissen, aldus professor Tapping. Ze gedijen in de stad, in nabijheid van de mens. Hij weet niet dat ik moeders kraaien heb zien kopen, voor vijftien franc per stuk, om soep van te trekken voor hun magere kindertjes.

We lopen naar Necropolis, de begraafplaats van de wijk Cabbagetown. Begraafplaatsen, zegt hij, zijn de beste plek om vogels in een stedelijke omgeving te observeren.

In het late middaglicht komt er eindelijk een grote vogel aanzwenken, zijn brede zwarte vleugels spreiden zich als een overblijfsel van een brand. Schriele poten. Geblakerd ogende kop. Zijn neurotische kraaloogjes houden ons in de gaten terwijl hij een verontrustend geluid maakt dat verdacht veel op lachen lijkt. Natuurlijk, denk ik, kiest hij deze vogels om te observeren. Zwart met gerafelde vleugels, krassende stemmen, de bodes van de dood. Ik herinner me dat er ook over kraaien wordt gezegd dat ze de ziel wegnemen en naar gene zijde brengen. Maar dan duikt hij met zijn kop in het afval en peuzelt een weggegooid stukje brood op. De vogel is zowel een tot as verbrand hart als het zoveelste smerige beest. Ik zie zijn vuile vleugels. Hoe kan hij met die veren vliegen? Ik merk dat zulke simpele vragen me verlammen, de vragen van een kind.

Mooi zo, knikt professor Tapping enthousiast terwijl er stukjes brood uit zijn mond schieten. Hij heeft broodjes kaas in boterhammenpapier meegebracht. Onderzoek alles. Leer iets. Krijg geen antwoord.

Aristoteles?

Euripides, zegt hij, het andere broodje voor mijn gezicht wuivend, waardoor ik ineens besef dat ik enorme honger heb. We eten in stilte terwijl hij een gelinieerd schrift tevoorschijn haalt en iets begint te tekenen wat nog het meest op een bouwkundige schets lijkt.

Was hij nou degene die door honden aan stukken werd gescheurd? vraag ik na een tijdje.

Wie?

Euripides.

Geen idee, zegt hij. Ze scholen vaak samen op begraafplaatsen, de kraaien. Ze zoeken bescherming in de massa. In tegenstelling tot duiven die een gebouw nodig hebben om veilig te zijn voor vijanden. De kraaien zitten zowel op de koude botten als de warme, van de pas overledenen.

Corvus, leest Skeet hardop voor uit een van de veldboeken. Net als kraaien hebben raven een luide krassende herkenningsroep, respectievelijk *krah-krah* en *korr-korr*. Vanwaar opeens al die vogels? vraagt hij.

Omdat ik daarmee ben begonnen. In de cymatica geeft de roep van vogels de mooiste resultaten. Visuele symbolen en patronen maken inzichtelijk wat louter geluidsfrequenties niet kunnen, zeg ik tegen Skeet, die de nachtegaalpatronen bestudeert. Weet je, misschien ben jij wel de enige die mijn logica kan volgen. Ik hoop dat je mijn werk wilt voortzetten als ik… er niet meer ben.

Frame–

Skeet, alsjeblieft, zorg ervoor dat het woordenboek niet gebruikt wordt om er ringtones voor Europese mobiele telefoons van te maken, of ter ontspanning, zoals die ene zender, vogelradio. Of, verzoek ik hem dringend, weggeborgen wordt in met lood beklede kisten, zoals de papieren van Madame Curie. Wat me eraan herinnert hoe onverschrokken ze was. Maar in mijn ervaring, zeg ik, zoekend naar mijn sigaretten, is het de jeugd die bang is voor het leven. Alleen oude mensen zijn bang voor de dood.

Behalve jij, zegt Skeet.

Nou, als het niet langer een abstract begrip is, maar als de dood ongeveer voor je deur staat, wordt het een veelbetekenende deadline, die geweldig bevorderlijk voor je concentratie is.

Hij schudt zijn hoofd. Jij lijkt nog het meest op zo'n adellijke dame die rozenstruiken tussen de ruïnes plant, terwijl hij me het glazen sigarettenfilter geeft dat ik moet gebruiken wanneer ik te veel rook. Hij heeft een blauw jasje aan dat Franse arbeiders dragen; het is inmiddels tot grijs verbleekt en de meeste knopen ontbreken. Zijn huid is gebruind en zijn haarpunten glinsteren als goud. De zon heeft hem zowel donkerder als lichter gemaakt.

Ik ben terug bij af, zeg ik rook uitblazend. Gereduceerd tot enkel mijn zintuigen.

HAAS

Ontelbare onverklaarbare klanken, zijn bloed vermengd met muurverf, getekend op een tarotkaart.

Tacita en ik zitten op de eerste verdieping van Café de Flore café crème te drinken als we Monsieur Marant, een docent van de kunstacademie, voorbij zien lopen met zijn vrouw en hun kindje. We hebben ze al verschillende keren als gezin meegemaakt. Ze haalt hem vaak op, de zwarte glimmende *poussette* voor zich uit duwend, en hij nodigt regelmatig studenten uit voor een werkgroep bij hem thuis. Hij lijkt lichtelijk verbluft door zijn eigen leven, zeg ik tegen Tacita. Hij en zijn vrouw zien eruit als broer en zus, wat wel vaker het geval is bij echtparen. We noemen de baby stiekem de Larf omdat ze zo vaak wordt opgetild en geknuffeld dat haar voeten nooit de grond raken, haar persoonlijkheid geen kans krijgt tevoorschijn te komen. Het is net of ze een lappenpop is. Tacita, die altijd een milde blik op de mens heeft, kan niets aflezen aan het meisje. Niet eens een ontluikend greintje temperament.

Volgens mij hou ik te veel van mijn vrijheid om een kind te hebben, zegt Tacita die zich weer in haar stoel laat vallen. Ergens ben ik er beducht voor om mijn leven aan slechts één ding te wijden, afgezien van mijn werk. Bovendien. Ze leunt dramatisch voorover. De heftigheid van een bevalling. Het verlies van autonomie. De liefde. Dat beangstigt me nog het meest.

Een heel precies mes dat dat verlangen eraf heeft geschild.

Dat zeg ik hardop, al is dat niet mijn bedoeling. Ik deel haar mening maar om andere redenen. Ik heb geen groeiende behoefte aan huiselijkheid. Ik kan me niet eens voorstellen dat je een kind zou willen, aangezien ik zelf nog maar net kind af ben.

Ik probeer al mijn hele leven zo min mogelijk aan kinderen te denken, zegt ze met zoveel vinnigheid dat het haast grappig wordt.

Ik moest voor mijn broertjes en zusjes zorgen. Mijn moeder huilde vroeger de hele tijd. Maar haar tranen waren anders, dat kwam door de zwangerschappen.

Ze bladert door haar schetsboek en laat me een tekening zien. Die stelt een vrouw voor die in haar eentje in een toren zit, een wezenloze uitdrukking op haar afgepeigerde gezicht. Gedachteloos vermaalt ze sterren die ze aan een onverzadigbare maan voert. Dit kan eindeloos zo doorgaan, zegt Tacita. Tenzij, zoals bij mijn moeder, er een einde aan het hemelse voeden komt doordat er een einde aan je eigen leven komt.

Tacita's compositie leidt het oog af van het midden. Het wordt op een vreemde manier naar links getrokken, waardoor de vrouw klein en bleek lijkt, verzwolgen door het donker. Eenzaam.

Ze knipoogt en zegt dan zakelijk: Ze heet Aglaya. Meer weet ik niet.

Wat? vraag ik ietwat geprikkeld.

Levs vrouw heet Aglaya. Ze valt even stil. Sorry schat. Maar het enige wat ik weet is dat je dit zult overleven omdat je voorbestemd bent dit te overleven. Dat moet je tot in elke vezel van je lichaam beseffen.

Tacita's woorden verlammen me. Ik bied een getrouwde man mijn ledematen, mijn hart aan. Iemand die een vrouw heeft. Een vrouw van wie hij houdt, of heeft gehouden. Een vrouw die hij nu bedriegt. Zijn lichaam voel ik nog steeds op het mijne. Deze emotionele spanning, zeg ik tegen Tacita, is als een angstdroom waaruit je probeert te ontwaken, alleen lukt dat niet.

Tacita en ik proberen meditatie. Ik haal de speld uit mijn haar en schud het los. We gaan op de koude harde houten vloer van mijn atelier zitten en psalmodiëren regels uit oude Latijnse gebeden die ik op de nonnenschool heb geleerd. *Convertere, Domine, et eripe animam meam: salvum me fac propter misericordiam tuam.* Deze regels herhalen we keer op keer totdat Tacita me aankijkt. Weet je, de hel is herhaling, heeft iemand ooit gezegd. We proberen stil te blijven maar onwillekeurig beginnen we te schudden van het lachen. Terwijl mijn billen verdoofd raken van de keiharde vloer vraag ik me af of mijn gekwelde gemoedsaandoening niet simpelweg een innerlijk conflict is met mijn eigen kunst. Een stem zegt dat ik moet wegrennen, mezelf moet bevrijden. Om me niet te wagen aan deze strijd. Maar dan doet hij iets, toont me een van zijn verlichte denkbeelden en zet hij me in vuur en vlam. Ik concentreer me op mijn schilderijen, die direct gebaseerd zijn op mijn dromen, op mijn fantasiewereld. Op de academie hameren ze erop dat je als kunstenaar in staat moet zijn om de werkelijkheid uit te beelden. Ik doe mijn best, maar ik ben niet volledig overtuigd. Vanbinnen voel ik me steeds verder verwijderd raken van de rest. Of misschien beweeg ik me in een andere richting.

Op mijn ezel staat een doek waaraan ik net ben begonnen, met een vrouw op de voorgrond. Ze heeft een grote overjas aan die van een man zou kunnen zijn, al ben ik meer geïnteresseerd in het landschap om de vrouw heen dan in haar uiterlijk. De glooiing van haar schouders klopt niet helemaal, maar de stand van haar hoofd is goed. Wanneer ik het doek schuin ophoud naar het licht, is het nog steeds niet hoe ik het wil. Het bos is donker en vaag, er liggen veren op de grond. Maar er zijn dingen die niet gelukt zijn. Het kleurenpalet vind ik te donker. Op het ogenblik heb ik een hekel aan groen. Het enige wat ik kan zien is blauw. Ik ben naar Sennelier geweest, waar ik het ideale blauwe pigment heb gevonden. Kobaltblauw glaspoeder. Ze verhitten het metaal en halen het arsenicum eruit, zeven het en mengen het dan met verpulverde stenen. Het is een schitterende tint die ze in een minuscuul zakje stoppen en dan verpakken in bruin papier. In mijn atelier maak ik van dit prachtige helderblauwe pigment en een zijdeachtige olie een glad mengsel met behulp van een glazen stamper die ik spaarzaam gebruik, want hij is duur en mooi en ik wil dat hij nog een tijdje meegaat. De vrouw kijkt vastberaden, maar wat drukt ze precies uit? Op sommige dagen vind ik het een goed doek, op andere niet. Als ik in een rothumeur ben, voelt het nietszeggend en clichématig. Op andere dagen ben ik blij met de sfeer die het uitstraalt. Is Lev ook de ene dag verliefd op zijn eigen schilderij en de volgende niet, net als ik? Ik vraag het hem niet. Ik laat me afleiden door te denken aan Lev. Hij weet hoe hij zichzelf bloot moet geven zonder iets van zichzelf kwijt te raken. Voor mij zet zijn persoonlijkheid alles op z'n kop. Ik begin te twijfelen aan het rigide keurslijf van de academie. Welke kant ik op wil. Mijn eigen artistieke drijfveren. Mijn emoties die zo veranderlijk als het weer zijn. Ja. Misschien is het dat, zeg ik, in een poging mezelf ervan te overtuigen dat het niet door een vrijwel onbekende man komt dat ik zo van mijn stuk ben. Een man die elke keer weggaat, zonder iets te beloven. Hij slaat mijn ankers weg. Ik vergeet mezelf bij hem. De afgelopen maanden bleef steeds de herinnering aan hem het langst hangen. Betoverd. Ontluisterd. De hele nacht lang, de hele nacht lang. En soms word ik wakker van de vroege geluiden van leverancierskarren die ratelen over de stenen, schreeuwende koetsiers, de ochtenddrukte van kopers en verkopers op weg naar Boulevard Raspail. En in mijn lege kamer lijkt het dan of hij er nooit is geweest.

Hij komt wanneer hij komt. Deze onafhankelijkheid, deze radicale afwezigheid, is voor hem van levensbelang. Omdat er altijd een deel van hem niet is, ook al is hij er wel. Elke keer dat hij niet in mijn periferie is, besef ik dat hij nooit meer terug kan komen. Hij is buitengewoon vaardig in negatieve ruimte. Hij is afstandelijk en dan is hij weg. En niemand die weet waar hij is. Ook als hij zelf over zijn verleden begint, lijkt hij zich niets te willen herinneren.

Met redelijkheid of gezond verstand heeft het allemaal niets te maken, en op sommige momenten is mijn verlangen naar Lev zo sterk dat ik er letterlijk ziek van word. Op andere momenten lijkt het weg te ebben. Ik werk aan mijn klanknotities en schilder in mijn kamer boven de werkplaats van Madame Tissaud, met het enkele kleine raam op het noordwesten, tot mijn benen gevoelloos worden. Ik kan me ervoor afsluiten. Dat is bijna nog verontrustender dan verteerd worden. Alsof ik het deel van de wereld waar hij woont moet afsnijden om te kunnen overleven.

Ik heb het gevoel of ik onder water ben en moet ademhalen in dat smalle laagje lucht tussen vijver en ijs, zeg ik tegen Tacita.

Volgens mij is dat mogelijk, zegt ze neutraal.

Maar serieus, Tacita, wat voor gevolgen heeft dit? Hoe kun je zo'n leven volhouden? Wat leren we ervan?

Wat leren we ervan. Er valt een lange stilte. We leren om alles op te merken.

Ik loop door een lichte regen naar huis, voorzichtig en behoedzaam, alsof ik bang ben dat ik zal morsen. Ik ben blij als ik Madame Tissaud zie die een boekblok aan het innaaien is, naald tussen haar tanden, terwijl ze de band van elk katern tegen de tafelrand plaatst. Ze wenkt me naar binnen.

Ivory. Ik heb iets voor je.

Ze geeft me een dikke in leer gebonden uitgave, *A Booke of Secrets*, een eeuwenoude Engelse vertaling van een Nederlandse uitgave, al is het boek oorspronkelijk in het Italiaans geschreven. Ze heeft het uit een van de vuilnisbakken opgediept die ze regelmatig doorspit op esoterische eerste drukken. Ze heeft het boek gerepareerd en opnieuw ingebonden. Mijn vingers gaan over de nerven in het leer. Je kunt aan de onregelmatigheden voelen van welk dier het leer is, legt Madame Tissaud uit. Struisvogelleer heeft opvallende concentrische cirkels vanwege de grote haarzakjes waaruit de veren groeien. Varkensleer kenmerkt zich door een gelijkmatige haarzakjesstructuur onder en boven. Geitenleer of marokijn, zegt ze, heeft een mooie nerf en kun je altijd herkennen aan het formaat. In het boek staan middeleeuwse inktrecepten, in gotisch schrift, die eerder lijken op toverformules. Je moet er dingen voor doen als regendruppels opvangen en die mengen met gekookte korenbloemen en vlierbessen, geklaard met het ei van een zangvogel en fixeermiddelen die gemaakt zijn van hazenvel. Galappels, legt ze uit, ontstaan op eikenbladeren waar wespen hun eitjes leggen. Als afweerreactie daarop maakt de boom een bolletje aan dat de galappel wordt. Die misvormde bolletjes worden vervolgens opengesneden en vermalen tot het nachtzwarte pigment.

Madame Tissaud weet van mijn kookexperimenten met Tacita en van mijn wens om natuurlijke elementen in mijn kunst te verwerken. In haar wasbak achterin, waar ik ook de vaat doe, maak ik volgens een beproefd recept mijn eigen eitempera. Ik meng de dooier van een kippenei met pigmentpoeder en breng het mengsel in dunne lagen aan op houtpanelen, soms gepolijst, alles transparant. Op die manier zie je de lagen onder de bovenste verflaag in drie dimensies vibreren. Ik schroef de metalen dop van het bruine flesje en giet er een druppel kruidnagelolie bij waardoor de kleuren levendig blijven en scherpzoet ruiken. Ik ben opgetogen over deze kleuren die uit de natuur komen. Gedenatureerde natuur, op de pagina. De eitempera geeft edelsteenachtige tinten, de vage metaalachtige glans van mineralen. Ik wacht een dag, breng een gessolaag aan die ik vervolgens licht schuur en begin er daarna pas op te tekenen. De winkelbediende in Sennelier zegt, wanneer ik om linnen vraag: Mademoiselle, u hebt geen linnen nodig. Tegenwoordig gebruikt niemand nog linnen. Kijk, dit canvas is minder duur, zegt hij. Hij verwijst me door naar een man bij de ijzerwaren die een stuk hardboard in panelen snijdt in plaats van de duurdere kant-en-klare die in de zaak verkrijgbaar zijn.

Terwijl ik wacht tot de doeken geprepareerd zijn, droedel ik wat in mijn notitieboekje. Felgekleurde pigmenten, zoals Indisch geel dat gewonnen scheen te worden uit de urine van koeien die uitsluitend mangobladeren te eten kregen. Onze docenten vertellen dat de Hollandse schilders deze kleur graag gebruikten om er de zon mee te schilderen. Ik teken wat waterige composities en sla het boekje dicht terwijl de bladzijden nog nat zijn. Als ik het weer opendoe, zie ik abstracte vormen die eruitzien alsof ze door de natuur gemaakt zijn. Het lijkt bijna op een mystiek landschap of de kaart van een maan. Toevallig naturalisme. Ik vind het prettig dat mijn hand er niet in te zien is, dat er geen sprake is van een scheppingsdaad. Ik laat het gewoon worden wat het wordt.

Madame Tissaud vindt dit ook interessant. Dat het materiaal een spiritueel onderdeel van het werk wordt. Ze legt uit dat de hoge zuurgraad van sommige inkten tot gevolg heeft dat het papier door de inkt wordt opgegeten. Ik kijk haar ongelovig aan.

Ze haalt haar schouders op. Datgene wat het verlucht doodt het ook.

Lev heeft het zelden over zijn kunst. Hij heeft een hekel aan het recente verleden. Hij is niet geïnteresseerd in het incorporeren van natuurlijk materiaal. Doordat hij zoveel tijd in de bossen heeft doorgebracht, zo lang in de buitenlucht heeft gebivakkeerd, is hij nu een stedenverzwelger en heeft een hang naar het onnatuurlijke. Hij verfoeit nabootsingen van de natuur. In zijn atelier heerst de doordringende lucht, de schilferende kleverigheid van lijm en oplosmiddel. Hij is een groot bewonderaar van de keurige tuinen en de geometrisch gesnoeide heggen van Frankrijk.

Het is nutteloos en saai om het bestaande af te beelden, omdat het bestaande me verveelt, zegt hij. Pas later ontdek ik dat het een uitspraak van Baudelaire is.

Ik heb een keer mijn geboortedorp geschilderd. Ik zat voor het doek en bleef er maar aan prutsen. Tot ik besefte dat ik niet zozeer van het dorp hield maar van wat het uit me had gehaald. Maar je hebt geen gevoelens voor wat je achterlaat. Zulk soort afbeeldingen zijn hol. Net als een prachtige eeuwenoude tempel. Voor de ongelovige mens blijft het een mooi bouwwerk ook al heeft het zijn oorspronkelijke doel verloren. Wat het wordt is een toeristische attractie.

Ik denk dat ik weet waarom hij de natuur niet afbeeldt. Zijn jeugd. De bossen vindt hij afstotelijk, niet omdat ze esthetisch onbevredigend zijn maar omdat ze angst symboliseren. Ze symboliseren eveneens de dood.

Ik sla mijn armen stevig om Madame Tissaud, til haar een eindje van de grond en houd haar vele tellen langer vast dan iemand anders zou doen, op de manier die ik van haar heb geleerd. Zij is zo mollig en zacht tegen mijn donkere tengerheid, we zijn levende tegenpolen.

Ik geef haar een kus. Wat moest ik zonder u beginnen?

Boven lig ik in het bed in de hoek en kijk naar het raam. De regen valt in rechte banen, maar ik zie nog steeds de handen van Madame Tissaud voor me die banden innaaien. Het is het soort regen dat je in het weer doet geloven. Vanuit mijn ooghoek zie ik iets grijs. Het is een dode muis die plat op zijn linkerwang ligt. Fluwelen vel, de dunne staart als een schoenveter erachter. De kamer ruikt vaag naar vis. Ik zoek wat los papier om hem mee op te scheppen maar dat durf ik niet. Het kan ook dat hij gewoon slaapt en dat mijn gepor hem doet opschrikken. Dan zal hij bliksemsnel wegschieten zoals muizen eigen is en krijg ik een hartverzakking. Wat ons vaak beangstigt aan dieren, net als aan vreemden, zijn hun bewegingen, hun onbekende snelheid. Ik leg maar een stuk papier over de muis, ga aan tafel zitten en probeer te werken aan mijn klanknotities maar ik kan me niet concentreren. Ik ben bang voor andere lijken, andere doden die hier tijdens mijn afwezigheid gevallen kunnen zijn.

Ik ga liggen en probeer te slapen. De onzekerheid slaat 's nachts toe, wanneer alles groter wordt. We missen wat we kennen, ook al weten we dat het niet goed voor ons is. Voor Moeder had ik altijd een mengeling van angst en ontzag. Ze was een zeer tegendraads persoon. Haar obsessie met schoonmaken en schoon zijn, zowel vanbinnen als vanbuiten, kwam tot uiting in reinigingen, het noodzakelijke ritueel voor perfectionisten. Daarom hield ze niet van zonnige dagen, al wilde ze dat nooit toegeven. Want dan zag je overal stof liggen. Het was ook de reden waarom zij altijd en overal de dunste moest zijn. Niet alleen omdat ze iedereen jaloers wilde maken, maar ook omdat ze, zo vermoed ik, een verstoorde relatie met haar eigen lichaam had. Niet dat ze nou zo'n verschrikkelijk mens was. Wanneer ik op bezoek mocht in haar zitkamer, hield ze me in de ban met beschrijvingen van de schilderijen die ik zo mooi vond, de Breughels, de Vermeers en de Jheronimus Boschs, die ze in het echt had gezien tijdens haar rondreis door Europa. Maar als ik tegen het einde van het bezoek een chocolaatje kreeg, besefte ik wat ik was. Een gast. Ze had een mooie, rustige stem. Haar zinnen waren spannend en bevatten mysterieuze wijsheid. Ze sprak in alinea's. Ze leek voornamelijk in een andere eeuw te leven, maar als ze wilde kon ze ook modern zijn. Queenie was een keer huilend van tafel opgestaan toen Moeder in een wel erg diep uitgesneden jurk naar beneden was gekomen. Dat was ongebruikelijk gedrag voor Queenie, die doorgaans zo mild en evenwichtig was. Misschien vond ze dat het beschavingspeil aan het dalen was. Wanneer Queenie op bezoek kwam, las ze ons griezelverhalen voor en Ierse volkslegendes, en zei dat wij nakomelingen van gedaanteverwisselaars waren. Haar verhalen vol magie en alchemie maakten diepe indruk op me. Na haar dood heb ik ze in tekeningen proberen weer te geven. *Weten jullie waarom ze altijd een enkele boom in een weiland laten staan? Zodat de geesten een plek hebben om samen te komen.* Ze was het vaak niet eens met Moeder, vooral niet wat mij betreft. Ik had Moeder, na een ruzie, eens tegen Vader horen zeggen: ik vraag me af of ze soms vergeten zijn een hart onder die magere ribben van haar te schroeven. En ik dacht: moet je horen wie het zegt.

Mijn tijd was verdeeld in twee aparte levens. Overdag kreeg ik les, studeerde, speelde braaf piano. Ik zat met rechte rug, in de aparte ruimte bedoeld voor kinderen, in het bijzonder meisjes. Zondag betekende een gesteven jurk en met gevouwen handen op de bank zitten. Niet wriemelen of praten als er gasten op bezoek waren. Aan het eind van de dag, als het nog licht was, of 's ochtends vroeg, mocht ik paardrijden. Elke dag liep ik naar de hoge houten stallen met het dak dat op een kerk leek. Aan het begin van de ochtend waren mijn leren laarzen hard en koud als ik ze aantrok. Ik pakte het hoofdstel van de haak, voor de box van Admiral de ruin, en trok het over zijn oren terwijl mijn andere hand het bit tussen zijn tanden schoof, een geluid dat klonk als een metalen vijl die over iets hols schraapt. Het was bijna onmogelijk om de omtrek van zijn buitenaardse ogen te zien tegen zijn gitzwarte vacht en manen. In de hoek stond een strakgevlochten zweep, maar die gebruikte ik nooit. Het zadel kraakte als een schip wanneer ik het bos inreed, de glooiende heuvel besteeg en onder de laaghangende takken dook, die soms in mijn gezicht sloegen en een brandende pijn nalieten. Ik zag lijsters in de berken zitten en torenvalken in slow motion hoog in de lucht rondcirkelen. Ik zocht altijd het gevaar op: onweer en bliksem, glibberige paadjes, de laaghangende zon die nauwelijks nog licht gaf, onbekende onbegaanbare plekken, in handgalop de steile rotsen afdalen terwijl in de mist het land niet meer van de lucht te onderscheiden was. Ik plonsde door water, raakte elk besef van tijd kwijt en kwam veel later dan de afgesproken tijd thuis.

Achter ons huis, dat aan de rand van een helling lag met in de diepte een slingerende rivier, strekten zich weilanden en bossen uit. In de verte was een kegelvormige heuvel en als de bomen hun bladeren waren verloren, kon je het donkerblauwe water van het nabijgelegen meertje zien. Ik deed er een kwartier over – tien minuten in volle galop – om door het bos te rijden, de beek over te steken naar het daarachter gelegen terrein. Ik zag niet langer de esdoorns, die in het koude donker tot blokjes van licht waren gereduceerd. Door de grote afstand durfde ik alle remmen los te gooien. Mijn dagen bestonden uit wat ik niet mocht doen, alles wat ik niet mocht zeggen. Ik hield halt in het veld, boog me voorover om Admiral op zijn hals te kloppen. De damp sloeg van zijn schoften. Hij blies een lange wervelende ademwolk uit die door zijn hele lijf trok en daarna ging hij met zijn hoofd omlaag en begon met zijn gebit stukken gras uit te rukken. Uit het niets steeg ineens een explosieve zwerm patrijzen op, zoals typisch is voor die vogels. Mijn hart maakte een sprongetje van schrik, het paard maakte een sprongetje van schrik, maar ik wist in het zadel te blijven. Rustig maar, ouwe jongen, zei ik terwijl ik achteroverleunde, mijn handen op zijn flanken, en keek naar de oranje zon die langzaam achter de boomtoppen zakte. Ik drukte mijn hakken tegen de onderkant van zijn ribben en reed in handgalop door het donker terug naar huis.

Ik vertel nooit tegen Moeder waar ik heen ga, zeg ik tegen mijn oudste broer, Albert. En ze vraagt nooit iets.

Dan weet ze het, zegt hij.

Als ze het weet, zal het niet lang duren voordat ze me tegenhoudt. Haar bezorgdheid lijkt voort te komen uit conventie, niet uit oprechte angst, zoals bij de meeste moeders. Ik hoor haar mompelen dat ik iets wilds heb dat haar niets bevalt. Waarom heeft ze zoveel lucht nodig? Alles wat ze niet leuk vindt, zegt ze tegen Vader, beschrijft ze als verstikkend.

Ik ging dingen achterhouden. Ik besloot dat alles buitenshuis van mij was. Ik vertelde haar niet van de keer dat ik een jongen een klap gaf omdat hij een vossenklem had gezet. Of dat mijn gebroken voortand was gekomen doordat hij me terugsloeg. Het is een melktand, zei ze van een afstandje om het beter te kunnen zien, goddank. Zelf heeft ze een verfijnd profiel; boven de open haard hangt een portret ervan in mousseline.

Ik vertel haar niet over de verzamelingen die ik in schriften ben gaan aanleggen: bladeren, nesten, insecten, de holle botjes van vogels. Of over de dag dat ik in een veld met schermbloemen stond en kortstondig bedekt was met piepkleine fladderende vleugeltjes. Ik was samen met mijn broer Garnet. Eerst moesten we nog lachen. Luister, zei ik, naar het geluid van hun vleugels. Garnet keek me aan. Jij hoort wat anderen niet horen, zei hij ernstig. Probeer niet te bewegen, fluisterde ik. Voel het. We stonden doodstil en voelden de vleugeltjes langs onze hals en armen strijken, in ons haar. Hun gekleurde vleugels fladderden en fladderden maar en wij bewogen ons niet. Gestrekte armen die pijn begonnen te doen. Zon die ons verblindde. De onbewolkte heldere lucht. Mijn lichaam vulde zich met opgetogen vreugde. Ik merkte dat mijn gezicht nat was en besefte dat er tranen over mijn gezicht stroomden. Nog lang nadat ze weg waren, stonden wij daar zonder iets te zeggen.

De dag dat ik thuiskom, kleren doorweekt, plakkend tegen mijn huid, klinkt er venijn in Moeders stem, ook al oogt ze kalm, kin geheven. Ze draagt elegante jurken die genaaid worden door een vrouw die aan huis komt en haar met een lint opmeet, niet het soort jurken dat andere vrouwen uit een catalogus bestellen en die nog dezelfde dag per ruiter worden bezorgd. Waarom, vraagt ze traag articulerend, moet je er per se met noodweer op uit? Dat is niet normaal. Door haar tempo weet ik niet goed wat het volgende zal zijn. Ik heb haar teleurgesteld. Ik weet niet wat ik moet doen, daarom sta ik daar maar druppels op het glimmende parket te lekken. Ik weet dat ze in Frankrijk en Italië naar *finishing schools* was geweest. En dat er een debutantenbal was waarop ze een zilveren jurk met lange witte handschoenen had gedragen. Ze doet vaak voorkomen of triviale dingen van levensbelang zijn. Ze lijkt zich constant te ergeren aan mijn broers en mij, geagiteerd door wat ze als onze nonchalante, wispelturige aard beschouwt.

Je zult jezelf verfoeien, hoorde ik Vader waarschuwend tegen Moeder zeggen, als je haar laat winnen door toe te geven aan haar gedrag. Al vraag ik me af, als een moeder een dochter verloochent, wie er nu precies wint.

HYENA

Hyena: twinkelende sterren, kakellach.

Het is rumoerig in Brasserie Lipp. We zijn met een gezelschap dat zoveel mogelijk spektakel wil maken. Deze groep is zo tuk op radicale expressie dat bij het simpelste ludieke gebaar een hele meute enthousiast opspringt. Hugo met zijn bezwerende manier van spreken leidt een sessie 'automatisch schrijven' en laat een blanco opschrijfboekje rondgaan waarin iedereen een bijdrage moet leveren. Hij schrijft: *stuk*. Kan dat woord ook een positieve betekenis hebben? vroeg Tacita. Als je het over een mooie vrouw hebt wel, zeg ik. Of je kunt door iets van je stuk worden gebracht, zegt ze. Er wordt een brede rol dik crèmekleurig papier ontrold waarvan de uiteinden aan de lange rij tafeltjes worden vastgeplakt. Iedereen is een gevangene en moet zijn eigen ontsnappingsplan tekenen. Er wordt een scène voor een toneelstuk gespeeld waarin een zwarte zwaan een orfisch ei legt. Tacita verzamelt de inhoud van onze zakken en maakt haar eigen voorstelling van onze dromen met behulp van paperclips, lucifers, een mondharp, centimes aangekoekt met vuil. Yuri, die een keer bij Lev op de vloer heeft geslapen, jongleert met brandende kaarsen die wonderbaarlijk genoeg niet doven door de benedenwaartse trek. Hij was vroeger clown in een Russisch circus maar werd ontslagen omdat hij te veel dronk. Ze zeiden dat de drank nog eens zijn ondergang zou worden. Maar toen hij nuchter aantrad, lukte het hem niet meer om iets te vangen.

Zijn lichaam was zonder alcohol minder alert. Als ik hem omhels, ruik ik zijn typische ietwat muffe dierlijke lucht, maar de geur van cognac is overweldigend.

Vanavond ben ik onoverwinnelijk. Ik schop mijn schoenen uit en dans op de tafels, mijn enkels scheren rakelings langs de hitte van de kaarsen, terwijl Lev met een uitgestreken gezicht gedichten voordraagt samengesteld uit beschrijvingen geknipt uit negentiende-eeuwse warenhuiscatalogi. Als hij het boek dichtklapt, spring ik van de tafel recht zijn armen in. Hij kust me lang en diep. Hij staat zo dichtbij dat ik zijn lichaamswarmte voel. We kijken elkaar aan. De rest van de avond zeggen we weinig, maar onze lichamen zijn hyperbewust. Geamuseerd beziet hij de dolle streken van de groep, die hij graag mag, maar zijn artistieke affiniteit ligt elders. Hij is tolerant, tot op zekere hoogte. Als een van de kunstenaars bijvoorbeeld een speelgoedbeer roze verft en plankjes in zijn buik aanbrengt, schudt hij alleen maar zijn hoofd. Hoewel hij graag alleen is, lijkt hij van de groep toch iets te krijgen waar hij behoefte aan heeft. Istvan zegt dat je het kunt vergelijken met het kruisen van twee soorten, want het contrast tussen zijn kunst en die van de groep is groot. Zoals het kruisen van een ezel en een paard.

En wie is de ezel in dit scenario? vraagt Lev.

Die ochtend hadden we ons haar blauw geverfd. Omdat we allebei donker zijn, is het resultaat meer een vage azuurblauwe gloed.

Maal de blauwe korenbloemen, geplukt in den ochtend, voor de zon opkomt, met schoon water zeer fijn op enen steen. Doe het maalsel vervolgens in enen hoorn of schelp, en giet er water over, roer goed dooreen, laat een halve dag staan, giet het water af, neem daarna de wervelkolom van een grote vis en vermaal die met gom en het wit van eieren. Gebruik het mengsel naar goeddunken.

Het is avond. We laten ons in de koele lakens vallen, ons haar maakt een waterig blauwe afdruk op Levs kussensloop. Blauw is zachtaardig. In weerwil van wat ze zeggen, is het een blije kleur. Een heel universum verwijderd van rood.

Boven de Jardin du Luxembourg staat een enkele ster die vanaf het bed door het raam te zien is. Ik doe net of ik slaap. In werkelijkheid doe ik geen oog dicht als ik bij Lev ben. Bovendien word ik wakker gehouden door een droog gekras dat van hem afkomstig is, zijn gebruikelijke nachtarbeid. Zijn schilderijen ontstaan op elk willekeurig tijdstip, maar tekenen doet hij alleen 's nachts, als de droomgestalten tevoorschijn komen. Ik merk dat hij niet gestoord wil worden. Dat is duidelijk.

Slopende stilte, de uitgestrekte dagen ertussen. Zodra ik wakker ben, ga ik schilderen tot laat in de avond, me aanpassend aan het licht. Door mijn kleine raam heb ik uitzicht op boomtakken. Ik ben me bewust van de geur van olieverf en terpentijn die in de schuine ruimte hangt. Soms klinkt er een stem op straat, vogelgekwetter, dat me eraan herinnert dat er nog een andere realiteit is. Door deze afstand tussen ons bekruipt me onwillekeurig een gevoel van eenzaamheid. Afwezigheid heeft iets heftigs. Deze afwisseling van bij Lev zijn en hem dan weer zien vertrekken put me uit. We zijn altijd vormelijk tegen elkaar als we elkaar na dagen alleen te zijn geweest weer zien. We gedragen ons als roofdieren, op onze hoede, hoewel onze lichamen tintelen van spanning.

Op mijn ezel staat een geprepareerd doek klaar en staart me aan, maar ik werk stug door in mijn schetsboek. De laatste dubbele pagina's bevatten zowel experimenten als dierenstemmen. Dat zijn dingen die me boeien, maar op de academie worden mijn interesses niet serieus genomen en word ik aangespoord me aan het lesprogramma te houden. Ze dringen ons de idealen van de klassieke kunst op: verhouding, proportie, symmetrie, evenwicht, harmonie. Ik zie dat de andere studenten die intellectuele denkbeelden overnemen en ijverig op hun eigen werk toepassen, maar ik vind dat er iets essentieels ontbreekt. Hoewel ik me graag aan iets stevigs wil vastklampen, word ik steeds meer bekropen door het mismoedige gevoel dat de academie niets voor mij is. Wat ze willen is dat we voldoen aan de eisen. Wat ik wil is die juist negeren.

Het is onmogelijk om in contact met hem te komen. Als we afscheid nemen, weet ik niet wanneer ik hem weer zal zien, over een uur of over een week. Ik heb geen rechten, kan hem niet claimen. In wachten schuilt weinig waardigheid. Wachten is een gewoonte geworden. Hij bestaat amper in de wereld waarin we overlappen. Ik weet honderd procent zeker dat ik hem voorgoed zou wegjagen als ik dat ter sprake zou brengen. En hoewel ik gewend ben om stil te zijn in zijn gezelschap, vind ik het nog steeds bevreemdend hoeveel dingen ik niet kan zeggen.

Ruim een week later, als hij bij Tacita en Istvan binnenkomt, haalt hij het bloemetje uit zijn knoopsgat en steekt het achter mijn oor. Een elektrische schok. Dat gebeurt elke keer.

Ik zeg: Alleen jij.

Zijn lippen tegen mijn oor. Je was in mijn gedachten, tussen mijn vingers.

Mijn gezicht en hals worden roodgloeiend. De waarheid genereert hitte.

Ik zie hoe hij zijn handen op Istvans schouders legt, hem in zijn diepe ogen kijkt en hem met achteloze zelfverzekerdheid begroet. Voor mij is hij als een magneet, als dat menselijkerwijs mogelijk is. Maar ik veins uiterste kalmte.

Tacita en ik drinken thee uit gebarsten blauw-witte porseleinen kopjes.

Het probleem, zegt ze, is dat ik verliefd ben op alles. Op al die spullen. Die kapotte, vuile, verweesde spullen zijn doortrokken van zo'n grote betekenis dat ik nauwelijks nog normaal een straat door kan lopen. Istvan vraagt zich af of de torenhoge stapels met dozen de boel zullen overnemen en ons tot ondergeschikten zullen reduceren. Ik ben zo druk bezig met verzamelen dat ik gewoon geen tijd heb om ergens aan te werken.

Maar dit ís het werk, zeg ik, terwijl ik het kopje in de cirkel van het schoteltje zet. Het wordt kunst door de keuzes. Assemblage is restauratie.

Ongelooflijk.

Wat?

Je scherpe opmerkingsvermogen.

Bij een ander merk je dingen veel sneller op.

Ik denk dat Istvan, hoewel hij het heel goed begrijpt, zich neergedrukt voelt door de voorwerpen.

Goed. In het ergste geval zorgt jouw verzamelwoede ervoor dat je wordt gegijzeld door al je spullen. Dat ze je tegenhouden, je geest blokkeren. Je geest moet juist de ruimte hebben.

Ze vist een suikerklontje uit het blikje op.

En ik denk dat je jezelf de vraag moet stellen waar je je nou precies aan vastklampt.

Het leven, antwoordt ze en ze laat het klontje in haar kopje vallen. Haar lepeltje tikt tegen de zijkant. Soms weet ik niet wat ik doe, Iv.

Wie weet dat wel helemaal? Wat ik mooi vind, is de betekenis die de spullen voor jou hebben, allemaal met hun eigen energie van waar ze vandaan komen. Allemaal met hun eigen democratie.

Vergelijkbaar met jouw schilderijen, Iv. Jij laat een alternatieve wereld zien, waar mensen, dieren, planten en levenloze objecten op gelijke voet met elkaar verkeren. Waar komen ze vandaan?

Uit dromen.

Tacita slaat me op m'n rug alsof we een wedstrijd spelen en ik net een punt heb gescoord. Ze loopt de kamer door en ontkurkt een fles eau de vie en schenkt wat in onze theekopjes.

Ik mijmer over de stad. De rijke beelden. De poëzie. De sporen van het verleden. De onrust. Alsof Parijs was bedacht voor Tacita. En ik doe juist het omgekeerde, ik zoek naar dingen elders, zoals de voorbijvliegende kraaien. Het is absurd. Alsof je zegt dat dat rode schilderij geel is. Tacita beweert dat alles relatief is. Hoe kunnen we anders iets meten? Het is niet nieuw, het idee dat wat het verst is het begeerlijkst is. Met verlangen ontstaat snelheid.

Ik moet denken aan Lev. Ik maak mezelf wijs dat ik niet alles hoef te weten wat hij me niet kan vertellen. We hebben het nooit over zijn vrouw. Ik denk niet dat ik hem ooit zal kennen, maar toch is er een diepe verbondenheid tussen ons. Mijn begrip van hem is eerder fysiek dan intellectueel. Al is het dat ook. Maar dat hij mij intuïtief aanvoelt is ook een deel van de aantrekkingskracht.

De profeet met de Siberische ogen. Tacita en ik noemen hem stiekem Raspoetin. We lachen, al heeft dat niet het beoogde effect. Hem weerloos maken.

Ik meet de tijd anders af, met mijn hele lichaam. Maar ik weiger om hulpeloos op een man te wachten. Het rukt je namelijk zo wreed uit het heden. Toch zie ik hem steeds voor me. Dat hij opstaat. Naar zijn schildersezel loopt. Verf mengt. De ene laag verf over de andere aanbrengt. En naar de cafés gaat waar vrouwen hem toelachen en naar zijn tafeltje komen, en hij praat en beweegt alsof ik niet besta. Ik denk: dit is belachelijk. Hij zit ergens in een café en ik beschouw dat haast als een aanval. Hoewel ik soms denk dat ik degene ben die boft. Dat ik deze obsessie heb. Die me zo levend doet voelen. Maar als ik me zijn gezicht voor de geest haal, de pezen in zijn pols, zijn manier van lopen, besef ik dat er weinig verschil is tussen deze beelden en een hallucinatie.

Ik ga nog steeds geregeld naar de dierentuin in de Jardin des Plantes, soms met Tacita, soms alleen. Met als gevolg dat alle pagina's in mijn notitieboekje vol staan met dierengeluiden en ik aan een nieuw ben begonnen. Ik heb geen idee wat ik ermee ga doen, maar alleen al het zien van het paarse schuinschrift op de lichtblauwe lijntjes maakt me blij. Trilling van botten. Geluiden die harder worden door iets weg te laten in plaats van iets toe te voegen. *Vorstendommetjes van concrete muziek volgens een vast patroon, tussenruimtes, weergalm, gezoem, gesproken fragmenten, onvoorzien.* Ik ben bevriend geraakt met de bewaker van de middelgrote zoogdieren. Hij heeft een scheef lachje en in het begin moest ik van hem elke keer mijn toelatingsbrief van de academie laten zien om tegen studententarief naar binnen te kunnen. Er is een gevlekte hyena die me tot nadenken aanzet. De grotere dieren zien er vaak zo triest en groezelig uit, en het lukt me niet om een band met de vissen te kweken, maar toen ik de hyena zag, kwam er iets bij me los.

In de Sainte-Geneviève-bibliotheek raadpleeg ik een aantal naslagwerken en ontdek dat gevlekte hyena's in grote matriarchale clans leven en een verbluffend grote sociale intelligentie bezitten. Hoewel het vaardige jagers zijn die het grootste deel van hun voedsel zelf doden, klopt het dat ze ook afval eten, iets wat ik een goede eigenschap vind, geen karakterzwakte. Het is me opgevallen dat als de vrouwelijke hyena gevoederd wordt ze haast een giechelend grommend gelach voortbrengt, waarbij ze haar puntige, geelbruine tanden ontbloot die zo vies en scheef zijn dat het te intiem voelt. En dan ontdek ik haar kleine gouden ogen, omringd met een zwart halo, en haar scherpe snuit. Om de paar minuten spitst ze verschrikt haar oren en kijkt om zich heen.

Volgens de middeleeuwse bestiariums zijn hyena's onsterfelijk. En ze hebben een sterke seksualiteit; ze kunnen zelfs van geslacht veranderen. Ze kijkt me aan met die trouwe gele ogen en ik voel me, als simpele toeschouwer, machteloos, maar zij behoudt haar waardigheid. Ik ben een beetje bang voor haar. Er zit een steen in het oog van de hyena, zo wil de overlevering, die, geplaatst onder de tong van een mens, de toekomst kan voorspellen. Ik houd mezelf voor dat ik mijn onbehagen – over haar gevangenschap, haar omgeving, haar onderkomen – niet op haar bewustzijn projecteer. De gouden ogen staren onafgebroken terug. En eerlijk gezegd komt ze wat moedeloos op me over, want het grootste deel van de tijd ligt ze op de vloer van haar kooi.

Wat wil je, Ivory? vraagt Tacita.

Hoe bedoel je? vraag ik terwijl ik me vooroverbuig. Bedoel je van Lev? Of van het leven?

Ja.

Ja wat?

Van het leven.

Dat weet ik niet, Tas. Ik voel me zoals die mensen uit de oudheid die een heilig woud in worden gestuurd of de verborgen gewelven van een Egyptische piramide. Je weet wel, mensen die zware beproevingen van vuur, lucht, water en aarde moeten doorstaan om achter de universele geheimen te komen.

En die zijn?

Als ik dat wist, hoefde ik ook niet die beproevingen te doorstaan, zeg ik. Maar zelfs met Tacita houd ik me op de vlakte. Mijn gedachten richten zich altijd op de toekomst, omdat het verleden zo weinig zekerheid biedt. En het heden nog minder. Als klein meisje werd ik naar de nonnenschool gestuurd, ik was nog geen tien. Ik had nooit gedacht dat mijn onbeduidende rebellie tot verbanning zouden leiden. Toen Moeder eenmaal haar besluit had genomen, viel er niets meer tegen in te brengen. Ze was geschokt door mijn gedrag. Ik moest opgeborgen worden, opgesloten op zolder, net als de krankzinnige vrouw van Rochester in *Jane Eyre*. Bij het afscheid gaf Arthur me zijn exemplaar van *Griekse mythen*, zijn lievelingsboek, en mijn ogen vulden zich met tranen. We hadden talloze mythen en sprookjes gelezen, verhalen waarin het wemelde van de ontsnappingen en gevaarlijke avonturen, maar in dit verhaal was ik het enige personage. Toen ik in de trein over Persephone las die door Hades naar de onderwereld wordt ontvoerd, werd ik misselijk van angst terwijl ik door het raampje naar de grijze lucht en de vervagende bomen keek.

Dagen gaan voorbij. Tacita heeft een idee. Beloof je me ja te zeggen ook al weet je niet wat het is?

Je geeft me niet eens een keus.

Een paar dagen later lopen we over een stenen pad, armen in elkaar gehaakt. Het is donker. Ik weet niet waarom maar ik ben bang. Ik voel het in mijn stramme rug. Mijn vlugge passen.

Tacita vertelt dat de vrouw de oudste van zeven zussen is. Ze heeft dit appartement van een beroemde toneelspeelster gekocht, maar bij het tekenen van de papieren ontmoette ze de toneelspeelster en was teleurgesteld door haar verschijning. Ze hinkte een beetje. Haar man was afstandelijk. Op haar schoot zat een grote witte baby met donkerblauwe ogen. Er was iets met de deur, die niet goed sloot. Ze had het gevoel dat de geschiedenis zich herhaalde. Ze trok toch in het appartement. Ze kwam erachter dat de eigenaar vijf vrouwen had gehad. Ze waren allemaal in het kraambed overleden, op de laatste na, de toneelspeelster. Er was iets vreemds met de kinderen. Deze vrouw is zich altijd bewust van haar gave geweest. Ze houdt seances met grote kaarsen. De eerste voorspelling die ik kreeg betrof mijn eigen dood, zegt Tacita. Ze blijft staan om me aan te kijken. Wij zien de dood niet zoals de mensen uit vorige eeuwen, weet je.

En dat is?

Constant.

Ik heb niet gehoord wat Tacita zegt. Ik besef dat ik aan het trillen ben. Dat zeg ik niet tegen Tacita. Ik vraag haar of het zo'n in het zwart geklede vrouw is. Met bloedrood geverfde mond en nagels. Fantasienaam.

Ze heet Dot.

Dot?

Volgens mij is ze Engels.

Dat is een naam gespeend van elke magie.

Dat zou ook best de bedoeling kunnen zijn.

Tacita heeft me verteld over de keer dat ze als klein meisje met haar moeder naar de dorpswaarzegster ging. Er ging een haast priesterlijke energie van de vrouw uit. Uit het plafond dwarrelden op mysterieuze wijze bloemen omlaag. Tacita kreeg te horen dat ze jong zou sterven, in haar vruchtbare jaren. Door bloed. Ik vraag of dat de reden is dat ze gezworen heeft nooit kinderen te krijgen, maar zij zegt nee. De dood van haar moeder was de reden. Toch wordt ze aangetrokken door rituelen, door het idee je eigen geloofsleer te scheppen. Het mystieke leven.

Ben je niet bang dat haar voorspelling uitkomt?

Ik denk dat wat voorbestemd is vanzelf zal gebeuren, vele malen, in allerlei gedaanten.

Het mysterieuze aspect, daar heb ik wel waardering voor. Ik geloof echt dat sommige mensen helderziend zijn. En als ze echt dingen kunnen zien, dan zullen het vooral veranderingen zijn. Maar Tacita, jij doet eigenlijk al hetzelfde wat zij doen. De buitenkant van voorwerpen bestuderen waardoor je allerlei beelden voor je ziet.

Dots appartement ligt aan een verscholen binnenplaats in een doodlopend straatje. Een opvallende keus voor een medium, zegt Tacita. We klimmen de wenteltrap op en glippen door een dikke deur een groot, donker appartement op de tweede verdieping binnen. Het is een deprimerende woning. Donker, lelijk en ijskoud. De ramen aan de voorkant zijn verduisterd met banen zwart fluweel. In een vitrinekast liggen stapels lakens die zo wit zijn in het donker dat ze pijn doen aan je ogen. Op een laag dressoir van glanzend hout staat een zilveren theeservies, zo-een dat Moeder ook had. Op een grote ovale tafel waar een roodgeborduurd kleed uit een ander land overheen ligt, staan brandende kaarsen. Astrale belletjes. Het oogt allemaal als een cliché en tegelijk ongewoon.

Gaat u toch zitten, Madame Szalasi en Mademoiselle Frame. Haar stem is vlak en levenloos, als een kunstmatig meer. In het appartement hangt een sterk, misselijkmakend parfum, duidelijk bedoeld om iets anders te verbloemen.

Ze praat, onnatuurlijk, met haar rug naar ons toe.

Ik kijk of ik iets onverholen frauduleus kan ontdekken. Maar ik zie geen belastend materiaal. Er klinkt een zacht zoemend geluid in de kamer. Het ene dramatische element na het andere wordt ingebracht maar ik weiger om me bang te laten maken. Toch heb ik het gevoel of ik door hoge rietstengels naar een rivier word gesleurd. Ik wijs mezelf erop dat het mijn eigen verzinsel is. Ontvankelijk voor een stemming, een geestestoestand die de vrouw probeert te creëren.

Ik heb eerder deelgenomen aan groepsseances. Maar die waren anders dan deze ervaring. De lucht tintelt en knettert, en alles wat we doen maakt me een beetje giechelig. Het vasthouden van elkaars hand, de knipperende nachtvlinderogen, de monotone manier van praten. Ik wil de hele tijd in lachen uitbarsten. Ik probeer me in te houden omdat ik begrijp waarmee het medium bezig is. Rechtstreeks contact maken met het onbewuste. Er zijn altijd dieren aanwezig. Ik vind het leuk hoe ze ineens opduiken, prachtig en soeverein, boodschappers die verschijnen in dromen en in trance.

Op dat moment besef ik dat ik niet geloof dat het de bedoeling is dat we onze toekomst weten.

De lucht wordt door een onbekende stem doormidden gekliefd.

Dot verandert van accent, haar hele stem heeft ineens een heel andere toonhoogte. Een donkere, zangerige stem, vol diepe medeklinkers. Russisch. Mijn nekhaartjes gaan recht overeind staan. Ik verstijf. Met een zachte sussende stem, bedoeld voor kleine kinderen die in bed liggen, begint ze een versje op te zeggen.

Kindje kindje in je ledikant
Lig toch niet zo dicht bij de rand
Anders zal de grijze wolf je pakken
Je meesleuren naar het woud
en verbergen onder wilgentakken

Ik voel een nat koud straaltje door mijn maag omlaagsijpelen. Als we om de tafel heen lopen, zie ik haar gezicht. Ze staart me op een angstaanjagende manier aan, alsof ik word meegesleurd aan mijn haar. Ze heeft één glasoog en één doordringend oog. Geen directe vragen, ze informeert niet naar leeftijd, lievelingskleur of dier. Ineens zie ik dat ze haar rokken heeft opgehesen en dat ze met haar knieën uit elkaar zit, voeten op de zitting van haar stoel, als een vogel. Haar hand, die op tafel ligt, is met de palm omhooggedraaid. De duim en wijsvinger raken elkaar en vormen een O. *Ze zullen het weghalen*, zegt ze op schrille fluistertoon. *Ze zullen stelen.* Een wee gevoel. Een scherpe pijn en ik word overspoeld door golven van hitte en misselijkheid. Ik draai me om en ren weg, Tacita achter me aan. We haasten ons langs de voorhang voor het raam, dat op een kier staat, als een flauwe glimlach. Ik hoor: Mooi meisje, zoals ze rent.

Onze schoenen tikken met elegante spoed over de vloer. Ik ren zo hard dat ik buiten op straat over de ongelijke stenen struikel en mijn handen openhaal. Tacita stopt en pakt mijn hand.

Wat gebeurde er net, Iv? Wat zag je?

Ik ben buiten adem. Zag jij het niet dan?

Ik ging rennen omdat jij ging rennen.

Een amethist.

Was er een amethist?

Ja.

Wat symboliseert die ook alweer? Volgens mij zijn amethisten–

Nee, Tacita.

Wat is er, Ivory?

Die vrouw had een amethist zo groot als een mensenhart tussen haar benen.

Tacita haalt sigaretten tevoorschijn, maar haar handen trillen te erg om er eentje aan te steken. Ze prutst wat met het pakje, zonder me aan te kijken.

Een onbenoembare angst stroomt door me heen. *Wat weghalen? Wat stelen?* Wat ze ook bedoelde, Tas, er gaat iets akeligs gebeuren. Dat voel ik gewoon. Hoorde je hoe ze haar stem ineens anders liet klinken? En die steen. Met dat ene angstaanjagende oog keek ze me ijskoud aan.

Onuitgesproken besluiten we tot een zwijggelofte rondom de helderziende. Ik herken de angst in Tacita's ogen. Dezelfde angst als die van mij. Voor het eerst valt me ook op dat Tacita en ik dezelfde ogen hebben.

RENDIER

Rangifer tarandus. Rendierhoeders; van dag tot dag, korstmos. Saamhorigheidsbesef onder rendierhoeders en andere Sami in vergelijking met rest van Zweedse bevolking. International Journal of Circumpolar Health, Deel 72.

De hemel kleurt langzaam blauw. Skeet staat bij het aanrecht, schel gerinkel en het doffe gerommel van in water gedompelde voorwerpen. Hij neemt me de saaie dagelijkse klusjes uit handen, deze geritualiseerde gebaren die in de loop der tijd trekken van een kleine ceremonie hebben gekregen. Hij is klaar met de afwas en veegt zijn handen aan zijn broek af. In Yukon had hij gezegd dat hij het wonderbaarlijk vond dat ik altijd wist welke kant ik op moest lopen zonder de dieren weg te jagen. Hij wilde weten waar ik dat had geleerd. Lapland, zeg ik. Daar jagen ze al veertigduizend jaar op rendieren. Die beesten weten inmiddels wel hoe ze mensen moeten vermijden en zijn uiterst gevoelig voor onze geur. Je moet leren waar de wind vandaan komt en hoe je moet naderen, hoe je je menselijkheid kunt maskeren.

Het was een ramp die reis, zeg ik tegen hem, in een periode dat ik me eigenlijk geen ramp kon veroorloven. Ik kende het protocol niet en was vergeten om een vergunning aan te vragen om in het gebied veldonderzoek te mogen doen. Toen ik terugkwam, waren ze bij het Instituut razend op me. Zo'n soort fout kan ervoor zorgen dat je geen subsidie meer krijgt. Ik was over Moskou gevlogen, over Sint-Petersburg, de donkere rivieren, over dichte naaldboombossen, een grote zwarte wirwar. Daar heb ik Ondine ontmoet. In de enige kroeg in een dorpje in Lapland.

Ze is er met een groepje alternatieve kaartenmakers. Vliegen is lastig door de aanhoudende mist en nu ze aan de grond moeten blijven, brengen ze hun tijd door in de kroeg, gedreven door een Sami ex-rendierhoeder, een paar uur rijden van de Poolcirkel. In het café kun je met goudstof betalen voor je drankjes en het interieur bestaat voornamelijk uit dik gelakt, knoestig grenenhout, het soort met zwarte grillige randen. Kopjes worden koud, asbakken zijn overvol, sterkedrank wordt genuttigd. We praten niet over het weer.

Weet je dat de Finnen hun eigen lengtemaat hebben? merkt Ondine op. *Poronkusema*. Dat is letterlijk te vertalen met rendierpis. Ze kijkt op van de landkaart. Een lengte van zo'n zevenenhalve kilometer. Dat is kennelijk de afstand die een rendier kan afleggen voordat hij zichzelf moet ontlasten.

Klopt, zeg ik terwijl ik de veters van mijn laarzen losmaak en mijn tenen warm wrijf. Ze hebben een kleine blaas. Relatief gezien.

Ben jij soms rendierexpert? vraagt ze terwijl er een lach op haar gezicht doorbreekt.

God nee. Ik ben met vogels begonnen en daarna onderzoek gaan doen naar hun communicatie, niet naar de dieren zelf. In de jaren zeventig heb ik me een tijdje voor echolocatie geïnteresseerd, zeedieren, en dat leidde weer tot vleermuizen. Nu richt ik me voornamelijk op vogels.

Hier in de omgeving zijn niet veel vogels, zegt ze.

Ik heb in het oostelijke gedeelte van het wildpark rendiergeluiden opgenomen. In het geluidslab hebben we een verzameling uitgangsgegevens aangelegd waaraan we veranderingen afmeten in de verschillende gebieden. De bossen lijken misschien niet te veranderen, maar uit de opnames van de omgevingsgeluiden kun je na verloop van tijd veranderingen opmaken die niet zichtbaar zijn met het blote oog. Als ik klaar ben, neem ik de opnames mee naar het lab.

Waar is dat lab?

In Oslo, zeg ik. Met veel moeite heb ik de universiteit van mijn dierentaalproject kunnen overtuigen. Ik heb papers gepubliceerd, ben streng beoordeeld door mijn vakgenoten, heb de verplichte wetenschappelijke congressen bijgewoond. Uiteindelijk heb ik van het witte hok dat ze beschikbaar stelden een geluidslab gemaakt. Er zitten twee raampjes in die uitkijken op Kuba, een natuurpark met hoge esdoorns. Ik moest alle instrumenten zelf aanschaffen, het voltage aanpassen zodat het geschikt was voor de geluidsapparatuur. Ik vergat vaak te eten en nam dan uit arren moede zo'n walgelijke eiwitshake die ze aan herstellende zieken geven. De banden met analoge opnames en de verzameling schijfjes worden digitaal gecatalogiseerd. De geluidsdata en de cymatische patronen worden omgezet in computergegenereerde spectrogrammen. De muziek van insecten, de trillingen van botten, alles van de kolibrie tot de walvis, leg ik haar uit. Elk afzonderlijk voorwerp in het lab heeft een doel. Er is weinig ruimte, maar dat maakt niet uit. Het is een op zichzelf staande wereld, misschien wel de plek die voor mij nog het dichtst bij een thuis komt. Ondine knikt. Ik blijf me verbazen over het fenomeen geluid. Weet je dat als je het gekwetter van een kolibrie vertraagt het klinkt alsof je naar een dinosaurus luistert.

En wat ga je doen met de opnames, het woordenboek, als je klaar bent?

In Japan is een organisatie, zeg ik, waar het publiek zijn mooiste *soundscape* kan inzenden. Duizenden mensen doen daaraan mee. Ze nomineren bijvoorbeeld het geluid van golven die breken op een bepaald schelpdier op een bepaald strand. Of het majestueuze kraken van bomen in de wind in een bepaald dennenbos. De organisatie beluistert elke opname en als ze het eens zijn, wordt het winnende geluid uitgeroepen tot een van de mooiste soundscapes in Japan. Nu zijn deze plaatsen beschermd. Een soort nationaal erfgoed. Je moet niet proberen om daar in de buurt nog een fabriek neer te zetten. Ze beschermen de omgeving door geluid op democratische wijze te gebruiken. Precies wat ik ook met mijn woordenboek hoop te bereiken, maar dan voor dieren.

Ze knikt, haar ogen schitteren.

En jij? Wat was jouw laatste bestemming?

Tsjernobyl. Toen de mensen weg waren, namen de dieren er hun intrek, zegt ze. Ze was daar om het gebied in kaart te brengen dat per ongeluk een wildernis is geworden. Door het hoge stralingsniveau waren de mensen als eersten verdwenen. Vijftigduizend inwoners kregen een kwartier de tijd om te vertrekken. Maar de vogels, wilde zwijnen, elanden, herten, bizons, lynxen en wolven keerden allemaal terug. Ze gedijen in een dodelijk woud waar de reactor nog nasmeult. Nu is er een stille ring van vuur rond de dennenbossen, rond de verlaten flatgebouwen getrokken. Er wonen zelfs nog een paar mensen. Ze hebben gekozen voor de postnucleaire wereld, de wuivende bossen en de donkere moerassen. Ze zeggen dat ze niet bang zijn om vroeg dood te gaan.

Maar waar zijn ze dan wel bang voor?

Voor het moderne leven, zegt ze.

Ik heb nog nooit met zo'n piloot als Ondine gevlogen. Het zijn trouwens altijd mannen. Die of te luidruchtig of te stil zijn. Ze noemt iedereen met wie ze vliegt 'vriend'. Een gewoonte die ze zich in Texas, waar ze als piloot werkte, heeft aangeleerd. Ze zegt dat je je in het gezelschap van piloten zo min mogelijk als vrouw moet gedragen. Volgens haar zijn ze allemaal behoorlijk macho. Ze keken me in het begin niet eens aan, alsof ik lucht was. Mijn copiloot droeg een cowboyhemd. Een leren riem met een grote zilveren gesp met een enorme ster in het midden als de roos van een schietschijf. Stugge donkere spijkerbroek met een volmaakte witte streep over elke pijp, waarschijnlijk erin gestreken door zijn vrouw. Ik werd afgeleid door die strepen. Ik weet nog dat ik dacht: hoe moet je ooit een beurt krijgen in zo'n spijkerbroek?

Kun je een beurt krijgen in een spijkerbroek? denk ik maar ik zeg het niet hardop.

Enfin, gaat ze verder, het bleek dus dat zijn vrouw een ander had. Toen ze bij hem wegging, eiste ze de helft van zijn bezit. Daar was hij zo kwaad om dat ik niet meer met hem durfde te vliegen. En op een dag vloog hij ónder een brug door in een drukke stad. Hij raakte alles kwijt. Zijn baan, zijn brevet, al zijn geld. En hij was gelukkiger dan ooit. Dat was zijn plan. Om haar de helft van niets te geven.

Ondine is lang en slungelig, met ver uiteen staande ogen en in haar haar zitten inmiddels grijze strepen. Ze draagt het opgestoken, met een speld opzij van haar slaap. Ze heeft een volwassen zoon, Lucien. Wanneer ze achter de stuurknuppel zit, zegt ze, ook toen haar zoon klein was, gaat ze zo op in het vliegen dat ze vergeet dat ze moeder is.

Mijn dromen gingen altijd over vliegen, zegt ze. Ik ben geen natuurtalent, maar toen ik er eenmaal over gedroomd had, kon ik het. De volgende dag ging ik naar de hangar en ineens kon ik vliegen. Mijn instructeur was stomverbaasd.

Heeft iemand ook nog geprobeerd om je zo'n gevaarlijk beroep uit je hoofd te praten?

Zoals wie?

Ik weet niet, je ouders?

Ik heb mijn ouders nooit gekend. Ik ben te vondeling gelegd bij een klooster in Parijs, opgevoed door nonnen.

Vertel mij wat over nonnen, zeg ik.

Op mijn achttiende zetten ze de poorten open en duwden

me de straat op. Je tijd hier zit erop, zeiden ze. *Bon courage*. Maakt niet uit wat je gaat doen, als je maar geen prostituee wordt. Ik heb een heleboel doodsaaie baantjes gehad tot ik op een dag in een vliegtuig stapte. Dat gevoel van vrijheid, heerlijk. Ik kan gewoon niet tegen traagheid. Tegen passiviteit. Dus gaf ik elke franc uit die ik had verdiend, bevrijdde de bundeltjes bankbiljetten, zo groot als opgerolde vlaggen, uit mijn zakken, zo de lucht in. Ze drinkt haar glas leeg.

We bestellen nog een paar rondjes whisky. Na een poosje zegt Ondine: Al die vlieguren die ik heb gemaakt, al jouw dierentalen. Zijn we net als ieder ander, vraagt ze, geobsedeerd door dingen verzamelen?

Wat verzamelen andere mensen dan? vraag ik oprecht geïnteresseerd.

Geen idee, zegt ze schouderophalend. Vrienden, geld, spullen. Ik denk dat het voortkomt uit angst voor de dood. Alsof spullen je op een of andere manier op aarde houden.

Tja, wat heeft wel het eeuwige leven?

Goeie vraag, zegt ze, terwijl ze in haar tas rommelt en haar leesbril eruit haalt. Mijn ogen kennelijk niet. God, ik vind het vreselijk om oud te worden.

In welk opzicht?

In alle opzichten. Het gevoel dat de tijd opraakt en dat ik nog van alles moet doen.

Wat wil je nog graag doen?

Dat weet ik niet. Dat is het probleem, zegt ze. En je wordt er niet mooier op. Al die groeven in mijn gezicht. Ze neemt nog een slok. Je krachten nemen af.

Dat klopt, denk ik. Als je oud bent, word je doorzichtig. Kun je je verstoppen en toch boos zijn als niemand je opmerkt? Toen ik net de weg overstak naar dit café werd ik bijna aangereden door een auto, en ik dacht: ik wil hier niet creperen, overreden als een hond. Schoonheid is verspild aan de jeugd. Net als herfstbladeren, die op hun mooist zijn als de boom ze niet meer nodig heeft. Maar het is slechts een laagje huid, zeg ik, en ik besef dat ik werkelijk niet geef om uiterlijke ijdelheden. Uiteindelijk worden alle vrouwen onzichtbaar op dezelfde manier. Iemand als zij heeft meer te verliezen. Waar gaat datgene wat er overblijft als de schoonheid haar doel heeft gediend eigenlijk naartoe? Maar wat ik tegen haar zeg is: Vind je het niet erger dat er niet meer om je mening wordt gevraagd? Of het feit dat je er uiteindelijk helemaal niet meer bent? Trouwens, merk ik eerlijk op, je bent nog steeds mooi.

Ze lacht. Zo lang iets nog iets is, is het niet erg.

Ondine pakt een potje lippenbalsem. Ze draait de schroefdop los en houdt me het potje voor. Ik schud mijn hoofd terwijl de dop uit haar vingers valt en op zijn kant over de houten plankenvloer rolt. Luid rammelend botst hij tegen een paar grote bruinleren laarzen aan.

Ik voel me wazig van de alcohol. Toen ik Ondine over het woordenboek vertelde, voelde ik even iets van spijt dat het als iets anders was begonnen en dat ik het gaandeweg had moeten aanpassen om ermee door te kunnen gaan. Dat ik de kunst vaarwel zei omdat dat Tacita betekende. Omdat het Lev betekende. Met schilderen ervoer ik een gevoel van voltooiing: mijn kwasten neerleggen, naar achteren stappen, het doek kritisch bekijken. Ik kon het niet goed uitleggen aan haar, maar het project behelst meer dan alleen data verzamelen. Het is ook de bevrijding van een boodschap die opgeslagen zit in de dierenstemmen en die symbool staat voor de herinneringen aan alles wat we kwijt zijn. *Edison geloofde dat na onze dood de herinneringen als een zwerm bijen wegvliegen en andermans geest binnendringen.*

Ondine kijkt me ingespannen aan. Weet je wat ik denk? zegt ze met een serieus gezicht. Ik denk dat we allemaal gevallen schepselen zijn die ooit konden vliegen.

Ik excuseer mezelf en sprenkel koud water op mijn gezicht in het aparte, piepkleine wc-hok, waar het al ijskoud is. Het pleepapier ruikt afschuwelijk en is roze gekleurd met een geperforeerd rozenpatroon. De weggegooide velletjes liggen in een grote berg, als koolblaadjes, in de witplastic emmer naast de wc. Het ruikt er naar schoonmaakmiddel en kou. Ik ben heel veel alleen geweest. Maar nu valt het me in hoe zwaar het is om echt alleen te zijn. Het is een van de dingen die de mensheid nooit echt heeft onderkend. Ik sta onbeweeglijk voor de spiegel. *Temps morts*, zoals de Franse critici zeggen van de Italiaanse regisseurs die de camera laten doorlopen nadat de laatste scène is gedraaid om de missers vast te leggen. Een achterhoofd, een lege kamer die wacht tot een acteur binnen komt slenteren. Ze zien waar de fout ligt. De fout is het leven. Mijn eigen ogen staren in mijn eigen ogen. Ik heb zo lang in Ondines stralende ogen gekeken dat ik haast verrast word door die van mij. Die zijn glanzend zwart. Ze spreken van de verre tijd der dingen. Ik moet opeens aan Tacita denken. Hoeveel leven aan haar voorbij is gegaan. Door Ondine moet ik aan haar denken. Haar moed, haar hart, haar verstand. Ik voel een scherp gemis. Waarom moest je gaan? vraag ik me af. Je bent al zo lang weg. Kom terug. Ik weet niet meer wanneer ik voor het laatst met iemand heb gepraat, een echt gesprek heb gehad. En plotseling moet ik een beetje huilen, geloof ik.

Als ik weer op het glanzend houten bankje ga zitten, voelt de verstikkende hitte in de kroeg alsof ik een ander seizoen betreed en ben ik me sterk bewust van de verstreken tijd. Er hangt een plakkerige lucht van drank en verschaalde sigarettenrook. Wanneer je lange tijd op dezelfde plek zit kun je er bedwelmd van raken zonder dat je het doorhebt. Er is niets om je nuchterheid aan af te meten. Hoe lang was ik in de wc? Ondine is weg. Ze heeft iets op de papieren placemat met de geschulpte rand gekrabbeld, verzwaard met een driehoekige glazen asbak. De leren laarzen zeggen dat het morgen beter weer is. Ze is naar huis gegaan om te ontnuchteren en vindt dat ik dat ook moet doen. Ik vraag me even af of dit een eufemisme voor een seksafspraakje is. Ik weet dat er vroeger roddels over haar de ronde deden op de universiteit. Is ze met een veldonderzoeker naar bed geweest? Is ze misschien lesbisch? Uiteraard praat ik hier met niemand over, dat geliefden mij een leeg gevoel geven. Waarom zou je met andere mensen praten, eten en andere dingen afspreken? Waarom zou je aan een tafeltje de ander in de ogen kijken en beseffen dat je niets van elkaar weet? We vertellen elkaar verhalen over ons leven, die we verfraaien met wat we de interessantste details vinden. Voor mij is alles te lastig om uit te leggen. Ik wil mijn verhaal niet vertellen, ik wil luisteren. Als ik alleen ben, ben ik met tomeloze energie aan het werk. Zodra ik met anderen ben, word ik sloom, ik verval in lethargie. Ik bof. Blij dat ik mijn werk heb waar mijn persoonlijkheid het best tot zijn recht komt. Mijn ogen zwenken naar links waar de barman goedmoedig ruziet met drie mannen op barkrukken, die ieder een bord met god-weet-wat naar binnen schrokken. De mannen zijn klein en bleek en waarschijnlijk twee keer zo jong als ik. Vrolijke mannen met een baard, al hebben ze wel een drankprobleem.

We zien elkaar bij zonsopgang, heeft Ondine geschreven.

Maar dat gebeurt niet. In mijn droom schrik ik wakker van een knal. Ik rol het bed uit. De nachthemel ziet wit van de sneeuw. Er is een explosie geweest. De nikkelfabriek is in een oranje gloed gehuld, heter dan lava. De natuurbeschermers en cartografen worden uit hun bed getrommeld en ondervraagd door de bevoegde autoriteiten, en moeten hun papieren laten zien. Alles wat ooit in orde was, is dat nu niet meer. Dit vreemde systeem van uitwisseling dat plaatsvindt als de autoriteiten zich bedreigd voelen komt me al te bekend voor. Het heeft de interne logica van een nachtmerrie.

Ik word vastgezet in een klein, hel verlicht kamertje met dunne wanden. Het lage gebrom van de tl-lichten boven mijn hoofd. Een man vraagt me om mijn 'activiteiten' nader te omschrijven, wat me angst zou hebben aangejaagd als de andere man niet dodelijk verveeld bezig was geweest het vuil onder zijn nagels vandaan te halen met zijn duimnagel. Mijn hoofd bonkt, mijn ogen branden. Het is warm en droog in dit groezelige kamertje. Mijn activiteiten. Die bestaan voornamelijk uit roerloos liggen op mijn buik in de koude poedersneeuw, in een afgepelde stilte. De tijd in de val gelokt. Ze zeggen dat ik hier illegaal ben. Ze kunnen nergens vinden dat ik een vergunning heb aangevraagd; ik mag met deze data niet hun land verlaten. Ik sluit mijn ogen. Ik was die vergunning helemaal vergeten. Ik heb geld gekregen om op zoek te gaan naar bewijs van de effecten die de industrie op de rendierpopulatie en hun habitat heeft. Veranderingen in landgebruik vormen de grootste bedreiging voor rendieren in het wild. Voor dit onderzoek is zo weinig geld beschikbaar dat ik zelfs heb overwogen in de truck te slapen, wat ik al eerder heb gedaan. Zodat ik geen kostbaar daglicht kwijt ben met het opzetten van een tent. Maar hier is het veel te koud.

Ze halen mijn tas leeg, die vol met cassettebandjes zit. Hun vingers trekken de glanzend bruine magneetbandjes uit de spoelen zodat er even later verstrengelde hoopjes op de tafel liggen. Later moet Ondine hierom lachen en zegt: Nou, dat was een behoorlijke inval, zeg. De universiteit zal dit niet grappig vinden. Maar op het moment overweeg ik om de hele nacht op te blijven en alle geluiden te analyseren omdat ik de volgende ochtend moet weten wat ze betekenen. Weken van onderzoek. Ik heb zin om te huilen. Maar dat doe ik niet. Dat is nou net wat ze van een vrouwelijke bioloog verwachten.

Buiten in de natuur is er zoveel wit dat mijn ogen dingen zien die er niet zijn. Net zoals een schipbreukeling die te lang naar de zee staart een zeil aan de einder ziet verschijnen. De kou is snijdend maar te verkiezen, zeggen de inwoners, boven de muggen in de zomer waarvan er zoveel zijn dat de mensen de kieren in de ramen met ducttape afplakken. Zoveel dat je insecten inslikt als je praat.

De sparrenbossen zijn misvormd door het weer, bespikkeld met korstmos. Ik weet al zo ongeveer waar ik de rendieren kan verwachten. Het zijn rustige beesten maar wanneer er jonge kalfjes zijn, wordt de kudde luidruchtig. De vrouwtjes grommen zacht terwijl de mannetjes soms luid brullen of raspende keelklanken uitstoten. Ik word hier elke dag afgeleverd op een houten slee die is vastgemaakt aan de sneeuwscooter van een hoeder. De rendierhoeder draagt bontlaarzen die als klauwen vanonder zijn Gore-Texbroek uitsteken. Rendiervacht is prima isolatiemateriaal, zegt hij, omdat de haren hol zijn.

Ik laat in het midden wat ik aan het doen ben en hij vraagt er niet naar. Zijn totale gebrek aan nieuwsgierigheid heeft bijna iets zonderlings.

Rendieren hebben twee extra botjes in hun poten die een klikgeluid maken zodat ze elkaar in het donker kunnen horen.

De enige reden dat de rendierhoeder me meeneemt is omdat hij geld nodig heeft. Hij heeft ook een keer een stel dierenrechtenactivisten meegenomen die campagne tegen de hertenjacht voerden. Hij taxeert me, een vrouw alleen met opnameapparatuur en veldboeken, en concludeert dat ik hier niet ben om aan liefdadigheid te doen. Dat ik dus het landschap, de flora en fauna, met rust zal laten. Dat gebeurt als de doelen van de levensredders en de doders elkaar overlappen.

Op de lange rit vertelt hij dat hij alle delen van het geslachte rendier gebruikt. Het vlees verkoopt hij. Van de huid maakt hij kleding en dekens. De koppen worden hondenvoer. De hoeven laarzen. De geweien ambachtelijke snuisterijen. De geweien worden eveneens vermalen tot een poeder en aan de Japanners verkocht als een erectiebevorderend middel.

Dat doet me denken aan Duchamp. Hij liep een keer Café

de Flore binnen en Tacita boog zich naar me toe. Twee woorden, fluisterde ze.

Porseleinen urinoir? gokte ik.

Nee, lachte ze. Berucht impotent.

Ik had iets anders verwacht, fluisterde ik terug.

Ze vertelde dat hij was getrouwd met een wulps boerenmeisje uit Normandië, dat, zo bleek, weinig interesse had voor zijn scherpe geest. Op het moment dat hij over een van zijn ideeën begon uit te weiden, zei ze: Hé, we zijn hier om te neuken. Hou op met die verhalen en schiet een beetje op. Dat viel niet goed bij Marcel. Daardoor was hij niet in staat seks met haar te hebben, dus ging ze bij hem weg. Hij was verpletterd. Mensen zeggen dat hij daarna, in zekere zin, een gebroken man was.

In werkelijkheid, brult de rendierhoeder om boven het lawaai van de motor uit te komen, doet het spul niks, maar ze betalen me er goed voor.

De hoeder maakt de slee los. De bomen worden gekapt, zegt hij. En in het uiterste noorden duurt het wel driehonderd jaar voordat de nieuwe aanplant volwassen is. Hij trekt een stukje korstmos van een tak en houdt me dat voor, alsof hij daarmee zijn argument kracht bij wil zetten. Als de bomen worden gekapt, hebben de rendieren geen eten meer. Wat meer hooi betekent en dat kost weer een boel geld.

Is hooi zo duur dan?

Nee, de benzine voor de sneeuwscooter.

Ik voel me alert in de kou. Scherp. Verlangend naar geluid. Al mijn kennis is samengebald tot die ene vaardigheid: kalm en rustig blijven. Ik wacht af. Het is zo stil dat ik niet kan bepalen waar de wind vandaan komt. Ik kijk naar mijn dampende adem in de kou. Ik weet niet of ze mijn geur kunnen ruiken. Dan zie ik ze. Eindelijk, na al die tijd, her en der een flits van lichte vacht in de witte vlakte, als een hallucinatie. Ze komen op me af, soepel springend, in boogjes. Dansend. Hoeven die amper de sneeuw raken. Ze komen dicht bij de plek waar ik lig. Zo dichtbij dat ik hun zachte ondervacht kan zien, me bewust ben van hun rillingen, het spitsen van hun oren, alles in hen dat wild is. Ik heb het koud. Mijn hart hamert. Ik zie hun ogen, twee glanzend zwarte parels, natte neuzen. Ik hoor hoe ze de lucht door hun neusgaten inhaleren. Ik voel de elektriserende intensiteit die van ze afstraalt, ik voel wat ze weten. Dat er geen orde in de wereld is, dat er niets is, alleen het hier en nu, zeker als de dood. De mens is het enige wezen dat besef heeft van zijn eigen sterfelijkheid, buiten direct gevaar om, en toch weten de rendieren meer. Zij hebben de rede niet. Ze doen niets. Ze zíjn gewoon. Wat mijn sneeuwblindheid is, is hun duidelijk afgetekende woud van ultraviolet licht. En dan gebeurt er iets opmerkelijks. Ze blijven staan. De hele kudde, ruim vijftig dieren, was eerst uiterst beweeglijk, lange poten die sprongen en klauwden, lichamen die alle kanten op gingen. Maar binnen één tel staan ze allemaal stokstijf stil. Als aan de grond genageld, stuk voor stuk. Het ziet eruit als een foto. Ik hoor de bomen kraken en door een zacht briesje stuift er een laagje sneeuw op. Het duurt minstens een minuut, maar in de nabijheid van een kudde wilde dieren voelt dat als een eeuwigheid. Het enige wat er beweegt zijn hun oren. Die zijn gespitst op geluid. Ze concentreren zich op iets ergens ver weg aan de horizon. Na een hele poos hoor ik het typische klikken van de hoeven. Helder en scherp, als een glazen plaatje dat onder een microscoop wordt geschoven. In het donkerblauwe licht schrik ik van het geluid. Met je ogen dicht zou je kunnen denken boerderijdieren te horen, maar hier klinkt het als troost voor verdriet.

Hun vacht trekt. Ze klauwen en duwen hun neus in de sneeuw. En dan draaien ze zich rustig om en rennen ervandoor, poten in de vorm van bliksemschichten, en even snel als ze er waren zijn ze weer verdwenen. Ik kijk om me heen en zie slechts weidse vlaktes van leegte. In zo'n wit, ijskoud noordelijk oord, zonder zichtbare kenmerken, kun je een gevoel van opheffing ervaren. Je moet zorgen dat je je blik ergens op blijft richten. Er is geen onderscheid tussen aarde en lucht, deze herhaling, dit gevoel van wachten op het moment van inspiratie, zoals bij schilderen. Dat maakt dat je in deze witte omgeving alles ziet, alles hoort. Het valt je op dat je hart nog steeds zwart is.

ZWAAN

Lange hals met luchtzak. Kan sissen als een slang,
gesproken fragmenten, onvoorzien.

Ik loop het vuile daglicht in en ben met een klap wakker. De dag is zwaarder dan de nacht. Mijn oogkassen branden. Ze schrijnen in de koele lucht. Ik zou onbeschaamd moeten rondlopen met mijn warrige ochtendhaar, nog in dezelfde kleren van de afgelopen donkere maanloze nacht. In de koude straten zie ik zwermen in kniekousen gehulde scheenbenen van schoolmeisjes, Schotse rokjes met messcherpe plooien. Lev heeft de hele nacht getekend en mijn hoofd bonkt, mijn schouders doen pijn van slaapgebrek. Mijn lichaam verkeert nog steeds in een staat van ongeloof, zoals je ook denkt dat je de deining nog voelt terwijl je al op de wal staat. Een blauwe plek bij mijn sleutelbeen verraadt de heftigheid van eerdere nachten. Zwart-paars-blauw-geel. Ik draag het elke dag met me mee, het enige dat hem en onze ontmoetingen met de tussenliggende dagen verbindt. Ik herken de straatnamen niet meer, hoe lang ben ik al aan het lopen, waar komt het licht vadaan. Is de winter al voorbij? denk ik plotseling in paniek. Een gestreepte luifel wordt neergelaten. De *boulanger* kan het weten. Ik zie de minachting op de gezichten van de vrouwen voor de winkeletalages niet. Vrouwen die snel hun oordeel klaar hebben over fatsoen en de vrouwelijke eer. Al hebben ze een verkeerd idee over waar die dan in schuilt. In Frankrijk wordt vreemdgaan misschien niet als iets bewonderenswaardigs beschouwd, maar als het op de juiste manier wordt bedreven, kijkt niemand ervan op.

Ik probeer mijn gedachten op iets anders te richten. De dingen om me aan vast te klampen. Ik was van plan om een bezoekje te brengen aan het Muséum National d'Histoire Naturelle. Ik heb veel aan de hyena gedacht. Ik ben al een paar dagen niet bij haar langs geweest en ik ben bang dat ik haar vroegtijdig heb gemythologiseerd. Tacita wil haar dolgraag portretteren. Een aantal dieren is van verblijf gewisseld en ik ben ervan overtuigd dat de apen er niet meer zijn. Ik heb het zelfs aan de bewaker van de middelgrote zoogdieren gevraagd, maar die hield zich op de vlakte.

Ik loop snel verder en even later sta ik op de bekende binnenplaats. Ik ben rechtstreeks doorgegaan naar de academie, zonder me te wassen of andere kleren aan te trekken. Zonder te eten. Ik zoek de kartonnen koker en vind die weggestopt in mijn bureau in het tekenlokaal. Daarin zitten mijn tekeningen, als opgerolde bladeren, die ik eruit zal halen en gladstrijken om ze aan Monsieur Marant te laten zien, al zal dat uiteindelijk niet gebeuren. Zijn intelligentie staat buiten kijf, maar ik vind dat er iets ondemocratisch aan kleeft. Hij heeft grote eerbied voor onervaren religieuze schilders en voor kil bezielde schilders met een enorme technische vaardigheid. Hij is niet overtuigd van mijn werk noch van dat van de kunstenaars uit de groep, maar hij heeft wel waardering voor mijn ijver en nauwgezetheid. Ik merk aan hem dat hij mijn gedrag niet kan rijmen met de steeds erger wordende gruwelen en bestiale verzinsels op mijn doeken.

Het laatste schilderij dat ik inleverde werd niet goed ontvangen. Er stonden de gebruikelijke dieren op, vogels en paarden, maar het centrale onderwerp was een rituele maaltijd. Een kannibalenbanket dat volgens Tacita een blasfemische verwijzing naar Het Laatste Avondmaal was. Je ziet een stel gulzige groteske vrouwen met hoofden die zij omschreef als fallisch hoewel ik ze als paardenhoofden had bedoeld. Ze zitten aan een tafel die vol staat met schalen met buitenissige gerechten. Alles kronkelt, beweegt en leeft min of meer. In een hoekje van het schilderij staat een vrouw alleen, met een blanco uitdrukking op haar gezicht. Ze lijkt niet te beseffen dat ze haar vork in een levende mollige baby heeft geprikt. Het doek was eentje uit een reeks maaltijden waarvan ik eerste schetsen had gemaakt. Het laatste uit deze reeks was een doek met bosdieren die zich tegen de zwijnenjagers keren: de prooi verslindt zijn jager.

De docent zweeg. Het enige wat hij zei was: De opdracht was om een stilleven te schilderen.

Maar telt een maaltijd dan niet als stilleven?

Ik weet niet of je zoiets… – hij pauzeerde even – … *pervers* nog een stilleven kunt noemen.

Ik kijk Monsieur Marant aan en zeg dat ik stop met mijn opleiding aan de academie.

Als hij ziet dat het me ernst is, lopen we door de hoge gangen naar een klein kantoortje, waar op zijn zware eiken bureau grote stapels papieren met nette alinea's en een rijtje paperclips liggen. Na wat gerommel diept hij een formulier op dat ik teken met de slanke pen die hij me overhandigt.

Dank u, zeg ik.

Ik wankel op mijn benen, omdat ik niet heb gegeten.

Vergeet nooit de meedogenloze discipline waarmee u hebt leren tekenen, Mademoiselle Frame, voor de rest van uw leven. Een kunstenaar dient toewijding, ideeën en technische vaardigheid te bezitten. Maar uiteindelijk moet hij meer zijn dan de som der delen.

De onwrikbare stelligheid waarmee de docenten het over schilderen hebben klinkt voor mij als leren zonder innerlijke overtuiging. Het lijkt of ze alles uitleggen zonder iets uit te leggen. Omdat ik zo vol was van mijn transcripties van dierengeluiden en daar graag iets mee wilde doen, liet ik ze, na een les modeltekenen, aarzelend aan een van mijn docenten zien. De studenten dromden naar buiten. De lucht walmde van de sigarettenrook. Wat moet dit voorstellen? vroeg hij. Zijn brede handen bladerden laatdunkend door mijn notitieboekje. Ik voelde mijn hals warm worden. Hij sloeg het weer dicht. Ik zou me maar richten op het schilderen, zei hij na een lange theatrale stilte van een man die gewend is dat er naar hem geluisterd wordt, anders wordt het niks met u.

Monsieur Marant haalt een sleutel met een wit lintje eraan tevoorschijn en opent daarmee het slot van een houten archiefkast. Zijn kleine zachte handen bewegen vliegensvlug door de dossiers en ik denk aan de Larf en dat zij waarschijnlijk deze zachte handen heeft geërfd. Maar dan besef ik dat dat voor een meisje juist wenselijk is. Hij houdt zijn stropdas vast die in de weg hangt terwijl hij gebukt over de dossiers staat. Hij vindt de overschrijving van mijn vooruitbetaalde lesgeld, waar vreemd genoeg mijn vaders handtekening op staat, en overhandigt me die met een blik over zijn brilletje. Met dat bedrag kan ik het maanden uitzingen.

Bon courage, Mademoiselle Frame, zegt hij zonder een spoortje ironie. Hij geeft me een hand. Het is een slappe, warme hand. Het is voor het eerst dat ik eigenmachtig heb besloten weg te gaan van een school zonder mijn ouders in te lichten. Ik ben zeker van mijn besluit.

Je vous remercie. Hij gunt me de waardigheid van een geaccepteerde ontsnapping. Hoe licht. Hoe vrij. Elke stap voert me verder van de academie.

Tacita en ik nippen van een kir royale. Ze steunt me in mijn beslissing. Hoewel het minder voor de hand ligt is zij dus degene die op de academie blijft.

Ik hou van de rijen stoelen, de houten lessenaars, de docenten die Ingres tot in de kleinste details hebben bestudeerd, zegt Tacita. Ik wil mijn kunst graag binnen een kader beoefenen. Ik heb in mijn leven al zo weinig structuur gekend. Voor mij vormt het een goed vertrekpunt. Maar jij, Iv, komt uit zo'n beschermd milieu. Ik snap dat jij je wilt afzetten. Trouwens, niemand kan jou leren hoe je een kunstenaar moet worden.

Dat geldt ook voor jou.

Maar ik ben niet naar de academie gegaan om ergens aan te ontsnappen. Het was puur uit de wens naar praktisch onderricht. Ik heb nooit goed leren tekenen. Ik kom hier voor de techniek, niet voor de ideeën. Die hebben we allemaal.

Onze raaklijnen hebben elkaar gekruist en bewegen zich nu in tegengestelde richting. Ik neig naar semi-abstracte werken waar misschien niet eens pen of penseel aan te pas hoeven te komen. Tacita ontwikkelt een steeds grotere belangstelling voor de mystieke essentie van portretten, landschappen, waar ze eerst niets van moest hebben.

Maar, Iv, uiteindelijk doet het er allemaal niet toe. Het gaat niet om de manier waarop het oog dingen registreert maar hoe ze door de geest worden vormgegeven.

De deur gaat open als het lemmet van een mes.

Een lange, frêle vrouw die vroeger bij de Ballets Russes heeft gedanst, loopt vlak langs ons. Een vrouw die iets met Lev schijnt te hebben gehad. Een golf van jaloezie. Een blos verspreidt zich langzaam over mijn hals, mijn gezicht. Ze heeft een kaarsrechte middenscheiding in haar haar. Een zwanenhals. Ze ziet zichzelf in de spiegel boven de bar. Vastgeplakt aan haar eigen reflectie, net als zwanen. Ze draagt haar lange blonde haar in een lage knot die haar oren bedekt. Prominente Slavische jukbeenderen, ijzige ogen. Een sensuele mond, lange dansersbenen. Een kalme maar onmiskenbaar roofzuchtige manier van haar hoofd omdraaien.

Ik probeer het tegen te houden maar voel me uit het veld

geslagen, en ik kijk naar haar zoals Lev haar moet hebben gezien. Weet ze wie ik ben? Noemt ze me de *l'Anglaise* en maakt ze grapjes met de andere dansers? Spreken ze Russisch en lachen ze om ons alfabet met zijn kinderlijke ronde letters? De blikkerige medeklinkers? Biedt ze haar lichaam aan Lev aan zoals ze bij het ballet doet? Ik benijd hen om hun gedeelde moedertaal, die in mijn verbeelding veel genuanceerder is dan het Engels, waar alles nauw omschreven moet worden. Want om je verbonden te voelen met iemand moet er een dialoog zijn, hoe gebrekkig ook, waarbij je niet hoeft na te denken. En in dat opzicht zitten ze samen in een complot.

Ivory, niet doen, zegt Tacita, die zoals gewoonlijk mijn gedachten kan lezen. Ze is een vis. Vergeet niet dat jaloezie meer een kwestie van eigenliefde dan van liefde is.

Wat is er mis met eigenliefde? vraag ik. En wie heeft het trouwens over liefde?

O ja, dat was ik vergeten. Als je boos bent, komt je noordelijke kant naar boven.

Ik ben niet boos. Ik ben, voor het eerst, bang. Ik heb de academie opgezegd, mijn enige vaste waarde, en nu hangt mijn leven als een vraagteken in de lucht. En wat Lev betreft, ik heb mezelf machteloos gemaakt door me over te geven aan iets waar ik geen vat op heb. Al houd ik mijn mond.

We drinken eerst de champagne op en dan gaan we ons aan rode wijn bezatten, zegt Tacita. En straks voegen we ons bij de anderen in Le Dôme.

Het enige waar ik aan kan denken is de ballerina. Haar kleine geheven hoofd en lange nek geven haar iets ongrijpbaars, en haar ledematen, haar hele lichaam lijken langer dan ze in werkelijkheid zijn. Kruisen onze blikken elkaar? Ze heeft mooie, lege ogen, al is ze beslist niet dom. Ze loopt recht op me af en zegt mijn naam, op dezelfde manier als Lev, met een rollende, gepalatiseerde 'r'.

Ze kijkt naar Tacita en dan naar mij. De stilzwijgende taal van de ogen. Ik denk dat ze zwijgt omdat ze aan het bedenken is wat ze moet zeggen, maar ze blijkt vooral de tijd te nemen om mij te taxeren. Ik kan aan haar ogen zien dat voor haar alles absoluut is. Ze oogt als iemand die slecht in leven is, maar dan zonder dat het haar nadeel oplevert. Ze draagt een lange sjaal die strak om haar hals is gewonden en haar filigrein oorringen zwaaien heen en weer en glinsteren in het licht. De enorme tas aan haar schouder is van crèmekleurig leer, als de onderbuik van een slang. Door het formaat lijkt ze nog tengerder, alsof haar onderste ribben ontbreken. Wat zit er in die tas? Ik stel me voor dat hij gevuld is met al haar draagbare bezittingen die ze altijd met zich meesleept omdat ze er niemand mee vertrouwt. Als ze het woord neemt, kan ik gewoonweg niet geloven dat dit haar bedoeling is, maar er kan geen misverstand over bestaan.

Je zou je benen niet voor hem moeten spreiden, hij is niet voor kleine meisjes als jij. In zijn hoofd is er altijd iets mooiers. Als je verstandig bent, Engelse, ga je terug naar huis.

Mijn hand tintelt. Ik ben geschokt door haar vulgaire woorden, haar brutaliteit. Ik ben opgevoed met het idee dat het gepast is om je emoties in te houden, ook als je niet in gezelschap verkeert.

Ik ben razend dat ik mezelf niet kan beheersen. Maar ik ben rauw, een kwetsbare versie van mezelf. Ik voel me knokiger en stijver in haar bijzijn. Ze heeft een elastische kracht die me in tweeën kan breken, maar ik zie ook dat ze in een ander opzicht kwetsbaarder is dan ik. Haar gezicht is vertrokken van jaloezie.

Ze gaat met haar hand naar haar wang en begint dan te lachen, waarna ze iets zegt dat in het Russisch 'maagdelijke bruid' betekent, zoals ik later hoor. Het is een idiote lach, maar er schuilt ook een waarschuwing in. Ze draait zich om.

Op dat moment bedenk ik dat de vrouw misschien wel de wettige echtgenote van Lev is.

Nou, ze weet dat Lev jou verkozen heeft, probeert Tacita luchtig op te merken, dus geen wonder dat ze je wil vermoorden.

We moeten geen van beiden lachen.

Ze is niet gelukkig, zegt Tacita op gedempte toon. Mensen die gelukkig zijn doen niemand kwaad.

DOLFIJN

Cetacea. 52,5 cm lange symfyse…
163,25 cm lange onderkaak… 5.50 m van punt van de snuit
tot gehemeltespleet… 2.95 m tot preorbitale spleet…
85 naar binnen gebogen tanden, afgeplatte hoektanden…
Habitat, onbekend. Blaast kringen uit spuitgat
of maakt draaikolk in water en zuigt lucht naar binnen.

Ik zet Chopin af, pak mijn wollen sjaal en sla die om mijn schouders. Twee truien over mijn pyjama. Ik schuif mijn voeten in mijn sandalen, mijn onelegante benen zwoegen door het grind van de binnenplaats naar de auto die op een hogergelegen terrein staat waar de wilde bosbessen tussen het lange gras groeien. Mijn botten voelen te groot, te zwaar voor mijn lijf, maar als ik toevallig mezelf ergens weerspiegeld zie, ben ik graatmager. Na Parijs weigerde ik naar mezelf in de spiegel te kijken. Jarenlang was het enige wat ik zag een vage glimp in een etalage, in een blikkerend mes, in met vingerafdrukken besmeurde lenzen. Bang om te zien dat het verdriet mijn gezicht heeft veranderd.

In deze contreien zijn er geen zichtbare objecten en geluid is afwezig. Elke avond kijk ik vanuit mijn voordeur naar de ondergaande zon die de velden violet kleurt. Koud voor de hitte ervan, emoties afgestompt door het simpele verstrijken van de tijd. Het duister ontvouwt zich, de donsvlinders fladderen in kleine rondjes om het licht. Zoveel van wat je maakt van het leven komt uit de materiële wereld, van goed naar alles kijken.

De geur na een regenbui, bomen verlicht tijdens onweer, het geluid van een hordeur, de eerste ster, alle dingen die je bestaan van moment tot moment vormen. Het dwingt je om in het hier en nu te leven, het enige wat in mijn ervaring de benauwende doodsangst op afstand kan houden.

De Amerikaanse heeft deze auto voor me gevonden. Ik weet niet uit welk tijdperk. Van een vriend van haar uit Californië die hier de zomers doorbracht. Dit is de auto van zijn overleden vrouw. Ik klem de broodplank achter de rugleuning van de bestuurdersstoel en voel hem prikken in mijn lendenen. Deed zijn vrouw dat ook? vraag ik me af. Het was een jonge vrouw. Het maakt me direct beschaamd dat ik er nog steeds ben.

Als ik bij het dorp kom, besef ik dat ik me de hele rit niet herinner. Ik ben onwillekeurig naar Chinon gereden, twintig minuten in plaats van de zeven naar Fontevraud. Mijn gedachten elders en de tijd die doortikt. De winkels en gebouwen zijn stil, luiken ervoor. Geen teken van toeristen met hun canvas hoedjes, slepend met hun bespottelijke rugzakken, plattegronden, camera's en plastic waterflesjes, alsof ze op safari gaan en niet naar een Frans stadje met prima drinkwater.

Ik zet mijn auto bij de rivier aan de voet van een plataan en loop langzaam langs de oever naar de telefooncel, waarvan het ondoorzichtige kunststof is volgeklad met graffiti, en toets de kleine viezige metalen vierkantjes in. Mijn hand trilt hevig. Een naamkaartje, reeksen wachtwoorden. Ik laat hem overgaan. Zes, zeven, acht. Ik oefen wat ik moet zeggen. Dan niets. Er wordt niet opgenomen. Een antwoordapparaat geeft een aantal andere telefoonnummers op, openingstijden van de galerie.

Ik zie een bankje bij een lantaarnpaal en loop er langzaam heen. Mijn benen doen pijn. Ik repeteer wat ik aan de telefoon zal zeggen terwijl de stilte neerdaalt. Het is rustig in het dorp, maar af en toe hoor je het doffe gedreun van een vrachtwagen, een stem in de verte. Ik zit zo lang in de stilte dat ik indommel.

Ik word wakker van een jonge vrouw in een witte nachtpon en ingewikkelde sandalen met allemaal bandjes om de enkels, als die van een slavin. Doorgaans dragen ze het liefst goedkope, te kleine kleren met ontbloot middenrif. Het feminisme mag dan allerlei praktische vorderingen hebben geboekt, maar is er nog steeds niet in geslaagd de vrouw te bevrijden van het idee dat haar waarde afhangt van het oordeel van de man. Deze vrouw heeft een tatoeage boven haar enkel die ik niet goed kan zien, waarschijnlijk stelt hij iets banaals voor. Vroeger hadden alleen zeelui en misdadigers tatoeages. Mode boeit me niet zoveel. In de oorlog stond de mode zes jaar stil. Nu heb je kleding die nog het meest lijkt op wat ooit door de allerarmsten werd gedragen, en daar verdient iemand ergens dus goed geld mee. Ik denk aan hoe vaak ik mijn enige paar kousen in Parijs zelf heb gestopt. En dat ongepoetste schoenen gelijk stonden aan het einde van de beschaving. De moderne uitingen van rebellie zijn helaas verworden tot consumptiegoederen. Wanneer ik uitging met de kunstenaarsgroep voelde ik altijd een gejaagd soort energie. Alsof er elk moment iets onverwachts kon gebeuren. Want de opstand kwam van binnenuit, en hoe kan iemand nou voorspellen waarmee de geest komt aanzetten? Verander het leven, zei Rimbaud. Er waren naakte lichamen, brandende voorwerpen, magnetische velden, wolken die door de maan werden opgeslokt.

De jonge vrouw en ik zijn als kerkgangers, een lange beleefde stilte tussen ons. Maar ineens begint ze zo hard te snikken dat ik haast een hartverzakking krijg.

Mademoiselle? Qu'est-ce qu'il y a?

Ze draait haar bleke ovale gezicht naar me toe en kijkt me uit blauw omrande ogen achterdochtig aan, alsof ze nu pas beseft dat ze niet alleen is. Ze denkt vast dat ik gek ben, een oude vrouw in een gestreepte pyjama met een paar truien erover die in het holst van de nacht op een bankje zit.

Ze zegt dat ze niet kan slapen. Dat ze zo moe is dat ze niet eens kan slapen. Een jonge baby. Geen man. De baby ligt twintig meter verderop te slapen maar binnen is het een donkere, gekrompen wereld en ze is bang dat ze er voor eeuwig gevangen zit. Ze heeft frisse lucht nodig. Ze wil voelen dat ze meer is dan alleen haar woning, met zijn gedempte geluiden en lucht van zure melk. Ze zegt dat ze nooit iemand over haar eenzaamheid heeft verteld. De nachten zijn het ergst. Die zijn zo diep als zwart water. Ik zit daar maar in mijn eentje, met de drugsverslaafden, de geesteszieken en de bejaarden– Ze valt gegeneerd stil.

Ça va, zeg ik. Het is voor het eerst in dagen dat ik mijn eigen stem weer hoor. Normaal gesproken zijn bejaarden niet wakker op dit tijdstip.

Daar moet ze even om lachen. Ze veegt haar tranen weg met haar hand. Ze zegt dat toen ze de baby eruit perste er tegelijk een heel nieuw wonderbaarlijk leven meekwam. Mensen bleven staan om te kijken, zeiden dat zo'n klein kindje nog door engelen is omringd. Ze voelde zich betoverd, veranderd. Haar eigen zus herkende haar stem niet eens door de telefoon. Maar vervolgens kun je maandenlang niet slapen en ben je alleen maar bezig met gruwelijk geploeter en glijdt alles af naar een afgrond. En daardoor is dit eentonige, saaie leven waar ik nu mee opgescheept zit des te eenzamer. Als de baby krijst en ik sterf van de honger, mag ik dan een boterham voor mezelf smeren terwijl hij huilt? Als hij thuis ligt te slapen, is het dan verboden om hier op dit bankje te zitten? Ik ben helemaal de kluts kwijt, zegt ze. Alsof ik elk moment iets raars kan doen.

Ik denk dat alle vrouwen iets opstandigs in zich hebben dat ze niet durven uiten. Omdat we het idee hebben dat we niet meedoen aan de race – of de wedstrijd, of welke vergelijking met de sportwereld ook wordt gemaakt – hebben we een neiging tot anarchie die in mijn ogen een voordeel is. In zulke situaties kan onze innerlijke anarchie soms losbarsten. Dat is helemaal niet erg.

Ik kan die donkere gevoelens die me verscheuren niet van me afschudden. Ze zijn zo sterk dat ik mezelf iets kan aandoen, of de baby. Ze zwijgt even. Ik denk de laatste tijd veel aan de dood, zegt ze terwijl ze haar neus snuit.

Ik denk niet dat al dat denken veel zal uithalen.

Ik ben zo moe, zegt ze. Slapen als een baby, zegt ze, doelend op de uitdrukking. Waarom hoor je nooit iemand zeggen dat baby's heel slechte slapers zijn? Ik ben kapot maar het enige wat ik doe is een beetje zitten niksen. Ik zit de hele dag binnen. De was stapelt zich op, de koelkast raakt leeg. Niets is ooit af. Ik heb nooit beseft hoe zwaar het is om niets te doen. Om niets te doen en daar vrede mee te hebben. Om niet kriegel te worden van het nietsdoen. Ik heb nergens houvast aan. Elke dag denk ik dat ik iets over hem leer, over mijn situatie, maar dan is alles ineens weer anders. Ze zakt onderuit tegen de rugleuning van het bankje en bromt iets wat klinkt als: Hij lijkt ergens tussen mens en dier in te zitten, al is hij meer dier dan mens. En wat ben ik dan? Iemand heeft me aangeraden om een dagboek bij te houden omdat je alles vergeet. En weet je dat ik in tien weken maar één ding heb opgeschreven? Eén woordje. Ze lacht. Melk. Ik voel me als een stuk vee. Als de geiten op de boerderij van mijn tante die ik als klein meisje hielp melken. We lokten ze met graan naar de verhoogde melkplaats waar we ze aan hun nek vastmaakten met behulp van een lange stok met een haak en een oog aan het uiteinde. Ik heb het altijd een fijn geluid gevonden, de stralen melk die tegen de emmer kletteren. Het klinkt zo aards, zo geruststellend. Maar nu heb ik dat gevoel absoluut niet meer.

Zoogdieren zijn zo afhankelijk van melk, denk ik maar spreek het niet uit. Daarom zullen we nooit zo vrij zijn als de vogels. Omdat ik niets persoonlijks heb bij te dragen, vertel ik haar over slapen. Nadat ze hebben gebaard, slapen dolfijnen een maandlang niet, zeg ik. Zo beschermen ze hun jongen tegen vijanden.

C'est moi. Exactement, lacht ze terwijl ze haar ogen bet.

Nou, er zijn betere verhalen.

Hoe weet u dat?

Omdat dat zo is.

Nee, ik bedoel, hoe weet u dat van de dolfijnen?

O, ik bestudeer dieren.

Wat bestudeert u aan ze?

Ik werk een paar kilometer van Fontevraud in de witte grotten bij het huis daar. Ik transcribeer dierentalen die zijn opgenomen op band.

Ik wist niet dat zoiets bestond.

Dat gebeurt al ruim honderd jaar. De eerste opnames waren van vogels op een Edison-fonograaf. Maar dat waren vogels in gevangenschap. Wat niet hetzelfde is.

Ah.

De eerste opnames van Noord-Amerikaanse vogels in het wild stammen uit 1929 en werden vastgelegd op een filmklankstrook omdat de bandrecorder nog niet was uitgevonden.

Ze kijkt me aan met de ietwat hautaine blik die mensen krijgen als ze mijn leeftijd proberen vast te stellen, alsof ik een klein kind ben. En wat ik tegen haar wil zeggen is: niet doen.

Misschien kunt u me helpen, zegt ze. Volgens mij zag ik 's avonds laat een jakhals bij de rivier.

De oude Egyptenaren hadden het Dodenboek waarmee de doden hun weg in het hiernamaals konden vinden. De god van de doden had een jakhalskop. Hij bepaalde wie werd toegelaten door het hart te wegen. Was dat lichter dan een struisvogelveer dan kreeg de ziel toestemming de hemel binnen te gaan.

Ze gaat verzitten.

Jakhalzen zijn opportunisten. Ze stelen vaak de prooi van

een ander. Ik denk eerder dat je een wolf hebt gezien.

Wat weet u veel van dieren.

Ik heb ze mijn hele leven bestudeerd. We zwijgen een tijdje en turen recht voor ons uit.

Is het eenzaam werk? vraagt ze ten slotte. Ik denk aan de uren die ik, zwijgend, zittend op de grond heb doorgebracht.

Het is te vergelijken met verliefd zijn, zeg ik. Ik voel me merkwaardig openhartig op dit tijdstip tegen deze onbekende. Je verliest al je belangstelling voor de rest.

Ik zou het niet weten, zegt ze, de vader van de baby is ervandoor. We zijn niet… hecht.

Ik ben blij dat ze niet een van die verbloemende woorden gebruikt als zielsverwant. Mensen zouden elkaars ziel met rust moeten laten. Onaangeboorde aspecten van een persoon noemde je vroeger charisma. Nu zijn ze reden voor therapie. Wat binnen in je zit is een kostbare, essentiële kern die onaangetast dient te blijven, anders verpest je hem. De glanzende pracht in het hart van je eigen leven. Datgene wat het leven de moeite waard maakt. Zonder dat is niemand werkelijk onafhankelijk.

Begrepen worden is het ergste wat je kan overkomen, zeg ik na een tijdje hardop.

Wat?

Valéry.

Wie?

Ik vertel dat ik bezig ben een woordenboek van de taal der dieren aan te leggen, van soorten die met uitsterven worden bedreigd. Door te luisteren naar de dieren in het wild krijgen we inzicht in de manieren waarop ze communiceren en in de gezondheid van de populaties. Ik bestudeer de patronen die de klanken genereren. Daarmee kunnen we zien wat we normaal gesproken niet kunnen zien. Er sterven voortdurend talloze kleine soorten uit. We leven in een tijdperk van uitroeiing. Maar de moderne maatschappij lijkt te handelen zonder besef van het verleden en met nog minder oog voor de toekomst. Ik snap niet waarom uitsterven geen grotere afschuw oproept, zeg ik. Met die woorden heb ik een keer een lezing beëindigd en tot mijn verbazing stak een student zijn hand op. En weet je wat hij zei? Hij zei dat Stalin had gezegd dat één dode een tragedie is en dat een miljoen doden een statistisch gegeven is. Ik was zo kwaad dat mijn retorische vraag werd beantwoord met de rechtvaardiging van een fascist voor massamoord dat ik letterlijk stond te trillen. Nadat ik gekalmeerd was, heb ik er veel over nagedacht en ik zag in dat hij gelijk had.

En wat brengt u hier, informeert ze beleefd, op dit late uur?

Ik ben hier om met iemand van de galerie te praten. Degene die me de brief stuurde die in mijn zak zit, messcherp. Ik dacht dat ik hier was om Valentina te confronteren met de complete radiostilte rond mijn werk. *S'affronter*. Het klinkt nu al als een knokpartij. Maar het is de brief die me dwarszit.

Werk, zeg ik na een tijdje, en ik voel me al snel belachelijk.

Weet je, zeg ik, van onderwerp veranderend. Je gaat je vanzelf openstellen voor het moederschap, je moet alleen zorgen dat je jezelf niet verliest. Laat de was zich maar opstapelen. Er schuilt groter gevaar in het te goed worden in huishoudelijke taken. Dat soort vrouwen voelt zich nooit voldaan. Ik spreek onbedoeld als een kalme moeder.

U hebt vast ook kinderen.

Een kleinkind, zeg ik. De woorden hangen in de lucht als een vogel die zijn stem test.

Ze kijkt me bevreemd aan. We zijn beiden aan het uitrekenen hoe dat kan, of misschien doe ik dat alleen. Ze is afgeleid, kijkt naar haar handen.

Ik doe mijn best niet aan de brief te denken. Alsof die niet een nieuwe en intense pijn teweegbrengt. Waarom wordt er niet van een kind gerept? Wat voor onbestaanbaar toeval zou zo'n idiote uitkomst tot gevolg kunnen hebben? Mijn hele leven ben ik vervolgd voor het feit dat ik, in wezen, als een man heb geleefd. En nu is er deze absurde bewering, als donderslag bij heldere hemel, die alles op z'n kop zet en mijn ongeschiktheid, mijn onbeduidendheid onderstreept. Vroeger heb ik kortstondig het moederschap overwogen, maar toen al, toen vooral, was het tot mislukken gedoemd. De keuze werd gemaakt. En als een keuze is gemaakt, kan die niet worden teruggedraaid. Ik probeerde er niet meer aan te denken. Te veel nadenken over dingen verandert je gevoelens. En nu doet het er niet meer toe hoe veel of hoe weinig ik eraan dacht. Waarom te lang stilstaan bij droevige dingen?

Vraag om hulp, raad ik haar aan. Slaap. Je zult merken dat je erdoorheen komt. De nacht is zwaar, maar de nacht kan ook oplossingen brengen. Ze kijkt op. Je moet in elk geval lang genoeg slapen om te dromen.

Ze schuift naar me toe, laat haar hoofd in mijn schoot vallen en slaat haar armen om mijn middel. Daarna begint ze schokkend te huilen.

Ik ben in geen jaren meer vastgehouden. Het is oncomfortabel, haast pijnlijk, maar ik verroer geen vin.

Ik wou dat ik je kon helpen.

Dat hebt u al gedaan, zegt ze en ze dept haar tranen met haar vingertoppen. Al klinkt alles wat ze zegt als een open einde.

Ze staat op, haar tengere lichaam sierlijk gestrekt, en dan glinstert ze wit door het koele gras het park door. Een lichtgekleurde vlek die zich door het donkerblauwe licht beweegt. Ik denk dat ze me voor wijs en moederlijk aanziet vanwege mijn leeftijd en mijn advies. In werkelijkheid ben ik geen van beide.

SLANG

De zon flitst in zijn ogen terwijl hij door het gras kronkelt, bloed dat opwarmt.

Nu ik de ballerina heb gezien, kan ik vanavond niet naar hem toe. Een afspraak die ik met mezelf maak. Ik heb behoefte aan vrienden om me heen, het voorval van me af lachen. Verbijsterd dat ik in staat ben tot geweld. Ik weet dat het pijn deed, ik ben een gevaar in gezelschap.

Tas, het enige waar ik aan kan denken is dat de sensualiteit van die vrouw afdruipt.

Tacita steekt een sigaret op en geeft die aan mij.

Oké, Iv, maar die vrouw is niet Levs echtgenote. Zij is een ballerina en ze heet Ulyana.

Geweldig. Dus er zijn er al minstens twee.

Ik heb Istvan naar de danseres gevraagd. Ik geloof dat ze uit Leningrad komt. Istvan zegt dat Lev haar schoonheid aangenaam vindt.

Moet ik me daardoor beter voelen?

Haar egocentrisme is vermaard. Volgens Istvan maakt ze zichzelf voor het begin van een feestje aan het huilen zodat haar ogen blauwer lijken. Hij zegt dat ze op eerste kerstdag jarig is.

God, Tas, wat doet dat ertoe?

Ze is gewend aan het verpesten van feestelijkheden. Die niet-aflatende behoefte aan een publiek. Weet je, als ze gelovig was, dan had ze Jezus willen zijn.

Ik moet lachen en Tacita zegt: Eindelijk.

Istvan zegt ook dat zij het type vrouw is dat met één enkele opmerking de sfeer in een kamer kan veranderen. Hij noemt haar een kooi op zoek naar een vogel. Ze maakt alles dood, ook gesprekken door dingen te zeggen als: Zoals ik danst er niemand.

Wat weet je verder van haar?

Ze heeft Lev een keer verteld dat als ze een blaar op haar voet heeft voordat ze het podium op moet, ze een dun plakje rauw vlees, meestal kalfsvlees, afsnijdt en dat op de wond legt. Na de voorstelling, aan het einde van de avond, is het vlees gaar. Het is het enige wat helpt. Volgens haar doen alle dansers dat. Tacita huivert. Het is geloof ik dat beeld dat ballet me voorgoed heeft tegengemaakt. Ze pauzeert even en zegt dan: Misschien wordt ze gewoon wel gek van de honger. Het enige voedsel dat ze binnenkrijgt is wodka en sigaretten.

Wodka en sigaretten zijn geen voedsel, die zijn een verslaving.

Iv, laten we het niet over haar hebben.

We zijn even stil en dan dwing ik mezelf om te vragen: Weet jij iets van Aglaya?

Nee. Volgens Istvan heeft Lev het nooit over haar. Istvan weet niet eens waar ze woont. Ze haalt diep adem. Hij vraagt zich af of Lev naar haar toe gaat als hij voor langere tijd weg is.

Een innerlijke rilling.

Ik ben benieuwd of ze kinderen hebben.

Rondom Lev heerst alleen maar stilte. Hij wil nergens over praten, Iv, dus laten wij dat dan ook maar niet doen. Over niets van dit alles. Ik vraag me zelfs af of ik je nog wel hierin herken.

Tacita…

Ze knijpt in mijn hand. Het was de danseres die buiten haar boekje ging, zegt ze.

Ik pak Tacita's jas en die van mij, een roomwitte wollen jas, genaaid door Madame Tissaud, die liever haar eigen kleren ontwerpt dan iets te kopen wat in de mode is. Ze heeft lades vol linten, stoffen en ondergoed uit vervlogen tijden maar toch is al haar zelfgemaakte kleding onopgesmukt. Een verstandig mens, zegt ze, hult zich in eenvoudige kleding en draagt een diamant in zijn hart.

We lopen hand in hand naar Le Dôme. De koude lucht werkt ontnuchterend. Op dat moment zie ik allerlei verontrustende dingen. De schreeuwende krantenkoppen. De schaarse kruidenierszaken. Museumcollecties die langzaam uit de stad naar de provincie worden overgebracht. Zoals ik al vreesde verdwijnt er elke week een ander zeldzaam dier uit de dierentuin. Apen. De python. De hyena is er nog, maar de bewaker heeft me na veel aandringen toevertrouwd dat zij binnenkort ook weggaat. Het gevaar bestaat dat we het gevaar niet serieus genoeg nemen. En toch beslaat mijn wereld niet meer dan mijn verlangens en twee arrondissementen. We lopen naar een stel mensen dat op zoek is naar begaanbare routes naar het onbewuste. De onderwereld is te verkiezen boven het stukje land waar we in wankel evenwicht bovenop staan.

Istvan komt naar ons toe en begroet ons warm met een kus. Mijn ogen schieten het café door. Lev is er niet, maar wel een heleboel vrouwen die naar hem op zoek zijn. In tegenstelling tot de rest van de mensheid laat hij nooit iets los over amourettes uit het verleden. Die krijg ik van anderen te horen. Ik moet denken aan wat Tacita zei. Dat hij en Aglaya misschien nog samen zijn. Ik heb mezelf opgeofferd aan mijn geliefde. Ik ben me pijnlijk bewust van de geometrie van verlangen. Dat hij op dit moment misschien ergens hetzelfde doet.

Ik excuseer mezelf. In de *toilettes* staan vrouwen met uitgestoken onderlip rode lippenstift op te brengen, hun mond een o, op hun wimpers een zwart laagje. Gefriseerd haar. Ze hebben ingewikkeld gevormde jurken aan en jarretelles en kousen met een zijden naad. Ze zien er oogverblindend uit. Ze ruiken naar parfum en sigaretten. Ik word overmand door liefde voor ze, voor de moeite die ze doen. Natuurlijk, schoonheid kan ook schoonheid teniet doen. Zoals de iriserende pauwen die inmiddels weg zijn uit de dierentuin. Het was Tacita en mij opgevallen dat ze liever chrysanten en rozen aten dan de zaden en pitten die de onopvallende zandkleurige vogels kregen. Ik vang een glimp van mezelf op in de spiegel. Donkere kringen onder mijn ogen, hoekige lijnen, warrig haar in een vlecht die is vastgespeld in een knot. Een witte geplisseerde jurk die op de grond valt. Ik zie er misplaatst uit. Onmodieus. Ik ben niet zo goed in de ingewikkelde sociale ruilhandel. Bij vrouwen is hun uiterlijk in elk geval een belangrijk betaalmiddel. Ik weet dat eenlingen er anders uitzien. Ik voel me eigenlijk alleen een buitenbeentje in een kamer vol mensen die een gemeenschappelijk doel hebben. Ik ben eraan gewend om me een buitenstaander te voelen, maar ik zou ook wel graag eens ervaren hoe het is om een van hen te zijn. Vrouwen die hun haar in verschaalde champagne wassen om het een gouden gloed te geven. Vrouwen die met krulspelden of met papillotten in slapen zodat ze de volgende ochtend met krullen wakker worden. Vrouwen die het nieuwste van het nieuwste dragen. Zou ik weten welke jurk de geschiktste is? Waar ik een klein parelmoeren compact spiegeltje kan vinden? Queenie had er eentje, Moeder een hele verzameling. Ik vraag me af of het komt doordat ik alleen broers heb dat ik nooit heb begrepen waarom mensen vrouwen wensen te beoordelen op hun buitenkant, en niet op hun intelligentie of hun hart. Ik wil niet bewonderd worden zoals Ulyana. Ik wil de ruimte gegund worden om te kunnen schilderen en geluiden op te nemen en me over te geven aan mijn kunst. Ik zie ook wel dat ik andere delen van mijn leven een beetje verwaarloos. Ik weet dat de mooiste dingen in eenzaamheid tot stand komen. Deze vrouwen lijken hun leven voor de spiegel te leiden, een flits van schoonheid, vluchtig, als glitter op een feest. Maar dan wijs ik mezelf erop dat ik niet meer alleen ben. Ik heb Tacita. Ik heb Lev. En bij hem ben ik bang dat mijn woorden rudimentair en roestig zijn geworden omdat ze al zo lang in me begraven liggen en ik niet eens meer weet of ze er nog wel zijn.

Ik loop terug het lawaaierige etablissement in, pak mijn jas en handschoenen en kus Tacita.

O, Ivory, ga nog niet weg. We beginnen net.

Je moet me maar vertellen wat de uitkomst is.

Morgen, bij daglicht, zullen we samen de avond evalueren.

In de stromende regen loop ik terug naar Madame Tissaud, de lichtjes worden weerspiegeld als manen in de donkere rivieren van straten.

Ik haal mijn sleutel tevoorschijn en maak mijn deur open, de vochtige kou beneemt me de adem. In het donker zie ik een dun laagje water van de regen. Ik heb het raam open laten staan. Maar ik zie ook de scherp geschulpte randjes van rozen.

Hoe kan dat? Een afgesloten kamer en alleen ik heb de sleutel.

Ik krijg Ulyana niet meer uit mijn gedachten. Ik kan haar beeltenis niet van me afschudden. Doen alsof er niets gebeurd is, is zoiets als 's ochtends praten met een vreemde wanneer een heftige droom nog steeds in je doorzindert. Ik wou dat ik zonder dit innerlijke drama kon leven. Ik moet denken aan Tacita en Istvan, en hoe hun verhouding is, zonder twijfel, zonder conflict. Al weet ik ook dat leven door te vergelijken een leven in de schaduw is. Ik vraag me af of zij dat ook ervaart. Het wonderbaarlijke gevoel wanneer ik iets van Lev hoor, hij bij me op bezoek is, of als we elkaar tegenkomen op straat. Dat hij überhaupt bestaat. Ik kan me geen wereld voorstellen waarin hij vastberaden, volhardend, stellig rondloopt. Ik kan me niet voorstellen dat we samenwonen. Gedeelde sleutels, eten, kamers. In plaats daarvan gedragen we ons als roofdieren, op onze hoede voor toenadering. Waar zijn we bang voor? Om gevangen te worden?

Ik hoor hoog boven me een vliegtuig brommen. Lev heeft me een keer verteld dat hij geïnteresseerd was in vliegeniers, tot hij er daadwerkelijk een ontmoette en teleurgesteld was dat het maar een doodgewone man bleek te zijn. Een sportman. Geen innerlijke woelingen, gewoon een rationele geest met weinig zelfbesef.

Wat had je dan gedacht?

Dat het een avonturier zou zijn.

Maar reizen is toch een avontuur?

Mensen die reizen voor hun plezier worden beperkt doordat ze uitsluitend geïnteresseerd zijn in 'elders'. Reizen is een substituut voor echte bezigheden.

En wat noem jij echte bezigheden?

Alles wat je met je hoofd doet.

Later vertelt Lev dat hij bij mijn huis stond te wachten en dat hij, toen ik maar niet naar buiten kwam, rozen door het open raam begon te gooien. En daarna liep hij gauw weg.

Maar dat is onmogelijk, zeg ik. Ze lagen prachtig gerangschikt op de vloer. Alsof iemand ze er bewust had neergelegd.

BIJ

Solenius vagus (vrouwtje), bedreven in gaatjes boren,
gedraagt zich anders dan de metselbijen,
(staat van) de reukzin.

Een, dan twee. En dan Valentina's stem door de telefoon, haar 'hallo' als een vraagteken.

Met Ivory, zeg ik, boos dat mijn iele stemmetje niets van de woede in me weerspiegelt.

Hoe laat is het? vraagt Valentina slaperig. Ik heb haar duidelijk wakker gebeld.

Geen idee.

Ze is meteen klaarwakker. Heb je Skeet gezien? Is hij daar?

Wat? Waarom zou hij hier zijn? Is hij niet in Oslo?

Een stilte. Ik hoor de opluchting erin doordruppelen.

Kan ik je morgen terugbellen? Het is midden in de nacht, Ivory.

Waar ik nu woon, is er geen telefoonverbinding, Valentina, dat weet jij ook heel goed. Ik sta hier in mijn pyjama in een telefooncel waar ik in mijn auto naartoe ben gereden. Je kunt gerust morgenochtend dit nummer bellen, maar dan krijg je mij niet aan de lijn, dat kan ik je verzekeren.

Wat is er zo dringend dat niet kan wachten?

Je gaat me niet vertellen dat het je verrast dat ik me zorgen maak, na de jarenlange samenwerking met het Instituut, Valentina. Ik wil weten wat er aan de hand is. Ik hoor maar niks. Ik heb je al een halfjaar geleden alle leeuwerikbestanden toegestuurd. En daar zaten echt schitterend complexe opnames bij.

Het nauwgezette methodische werk brengt me altijd in een bespiegelende stemming. De enorme kracht die is samengebald in de geluiden, als tere kostbare kleinoden aan de grotwanden.

De gedachte dat veldleeuweriken het loodje leggen omdat wij muesli willen eten. In de winter kunnen ze niet foerageren in de dicht opeengepakte gewassen op het land. De heilige Franciscus had ooit bij de Romeinse keizer een verzoek ingediend om met Kerstmis graan over de akkers te strooien zodat de leeuweriken ook een feestmaal hadden. Het Engelse boerenland wemelde vroeger van de veldleeuweriken. We kunnen precies zien wat het effect op de populaties is geweest doordat het zaaiseizoen van tarwe en gerst van de lente naar de winter is verplaatst, zeg ik tegen haar. En dat allemaal omdat wij zo nodig meer muesli willen eten. Ik heb–

Ik hoor haar zuchten, nu duidelijk in de hoorn, alsof ze zich heeft neergelegd bij dit gesprek.

Ik weet niet wat ik verwacht. Valentina heeft slechts een vaag idee van wat ik met mijn werk beoog. Zij is nu degene die me het langst kent. Ze was vroeger bioloog en nu bureaucraat, en loopt op haar hakjes door de gangen naar haar kleine lichte kantoor op de universiteit waar ze projecten begeleidt en fondsen werft voor het Instituut. Jaren geleden is er iets veranderd in onze relatie. We communiceren nu op een bruuske, meer informatieve manier met elkaar. Zij heeft altijd moeite gehad om te accepteren dat mijn leven niet bepaald huiselijk te noemen is. Ze heeft een hekel aan de zakjes met noten, fruit en groenten die ik op haar aanrecht laat rondslingeren, in zo'n moderne keuken die eruitziet als een mortuarium. Ik geloof niet in koeling, zeg ik. Ze kijkt me even woest aan. Dat haalt overal de smaak uit.

Ik had niet gedacht dat iemand die gewend is aan zanderige boterhammen in de natuur en die eiwitshakes in het lab drinkt, zich druk maakt over smaak, kaatst ze terug.

Ze laakt mijn totale gebrek aan stijl, maar ik heb nooit begrepen waarom je je door een kledingstuk ineens mooi en zelfverzekerd zou voelen. Ze zegt dat ik het verkeerd zie. Kleding doet ertoe. Het zijn uiterlijke wegwijzers van het innerlijk. Wanneer ik bij haar in Oslo logeerde, bood ze me haar vaak haar enorme toilettas aan. Je zou iets met je haar kunnen doen, oppert ze. Doodsbang dat ik een openbaar gebouw binnenga met ongekamd haar en een gekreukelde blouse. En wat vind je van een beetje make-up? Je weet dat vrouwen lippenstift gebruiken als kalmeringsmiddel, zeg ik. Ze negeert me. Zelf draagt ze haar haar in een ouderwetse, zakelijke losse knot. Het lijkt of ze telkens dezelfde rechte jurk aanheeft maar dan in een andere kleur. Die maakt ze zelf aan de hand van een papieren naaipatroon. Haar elegantie is van een ander tijdperk, een groot contrast met de moderne triomf van gemakkelijk zittende kleding. Ze heeft een hekel aan de mensen van tegenwoordig in hun slobberige outfits, identiek voor kind of volwassene. Misschien dat onze generatie, zo welbewust gevormd, het gemak van comfort wilde vermijden. Alsof we heimelijk vonden dat een beetje pijn bij het leven hoort.

Ik heb toch mijn excuses aangeboden voor de belabberde staat waarin mijn laatste partij toegestuurde aantekeningen verkeerde?

Daar gaat het helemaal niet om, Ivory, al zouden je notities wat beter te lezen zijn als je niet zoveel rookte. En ik neem aan dat je weet dat data tegenwoordig in digitale vorm beschikbaar moeten zijn.

Ik heb me nooit uitsluitend op technologie willen verlaten, Valentina. Dat verzet is actief, niet passief. Mijn methode dwingt me om alle verschillende stemmen apart te onderkennen.

Precies wat je zegt. Er zit te veel informatie in je hoofd. Waarschijnlijk ben jij de enige op de wereld die al zo lang bezig is met veldonderzoek, die zoveel weet van dierengedrag.

Ik moet denken aan Madame Tissaud die zei dat bij de dood van een oud iemand een hele bibliotheek verloren gaat. Die mensen zijn als een palimpsest, zei ze. Die oude perkamentrollen waarop de oorspronkelijke tekst is gewist en vervangen door een nieuwe. In een oud mens zitten talloze verslagen van natuurlijke en menselijke gebeurtenissen.

Ivory, valt ze me in de rede. Ik wil niet dat je het persoonlijk opvat. We hebben allemaal onze werkzaamheden flink moeten reorganiseren door de enorme bezuinigingen.

Reorganiseren, Valentina, zeg ik. Het liefst zou ik nu willen gaan zitten. Wat is dat voor kletspraat. Je weet dat ik een hekel heb aan die nieuwerwetse eufemismen.

Maar ja, dat is wel wat er aan de hand is. We hebben inmiddels een behoorlijke bibliotheek aangelegd van jouw opnames, die in het archief van Bio-akoestiek bewaard zullen blijven. Maar voor de linguïstiek en jouw cymatische patronen hebben we bij het Instituut momenteel geen budget beschikbaar. Die trend is al een tijdje aan de gang. We zijn flink gekort op onze subsidie, Ivory. Het is–

Maar, Valentina, net zei je nog dat ik een soort wandelend kennismagazijn ben. Een stilte. Een tijdje? Hoe lang al, Valentina?

Er komt geen antwoord. O Ivory, zucht ze. Mea culpa in het kwadraat. Wat wil je dat ik zeg? Haar toon is licht vijandig, alsof ze eigenlijk wil zeggen: Weet je eigenlijk wel hoe oud je bent?

Al dat gepiep en gezoem van de peperdure technologie die in huis is gehaald. Weet je nog dat we alleen een pen en een bandrecorder hadden? Mensen zoeken nu iets op de computer op en denken dat ze iets hebben ontdekt. Dat ze iets weten. Maar je moet echt iets goed bestuderen, van dichtbij, om het te leren kennen. Dat is wetenschap, Valentina. Dus?

Dus?

Dus het is een zonderling projectje van een bejaarde vrouw die allang met pensioen had moeten zijn.

Als we dat dachten, had je niet zo lang subsidie van ons ontvangen, Ivory. Dat weet je ook wel. Maar het is ook niet zo raar om eens na te denken over stoppen met je werk. Lekker uitrusten. Je zou kunnen gaan reizen, een huisdier nemen–

En zo'n oud vrouwtje worden met een dozijn katten om haar enkels? Ik staar in de hoorn en probeer beheerst te blijven. Zachtjes zeg ik: Maar we weten natuurlijk alle twee, Valentina, dat iemand die de bevrijding van dieren voorstaat waarschijnlijk als eerste het woord 'huisdier' zou schrappen.

Valentina lacht aarzelend. Kijk, zo ken ik je weer, zegt ze met iets van opluchting.

Ik heb heilig ontzag voor het werk.

Ze blijft stil. En?

Nou, de Fransen hebben een uitdrukking. Als je in de viool pist, komt er weinig muziek uit.

Hoe... vulgair, zegt Valentina lachend.

Ik ben als een bij, Valentina, ik moet bewegen om in de lucht te blijven.

Ik denk aan de geluidsopnames van wilde bijen die hun nest in door bliksem getroffen bomen hadden gebouwd. Aan de verschillende zoemgeluiden die ze maakten, kon je horen welke chemische verbindingen hun receptoren oppikten. Toen Valentina voorstelde om me voortaan uitsluitend op bijen te richten, was mijn antwoord dat mensen belangstelling hebben voor bijen en monarchvlinders omdat dat zulke iconische insecten zijn. Maar wat denk je dat er met de rest gebeurt?

Ik móét nu echt gaan zitten. Er hangt een vage urinelucht in de telefooncel. Dit bevestigt mijn theorie dat de wereld bedekt is met een laag pis. Ik zeg tegen Valentina: Al die uren dat ik op mijn buik in de modder heb liggen luisteren naar de wereld. Echt liggen luisteren. In greppels terwijl wolken aan de hemel voorbijtrokken. De verbijsterende intensiteit. Ik wou dat ik woorden kon gebruiken waarmee we de liefde beschrijven in plaats van de nietszeggende bewoordingen die we voor werk reserveren. Ik heb het echt als een heerlijke bevrijding van mijn knellende zelfbesef ervaren. Ik hoef niet te praten, alleen maar te luisteren, me uitsluitend te concentreren op de kleinste geluidjes. Maar dan kijk ik naar mijn handen. Of naar het rode knipperlichtje van het opnameapparaat. En voel ik de tranen opkomen. Stomverbaasd dat ik nog leef. Simpelweg ontroerd door het besef dat ik er nog ben, als mens, dat ik gewoon besta.

Dat begrijp ik, Ivory, dat weet je, zegt ze zachtjes.

Iedereen wil iets waardevols waarmee ze een band hebben. Zoals we het regenwoud willen behouden voor onze kleinkinderen. Wat volgens mij juist de slechtste reden is. We zouden het moeten behouden omdat de flora en fauna recht hebben op hun eigen habitat. Daarvoor doe ik het, Valentina. Die moeten gewoon kunnen blijven voortbestaan.

Dan boffen ze dat jij ze hebt gered.

Zij hebben míj juist gered, snap je? Het is van levensbelang voor me geweest, zeg ik, mezelf vermannend. Ik ben degene die boft. Dat kan niet iedereen zeggen.

Je hebt voldoening, is dat niet genoeg?

Voldoening. Dat is een uitgehold woord. Valentina. In de achttiende eeuw zouden ze het inspiratie hebben genoemd, waar ik de voorkeur aan geef.

Er rammelt een auto langs de rivier.

Woede maakt langzaam plaats voor iets anders. Hoewel woede de geëigende reactie is op de mededeling die ik te verwerken heb gekregen.

Ik kijk omlaag en zie dat er op de vloer van de telefooncel een verzameling dode vliegen ligt, als rozijnen.

Ik hoor de diepe vermoeidheid in Valentina's stem. Ik voel ook een bepaalde nerveuze spanning die ik nog nooit eerder heb ervaren. Omdat ik haar zo goed ken, ben ik me ook bewust van een vleugje minachting te midden van alle warmte. Mijn leeftijd. De reorganisatie. Geldverspilling tegengaan. Ik besef dat ik een verspilling ben.

De congressen die ik, vaak met Valentina, vroeger bezocht, vind ik nu een zware belasting. De wellevendheid, de mensen, de vereiste smalltalk. Saaie wetenschappelijke symposia over onderwerpen als de taxonomie volgens Linnaeus. Daar liepen we door de grauwe gangen die naar lessenaar roken, langs de studenten die op de binnenplaats in groepjes stonden te praten en hun sigarettenpeuken onder hun schoen uitdrukten. Valentina had altijd een strategische outfit aan. Strakke jurk, hoge hakken, gestifte mond. Wanneer we terugliepen naar ons hotel, had ik een gevoel van beklemming. Onwillekeurig krijg ik altijd een leeg gevoel van wat anderen een bevredigend geschenk vinden. Die behoefte aan mannelijke goedkeuring, die ik vooral associeer met jonge vrouwen die weinig keus hebben, iets waar zij ook aan meedoet. Altijd kijken we naar onze weerspiegeling in de ogen van anderen. Er wordt ons zo weinig gevraagd.

Onmogelijk, Valentina. Mijn werk en opgeven gaan niet samen, zeg ik in de hoorn.

Toe. Laten we er morgenochtend verder over praten, Ivory, goed?

Ik hoor een blikkerig gezoem. De tijd van de telefoonkaart is op. Ik ben helemaal niets wijzer.

Godsamme, zeg ik tegen de kiestoon, en ram met een klap de hoorn op de haak.

Ik hoor de wind ratelen door de platanen met hun bontgekleurde stammen, als het fladderen van de witte majestueuze nachtvlinders die 's nachts, als ik aan het werk ben, door de grotten vliegen. Mijn lichaam trilt. Van emotie of van kou, dat weet ik niet precies. Ik trek mijn sjaal dichter om mijn schouders. Dit is niet waardig.

HERTENBOK

Kleurenblinde mystieke ogen; verstijft tegenover het onbekende.
Briest; vorstendommetjes van concrete muziek volgens een vast patroon.

Twee geelkoptroepialen pikken in hun veren en schrapen door riet en beemd alsof ze een echtpaar zijn dat al jaren bij elkaar is, op hun gemak in elkaars lichamelijke intimiteit en geproduceerde geluiden. Dat stel ik me tenminste voor terwijl het dunne papier de walnoteninkt absorbeert. Je hebt de liervogel met het verenkleed van een dandy en een stem die alles kan nabootsen, van het rondgaande ritme van een metalen plafondventilator tot een blaffende hond. Ik ben gered van bittere armoede. Ik teken biologische illustraties voor Monsieur Barbary, hoogleraar aan de Sorbonne en verzamelaar van antiquarische boeken, een kennis van Madame Tissaud. Hij handelt in litho's uit publicaties van begin negentiende eeuw. Vlinders, weidedieren, planten, vogels, vissen, schaaldieren. Breekbaar ogende beesten die worden ingedeeld, gerangschikt, terwijl ze ooit levend in hun oorspronkelijke biotoop op papier werden vastgelegd. In mijn koude Parijse atelier teken ik ze na. Overjas aan, mitaines aan, genoeg francs om mijn huur te betalen, eten, kolen en tekenbenodigdheden, al is het steeds lastiger om aan die zaken te komen. Mijn eigen werk wacht op mijn ezel. Een groep paarden in verschillende kleuren met mensenogen, in een donker stormachtig landschap. Tacita vindt het mooi hoe er in hun woeste ogen een verontrustende, dreigende confrontatie schemert.

Bloemen schieten vanonder uit de grond. In de onderlaag en in de hoeken spelen zich kleinere scènes af.

De galeriehouders hebben bescheiden belangstelling voor het werk van Lev, maar behandelen hem nog steeds als een parvenu. Ik was bij hem toen een bekende galerie-eigenares op Lev afliep. Ze had een kraag van vossenbont, hoge schoenen en whiskykleurig haar. Ze werd aangetrokken door zijn berooide uitstraling. Ik voelde gewoon dat ze haar zinnen op hem had gezet. Ze praatte op een lage, uitdagende toon met hem, legde haar hand op zijn arm, alsof ik lucht was, alsof ik niet naast hem stond. Ze wilde dat hij een keer naar haar galerie kwam, voor een bespreking. Hij bleef koeltjes, onpeilbaar. Maar dat scheen ze niet erg te vinden. Ze stelde zich niet aan me voor.

Sommige van zijn doeken gaan voor een aardig bedrag van de hand. Al weet ik eigenlijk niet waar hij van leeft; hij heeft het nooit over praktische zaken met mij. Ik weet van Tacita dat hij hele weken in zijn atelier doorbrengt, zonder verwarming, levend op blikjes haring en drank. Hij is zo productief dat hij zijn doeken aan wasknijpers ophangt, als schone was.

Hij vertelt me nooit iets, zeg ik tegen Tacita.

Ach, mensen die te openhartig zijn, zijn oninteressant.

Ze valt even stil. Lev heeft gezegd dat hij jouw vermogen om andermans gedachten te lezen, om andermans dromen te zien enorm fascinerend vindt.

De dromen van anderen kunnen ook heel saai blijken te zijn, zeg ik tegen Tacita, die daar niet op ingaat.

Hij zei tegen Istvan dat je lijkt op zo'n dierengodin die overleden mensen begeleidt naar het dodenrijk

Echt? vraag ik verbaasd. Ik denk aan zijn gevoeligheid en hoe die mij blokkeert. Dit is niet open en eerlijk. Vergeleken met jou en Istvan. Zo simpel en direct.

God, Iv, dat klinkt bijna of je een moord beschrijft.

O, waarom niet de aardige kunstenaar van de academie die

me briefjes stuurt en kleine stilleventjes tekent op minuscule papiertjes?

Ja, dat zou zoveel fijner zijn, zegt ze met gespeeld enthousiasme.

Doe even rustig, Tas.

Je zou nooit gelukkig zijn in zo'n lusteloze relatie, Iv. Alles zou op rolletjes lopen maar gespeend van leven zijn. Je zou aanbeden worden, maar het raakt je niet, het doet je niets. Bovendien zou je je schuldig voelen dat je op het laatst een afkeer krijgt van iemand die niets fout doet, alleen maar zichzelf is.

Maar dan zou ik niet zo in de war zijn. Ik heb het gevoel dat ik nooit compleet bevredigd zal worden. En dan ben ik weer bang dat ik me te veel door hem laat opslokken, zodat hij me kan gebruiken voor zijn eigen doeleinden. Maar dat zeg ik niet tegen Tacita. Als je iets hardop uitspreekt, kan het bewaarheid worden.

Mijn laatste brief voordat ik naar Parijs vertrok: *Lieve Moeder, het gaat goed. Heb al aardig mijn draai gevonden. Hartelijk dank voor de briefkaarten. Liefs aan iedereen.* Al ging ik in werkelijkheid vanbinnen dood. En wanneer ze bericht krijgen dat ik ben gestopt met mijn kunstopleiding, vinden ze het vooral vreemd dat ik er zo makkelijk over heb gelogen.

Op de nonnenschool ben ik een ongeïnteresseerde leerling. Mijn gedachten dwalen vaak af van de les naar de wereld buiten het lokaal. Ik heb schriften volgekladderd met tekeningen. Ik zak voor ongeveer elk tentamen. Elke dag staar ik naar Jezus, meisjesachtig knap, die aan het reusachtige kruis hangt in de kapel waar het gezamenlijke ochtendgebed wordt gehouden. Alle ogen van de meisjes zijn gericht op de eerste naakte man die ze in hun leven hebben gezien. Ze vinden hem knap. Ze houden vingers omhoog om het bekken en het bloed aan het gezicht te onttrekken. Ik tel honderdzevenentwintig verwijzingen naar dieren in de Bijbel. Waarvan eenenveertig honden. Nergens een kat te bekennen. Wanneer we op een gegeven moment Bijbelpassages uit ons hoofd moeten leren, weiger ik dat. Hoezo niet? vraagt zuster Agatha met strenge blik. Omdat het een boek vol sprookjes is, zeg ik leunend tegen de muur, en niet eens goeie. Ben je niet bang voor de gevolgen van je goddeloosheid? vraagt ze. Bedoelt u met gevolgen een gezonde weldenkende geest? Dat was de eerste schorsing. De volgende kwam nadat ik had aangekondigd dat ik een heilige wilde worden. Vooral om te zien of ik in staat was tot levitatie, een fenomeen waar mijn broer Edgar en ik met grote verwondering over hadden gelezen. Ook was ik betrapt toen ik stiekem luisterde naar de kristalontvanger van de nonnen. Ik had niet genoeg tijd om een zender te vinden, maar draaiend aan de zilveren knop voelde ik tussen het fluiten en knetteren het leven binnenstromen. Later maakte ik ruzie met de naargeestige non die scheikundeles gaf. Ze rook naar een oud boek en haar mond was permanent vertrokken in een norse grimas. We moesten van haar kwalitatieve analyses van de elementen met pen invullen, als een proces-verbaal. De Zuster voert ongeïnspireerd experimenten in het practicum uit, met een strikte nauwkeurigheid die aan het komische grenst. Ik loop over van enthousiasme en heb niet het geduld te wachten op haar monotoon gedreunde aanwijzingen, zodat ik een kleine explosie veroorzaak door kalium in water te doen. Het klinkt als een dichtslaande deur. Ik hoor niet de piepende, toesnellende nonnenschoenen op de tegels omdat ik, kortstondig, mijn gehoor kwijt ben. Ik ben verdoofd. Ik voel een vlijmscherpe pijn en het volgende moment druppelt er vocht uit mijn oor. Als ik naar mijn vingers kijk, zie ik dat het bloed is.

Moeder is ontzet als ze het hoort. Maar tot mijn stomme verbazing is ze vatbaar voor mijn smeekbede om naar de kunstacademie te mogen gaan. Maar dat is het laatste. Hierna, zegt ze kalm, moet je het zelf zien te redden. Ze stemt er alleen mee in vanwege Queenie. Een week eerder werd ik wakker met heftige pijn in mijn borst. De hele dag lang kon ik haast geen adem krijgen. Moeder belde die avond. Ze hoefde het niet te zeggen, ik wist het al. Queenie was dood. Een hartaanval. Er was geen plaats in mijn lichaam voor zo'n diepe smart. Ik voelde me wazig, stuurloos. Ik wilde dat ze nog wat zei, maar uit de hoorn kwam tijdens een lange ongemakkelijke stilte alleen een dof gebrom. Nou, dat was het dan, zei ik. Niemand zei iets terug.

Een vrolijk geklop in de kou. Hij is in mijn kamer. Elke keer zie ik ten noorden van hem een licht. Hij ruikt naar de zon. Uit zijn jas haalt hij een leeuwerikennest, doorweven met donker haar, dat van mij had kunnen zijn. Hij houdt het in zijn beide handen en biedt het me aan, als een offer. Verder haalt hij een paar versleten leren rijlaarzen tevoorschijn. Die zijn voor mij. Ik vraag meteen hoe hij aan het geld komt. Ik weet dat hij honger heeft. Hij zegt dat hij de spullen heeft geruild tegen een schilderij. Ze zijn absoluut niet praktisch en doen me denken aan mijn met luxe omgeven jeugd, waar ik me nu bijna voor schaam. Tegelijkertijd besef ik dat mijn jeugd ver weg is. Dat er nog bitter weinig van mijn jeugd over is dat echt voelt. Nee, zegt hij. Ze hebben een haast onstoffelijke schoonheid.

Ik laat hem mijn illustratie zien. Die lijkt hij eeuwen te bestuderen voordat hij me vraagt waar ik het voor doe.

Om in leven te blijven.

Als je in leven wilt blijven, zou je moeten schilderen.

Het voelt vreemd om alleen al met elkaar te praten. Ik heb verschrikkelijk naar hem verlangd. Het is dagen geleden. De laatste keer dat ik hem zag had hij een olijf tussen zijn tanden geklemd en gaf die over in mijn mond, warm en zout, waardoor ik overmand werd door begeerte. Mijn koele vingers tegen zijn warme hals. Verslind me. We zijn omstuwd door mensen in het donkere, rumoerige café. Met zijn tanden scheurt hij de schouder van mijn jurk. De rest van de avond drink ik wijn met mijn jas om mijn schouders en luister naar een caféprominent die lange fragmenten van Dante en Verlaine voordraagt. Als het sluitingstijd is, gaan de kunstenaars met flessen drank naar elkaars ateliers. Achter de luiken is Parijs een nachtstad.

Het lijkt haast niet echt dat hij hier is, in deze kleine blauwe, kale ruimte. Ik haat mezelf dat ik niet naar de dingen vraag die me dwarszitten. Ulyana. Zijn vrouw. Zijn afwezigheid. In plaats daarvan begint hij weer stilletjes mijn bestaan te veranderen.

Wat is het toch moeilijk om te zeggen wat je echt voelt. Ruwe handen, blauwe schitterogen. Ik ervaar zijn aanwezigheid als verblindend. Ik besef hoe zeldzaam het is dat je werkelijk communiceert. Waarachtige, echte communicatie. Zoveel blijft onuitgesproken tussen mensen. Alle geheimen die we hebben.

Zijn mond op de mijne. Kwasten vallen op de grond. Overgave. Genot dat in duizenden stukjes uiteenspat.

Vertel me een verhaal, Ivory.

Verzonnen of echt?

Alle verhalen zijn echt.

Een lange stilte.

Ik kijk naar de vertrouwde hoeken van de kamer. Mijn stem heeft een andere klank.

Ooit was er een vrouw met ravenzwart haar en een marmerwitte huid die een dochter had, een wild boskind. Het meisje vond het moeilijk om als een normaal kind te leven, want ze was geboren met de uitzonderlijke gave om de stemmen van levende wezens te horen. Dat kon haar moeder niet bekoren. Het kind kon alleen zichzelf zijn in de bossen, wat haar moeder nog veel minder kon bekoren. Op een middag gaf de vrouw een tuinfeest. De bedienden hadden driehoekige sandwiches, bladen met theekopjes en verschillende taarten op glazen plateaus buiten op tafels gezet. Een en al romige overdaad. Het boskind werd gedwongen nette kleren aan te trekken, een glimmend rode jurk, met een strakke sjerp die haar de adem benam. Ze probeerde ongezien over de glanzende parketvloer naar buiten te sluipen. De moeder met het ravenzwarte haar zag uit haar ooghoek een rode schicht en met een paar passen waren haar handen op de schouders van het boskind. Je herinnert je meneer Winter toch nog wel? vroeg de vrouw aan het meisje. Een donkere wenkbrauw werd misprijzend opgetrokken terwijl ze het meisje meetrok naar de man met de vriendelijke, vochtige koeienogen. Het meisje groette hem met een knikje. De man was lang en slungelig, en haast nog verlegener dan zij. Ze kon zien dat hij zijn gêne probeerde te maskeren. Zijn haar viel in dikke slierten om zijn hoofd die op en neer gingen als hij praatte. Elke keer als hij het eens was met het meisje, maakte hij een soort ingehouden hoofdknikje, wat ze vertederend vond, al botste hij vaak tegen het hoofd van een jongedame die dan een excuus mompelde en zich uit de voeten maakte. Als hij een dier was, bedacht het boskind droevig, zou hij prooi zijn.

Ik heb gehoord dat je een voortreffelijke amazone bent, zei hij tegen het meisje, met de blik van iemand die zojuist een rat uit de keuken van de gastheer heeft zien rennen en daar vooral niet naar probeert te kijken.

Ik ben dol op paarden, zei het meisje dat naar haar schoenen keek. De moeder haakte een vinger onder haar dochters kin en tilde die op.

Alleen maar op paarden?

Op alle dieren, zei ze, niet gewend aan de belangstelling van een volwassene. Het is jammer dat we nog geen manier hebben gevonden om beter met ze te communiceren, voegde ze eraan toe.

De moeder van het boskind bleef gespannen beleefd en wilde net iets zeggen toen ze ineens werd meegetroond door een vogelachtige vrouw. Dat was het moment waarop het meisje had gewacht. Ze liet twee hardgekookte eieren van de kunstig opgemaakte schaal in haar jurkzak glijden en ging er als een pijl uit de boog vandoor.

Het gras was vochtig en glanzend. Zodra ze van het stenen tuinpad afging, werden de schoenen van het boskind beschilderd met modder. Ze holde, de zongestreepte eiken wazig. Het was zo stil dat ze haar hart kon horen kloppen. In de verte zag ze het huis, als een stipje. De ramen flitsten als spiegels, gaven vorm, flarden beschaving in de wilde natuur. Het boskind bleef staan toen ze bij de bomen was. Het bos om het huis – in tegenstelling tot de keurige, regelmatige bossen die ze later zou leren kennen – was ordeloos, dichtbegroeid en donker.

Het meisje was een beetje bang dat ze gesnapt zou worden, al wist ze dat de moeder met het ravenzwarte haar nooit het feestje zou verlaten om haar te gaan zoeken. Dus durfde ze wat te ontspannen. Ze knielde neer op de grond, bedekt met boshyacinten, en maakte haar sjerp los. Ze brak een twijgje doormidden. En op een leeg plekje in de glanzende modder schreef ze iets. Ze gebruikte geen gewone letters. Het was een bericht voor de bosdieren, daarom schreef ze het op hun manier. Terwijl ze met het stokje door de aarde ging, voelde ze dat haar nekharen overeind gingen staan. Ze wist dat ze werd bespied.

Het boskind keek vliegensvlug op en zag een hertenbok. Een enorm gewei en grote donkere ogen. Zijn lichaam stokstijf. Het beangstigde haar dat ze er zo van schrok, want het was een rustig, zachtaardig dier, maar op dat moment besefte ze dat ze helemaal alleen was in het donkere bos. Haar hart bonsde. Ze hoorde het hert ademhalen. Hoorde zijn angst. Hij liet de lucht uit zijn neusgaten ontsnappen. Ze keek in zijn ogen als dode engelen. Het meisje en het hert bleven heel lang roerloos staan. Hun ademhaling ging synchroon.

Het boskind liet een bijna onhoorbaar zuchtje ontsnappen. En toen gebeurde er zoiets merkwaardigs. Het hert maakte hetzelfde geluid. Het meisje verstijfde. Ze maakten oogcontact. Het meisje begreep dat als je iemand lang in de ogen keek er geen vragen gesteld hoefden te worden. Wat er over en weer gaat galvaniseert. Kinderen kunnen een eeuwigheid in elkaars ogen kijken. Maar als je een dier lang aankijkt, zal alle kennis die het heeft vergaard ook aan jou worden doorgegeven. Het onbeschutte leven. Rennen tot zijn hart het bijna begeeft. Het leven dat plaatsvindt in de buitenlucht, en in het halfduister.

Op dat ogenblik begreep het boskind dat er geen verschil was tussen een mysticus en een solitair wezen. Na uren in het dichte struikgewas werd het donker. Het meisje was zich bewust van overkappingen van geluid. Haar aandacht was geconcentreerd op het hert, maar tegelijkertijd op alles om haar heen. Er ontstond een onuitgesproken verstandhouding. Het meisje zou het hert beschermen tegen de pijlen en de kogels, en het hert zou het meisje zijn taal leren.

De moeder met het ravenzwarte haar sproeide van woede toen het boskind eindelijk naar huis kwam. De dienbladen en glazen waren allemaal opgeruimd. Er waren nog maar een paar kleine sporen die wezen op het feest van die middag. Overal bloemen in huis, de geur van lelietjes-van-dalenparfum vermengd met tabak in een goddeloos verbond. Het meisje wist dat ze beter haar mond kon houden. Het had geen zin zich tegenover haar moeder te verdedigen, dat was hetzelfde als het verbranden van jong hout. Maar de moeder met het ravenzwarte haar was gek genoeg heel opgewekt, kalm zelfs.

Die avond ging ze op de rand van het bed van het boskind zitten en zei tegen haar dat ze ver weg gestuurd zou worden. Door het bos en de dieren was ze verworden tot iets onherkenbaars. Op dat moment wist de moeder al dat een deel van het meisje aan het bos en de dieren toebehoorde.

ZWALUW

Paartje; nestelend in een spleet halverwege
een honderdtwintig meter steile rotswand.
Gedempte vocalisatie. Om bij ze te komen
heb je honderd meter touw nodig. Of vleugels.

We hebben dit eerder geoefend. Skeet vraagt: Waarom een woordenboek?

Elke keer luidt mijn antwoord ietsje anders.

Het begon met een hoogleraar in Toronto, zeg ik tegen Skeet. Toen ik het had over het vak toegepaste linguïstiek en mijn interesse voor wat er gebeurt als een taal uitsterft, zei hij dat we niet kunnen meten wat we kwijtraken. De gevolgen zijn verwoestend voor de cultuur. Elke taal is een sleutel die de kennis van complete beschavingen ontsluit. Het is alles, zei hij. Het zijn de geneeskundige geheimen, ecologische wijsheid, weerpatronen, spirituele denkbeelden, mythologische verhalen.

Als wat we zeggen staat voor alles wat we weten dan is een woordenboek het belangrijkste menselijke document. Of niet?

Maar overal waar taal is, zijn er grenzen die ons bestaan beperken, werpt hij tegen. Om nog maar te zwijgen van het non-verbale denken en voelen. Wittgenstein zei, gaat hij verder, dat als een leeuw kon praten, wij hem niet zouden begrijpen. Want taal is de plek waar mededogen ontstaat. Maar dat is ook precies de opportune tautologie die sommigen gebruiken om er zaken als dierproeven en slachthuizen mee te verdedigen. En dan heb je nog de stille talen. Stilte is niet akoestisch. Het is een gemoedstoestand. Motten en feromonen, het oplichten van vuurvliegjes, de dans van honingbijen op de raat, het zwaaien met de poten van spinnen. *Greta ota*, de vlinder met de doorzichtige vleugels. Voor ons zijn ze transparant, maar de vlinders zelf zien ze als regenboogkleurig. Geluid transporteert de meeste informatie het snelst, maar het interessante van nonverbale communicatie, zegt hij, is dat het moeilijker is om te liegen.

Ik vond een flatje in een straatje bij de universiteit en sjouwde mijn koffer de trap op naar het kleine kamertje onder het schuine plafond. Er stonden alleen een kacheltje en een smal bed. Op straat vond ik een houten tafel en stoel, een lampetkan en een waskom, het is namelijk onmogelijk om in een stad dingen weg te gooien. Ik noteerde de data van de examens die ik moest halen om me als student te kunnen inschrijven, en ik leerde mezelf biologie uit een boek, eentje dat ik zelf had kunnen illustreren toen ik nog in Parijs woonde. Het voelde als een terugkeer naar mijn jeugd. Geboren aan een meer, verknocht aan water. Toen ik op de boot de zee overstak, zaten in mijn koffer de witte jurken uit een ander leven. De koperen sloten klikten open, de inhoud werd overboord gekiepered in de zwarte, koude onderwereld. Witte flarden, als levende veren, die op de donkere golven landden. Het weinige geld dat ik had gaf ik weg, en het grootste deel van de tijd had ik het koud of honger, of beide. Ik had nog maar één praktische grijze wollen jurk. Mijn gezicht was naakt. Geen versieringen. Alles was weggepoetst. Ik had het gevoel dat ik waggelde, niet meer zo elegant en soepel liep als vroeger. Gekortwiekte vleugels tegen een aangevroten maan. De enige manier waarop ik de transformatie die zich vanbinnen had voltrokken kenbaar kon maken was door mijn uiterlijk te veranderen. Voordat ik hier arriveerde, had ik al mijn haar afgeknipt, donkere dikke strengen op de vloer. De enige manier om de dood van Tacita te dragen was om, ten dele, haar te worden. In kleine dingen.

In een moment van diepe wanhoop had ik een brief aan Moeder geschreven die maanden later ongeopend terugkwam, de buitenlandse postzegels een verruïneerde verspilling. Een hele tijd later kreeg ik een berichtje van Arthur uit Engeland, de enige broer die de oorlog had overleefd. Hij schreef alleen maar 'platvoeten' bij wijze van verklaring. Hij telegrafeerde me zelfs geld zonder dat ik hem had verteld hoe ellendig mijn situatie was. We wisselden beleefde, lieve berichtjes uit, met lange tussenpozen. We hadden het geen van beiden over onze broers, al hing de herinnering aan hen als een donkere wolk boven ons. Een granaat was ontploft. Een vliegtuig was neergehaald. Een geweer was afgegaan. Uniformen roestbruin van het bloed. En daarna van de aardbodem verdwenen. Alsof ze er nooit waren geweest. Ze vergeten is iets anders. In mijn gedachten waren ze jongens, en dat bleven ze. We waren niet voorbereid op zulke zware verliezen. Dus beloofden we elkaar plechtig om nieuwe levens te maken. Afzonderlijk, waar alles kostbaar is. Ik bekende hem dat ik somber was maar een geheim over mijn toekomst met me meedroeg. Ik beloofde hem later te vertellen wat het was.

De lucht was anders hier. Het licht. Zelfs de trottoirs. Platter en breder, goten die langs cementen stoepranden schril gorgelden. De verlaten glimmende straten. De lucht rook naar niets. Een vage geur van bomen en remstof. De hemel was leeg, enkel een deken van grijze rook uit de schoorstenen en het brommen van de fabrieken. Er was geen oorlog hier. Ze waren hier niet gewend aan de dood. Ze wisten niets van mijn verleden. Ze wisten niet dat ik een tijdlang geen fatsoenlijke vrouw was geweest.

Professor Tapping ging zo op in zijn werk dat ik hem dikwijls over de campus zag struinen in zijn labjas die hij vergat uit te trekken. Ik wilde een bijvak bij de muziekfaculteit doen, wat streng verboden was, zo was me verteld. Maar hij zei, met zijn heldere ogen: Wat mij betreft doet u zoveel mogelijk vakken door elkaar. Tijdens een van zijn colleges bedacht ik dat Moeder, met haar grote hang naar orde en netheid, heel blij zou worden van de precieze geometrie van de cel: Latijn voor kamertje, ovaal en geordend. Alles zag er zo absorberend uit, niet gehinderd door enige vorm van herinnering. *Ook insecten geven blijk van woede, doodsangst, jaloezie en liefde*, schreef Darwin, een uitspraak die ik onderstreepte.

Alles klonk versterkt in mijn oren. *Trek van zangvogels vindt 's nachts plaats. Walvissen zijn componisten, hun liederen bestaan uit klikgeluiden die rijmen als woorden. Dierenstemmen zijn belangrijk omdat zoveel dieren zo lastig met het blote oog te zien zijn.* Mijn docent gedragsbiologie wees me erop dat we in een tijd van intellectuele revolutie leven. Biologen en evolutiepsychologen waren op allerlei manieren de algemene consensus aan het ondergraven. Alles ging op de schop. Laat je nooit weerhouden een idee uit te werken dat volgens anderen idioot is. Hij vertelde dat nadat Einstein zijn relativiteitstheorie had gepubliceerd honderd natuurkundigen een artikel schreven waarin ze de theorie verwierpen. Einsteins reactie: als de theorie niet klopt, dan was één schrijver toch voldoende geweest?

Ik vraag me af of echt goed zijn in iets betekent dat je daarmee slecht bent in alle andere dingen. In zijn latere brieven aan zijn vrouw betoont Einstein zich iemand die er strenge, ietwat wrede huishoudelijke regels op na houdt.

> *Jij dient er zorg voor te dragen dat mijn kleren en wasgoed in goede orde verkeren; dat ik dagelijks drie maaltijden op mijn kamer geserveerd krijg. Alle persoonlijke interactie met mij dien je op te schorten, voor zover die in sociaal opzicht niet strikt noodzakelijk is.*

Niet lang daarna ontving ik een uitnodiging om bij professor Tapping in zijn huis in Forest Hill op bezoek te komen. Het donkere bos, de antieke tapijten, de dikke fluwelen gordijnen en zijn nauwgezette manier van doen stelden me op mijn gemak. De huishoudster liet me met duidelijke aarzeling binnen, aangezien ze uitsluitend mannelijke studenten gewend was. Ik wachtte terwijl zij hem ging zeggen dat ik er was. Mijn blik werd getrokken door een ingelijste foto in de hal; een jong ogende professor Tapping in een zwart pak. Naast hem een vrouw met een hoed op. Hij omklemt haar elleboog. Ze kijken ernstig zoals iedereen in die tijd deed, al zie je meteen dat het hun trouwdag is. Het wijst me er weer eens op dat fotografie een vorm van liegen kan zijn. Ik zal hem nooit naar de foto vragen of naar de vrouw die naast hem staat. Hij heeft iets eenzaams dat alleen mannen hebben, mannen die in de steek zijn gelaten en het in hun eentje moeten zien te redden. Zijn twee zusters zijn slim, ongetrouwd, en waren waarschijnlijk ook wetenschapper geworden als ze man waren geweest. Ik was benieuwd of ze verhalen hadden over verloofdes omgekomen in de oorlog, geheime minnaars ontmoet op de universiteit, of misschien, net als bij mij, deed dat alles er niet meer toe. In deze stad zijn er niet zoveel smaken te krijgen. Alles hier lijkt een inert soort deugdzaamheid te ademen. Echtparen die niet veel van elkaar lijken te houden maar best met elkaar overweg kunnen. Ze blijven hun leven lang bij elkaar, voeden hun kroost op in robuuste huizen met grote gazons.

Elke zondag was er brood, kaas, gebakken vis, taart en Paganini's virtuoze vioolsolo's op de platenspeler. Het maakte me bijna beschaamd, omdat ik me daardoor pijnlijk bewust was van mijn primitieve leven dat aan het masochistische grensde. Het duurde even om me aan de nieuwe omgeving aan te passen, aan normaal eten en gewone gesprekken. Ik was inmiddels heel bedreven in het verhullen van mezelf, om slechts één kant van mezelf te tonen.

In het lab moest ik de keelpezen van dieren met een mes doorhakken, was ik urenlang bezig met ontleden en prepareren van weefsel en objectglaasjes. Door de openstaande ramen zweefde vogelgefluit binnen dat ik sinds mijn kinderjaren niet meer had gehoord, alles een liedje voor diep verdriet. De collegelokalen zaten vol met mannen die teruggekeerd waren uit de oorlog, hun lange benen staken vanonder hun lessenaar uit als van uit hun krachten gegroeide kinderen. 's Nachts werkte ik koortsachtig door, om mijn wanhoop op afstand te houden, maar overdag hield ik me kalm en maskeerde mijn verbeten vastberadenheid. Ik haalde mijn eerste titel en al snel een tweede. Omdat ik een uitblinker was maar geen geld had, werkte ik ook de zomers door in het lab.

De warme maanden, mijn kamer bloedheet. Mijn geest sloom en traag. Er was geen oppervlak of voorwerp dat niet warm aanvoelde. In de winter raasde de wind in de schoorsteen en beukte tegen de ramen. Op een avond werd het zo koud dat ik me zorgen maakte om mijn veiligheid. Ik ging met mijn handen over de muur en ontdekte dat de reproductie van Constable die er al hing toen ik erin trok en die ik gewoon had laten hangen, een gat bedekte dat direct op de buitenkant van het huis uitkwam waardoor koude lucht naar binnen stroomde. Waarschijnlijk had er vroeger op die plek een kachelpijp gezeten. Ik hoorde de eekhoorns in de spouwmuren knagen en voelde me ijl in mijn hoofd van de ijzige poollucht. Het soort kou waarmee sommige soldaten die ik had gezien geconfronteerd waren. Het soort waarbij hoornvliezen bevriezen, tanden klapperen en gezichten weggevreten worden door de vorst. Die marcherende mannen aan wie iets niet leek te kloppen, tot je zag wat het was. Ze hadden geen oogleden. Hun oogleden waren er afgevroren. Ik stapelde al mijn spullen, waaronder mijn lesboeken, boven op me. In de waskom vormde zich een dun laagje ijs.

Bij extreme kou kunnen vogels in de lucht bevriezen en als stenen vanuit de lucht naar beneden vallen.

Ik ontving mijn eerste cheque per post, een bescheiden studiebeurs. Ik ruilde de cheque in voor een fiets. Ik reed de stad door naar de ravijnen. Het was lente. Het slapste seizoen hier, al ontsproten er kleine blaadjes aan de bomen die zich de hele winter dood hadden gehouden. Er waren ineens gele bloemen en kersenbomen die door de zonnewarmte in weelderige roze bloei waren gezet.

Professor Tapping en ik dronken bittere Engelse thee in bijpassende kopjes met een gouden randje, waarin hij een grote hoeveelheid suiker deed. Ik weet nog dat hij opkeek en met warmte en overtuiging tegen me zei: U zult het ver schoppen. Maar u moet zich bewust zijn van uw eigen reactie op uw werk, mejuffrouw Frame. Zo niet – zijn kopje rammelde lichtjes op het schoteltje – dan zult u de beloning mislopen.

Ivory, zei een van zijn zusters, die haar hoofd om de hoek stak en vervolgens de kamer inliep. Ze gaf me een pakje. Ik heb een jurk voor je, die mij niet meer past. Ik denk dat hij je heel goed zal staan. Ik had de hele week al dezelfde jurk aan en het enige wat ik dacht was: laat het alsjeblieft een praktische donkere jurk zijn die ik onder mijn labjas kan dragen.

Ik werd onderzoeksassistente van professor Tapping en een andere hoogleraar, professor Ellis, een expert op het gebied van trekvogels en een meester in het destilleren van fascinerende resultaten uit oneindig lange veldtrips die voortdurend het menselijk geduld op de proef stelden. Uren zitten kijken naar een lege grijze lucht, wachtend op vleugels. Van hem leerde ik dat je ook kon zoeken naar nesten door te luisteren. Verder was hij ongelooflijk goed in de Latijnse binominale nomenclatuur. Bij biologie is taxonomie van essentieel belang, want die ordent de chaos van de natuur. Aristoteles plaatste vroeger de dieren in een hiërarchie al naar gelang ze bloed of geen bloed hadden, of al naar gelang ze op het land of in het water leefden. Mensen zette hij aan de top. Net als Descartes – die een keer de levende poedel van zijn vrouw aan een plank spijkerde om te bewijzen dat het dier geen gevoel had – had hij een onvolwassen relatie met dieren.

Al aan het begin van mijn studie had ik me van de empirische wetenschap afgewend omdat ik zag dat ik daar niet het soort vragen kwijt kon waar ik een antwoord op wilde vinden. Veelomvattende, waarschijnlijk belachelijke vragen, te groot voor het fijnmazige raster van de specialisatie. Wat is communicatie? Wat is stilte? Kunnen dierenvocalisaties en hun betekenissen omgezet worden in een woordenboek? Wat zou het kunnen bijdragen voor bedreigde soorten? Ik heb een hele waslijst met vragen. Hoe moet het luisteren vertaald worden? Als een soort dagboeknotitie? Een emotieve uiting? Een reactie? Of valt het onder de 'ontdekkingen'? Om één enkele zin te formuleren tijdens mijn bezoek aan professor Tapping had ik eerst een compleet notitieboek met vragen volgepend. Hij gaf op bedachtzame toon antwoord, bevestigde dat wetenschappelijke ontdekkingen niet altijd voortkomen uit het verzamelen van gegevens of het nauwkeurig meten van grootheden. Er is vaak grote verbeeldingskracht voor nodig. Echte wetenschappers voeren niet domweg voorgeschreven experimenten uit, ze ontwikkelen hun eigen. Soms is dat de enige manier om nieuwe kennis te vergaren.

Je begint met een fantasie, die je uiteindelijk in de werkelijkheid zult moeten bewijzen. Een belangrijk element van creativiteit is niet bang zijn om te falen. Weet u… hij valt stil... wetenschappers doen hetzelfde als kunstenaars, alleen gebruiken ze de woorden hypothese en experiment.

Ik verzamelde alle veldonderzoeken die ik op de universiteit kon vinden, zeven in totaal, waaronder het balken van de Arctische keizerspinguïns en van de neushoornvogels van de Carpenter-expeditie. Ik zat in een houten studiecel, die rook naar vernis en dode huid, met een enorme koptelefoon op en telde de seconden tussen de uitgestoten klanken, luisterde naar de ruis, het droge schrapen van poten in de sneeuw, het timbre van de bomen die kraakten in de wind. Ik mocht een microfoon en zware opnameapparatuur van de universiteit lenen. Ik sjouwde alle spullen naar het ravijn. De zilveren schijfjes draaien en komen met een klik tot stilstand nadat ik de roep van lijsters opnieuw heb afgespeeld. Hun stemmen vertellen wat zich vanbinnen afspeelt. De avond valt. Alles bedaart. Maangedrenkt. Boomschittering. In de lucht het verre, wegstervende gekwetter van zwaluwen. Langdurige stiltes, die me deden denken aan Saties Gymnopédies, die zachtjes in de eetkamer afgespeeld werden op de eerste avond dat ik Lev bij Tacita thuis ontmoette. De muziek stond zo ver van mijn stemming af, de trage melancholieke klanken die door de lucht zweefden. Ik staarde naar de recorder, het maanlicht op mijn vingers. Deze blauwe schemering, de vogelgeluiden, uitnodiging. Er daalde een grote rust over me neer. Ik wist wat me te doen stond. En voor het eerst voelde het als het begin van een nieuw tijdperk, het tijdperk na de dood van de koning.

ZWARTE ZWAAN

Elke ademhaling is een verborgen hoekje van een echo
en bevat de kracht van wind, als twee
mensen wier pad bijna kruist maar uiteindelijk toch niet.

Een donkere verticale streep deelt de mist in tweeën. Ik herken zijn pas en zie zijn schaduw over het gras glijden. Hij heeft zo'n geweldige uitstraling dat je hem alles vergeeft.

Aanvankelijk ziet hij me niet. Ik ben wit, kleren wapperend als een vlag, haar in zwarte golven. Mijn ademhaling bedaart, de smaak van zijn koperachtige mond op mijn tong. Zijn handen op mijn vingers. Hij zegt: Wat ben je koud. En stopt mijn vingers in zijn overhemd.

We beklimmen een monument gemodelleerd naar een antieke Romeinse tempel. Lev komt graag in dit merkwaardige park dat is uitgehakt uit de overblijfselen van een van Napoleons gipsgroeven. Ondanks de zorgvuldige aanplant van exotische flora kan het niet uitwissen wat zich ondergronds bevindt. Een geschiedenis van bloed en nijverheid. Strijd, lijken en moord, op een plek waar nu prachtige bloemen bloeien. De zwanen zijn zwart. Vanaf hier lijkt Parijs klein. De zilveren daken en de koepels van de Sacré-Coeur komen boven de boomkruinen uit. En in tegenstelling tot alle andere parken in Parijs mag je hier op het gras zitten.

Lev is deels nachtdier. Hij komt pas 's nachts zijn atelier uit en maakt dan urenlange wandelingen, door de Place des Vosges, over de begraafplaatsen, achter het Pantheon, op verkenningstocht door het oude Parijs. Ik mag sporadisch mee.

De geur van natte wortel dringt door de mist heen. Zijn ogen witter. Mijn ogen zwarter. Het gras koud onder zijn handen, hij slaat zijn blik op naar de donkere hemel. Een afstandelijkheid die hem dichterbij brengt. Zijn verschijning overal op mijn lichaam. Handen op mijn ribben, heupbotten. Zijn mond op mijn keel. Sterren die op huid vallen. Vingers in vingers. De stralende stukjes maan die telkens tevoorschijn piepen. Warmte. Heftigheid. Schoongelikte botten. Dat wat ons overkomt. Het intense genot dat me doorstroomt, me wakker schudt, hoofd helder, geest gekalmeerd. Verlangen en overgave afgepeld tot rijpheid, een bedwelmende extase.

Toen ik voor het eerst die lijnen begon te tekenen, zegt hij, handen onder zijn hoofd, had ik eigenlijk de puurheid van bomen voor ogen. Ik moest denken aan de boeddhistische monniken die alleen maar zitten te zwijgen. Wie kan er nu beter zwijgen dan een boom? Met onze rug op het bedauwde gras kijken we omhoog, de lucht is doorsneden met scherpe zwarte takken.

In Siberië, in de buurt van de rivier de Tunguska, zegt hij, hoorde ik als kleine jongen het verhaal over de gebeurtenis die de dorpelingen als het einde van de wereld beschouwden. Alles schudde. Daarna een enorm gekraak, als knetterende bliksem, en het volgende moment verscheen er een zuil van blauw licht, feller dan de zon. Tot in de wijde omtrek sneuvelden de ruiten. Alle bomen stonden in brand. Acht miljóén bomen werden in de as gelegd. Het gebied was zo afgelegen dat er niemand poolshoogte kwam nemen. Hij sluit zijn ogen. Pas twintig jaar later kwam er iemand naar de krater kijken. Die duizenden vierkante kilometers groot was. Hij lacht. Het was een komeet. De grootste die ooit is ingeslagen op aarde. En vanwege de plek is er bijna niemand bij omgekomen. Als hij vier uur later was neergekomen, zou heel Petersburg zijn weggevaagd.

Ik probeer me de omvang voor te stellen, de angst van het niet-weten. In permanente dekking leven uit angst dat de onbekende kracht nog een keer zal toeslaan en je voorgoed uitschakelt. Twintig jaar lang in het ongewisse, en dan draait Lev zich naar me toe.

Dit zul je mooi vinden, zegt hij. De boeren zeiden dat ze nog lang na de inslag de bomen konden horen zoemen.

Ik wil iets zeggen, maar ik zie dat hij al elders is.

Later zal hij me de pasteuze witte en lichtgrijze vormen, symmetrisch geplaatst van elkaar, laten zien. De ijskoude lyriek van zijn werk geeft me de gedachte in dat je onmogelijk aan je persoonlijke geografie kunt ontsnappen. Ik weet zelf ook hoe het is om lucht te voelen die zo koud is dat hij brandt. Zo koud dat dieren niet geboren kunnen worden. Zo koud dat als je sterft, je niet begraven kunt worden. Een eindeloze cadans van ceders. De gure noordenwind.

Zijn doeken zijn intelligent, mooi en onsentimenteel. Ik besef dat ze direct zijn ontstaan uit wat hij achter heeft gelaten. Een realisme dat de meesten abstract zouden noemen. Venijnige koude, uitputtende hitte, meedogenloze insecten, zwart stof, alles bedekt met ijs. Ter compensatie hebben ze het oneindige uitspansel gekregen. Zijn geboortegrond heeft een wrede logica maar is eveneens majestueus. Die verheft en verwoest. En als gevolg daarvan hebben de bewoners een nederigheid die hen in staat stelt groots te denken.

De Grieken, zegt hij, wisten dat er in de natuur geen volmaakte cirkels, rechte lijnen of gelijkmatige vlakken zijn. Die moesten ze zelf maken.

Ik weet dat hij het heel moeilijk vindt om de eerste penseelstreek te zetten en deze reeks bevredigende experimenten heeft hem opgemonterd.

Waar komt het vandaan? vraag ik. Een steek van jaloezie. Hij heeft me voorovergebogen aan het werk gezien, eindeloos prutsend. Mijn werkmethode veranderen maakt me angstig; bij hem is het juist het tegenovergestelde. Hij wordt erdoor aangemoedigd.

Het idee dat je een rol in het proces moet spelen is een misvatting, zegt hij. Je moet openstaan voor alles. Je nergens aan vastklampen. Zijn stem trekt een grens: Gedeeltelijk is geen mogelijkheid.

We kijken elkaar even aan.

Jij ziet wat er al in je zit, zeg ik.

Je kunt me alles wijsmaken, ik geloof het allemaal. Je hebt de ogen van een mysticus, zegt hij en hij omsluit met zijn handen mijn gezicht.

Ondanks zijn gereserveerdheid heeft hij de gave diep, intiem contact te maken. Waarom is hij aan me overgeleverd. Kies voor hem. Kies niet voor hem, denk ik. De emotie wegslikkend.

Ik heb iets met de dieren, zeg ik, van onderwerp veranderend. Die ik aan het tekenen ben. Maar ik vind het lastig om precies vast te stellen wat echt is en wat niet.

We lopen de heuvel af, langs de cafés waarvan de hoge luiken gesloten zijn, de vensterbanken met geraniums, alert en angstig in de kou. Hij staat bij de deur van Madame Tissauds huis. Ik voel zijn mond in mijn nek. Het enige echte is gevoel, zegt hij. Ik steek de sleutel in het slot en als ik me omdraai, is hij verdwenen.

VLEERMUIS

Zoogdier (geen vogel); maakt gebruik van ingebouwd magnetisch kompas; kan de richting van het aardmagnetisch veld aanvoelen. Weet naar welke kant de pijl wijst.

Met enige moeite vind ik mijn auto aan de voet van de plataan. In mijn achteruitkijkspiegeltje zie ik het blauwverlichte stadje en vraag me af waarom ik hier eigenlijk ben, in een plaats die ik niet eens leuk vind. Iedereen zit opgesloten achter de luiken en morgen begint het hele gedoe weer van voren af aan. De een gaat dood en de ander wordt geboren. Misschien is er een jongen die denkt dat hij kan vliegen en in de *salle des urgences* belandt om gehecht te worden. Misschien is er een vrouw die als meisje parfum op haar polsen spoot en een bloem droeg in haar haar voor het geval ze de man tegenkwam die haar echtgenoot zou worden. En nu zitten ze misschien zwijgend met een bord eten op schoot, het flikkerende licht van de televisie op hun gezicht. De klok zal elk uur slaan, ze zullen het opnieuw en opnieuw doen. Routine is verlokkelijk, het geeft je besef van je eigen identiteit. Al is het naar mijn idee vaak het tegenovergestelde. Dat je jezelf in de herhaling kunt verliezen. Als vrouwen die vastzitten in het huishouden. Is dat niet de definitie van krankzinnigheid: keer op keer iets op dezelfde manier herhalen en een ander resultaat verwachten?

Een plotse flits vanuit het donker. Twee lage vaste sterren. Ik zwenk uit. Een paar ogen. Een doffe dreun, dan piepende remmen. Mijn hart bonkt. Mijn hand glijdt van het stuur. Ik zet de motor af. Mijn hart gaat als een razende tekeer. Ik klem één hand om het stuur en de andere leg ik op het portier, en voorzichtig hijs ik me overeind. Mijn benen zijn wiebelig, net als de keer dat ik als klein meisje van een paard was gevallen en mijn linkerbeen had gebroken. De röntgenfoto joeg me schrik aan. Een skelet, dat niets verschilde van elk ander skelet. Ik kreeg een gipsverband en als ik jeuk had, moest ik mijn knie krabben met een potlood. Toen het gips eraf werd gezaagd, kwam er een vreemd been tevoorschijn, mager en knokig, en met een blauw zweem erover. Het zag er dood uit. Niet als het mijne. Toen ik hinkend had geprobeerd weer als vanouds te lopen, besefte ik dat lopen voor een deel in je hoofd plaatsvindt. Het deed me eveneens beseffen hoe makkelijk iets kan breken.

Aan de rechterkant van de bumper zit een fikse deuk en een felrode ster met een paar grove bruine haren erin. *Tapetum lucidum*. Van mijn studie weet ik dat er achter het netvlies van het hert een membraan zit waardoor ze goed in het donker kunnen zien. En daardoor lichten ook hun ogen in de koplampen op. Het lichaam is neergegaan, dat weet ik zeker, zal ergens in een onnatuurlijke houding liggen. Ik weet dat ik niet door het hoge gras in de berm kan lopen. De maansikkel geeft weinig licht. In de haast griezelige stilte hoor ik de droge zonnebloembladeren in de wind tegen elkaar schuren. Ik zie niets, alleen de eindeloze vlakke akkers en een eenzame boom. Er is geen lichaam.

Herten slapen in een bed van dicht struikgewas dat ze met hun behendige lichaam, hun verstrengelde dunne poten pletten, zodat ze verborgen zijn voor hun vijanden. Ze gaan nooit twee keer op hetzelfde bed liggen, maar de afdrukken blijven nog enkele dagen zichtbaar. Jaren terug heb ik een tijdlang de geplette grasplekken gevolgd. Elke keer dat ik een hertenbed ontwaarde, had ik het gevoel of het hert nog maar net was opgestaan en een warme afdruk in het gras had achtergelaten. Ik herinner me dat ik een documentairefoto nam van het allereerste bed dat ik zag, de geur van de zon nog op de lensdop. Ik legde mijn hand op het gras. Het volgende moment, voor ik er erg in had, was ik op de afdruk gaan liggen. Mijn lichaam vormde zich naar het bestaande silhouet. Eerst de gewaarwording van hun nabijheid, vervolgens de kalme belichaming van afwezigheid. Ik moest denken aan mijn eigen sterfelijkheid. Ik sloot mijn ogen, al scheen de zon door mijn oogleden heen. Het gras prikte in mijn wang, stak in mijn rug waar mijn jasje omhoog was gekropen. Toen ik daar zo lag, werd ik overvallen door de harde band van eenzaamheid die me omringde. In de loop der tijd stolt alles. Zoals herten, die beginnen met zachte fluwelen geweien die langzamerhand beginnen te verkalken en uiteindelijk tot bot verworden.

Wanneer de motorventilator is stilgevallen, is er alleen de warme wind en het zachte gonzen van cicaden. Ik ga met mijn hand over de deuk en leun tegen het warme metaal van de auto. Mijn ogen branden van vermoeidheid. Ik hoor de stem van Valentina naijlen die vraagt of het geen tijd is om op te houden met werken. Maar ik wil het doen omdat ik het wil doen. Ik ben niet gelukkig als ik niet werk. Sommige mensen laten we doorgaan, bedenk ik. Schilders gaan niet met pensioen – ze gaan gewoon dood. Al heb ik gelezen wat de critici daarover zeggen. Die zeggen dat in de geschiedenis van de kunst de late werken meestal rampzalig zijn.

Ik kijk over de stille akkers. Een vleermuis zwenkt het beeld in. Zijn vlieghuidvleugels zijn misvormd en zwart, als een kapotte paraplu. Hij beweegt met rukjes en trekjes, het enige zoogdier dat kan vliegen. En ik denk: het zijn nooit de grootse spektakels maar altijd de kleine intieme momenten die me in verrukking brengen. Ik kijk omhoog en zie het stukje maan dat het gras flauw verlicht. Nog een vleermuis. Er moet een grot in de buurt zijn.

Als ik mijn ogen weer opendoe, zie ik Levs schouders. Mijn voeten vinden holtes. Langzaam klauter ik over steenslag, mijn rug verwarmd door de zon. Een klein portaal door en een bemodderde bodem. Grotten mogen niet lichtzinnig betreden worden, hoor ik zijn stem zeggen.

Waarom niet?

De benedenwereld. Een doorgang tussen onze wereld en gene zijde.

We liggen op onze rug en turen naar het gladde, lichtgekleurde gesteente. Ik zie iets glinsteren. Bezet met edelstenen. Een ineengedoken vleermuis. De condensatiedruppels schitteren op zijn vleugels. De nog warme zon op onze schouders wordt koud in de opeengepakte aarde, de vochtige lucht dringt de huid binnen en blijft daar. Ik lig stil en luister lange tijd naar de geluiden tot het voelt alsof ik in een hallucinatie zit, maar niet mijn eigen. Ik hoor duidelijk iets. Wie is daar?

Als er een bron in een grot is, zegt Lev, klinkt het net als stemmen.

Sindsdien hoor ik altijd zijn stem als ik een grot binnenga. En in de periode dat ik vleermuisgeluiden opnam, was dat heel vaak. Ik raak maar niet gewend aan het gevoel dat ik hier niet zou moeten zijn. Ik herinner me de keer dat ik in het zuidwesten op pad was met de opnameapparatuur. De grot versmalt totdat ik op mijn handen en knieën verder moet kruipen. Daarna plat op mijn buik. Het wordt zo nauw dat ik mijn armen alleen nog gestrekt voor me kan houden. Ik kan ze niet opzij doen. Ik probeer niet in paniek te raken. Het doet me denken aan de schok toen ik voor het eerst op de academie les in modeltekenen kreeg. In gedachten had ik iets voor me gezien als bij de renaissanceschilders, die werkten in schitterende ateliers met fluweel en zonlicht dat door de hoge ramen naar binnen stroomde. Wat ik aantrof waren donkere kleine propvolle ateliers met ongewassen modellen die soms van de straat waren geplukt en oogden als vissen op het droge. In zo'n atelier was het bloedheet en benauwd, en de modellen transpireerden vaak heftig onder de elektrische lampen, waardoor de lucht zurig rook naar zweet, versterkt door de geur van terpentijn en tabak.

Met wat heen en weer wurmen, moet ik hier uit kunnen komen. Er heersen allerlei vooroordelen maar vleermuizen zijn van levensbelang voor het natuurlijk evenwicht, voor de voedselketen, voor de hele economie. Ze zijn in gevaar. Ze hangen ondersteboven aan hun pootjes, met hun aardmannetjesgezicht, leerachtige vleugels en ultrasonische roep, de klikkende akkoorden van echolocatie. Misschien zijn vleermuizen wel de meest verguisde diersoort op aarde.

Mijn knieën zijn tot bloedens toe geschaafd en ik heb overal schrammen op mijn armen als ik eindelijk de uitgang van de grot bereik. Ik zet de koptelefoon op en speel de band terug. Het enige wat ik hoor is mijn vluchtige ademhaling.

Later, in Parijs, geef ik de koptelefoon aan Ondine. Ze zegt dat ze wil horen hoe de geluidsvervuiling klinkt die de vleermuispopulaties in Zuid-Frankrijk vernietigt. Dat blijkt te klinken als kleine klikjes en een laag gebrom, als van een stofzuiger. Ik kijk met verbazing naar de stad. Na zo lang in de natuur te zijn geweest, lijk ik overal barricades te zien. Gebouwen, goten, duivenpinnen, uitlaatgassen, ramen met tralies ervoor, sirenes, trottoirs bespikkeld met kauwgum en fluimen. In Café de Flore, waar de obers met hun gesteven witte overhemden in de tijd lijken bevroren, drinken we café crème. Daarna nemen we een taxi de rivier over, al was ik liever helemaal door de Marais naar de overkant van het Canal Saint-Martin gelopen. We rijden langs het Palais Royal, dan een straat met schoonheidssalons waar grove haarextensies op onverklaarbare wijze als paardenstaarten over de stoep verspreid liggen. Ik zie een man met een hamburger in zijn hand die een sigarettenpeuk onder zijn zool uittrapt, als een kip die in het zand krabt, onder een rood-wit uithangbord van Quick Burger. Parijs kan er zowel eeuwenoud als fonkelnieuw uitzien, maar gaat nooit door die gênante, moeizame adolescentiefase. Parijs bestaat simpelweg in twee verschillende tijdsgewrichten, het ene stroomt onder het andere.

Ondines appartement is dicht bij het oudste ziekenhuis van de stad. Ze heeft beeldjes, boeken en neoklassieke Franse stoelen, zijden jurken in de kast. Ze gelooft in betaald werk doen. Ik bekijk de foto's aan de muur, voornamelijk van haar en haar zoon, Lucien. Ondine neemt nooit foto's van locaties, alleen van mensen. Zorg er altijd voor dat er iemand op staat, anders ziet het eruit als een ansichtkaart, heeft ze me een keer gezegd. Er is een foto van ons in Lapland. We lachen, weggedoken in enorme jassen, dikke mutsen, overal sneeuw. We zien er gelukkig uit. Jonger. Elke foto bevat al een stukje van de dood, zei Barthes. Maar hier zien ze eruit als het leven, vind ik. Een kind in een tuin. Ondine die met toegeknepen ogen voor de zon naast haar vliegtuig staat, Ondine die op het strand zit met Lucien als mollige baby op schoot. Ik bedenk ineens dat ik me nooit met kunstvoorwerpen en snuisterijen heb omringd. Ik heb nooit een ingelijste foto gehad. Ik had altijd het idee dat het leven opdroogt in een huis dat gevuld is met tradities en een verzameling uitgestalde spulletjes. Maar nu zie ik dat ze je bestaan ook reliëf kunnen geven. Ze zet de radio in de keuken aan en trekt de koelkast open. Er wordt *L'isle joyeuse* van Debussy gedraaid. Ze zet de radio meteen weer uit. Daar kan ik niet naar luisteren. Dat was zo'n schoft, zegt ze terwijl ze lachend een fles ontkurkt.

Is hij niet gewoon als alle andere mannen die denken dat ze de dood op afstand kunnen houden door een minnares te nemen? Dat zou uitgerekend jij toch moeten begrijpen, zeg ik plagend.

Door verschillende verborgen levens te leiden maak je jezelf misschien wijs dat je al die domme sukkels die er maar éêntje hebben te slim af bent.

Jezelf wijsmaken?

Nou, mensen hebben de neiging om hun pasverworven vrijheid gewoon in te wisselen voor een andere versie van datgene wat ze gevangen hield. Bovendien weten we allemaal hoe het uiteindelijk afloopt. Hier, ze overhandigt me een glas.

O, lekker.

Griekse wijn, zegt ze en ze laat me het etiket zien, dat ik met mijn kippige ogen nauwelijks kan lezen.

Het smaakt naar dennennaalden.

Laten we op het balkon gaan zitten.

Langzaam daalt de avond neer. Er lopen haastig mensen voorbij op weg naar huis, een stelletje hand in hand, een witte Vespa scheurt langs. Een tiener laat een klein hondje uit. Een oudere man die eruitziet als een playboy uit vervlogen tijden – zo'n type met gepommadeerd haar, een dun snorretje en een mahoniehouten teint – koopt een lottobiljet bij de *tabac*. Een jongeman die een banaan eet springt bij zijn halte de bus uit, wat me weer doet beseffen hoe energiek de jeugd is. Een en al lichamelijkheid. Alles wat jonge mensen doen is mooi, elk moment vol van toekomstverwachting. Als je oud bent, krijg je een afkeer van je eigen lichaam. En word je juist heel beschermend voor je verstand en denkvermogen. Ik heb tegenwoordig geen geduld meer voor romans, omdat fictie me niet meer interesseert. Ik concentreer me op bestaande dingen en laat daar dan mijn verbeelding op los. Kasteelromannetjes vind ik helemaal niet te verteren. Ik wil informatie, dingen die echt zijn. Uit de nabijgelegen cafés klinken stemmen en gelach, de toeterende auto's, het geratel van metaal dat omlaag wordt getrokken, de boulangerie beneden gaat dicht, de geur van bladerdeeg hangt nog in de lucht. Ik bedenk dat ik bijna nooit in dit arrondissement kwam toen ik nog in Parijs woonde. Waar Tacita en Istvan elkaar hadden ontmoet, decennia terug. Dat Parijs anders is maar dat er ook nog zoveel hetzelfde is gebleven. De lange rijen natte kastanjebomen. De zilveren daken. De patisseries waarvan de naam en het interieur al driehonderd jaar onveranderd zijn. Iedereen bewondert een ander tijdperk, maar altijd de tijd van vroeger. Ik heb me nooit in deze tijd thuisgevoeld. Of in welke andere tijd ook. Waarom hier? Waarom nu? Het is alleen maar een onwaarschijnlijke aaneenschakeling van gebeurtenissen.

Ik ga volgende week naar IJsland voor werk, zegt Ondine.

Ben je daar al eens geweest?

Ze schudt haar hoofd.

Het is net een sprookje met al die fjorden en vulkanen.

Ik zie altijd een met ijs bedekt land voor me. Zoals in dat boek dat ik van je heb geleend.

Welk boek?

Dat ene over de grote overstroming in Italië waarbij duizenden belangrijke boeken en kunstwerken onder water stonden. En dat van overal ter wereld experts werden ingevlogen die in een wanhopige race tegen de klok probeerden te verzinnen hoe ze die werken moesten redden tot ze beseften dat ze het beste alles konden bevriezen en wachten tot ze de oplossing hadden gevonden. Ivory?

Ja?

Ze kijkt me onderzoekend aan. Vertel 'ns. Ze neemt een grote slok wijn. Ben je gelukkig?

Ach, Ondine, zeg ik, niet jij ook al.

Nou ja, ik weet dat je je hart niet op je tong draagt.

En jij dan? vraag ik lusteloos.

Ze vouwt haar benen onder zich en neemt nog een slok. Ik? Ik weet niet. Ik vind het heerlijk om te vliegen. Ik heb Lucien. Mijn vriend. Al mijn minnaars, lacht ze. Het is alleen dat ik, dat ik jou in je Spartaanse onderkomen waar dan ook over je werk gebogen zie zitten. Maar als we samen zijn, zie ik altijd het hart van een andere vrouw. Een vrouw die graag lacht. Die van gezelligheid houdt. Soms, als je in Parijs bent, zie ik een vreemde uitdrukking op je gezicht, een glimlach die zoveel warmte uitstraalt en dan ineens dooft, als een lucifer.

Heb je niet het idee, zegt ze na een korte stilte, dat je altijd aan het werk bent, ook als je niet aan het werk bent?

Die twee zijn voor mij onlosmakelijk verbonden.

Ik krijg zo vaak geen antwoord op een berichtje. Dan maak ik me zorgen.

Om wat?

Om jou.

Nergens voor nodig. Ik ben niet veroordeeld tot deze manier van leven. We gunnen mannen altijd het recht op alleen-zijn, waarom vrouwen dan niet? Ik gedij bij eenzaamheid, zeg ik. Al vraag ik me opeens af hoe zij me ziet. Ik moet denken aan een verhaal over Nikola Tesla. Die woonde, oud en alleen, in een armoedig hotel met een gewonde duif die hij uit Central Park had meegenomen. Hij had in zijn hele leven nog nooit een relatie gehad, maar voor deze duif scheen hij gevoelens te hebben gehad. Hij zei dat hij van haar hield zoals *een man van een vrouw houdt*.

Ik kijk naar mijn glas. Jij vraagt naar geluk en ik denk: geluk interesseert me eigenlijk niet. Gelukkige mensen hebben niks te melden. Ze zijn gelukkig en dat is... volkomen onproductief.

Nou, zegt ze, terwijl ze de fles pakt. Ik heb je in Lapland aan het werk gezien, dat je met een gezicht rood van de kou opgetogen grijnzend binnenkwam. Je liet me de rendiergeluiden horen en tekende met je passer en liniaal vellen ruitjespapier vol met parabolen. Of toen je had ontdekt dat vossen een systeem hebben van wel twintig vocalisaties of zo. Ze lacht. In feite lijk je op de lijsters die je hebt vastgelegd. Een zangvogel die meerstemmig met zichzelf kan zingen. Maar soms… Ze aarzelt. Soms vraag ik me af. Je draagt je werk als een pantser. Je hebt geen… intieme relaties. Je mijdt elk gesprek over je verleden.

Er valt een ongemakkelijke stilte.

En... Ze aarzelt weer. Zo denk ik bijvoorbeeld dat je waarschijnlijk altijd hebt geweten dat Eudoxie, mijn vriendin de beeldhouwer die je een keer hebt ontmoet, bevriend was met Volkovs vrouw, de Franse schrijfster. Degene na de kortstondige Amerikaanse–

Ondine, alsjeblieft.

Weet je dat zij had gezegd dat jij de enige vrouw bent die ooit bij hem is weggegaan.

Ik staar strak voor me uit. Een vrouw aan de overkant van de smalle straat geeft haar planten op het balkon water. We zeggen geen van beiden iets. Ondine weet niet wat er in me omgaat en ik weet niet wat er in haar omgaat, en de vrouw die haar planten water geeft is inmiddels een praatje begonnen met een klein kindje twee verdiepingen lager. Ik weet dat Eudoxie Levs vrouw heeft gekend. Ook Istvan kende haar. Zijn brieven altijd in dat architectenhandschrift, in vloeiend Frans dat hij van Tacita had geleerd. Levs tentoonstellingen. Zijn doeken, roem, zijn naam overal. Deze duidelijke harde feiten vervagen tegenover mijn eigen overtuigingen. De overtuiging van wat ik kies. Van wat ik wil kiezen. Ik begrijp niet zo goed hoe mensen wier leven een duidelijk voor en een na hebben hetzelfde leven kunnen blijven leiden zonder ten onder te gaan. Voor mij was het noodzakelijk dat ik alles veranderde. En nergens over sprak. Over alle landen die ik heb bezocht, het veldwerk dat ik heb gedaan, de beestjes met goudkleurige ogen dartelend in het loof, de congressen in steden overal ter wereld, de laboratoria en geluidsstudio's, de hele wereld die wegvalt terwijl ik gevuld word met al die warme klanken, die kleurenschittering. Dat allemaal afgezet tegen het belachelijke gegeven dat het ons nooit lukte ver van elkaar te blijven. Plaatsen en momenten in de tijd die ons overrompelden. Natuurlijk ben ik me ervan bewust dat de meeste mensen zich aan zon- en feestdagen houden, hun leven vullen met huiskamers en een brandende haard, rondrennende kinderen, met eten en vrolijkheid. Kinderen zetten je leven in een breder perspectief, omdat je na je eigen generatie voortleeft. Die hang naar huiselijkheid is volkomen begrijpelijk. Maar voor mij zijn deze zaken onwerkelijk en saai. Ik mocht van mezelf zulke zaken niet eens willen, laat staan mijn leven ernaar inrichten. Ik ben er altijd van overtuigd geweest dat ik het juiste had gekozen. Maar hoe kun je er volkomen zeker van zijn dat je het juiste kiest?

Ivory, hoor ik Ondine zeggen, ik wil je niet van streek maken. Ik begin er alleen maar over omdat ik soms het idee heb dat je er wel over zou willen praten maar dat je niet weet hóé. Of dat je vindt dat het te laat is, dat het te lang geleden is, zegt ze terwijl ze haar kin met haar hand ondersteunt. Dan staat ze op, legt haar hand op mijn arm en schenkt me nog eens in.

Ik weet dat ze oprecht bezorgd is. Maar mijn leven lang heb ik niet de hoofdrol in mijn eigen bestaan gespeeld en ik heb geen flauw idee wat er ik nu mee moet aanvangen. Ik weet dat Eudoxie bevriend was met Levs vrouw. De Franse schrijfster die ik nooit heb willen lezen, al heb ik gehoord dat ze goed was. Hij had vrouwen, kinderen, exposities, de hele mikmak. Met hem was er altijd sprake van een expanderende schoonheid. Niets kon veranderd worden door een onomkeerbare daad, want daardoor zou de donkerste versie van het leven worden binnengelaten. Ik ben niet veel anders, behalve in mijn werk. Ik weet dat ik streng en meedogenloos voor mezelf ben geweest. Maar ik had behoefte aan iets bestendigers dan liefde, iets verborgeners.

Ze haalt het speldje tussen haar tanden vandaan en steekt het opnieuw in haar haar. Heb je zin in eten?

Ik knik. Ik dacht dat ik een hartaanval kreeg maar ik geloof dat ik gewoon honger heb.

Geen grapjes over zulke dingen maken.

Je weet toch dat vrouwen altijd slecht advies krijgen, roep ik haar na. Ze verdwijnt in de keuken en komt terug met kaas, olijven en kerstomaatjes aan een takje, en twee driehoekjes quiche van de winkel beneden. We eten met een bord op schoot.

Hoe bedoel je?

We worden zo zelden alleen gelaten om te kunnen liefhebben wat we liefhebben, zeg ik. Geluk komt voort uit het accepteren van de wereld zoals die is. Tegen dat idee heb ik me mijn hele leven verzet.

Jij lijkt geen behoefte te hebben om dingen met anderen te delen. Vind je dat zelf ook niet vreemd? Misschien komt het omdat je al zo lang alleen bent. Heel anders dan iemand als Eudoxie. Ik vind haar enorm stimulerend maar ook een energievreter. Als ze bij me op bezoek is geweest, moet ik altijd even gaan liggen. Ze tilt de quiche naar haar mond. Maar ben je niet bang dat als je ouder wordt–

Ik bén ouder, Ondine.

Voor de meeste mensen is werk een praktische noodzaak, poneert ze. En voor sommigen misschien alleen een bijkomstigheid.

Ik weet niet, voor mij is alleen belangrijk wat ik morgen ga doen. En wat ik morgen wil doen is mijn werk. Meestal ben ik zo geboeid door waar ik mee bezig ben dat ik 's ochtends uit mijn bed spring om aan de slag te gaan.

Dan ben je net een kind, lacht ze. Alleen kinderen springen hun bed uit om iets te gaan doen wat ze leuk vinden.

Maar dat is toch ook het doel?

Omdat je altijd in je eentje bent, wil ik er graag zeker van zijn dat alles goed met je gaat en dat je alles hebt wat je wilt. Ik weet niet, zucht ze. Waar leeft de mens voor?

Dat zijn vragen die je jezelf niet stelt als je ergens druk mee bezig bent.

De meeste mensen hebben geen tijd om daarover na te denken, zegt ze terwijl ze de verdroogde blaadjes van de geraniums streelt, de stugge bloemblaadjes dwarrelen van het balkon naar beneden.

De meeste mensen zijn afgestompt, Ondine. Die staan nooit stil bij de vraag waarom hun leven teleurstellend is uitgepakt. En ze denken al helemaal niet na over de vraag wat ze eraan kunnen doen. En als ze wel iets ondernemen, is het altijd iets onbeduidends, zoals een nieuwe woonplaats of een nieuwe baan. Pas tegen het einde, als alles opraakt, voelen ze het gewicht van hun eigen leven. En dan gaan ze dood en laten servies, boeken en kasten vol kleren na terwijl hun hart zo leeg is als een onbeschreven blad.

SPREEUW

Vleugels tegen het sterrenuitspansel,
tegen de wassende maan, het vallen van de avond.

De vlasdraad vindt de gaatjes die Madame Tissaud heeft afgemeten en met de priem uitgestanst. Ze werkt aan een opdracht van twintig boeken, in wit gebonden, die uiteindelijk zullen belanden in de rooksalon van een van haar klanten. Ondertussen ben ik ook iets aan het naaien.

Waarom wit? vraag ik.

Hij heet Angel. Hij komt uit Latijns-Amerika en is opgegroeid met de witte bibliotheken daar. Hun boeken zijn gebonden in velijn of hebben een witgelooide band, in tegenstelling tot de bruinleren kaften die wij kennen. Ze omschrijft de looiers van wie ze haar leer betrekt – tandeloos, boevenogen, hun armen onbehaard tot aan de ellebogen omdat ze elke dag met hun armen in de chemische baden zitten – als simpele types. *Un sale métier.*

Soms wordt het leer gelooid met hersenen, zegt ze tegen me, zonder op te kijken.

Wat luguber.

Ze haalt haar schouders op. Hersenen zijn het vetste orgaan.

Wat gaat Angel met die boeken doen?

We keren terug naar de dingen uit onze jeugd, zegt ze bij wijze van verklaring, met de naald tussen haar tanden. Zuid-Amerika, Oost-Europa en het Midden-Oosten zijn grotendeels wit. Bibliotheken bedekt met rijp. De Noord-Europese bibliotheken zijn voornamelijk bruin van kleur, zegt ze. Maar de witte bibliotheken kennen veel minder slijtage.

Het doet me denken aan Archangelsk, de middeleeuwse Russische stad dicht bij de Witte Zee, waar Levs vader vandaan kwam. Waar de slijtageslag zich vertraagd afspeelt. Volgens Lev is Stalin bezig hun kerken met de grond gelijk te maken, net als in de rest van Rusland. De kerk van Archangelsk was gesloopt door mannen wier grootvaders nog hadden meegeholpen met de bouw ervan. Trotse glimmende koepels die nu met mokers kapot werden gebeukt en tot de grond toe werden afgebrand. De priester werd naar buiten gevoerd en doodgeschoten. Vuur is allesverwoestend. De glanzende gouden koepels en de hemelse klokken, die ooit als levende wezens werden beschouwd. Men geloofde dat ze geen noten of akkoorden waren, maar de stem van God. Lev had verteld dat de klokken aan diggelen werden geslagen en omgesmolten tot een tractor die goud glimmend over de stoffige voren van het boerenland reed.

Dat probeer ik aan Madame Tissaud uit te leggen. Voor iemand met zo'n donker gemoed is het een staaltje ware alchemie dat Lev zoveel pracht en schitter weet op te roepen. Toch blijf ik me verbazen over zijn complexe persoonlijkheid.

Met andere woorden, zegt Madame Tissaud, een echte Rus.

Ik gruw van zulke generalisaties, maar met Madame Tissaud is het anders. Ze bestudeert mijn handen. Ik weet wat ze denkt. Ze denkt dat ik het gevaar opzoek. Ik ben knopen aan Levs jas aan het naaien. De naald prikt in mijn vingertoppen. Hij heeft hier niet om gevraagd. Ik weet dat hij in deze jas een vrouw zal ontmoeten. En al voel ik geen neutraliteit in dat opzicht, ben ik toch zijn medeplichtige.

We werken in stilte, drinken van onze café crème die Madame op haar kookplaatje heeft gezet achter in het atelier, waar het naar lucifers en viooltjespastilles ruikt. Ze neemt theatrale slurpende slokken uit haar beker, zuigt de vloeistof sputterend naar binnen. Van haar vind ik dat vertederend. De ramen aan de voorkant zijn nog warm van de zon, al doemt het grijs in de verte op.

Moeder vond mijn relatie met de natuur bijna dierlijk. Nu is Lev de wildernis, zij het een moeilijk begaanbare wildernis.

Madame Tissaud tuurt naar het raam waar condens verschijnt door het intredende donker, en ze zegt zachtjes: *Entre chien et loup*.

Pardon?

Het tijdstip wanneer de avond valt, *entre chien et loup*. Heb je die uitdrukking nog nooit gehoord?

Waarom tussen hond en wolf?

Het onzekere licht waarin je de een niet meer van de ander kunt onderscheiden, zegt ze en ze neemt de naald weer ter hand. De verschuiving van huisdier naar wild dier.

Hoewel ze net als Moeder er zeer beschaafde morele principes op na houdt, probeert ze die, in tegenstelling tot Moeder, nooit aan je op te dringen. Zij is een gevoelsmens.

Cocotte?

Ja?

Pas alsjeblieft op.

Voor wat?

Voor hem.

De woorden maken een kleine schroeiplek tussen ons.

Ze doet vaak van die bondige, subtiele voorspellingen. Voorspellingen die uitkomen, ook al wil ze dat helemaal niet.

'S Avonds heb ik een afspraak met Tacita in het café waar ook Istvan en de andere kunstenaars zijn. Ze laat me bladmuziek zien, spreeuwenveren en drie minilepeltjes die ze in een vuilnisbak heeft gevonden, al weet ze niet goed wat ze ermee aanmoet.

Arrangeer ze in een van je kistjes. Noem het Spel.

Daarom ben jij ook gevraagd om bij te dragen aan de publicatie – de enige vrouw. Je bent altijd zo zeker van je zaak. Als een man. Of een cliché van een man dan.

Wat is het Engelse woord voor cliché?

Sommige woorden kun je niet vertalen.

Waarom niet?

Geen idee. Als vertaler weet je wanneer je op een gegeven moment niet verder komt en moet stoppen. Zoals bij het woord cliché.

Maar dat is ook het enige woord dat ik kan bedenken.

Avant-garde. Blasé. Coup. Zo kan ik nog wel even doorgaan.

Natuurlijk. Ik vergeet steeds dat je vertaalster bent.

Vertaalster wás, zegt ze met een scheef lachje.

Enfin, ik weet niet of 'als een man' klopt, hoor, Tas. Dat de mannen met wie we samenzweren en kunst maken, de mannen die geïnteresseerd zijn in vernieuwing en onbekende gebieden er werkelijk nog zulke ouderwetse denkbeelden op na houden. Bedoel je dat?

Volgens mij ben jij opgegroeid zonder het besef dat je jezelf minderwaardig moest vinden. Jij was van meet af aan volledig gevormd. Daardoor heb jij het zelfvertrouwen dat de meesten van ons nog ontberen.

Zo heb ik het nog nooit bekeken.

Zie je wel!

Nou, dat is niet helemaal waar. Weet je nog dat ik een keer vroeg waarom we geen vrouwelijke kunstenaars bestuderen?

Ja, dat weet ik nog. De docent zei: Omdat die er niet zijn. En toen werd het stil in de klas. En jij zei dat er altijd vrouwelijke kunstenaars geweest zijn, maar dat we er nooit over horen omdat vrouwen als een inferieur dier worden beschouwd. Iedereen moest lachen. Hij vond het niet grappig. Het is zo'n brutaliteit die je je één keer kunt permitteren. Volgens mij was dit voor het eerst dat hij met z'n mond vol tanden stond.

Maar hij had het wel gezegd. En hij stuurde me de klas uit omdat ik de les had verstoord.

Ik weet nog hoe je keek, lacht ze. Het leek of je een mes in hem wilde planten.

Normaal gesproken ben ik vrij rustig.

Echt Iv? zegt ze en ze trekt een wenkbrauw op. En hoe zat het met Félix dan? Istvan vertelde me dat toen jullie met een stel in zijn atelier waren, hij jou een handjevol centimes gaf en je opdroeg sigaretten voor hem te gaan halen.

Het enige wat ik deed was constateren dat ik de enige vrouw in de kamer was. Ik zei nee.

Istvan heeft me verteld wat je zei. Je zei: Ga ze verdomme zelf maar halen.

Ik zie een donkere flits, als een kraaienvleugel. Ik weet dat Lev in de kamer is. Ik ben de tel kwijt sinds ik voor het laatst zijn stem hoorde. De keer dat we elkaar 's nachts in Parc des Buttes Chaumont ontmoetten en hij me vertelde me dat ik in mijn witte kleren op zijn droom leek. Ik was een lichtende verschijning die suikerglazuur van een mes likte. Hij zegt dat mijn witheid een leegte vult, en zowel een remedie is voor eenzame afzondering als een mystieke uitspraak.

Sinds die nacht houd ik me schuil in de dagelijkse dingen van mijn leven. In beslag genomen maar onzeker, zoals de ochtend na een droomloze nacht. Ik breng de tijd door met illustreren, naaien. Dingen die de handen bezighouden maar niet de geest. Zoals Madame Tissaud, die breit als ze niet aan het boekbinden is. Al dat breien. Al die vrouwen die met onafgebroken tikkende breinaalden op de bankjes in de Jardin Luxembourg zitten. Ik denk dat veel vrouwen breien omdat iets met hun handen doen betekent dat ze iets met hun leven doen. Dat geldt niet voor Madame Tissaud. Zij maakt dingen uit geestdrift.

Ik ben bezeten maar bezit niet. Ik heb me hieraan overgegeven, met alle risico's en wreedheden van dien. Zelfs de vriendelijke woorden van Madame Tissaud of het inspirerende zusterschap van Tacita kunnen me niet redden. Ik heb het mezelf aangedaan. Ik heb geen keuze in de kwestie gehad, en ook al had ik dat wel, dan zou de situatie nog steeds hetzelfde zijn. Ik kan niet ver genoeg of dichtbij genoeg komen. Alles hangt af van Lev, of ik hem zie of niet. Elke dag wordt de wereld groter/groter dan kleiner/kleiner.

Ik heb een paar opdrachten aangenomen van de antiquarische boekenverzamelaar om biologische vogelillustraties te maken, ondanks het feit dat Lev neerkijkt op zulk werk. Madame Tissaud heeft me een exemplaar geleend van Audubons *Birds of America*, als handig naslagwerk. Ze vertelt dat hij aan het begin van zijn grootscheepse project elke dag één vogel probeerde te tekenen. Ik zie dat hij gekleurde pastel heeft gebruikt en verschillende laagjes waterverf aanbracht om de zachtheid van het verenkleed weer te geven, wat me van pas komt voor de uilen en reigers die ik aan het tekenen ben. Ik ontdek dat reigers een spanwijdte van drie meter hebben, maar dat ze slechts een paar pond wegen omdat ze bijna uitsluitend bestaan uit veren en grote holle botten. Ze hebben een trage motoriek maar kunnen ineens als een bliksemflits toeslaan. Het zijn onhandige optimisten. Onder elke gekleurde gravure schrijft Audubon: *getekend naar de natuur*. Ik kom er later achter dat dit wil zeggen dat hij de vogels had doodgeschoten. Hij doodde ze voor zijn plezier en nam ze vervolgens mee naar huis om ze op te zetten. Hij vulde hun lijf met draadarmaturen zodat hij ze in starre poses kon natekenen. Je ziet dan ook geen majestueus opgerichte vogelkoppen. De grotere vogels zijn in een onnatuurlijke houding gewrongen omdat hij ze moest aanpassen aan het paginaformaat. Dat verklaart waarom je nog zo goed kunt kijken, maar dat je geen echte vogel ziet. Waar is de vogel? Bij elke illustratie voel ik het gewicht van Levs afkeuring. Hij gelooft in je onderwerpen aan de kunst, ongeacht honger, huur of andere praktische zaken. Ik besef dat ik soms een beetje bang voor hem ben.

Lev. Zwijgend draai ik zijn naam om en om. Het klinkt bijna als liefde, hoewel ik misschien de enige ben die in een taal leeft waarin dat waar is. Er is een gevoel, een gevoel van een diepe vermoeidheid, tot op het bot, vanwege het vertalen de hele tijd. Zou het anders zijn tussen Lev en mij als we konden communiceren in de taal van onze kindertijd?

Ik kan hem zien praten met mensen die ik nog nooit heb ontmoet. Hij weet hun blik te vangen. Iedereen wil dicht bij hem zijn, niet alleen vrouwen. Desondanks wordt hij omringd door een soort onaantastbare eenzaamheid die ik begrijp, een diepe eenzaamheid die in de grond lijkt te verdwijnen. Zoals regenbogen, legde Leni uit, die ik ontmoette tijdens het etentje bij Tacita en Istvan. Ze zijn eigenlijk rond, alleen zien we niet de volledige cirkel omdat de horizon in de weg staat.

We schenken wijn in. Leni vertelt dat ze haar studiebeurs moet terugbetalen. Hoewel ze heel zuinig leeft, is de beurs al bijna op. Het grootste deel van de tijd zit ze ergens in een bibliotheek en loopt met tikkende hakken op en neer over de metalen trappen met haar documenten. Ze heeft bevel gekregen om terug te keren naar Duitsland. Ze vertrouwt ons toe dat ze dat niet van plan is. Onze glazen tinkelen in solidariteit, maar ik kan aan Tacita's ogen zien dat ze hetzelfde denkt als ik.

Hetzelfde gaat op voor Lev. Er zijn al omineuze brieven uit Rusland gekomen.

Hij heeft een installatie gemaakt, een complete ommezwaai van zijn gebruikelijke werk. Een bewerking van een Russisch volksverhaal. Een groezelige pop zonder kleren, in een glazen stolp, die langzaam verdrinkt in tarwe. Hij had het kunstwerk *Ongetiteld (Moord door Honger)* genoemd. Hij zei: Hoe vertel je het verhaal van Stalins verordonneerde hongersnood, waarbij miljoenen mensen zijn omgekomen, alleen maar om te proberen de Oekraïense onafhankelijkheidsbeweging kapot te maken, van welk feit de buitenwereld wonderbaarlijk genoeg niet op de hoogte is? Dat is de Holodomor. Uitroeiing door honger. Met als doelwit de Oekraïense boeren. Hoe vertel je het verhaal van hun vernietiging? Stalins manschappen zeiden dat de inwoners zo'n honger hadden dat ze hun eigen kinderen opaten. De Sovjets verdraaiden de feiten en verboden elke discussie over het onderwerp. Levs installatie was een directe aanklacht tegen de partij. En hoewel Lev een voorstander is van kunst die vooral gevoel oproept, in plaats van kunst die is gebaseerd op religieuze of politieke denkbeelden, kan hij nu niet anders dan tegen zijn eigen principes ingaan. Dictators kunnen de gekste dingen besluiten. Het zijn herscheppers, zegt hij. Onder het bewind van Stalin werd de Geboortekerk een kooi voor circusleeuwen en de Christusverlosserkathedraal 's werelds grootste openluchtzwembad.

Hij wordt in de gaten gehouden. Ze eisen zijn terugkeer. Maar Lev zegt dat hij nooit meer teruggaat. Want waarheen? In zijn geboorteplaats in Oekraïne is iedereen nu gedwongen Russisch te spreken. Er wordt van hogerhand bepaald wat ze moeten lezen, wat ze moeten denken. Complete geschiedenissen worden veranderd. Hij vindt het weerzinwekkend, dit zogenaamde geloof in de gemeenschap. Wat voor soort gemeenschap laat het individu creperen? Hij laat zich door mensen Rus noemen zonder ze te corrigeren. Zijn geest weigert bloed. Weigert massaslachting. Beschut door glas en streng als de winter. Hij wil niks meer weten van het Cyrillisch schrift, met zijn koppelletters en gegroepeerde medeklinkers, en stopt ze in de ijzeren kachel in zijn atelier, waarna hij er een lucifer bij houdt. *Woesj.*

Ik vind ze bijna mooi, want op het dikke witte papier nemen de tekens de vorm aan van abstracte geometrie, niet van een bedreiging. Hij leest ze niet meer. Ik zie de ongeopende enveloppen in de koude as, zilverig poeder, neergezet als grafzerken.

De danseres met de zwanenhals kust hem en laat met haar lange vingers iets in zijn zak glijden, maar hij onderbreekt zijn gesprek niet, wat haar gebaar een vreemde intimiteit verleent. Ze heeft hooggehakte schoenen aan, ze wiebelt op naaldhakken die scherp genoeg zijn om alles wat onder haar voeten komt te doorboren. Tacita weet dat ik ergens anders ben. Oog in oog met de vijand word ik altijd kalm. Ik denk: laat je pijlen niet zien. Niets van dit alles is voortgekomen uit een onbesuisde overhaaste ingeving. Mijn hele persoonlijkheid heeft me hierop voorbereid, of ik dat nou leuk vind of niet, op deze ongewone overgave. Eerst in het bos, daarna met tekenen. Ik kan in iets rust vinden, in afzondering de diepte zoeken. Het vermogen om afleiding buiten te sluiten en mezelf te groeven in mijn zuiverste vorm. Tacita weet me aan het praten te krijgen, en door haar iets te vertellen lijkt het minder erg. Zij is degene die me uit mijn hoofd kan halen en me even het gevoel kan doen vergeten dat ik alleen nog leef voor dat ene moment dat ik bij hem ben.

Leni is terug met een grote *pichet* bier en drie glazen, en schenkt in. De drank stijgt schuimend op en druipt langs de zijkant van mijn glas omlaag. Terwijl ik naar iets zoek om het te stuiten, stopt een man zijn vinger erin. Lev. Hij grijnst en zegt dat het elke keer werkt. Hij bukt zich en geeft me een beschaafde kus. Zijn tong strijkt lichtjes langs mijn lippen, maar niemand die het ziet.

Het is onmogelijk om je blijdschap te maskeren. Ik kijk op, een ring van licht, witblauwe ogen, en ik weet wat hij denkt. Hij denkt: heb ik je niet pas geleden gezien? En ik denk: wat verschilt jouw tijd toch van de mijne.

UIL

Wit verenmasker als een sonate van Ravel,
wegstervende akkoorden van de onderwereld.

De sterren verdichten zich, galvaniseren de hemel. De nacht schittert naar binnen. We gaan de trap op naar Levs kamer.

Hij zet warme verveinethee. Vaak is het dat of armagnac of een ander drankje dat past bij ons kwartierritueel.

Ik wil je iets laten zien.

Met een klap zet hij een houten kruk uit zijn atelier op de vloer voor me neer. Ga zitten, zegt hij.

Hij heeft iets in zijn handen. Het is de stof van een sjaal. Hij bindt hem om mijn ogen. Blauwzwarte gloeidraad, zijn geur streelt mijn gezicht. Ik vind het leuk dat hij me iets wil laten zien dat ik niet kan zien.

Ik hoor klikjes. Een laag raspend gekras.

Ik ruik terpentijn terwijl serene sprankjes geluid over me heen spoelen, roes, kloppend bloed, vochtige handpalmen. Kleine, gebleekte berichten uit de wereld, afgewisseld met stiltes. Geluid van zo'n opmerkelijke frequentie dat het al het andere buitensluit. In een bepaald opzicht klinkt het als een laatste woord, een aangehouden noot, maar de resonantie is anders dan die van een instrument. Het is een stem. Het klinkt in het geheel niet als iets van het intellect, maar het komt ook niet vanuit het hart. Eerder als een oergeluid van buiten, zoals regen of wind. De stiltes zijn ongelijk. Waarop je aan het wachten bent.

En er is een moment waarop het oor niet langer probeert te horen. Een geluid dat wordt gevormd door iets anders, iets wat uit een droom lijkt te komen.

Zoveel emotie en ik kan alleen maar woorden vinden om te zeggen: Waar heb je dit gevonden?

Een man die 78-toerenplaten verkoopt, bij de rivier. Volgens hem werd er tweehonderd jaar geleden getwist over de vraag of alle uilen in de toonsoort B-groot roepen – dezelfde toonsoort van trompetten en hoorns. Er was een man die dierengeluiden opnam met een grammofoon.

Het is het geluid van uilen en andere nachtelijke waarheden. Wanneer de naald de buitenste groef van de plaat raakt, kondigt hij de nacht aan als een steen. Ik sta versteld van het plotse gevoel dat ik gelukkiger ben dan ik ooit geweest ben. Dat ik iets heb gevonden dat ik in het gewone leven nog nooit ben tegengekomen. Maar het is een gevaarlijke blijdschap. Ze lijkt op die dromen waarin je je zo sterk en opgetogen voelt dat het onheilspellend wordt, omdat je weet dat er iets vreselijks gaat gebeuren. Dit gevoel wordt onmiddellijk gevolgd door een ander, even krachtig en overweldigend maar ook verpletterend gevoel. Ik zal nooit meer zo gelukkig zijn.

Hoe?

Levs hand houdt mijn enkel vast. Een hand die een grammofoonplaat heeft gevonden, waarvan de wapperende vorm mijn binnenwereld in kaart brengt.

Scheiding maakt hongerig. Vingers strelen mijn scheenbeen, glijden over mijn heupen, tussen mijn dijen. Hij kust mijn mond, mijn hals. Mijn ogen vallen langzaam dicht. De aanraking van zijn handen, de botjes in zijn polsen. Ik voel zijn vingers, de kracht die ze bevatten. Zijn tong die langs mijn hals strijkt, zijn hand die zich spreidt onder mijn rug, mijn lichaam compacter maakt, mij in hem nestelt. Mijn mond kromt zich om hem heen. Ademhaling gaat trager. En dan neem ik hem, mijn hele lichaam tegen dat van hem, onze huid, onze vingers, alle verre hoekjes en plekjes. Langzaam aanhoudende golven van genot alsof we allebei omsingeld zijn. Steeds opnieuw totdat we allebei in de duisternis verdwijnen.

We schrikken wakker van een bloedstollend geluid van bot op hout. De knokkels van geüniformeerde mannen in legergroen die Duits spreken, of is het Russisch. In mijn halfslaap vraag ik me af of het geen nare droom is.

Ze komen in de nacht, heeft Lev gezegd. Dat bewijst hun macht.

Ik probeer het verstikkende gevoel in mijn keel weg te slikken tot ik geen lucht meer krijg. Het water is te hoog. We verliezen de grond onder onze voeten. Woordenreeksen knallen door de lucht als geweerschoten. Lev wordt tegen de muur geduwd, het vreselijke, doffe geluid van een hoofd dat iets hards raakt, een straaltje bloed vanonder zijn wenkbrauw, zijn beide armen door een grove hand tegen de muur gedrukt. De mannen zijn groot, met brede schouders, maar Levs lichaam is langer en elastischer, en onvoorspelbaarder dan dat van hen. Het lokt nodeloos geweld uit. Er is geen tijd voor enige vorm van uitwisseling. Hij is op blote voeten. Ze gooien, onnodig agressief, zijn laarzen de trap af. Ik zie de vetrolletjes in hun geschoren nek, rood en gegroefd, als corned beef. Terwijl hij naar buiten wordt gedreven, kijkt Lev nog even achterom naar mij, twee deuren haaks op elkaar. Een vreemde uitdrukking op zijn gezicht. Een blik die alles verandert. Ik heb hem nog nooit zo overrompeld meegemaakt. Het is een smeekbede die ons bindt.

Al mijn zintuigen zijn afgestemd op een hogere frequentie. De stilte doet pijn aan mijn oren. Ik heb Levs deken om mijn schouders. De wol schuurt tegen mijn blote huid. Zijn aanwezigheid dwaalt over mijn lichaam. Ik besef dat ik nog nooit in Levs atelier ben geweest zonder hem erbij. Atelierbezoeken zijn, zelfs tussen ons, alleen op uitnodiging. Hij is de enige met de sleutel. Dat ik hier nu alleen ben, voelt als een schending van het protocol. Het bladderende pleisterwerk en de verweerde plankenvloer bespat met verf en lijm, en de stapels gescheurd papier die de glanzende chaos van zijn binnenwereld weerspiegelen. Maar in zijn afwezigheid oogt de ruimte immens. Een koude onopgesmukte bende.

Pas nu hij weg is, ben ik me bewust van de invloed van zijn overweldigende aanwezigheid. Hij is altijd gekomen en gegaan, de tijd ging steeds ongemerkt voorbij. We zijn zintuigelijk verbonden. Wellustige uren. Onze huid samen. Maar ik houd mezelf voor dat dit nooit blijvend zou kunnen zijn.

Mijn oog wordt getrokken naar het briefje dat Ulyana aan Lev gaf. Het is op de vloer gevallen. Ik voel me direct beschaamd dat ik overweeg het te lezen. Ik zou toch niet weten wat er staat, hoewel het vast geen onschuldig document is. Ik trek het ijzeren deurtje van de kachel open en pak de rest van de ongeopende brieven. Ik neem ze met me mee.

De straat op, waar de zon fel schijnt. Ik dacht dat het nog nacht was. Alsof alles net zo donker moest blijven als toen het versplinterende geluid door de deur klonk. Dag noch nacht. Maar het is oogverblindend licht buiten. Ik moet mijn ogen toeknijpen voor het intense zonlicht. Een schelle pijnscheut achter mijn oogleden.

Aan een man in een donkerblauwe jas met platte metalen knopen die schitteren in de zon vraag ik hoe laat het is, alsof dat er ook maar iets toe doet. Hij kon elk willekeurig antwoord geven en ik zou hem geloven. In plaats daarvan blijft hij staan en drukt een geldstuk in mijn hand. Hij kijkt me niet aan, zijn blik is wazig. Ik realiseer me dat hij denkt dat ik om geld heb gevraagd. Dat ik een bedelaar ben. Dat maakt me zelfs aan het lachen, zo'n uitzinnige lach die als enige voordeel heeft dat ik daardoor tijdelijk ophoud met huilen.

Ik besluit de rivier over te steken en naar het noorden te lopen, doelbewust de warme troost vermijdend van Madame Tissaud, de uitwaaierende lachrimpeltjes om haar ogen. Ik loop door tot ik op de heuvel ben, Belleville, en dan steek ik door naar het park. Ik probeer niet naar de afzonderlijke delen van deze buurt te kijken, niet naar elk trottoir, elk raam van elk gebouw. Wat ik hoor is oorverdovend gerinkel van metaal. Schuifelende voeten. Half opgerookte sigaretten die driftig door schoenen worden uitgetrapt. Zware jassen hangen om broodmagere schouders. Hoeden met veren, geplukt uit het achterste van uitgestorven vogels. Mannen met een pistool op hun heup. Schraalhartige vrouwen. Kinderen met groezelige gezichtjes die spijbelen van school. Luizenkammen. Dampende ademhaling, gebarsten trottoirs. Vettige zakdoeken. Windvlagen. Kwispedoors. Armoedige mannen die hun broek opendoen. Bruingestreepte standbeelden. Ontzielde kranten achter gebarsten melkglazen ruiten.

Ik loop zo hard dat er zweetdruppels op mijn voorhoofd verschijnen, onder mijn armen, en daar ben ik blij om. Ik wil reiniging. De zon is warm. Als de zon schijnt, gebeuren er geen erge dingen, stel ik mezelf gerust. Bij de ingang van het park loop ik direct een charcuterie in en pik een potje uit de schappen. Het rammelt tegen de centime en ik realiseer me dat ik het bedelaarsgeld had kunnen gebruiken. Zelfs als gek ben ik nog verstandig. Pas als ik de top van de rotsachtige belvedère heb bereikt, blijf ik staan. Hij is gewijd aan Sibylle, die haar voorspellingen op boombladeren schreef en die dan door de wind liet verstrooien. Op dit bankje zijn Lev en ik een keer samengekomen, als in een droom. Hij loopt naar me toe en ik kijk bewonderend naar de precisie van zijn lichaam en hoe zijn armen en benen het rad van de maan lijken te vangen. Ik haal diep adem. Mijn geest bedaart.

Ivory. Hij vertelt me over een nieuwe techniek met inkt die niet meer dan een paar seconden kost, elk is een *mise en acte*, zegt hij. Vluchtig. Het gaat meer over de manier waarop ze tot stand komen dan over de creatie zelf. Alles aan het toeval overgelaten. Hij vindt het interessant omdat het kortstondige moment dat hij creëert uitsluitend voor hem, de maker, bestaat.

Natuurlijk zijn het maar inktvlekken, zegt hij. Maar het zijn voetsporen naar afwezigheid. De aanwezigheid van afwezigheid. In tegenstelling tot de meeste mensen is hij van mening dat creëren over aftrekken gaat, niet over optellen. Ik draai het deksel van het potje, schep met twee vingers de mosterd eruit en slik de hap door. Nog een keer. Een verzengend branden in mijn maag. En dan begint het braken. Ik leun over de reling, boven het kunstmatige meertje. Ik wil dit plotselinge verdriet uit me drijven. Dat iemand zomaar ineens weg kan zijn. De eenvoudigste dingen zijn altijd het moeilijkst te begrijpen.

Het park was precies zoals ik had gehoopt. Kalende gotische heuvels, steile rotsen en beekjes, en exotische oriëntaalse bomen die bloeien buiten het seizoen. 's Nachts heerst er een duistere energie, zoals je in het donker zelfs bang kunt zijn voor een ongevaarlijk beestje. Ik loop over de zachte paden om Lev boven op de rotsen te zoeken. Het bloed onder mijn huid te voelen. Ik ga op het bankje liggen, met mijn gezicht tegen de koude harde steen. Ik ben zo moe dat ik alleen met mijn ogen dicht kan nadenken.

Ik zie aan de uitdrukking op hun gezicht dat Tacita en Istvan schrikken van mijn verschijning. Zo alert ben ik nog wel. Maar ze blijven kalm, omdat er iemand kalm moet blijven. En ze oordelen niet, wat betekent dat ze selectief zien. Selectief zien is erger dan helemaal niets zien. Het appartement van Tacita en Istvan biedt troost, de lichte, vrolijke kamers. De uitgestalde spulletjes van Tacita, de nocturne van Poulenc op de radio, de geur van eten, alle menselijke dingen die verdriet kunnen verdrijven. Tacita snijdt een dikke snee brood voor me af en geeft me warme thee. Ik krijg geen hap naar binnen. Van hen krijg ik de namen van de mensen die ik moet aanschrijven om Levs vrijlating te bepleiten. Het adres van het kamp waar ik voedselpakketjes, tekenbenodigdheden en brieven naartoe kan sturen. Hoewel later zal blijken dat alles op niets uitloopt.

Wanneer ik terug ben in mijn atelier heeft Madame Tissaud een hyacint voor me neergezet, waarvan de geur het vertrek doordringt. Er is een crèmekleurige wollen cape met stroken wit borduurwerk. De cape ligt gevouwen op mijn stoel naast twee potten. In de ene pot zitten gedroogde korenbloemen (blauw) en in de andere meidoornbessen (geel). Deze offerandes, gevonden en zelfgemaakt, komen niet voort uit zuinigheid, maar uit goedheid. Ze zijn majestueus en hoopvol.

Ergens voel ik nog steeds de drang om te creëren. Ik dwing mezelf om pigmenten te vermalen en vervolgens te mengen in de wasbak achter in het atelier, midden in de nacht. Ik doe heel zachtjes om Madame Tissaud niet wakker te maken. Met een afgescheurde doek veeg ik de kwasten een voor een schoon. Het water blijft een hele tijd koud, het verdooft mijn handen en wist het denken uit. Ik pak een paar kleine glazen potten en vul ze. Een druppel ossengal. Felle kleuren laten het leven weer naar binnen schijnen. Een stukje maan werpt licht op het aanrecht. Alles glanst als de nieuwe verlichte aardbol die je ziet oprijzen op mijn lievelingsschilderij van Jheronimus Bosch, want tegelijk met de vernietiging zijn er alweer nieuwe fases van leven zichtbaar. Ik pak alle spullen op en loop zachtjes de houten trap op. Elke plank kraakt van alle mensen die me zijn voorgegaan.

In mijn kamer zet ik een geprepareerd doek op de houten rand van mijn ezel. Ik doop de spits toelopende kwast van sabelhaar die ik van Lev heb gekregen in de verf – aan deze kwast blijft meer verf hangen dan al mijn kwasten samen – en begin aan het stille werk. Snelle precieze penseelstreken. Bijna als tekenen in het begin. Dan verdun ik het mengsel, voeg zout en pa-

paverolie toe. Tussen mijn zorgvuldige compositie ontstaat iets sombers en levends. Ik laat het gebeuren. De tijd verdwijnt in het werk. Zoals in je jeugd. De tijd staat stil en versnelt dan, maar nooit in de juiste volgorde. Ik pak een fijner penseel en voeg donkerrood toe. Vertalen is het lastigst. De ruimte tussen wat in je hoofd zit en wat je het op het doek kunt zetten. Ik weet meteen of het geslaagd is. Maar niet door te kijken. Als we langs een Vermeer of Velázquez lopen, zeg ik tegen Tacita dat ik weet of het goed is wat ik zie als ik een tintelend gevoel in mijn borst krijg.

Ik kan niet beslissen welke kleur het werk nodig heeft. Ik denk aan Lev die me altijd aanspoorde om de verf zonder na te denken aan te brengen.

Maar je kunt een schilderij niet zomaar afmaken door er gedachteloos iets tegenaan te kwakken.

Waarom niet?

En dan word ik erdoor overvallen. Ondanks de angst betreed ik de ruimte als een nieuw jaar, uitgesproken, vol overtuiging. Ik besef dat er met Lev inbreuk op mijn kluizenaarschap was gemaakt. Alles neemt een nieuwe vorm aan, en dan vind ik de juiste toon. Het schilderij werkt, ik meng amper nog, gebruik de rauwe pure kleur uit de tubes, breng lagen aan. Eén toets van zwart in het geel geeft het felle groen dat ik nodig heb. Het geeft het schilderij gewicht en vorm. Blauwzwarte bomen krijgen een nieuw laagje zachtgrijs. Kleur wordt een pantser verborgen onder kleur. Het verbindt de elementen die in de wereld niet in noodzakelijk verband met elkaar staan, een moment van schoonheid losgewrongen uit angst. Maar er schuilt ook gevaar in, want schoonheid kan soms de waarheid verhullen.

Ik ben er net achter dat Levs achternaam, Volkov, wolf in het Russisch betekent.

Hoe kan het ook anders, zegt Tacita. En iedereen weet dat

een wolf niet getemd kan worden, grapt ze. Dat was een paar dagen eerder toen we in de Jardin des Plantes zaten.

Maar hij woont in de stad. Had hij niet al afgericht moeten zijn? vraag ik, reikend naar haar pakje sigaretten. Misschien meer zoals een hond?

Ook honden waren tot voor kort wilde dieren, chérie. Het zijn stoïcijnse wezens. Ze laten maar een klein stukje zien van wat er werkelijk in ze omgaat.

Ik ga met Tacita naar de dierentuin. De tralies zijn allemaal vervangen door glas. Ze hebben een tableau vivant van dieren gemaakt dat ons tegen hun onaangename geur moet beschermen. Het lijkt meer op een kunstmuseum.

Tas, ik vind dat we hier iets aan moeten doen.

Maar hoe?

Nou, hun hele opzet draait om exploiteren. De grote dieren in het midden. Omringd door lapjes gras met kleinere dieren zodat ze groter en exotischer lijken dan ze zijn.

Een tableau op een andere schaal.

Een andere symfonie. Maak van de onbeduidende stemmen eerste violen, zeg ik. Zoals bij de *Arenleessters* van Millet. Voor iedereen waren dat gewoon arme boerenvrouwen die de achtergebleven aren na de oogst oprapen, de laagste klasse van de maatschappij. Men vond dat het net leek of ze geschilderd waren met de aarde waarin ze wroetten. Millet zette ze op de voorgrond en gaf ze het formaat van een religieus, mythisch schilderij. Hij schilderde ze alsof het vorsten waren. In die boerenvrouwen was alle kennis van het weer, het land en het leven samengebald, maar ook van armoede en ellende. En toch bleven ze altijd volkomen onzichtbaar voor de maatschappij. De bourgeoisie vond het een verschrikkelijk schilderij, waarschijnlijk omdat het schaamte opwekte.

Wat is je voorstel?

Jouw dierenportretten en mijn geluidstranscripties. We kunnen één geheel maken van afbeelding en tekst. Afbeeldingen naast geschriften ophangen. Ik zou de dierengeluiden kunnen omzetten in talen, compleet met leestekens en alfabet. Laten we alle formele elementen overboord gooien, al die traditionele conventies die ons niet aanspreken. Wij zouden via oog en oor het hart kunnen bereiken. Iets buiten de bestaande orde maken. Haast spiritueel.

Peinzend sluit ze haar ogen.

Tas, vraag jij je soms niet af waarom eeuwenlang alle kunst, schilderijen en muziek zijn gemaakt om binnenshuis van te genieten? Misschien dat ik daarom het concert van de celliste met de vogels zo leuk vind. Ik zou graag een galerie bezoeken waar ze je dwingen naar buiten te gaan. *Neem de zuidelijke deur, volg het trottoir tot je een paadje op de binnenplaats ziet. Als je lang niet in een bos bent geweest, blijf dan staan. En luister.* Je zou woest gescheld horen, af en toe een dronken schreeuw, een of ander arm vogeltje dat met moeite boven het lawaai probeert uit te komen, en vervolgens door het groen wegglipt naar jouw schilderijen.

Het zou een soort muzikale begeleiding kunnen zijn van de schilderijen en alfabetten, oppert ze. We kunnen iets nemen, bijvoorbeeld een terugkerend akkoordenpatroon van Strawinsky, en die structuur gebruiken om op te vullen met jouw toonhoogtes en dan is een deel van de hele ervaring een soort omlijsting.

Maar ik vind dat er ook een verontrustend element in moet zitten, mensen moeten zich niet volledig op hun gemak voelen.

Ze knikt. Het zou een museum van geluid kunnen zijn, de kunst is dan de ervaring zelf. Wat Duchamp altijd zegt: Zonder netvlies. Misschien laat ik mijn schilderijen wel helemaal zitten. Dat we alleen voor het oor gaan. We zouden aanwijzingen kunnen opstellen. Zoals een sterrenkaart. Maar ik vraag me af hoe we de geluiden moeten overbrengen. Opnameapparatuur is moeilijk aan te komen. Ik heb in al die tijd maar één kapotte cilinder gevonden, zegt ze met haar sigaret al tegen haar lippen.

Misschien kunnen we de bezoekers in de galerie vragen om de geluiden te maken, stel ik voor.

Ze drukt haar sigaret uit en gaat rechtop zitten. Ze kijkt me aan, haar hele houding is bijna als die van een heraut, en langzaam en duidelijk zegt ze: Ja.

EKSTER

Corvidae. Driftig, huppen heen en weer op akkers en vormen dan grote wolken aan de hemel.
Vroege opname, vijf uur 's ochtends.
(Vergelijk met opnames in Bitterroot National Forest, Custer National Forest, Helena National Forest.)

Ik rijd langzaam en gehoorzaam elke wegwijzer. Ik hoor het stampende brommen van de koelventilator hoewel ik het sleuteltje al uit het contact heb gehaald. Wanneer ik de snijplank weghaal, schaatst de stoel achteruit en stoot tegen het versleten leer van de achterbank. Ik hijs mezelf aan de koele metalen bovenkant van het portier uit de auto en ril in de kille ochtendlucht. Door de ouderdom word je zo gevoelig als een geigerteller.

Als ik de sleutel in het slot steek, blijkt de voordeur open te zijn, wat me doet verstijven. Ik weet dat ik de deur op slot heb gedaan. De Amerikaanse beweert dat er inbrekers rondsluipen, maar ik vraag me af wat ze ze in godsnaam zouden willen uit haar overvolle kasten met goedkoop serviesgoed. Het lijkt eerder het werk van een ekster. Die zijn dol op kleine glimmende voorwerpen waar ze niet vanaf kunnen blijven, met alle risico's en successen van dien.

Eksters zijn een van de weinige dieren die zichzelf niet alleen kunnen herkennen in een spiegel, maar ook weten dat het een spiegel is waarin ze kijken.

Ik herinner me dat ik mijn microfoon een keer op de lucht richtte en een wirwar van hun schelle kreten oppikte, hun zwart-witte lichamen scherend over het landschap als letters op papier. Ze bezitten het vermogen geluiden na te bootsen en te herhalen. Een glanzende zwarte kop schoot door het gebladerte heen en liet me schrikken, krassend: *Dood haar! Dood haar!* Nou ja, niet precies. Maar ik was al zo opgewonden die ochtend. Ik was het huis uitgegaan met mijn nachthemd nog aan, dat ik in mijn spijkerbroek had gepropt. Ik had net gehoord dat mijn eerste artikel over cymatica zou worden gepubliceerd en dat de universiteit extra geld zou uittrekken voor mijn geluidslab en veldonderzoek. De gedachte kwam bij me op dat ik misschien ook een ekster ben. Maar de kracht van succes kan even overweldigend zijn als de liefde. Alleen was er niemand om mijn vreugde mee te delen. Ik zette de koptelefoon op. De recorder registreerde het horten en stoten van een tractor die in de verte de heuvel afreed. Er was een licht zoemend geluid dat iets losmaakte in mijn keel.

In Mexico had de journaliste de pech om op een dag te arriveren dat ik niemand wilde zien. Ik was te druk bezig met mijn vertaling van de cymatische patronen. Ik had een onderzoeksplaats aangeboden gekregen via Het Vogelgeluidenarchief in Mexico. Ik had een metalen plaat met een dunne laag zand gebruikt en het geheel aangesloten op een versterker en luidspreker. Het Instituut had een ploegje medewerkers gestuurd en de afgelopen tien dagen hadden we de patronen gefotografeerd en gefilmd. De hele opstelling was van bovenaf gefilmd met een reprotafel en statief. De avond ervoor waren ze allemaal weer vertrokken en ik keek ernaar uit om alleen te zijn.

Elk voorwerp is vochtig. Al mijn boeken beginnen naar schimmel te ruiken. Ik leg ze op het gras in de zon.

De journaliste had opdracht gekregen een vermaarde biologe

te interviewen maar wat ze ziet is een vrouw op blote voeten die voor een houten huisje met een golfplaten dak het zand uit haar laarzen aan het schudden is. Overal in het gras liggen boeken verspreid. Ze vraagt aan me: Weet u of mevrouw Frame hier verblijft?

De journaliste heet Marisol. Ze is geboren in Parijs en heeft een Mexicaanse moeder. Het wordt een artikel voor een tijdschrift in New York dat volgens Valentina door iedereen wordt gelezen.

Ik reageer geprikkeld. Het is niet wetenschappelijk.

Relax, Ivory. Ze hebben een breed lezerspubliek.

Zeg maar dat ik een kluizenaar ben, zeg ik tegen Valentina. Wanneer ik geïnterviewd word, gaat het altijd om Parijs, de beroemde kunstenaars, dat vinden mensen het interessantst. Waarom? denk ik geïrriteerd. Het is zo irrelevant allemaal. Trouwens, het gaat altijd om iets belachelijks. Dan hebben ze gehoord van een vrouw dat als je met Brancusi naar bed ging je onder geen beding zijn baard mocht aanraken. Of dat Picasso elke dag een korte broek droeg omdat hij trots was op zijn benen.

Het is goed voor het project.

Als Valentina goed zegt, bedoelt ze geld.

Marisol schaamt zich voor haar vergissing. U lijkt niet op uw foto, zegt ze, haar ogen afschermend met haar hand. Sorry, kom ik ongelegen? Ze stelt voor om later terug te komen.

Ik kijk haar door mijn oogharen aan. Ze heeft dik zwart haar, tot op kinhoogte, dat ze achter haar oren heeft gestreken. Ze draagt een witte hooggesloten blouse met volants en een legerbroek, en om haar hals heeft ze een wit bedrukt sjaaltje geknoopt, waardoor ze op een cowgirl lijkt. Ze ziet er veel jonger uit dan ze waarschijnlijk is. Ze moet er uren over hebben gedaan om hier te komen. Ze maakt een zenuwachtige indruk. Door haar heerlijke zwaar Spaanse accent kan ik onmogelijk boos op haar zijn.

Oké, oké. Ik veeg mijn handen af aan mijn shirt. Je bent hier nu eenmaal. Dan kun je net zo goed binnenkomen. Wil je wat drinken? Koffie?

Ja, graag. Als het niet te veel moeite is, zegt ze terwijl ze achter me aan loopt door de hordeur die met een klap achter ons dichtvalt. Gaat u straks nog het veld in? Ik hoopte eigenlijk...

Ik ben al uren terug, zeg ik zonder me om te draaien. Ik werk het liefst als mijn schaduw vóór me is.

We zitten aan de tafel en zij richt haar recorder mijn kant op en zegt: Als het rode lampje aangaat, moet u uw naam, beroep, locatie, datum zeggen–

De ketel fluit. Ik sta op om de brander uit te zetten. Zonlicht valt op mijn handen terwijl ik het kokende water opgiet. Buiten het schelle melodieuze krijsen van de troepen papegaaien die in de bomen zitten. Probeer me weer te concentreren op haar vragen.

Ivory Frame. Akoestisch bioloog. In de buurt van Las Pozas, niet ver van het dorp Xilitla, Mexico. 1982. Juli. De dag weet ik niet precies. Ik kijk naar het bekende ronddraaien, de naald die de cadans van mijn stem volgt – op band opgenomen zoals alle andere dieren.

Ik ben geobsedeerd door uitstervende talen. Bedreigde talen hebben recht op bescherming. Het Instituut is verbonden met de universiteit van Oslo en is actief op verschillende gebieden, waaronder het herstel van de natuurlijke leefomgeving, amateur-wetenschappers opleiden op het terrein van landbeheer, data-analyse om in kaart te brengen hoe toekomstig behoud van flora en fauna eruit moet komen te zien. En dan heb je nog mijn vreemde vakgebied van de bio-akoestiek en het woordenboek.

Hoe is het begonnen?

Nou, in 1953 kocht ik mijn eerste bandrecorder en sindsdien heb ik onafgebroken dieren opgenomen.

Waarom?

Wanneer de laatste spreker sterft, is het alsof de taal nooit heeft bestaan.

Het project gaf u zeggenschap.

Wat bedoel je met zeggenschap?

De metalen bladen van de ventilator draaien langzaam rond, een geluid dat Marisol later zal horen wanneer ze het bandje afspeelt in haar kleine appartement in Tribeca.

Waarom gebruikt u nu cymatische beelden?

Dat stelt me in staat te werken met een bestendig, reproduceerbaar beeld, in plaats van met vluchtig geluid, waarop ik me vroeger moest verlaten. Ik zie nu de afdruk van het dierengeluid in lucht, in water. Het helpt me hun talen te ontcijferen, zoals de laagklinkende ruis van een bewegende pauwenstaart of de sonarklikjes van dolfijnen.

Kunt u uitleggen wat cymatica precies is?

Het betekent golf in het Grieks. Ontwikkeld door een Zwitserse wetenschapper die een leerling was van de Nostradamus van de biologie, Rudolf Steiner, beroemd om zijn bijenverhandelingen uit 1923: *De bijenkorf is doordrongen van liefde*. Hij schreef ook over de kracht van symmetrische patronen van geluidsgolven. Die patronen kunnen worden verklaard aan de hand van de klassieke natuurkunde, maar er schuilt nog een andere belofte in. Een manier om tot dieper inzicht van het verschijnsel communicatie te komen – door aan te tonen dat het onzichtbare stoffelijk is.

Kunt u daar een voorbeeld van geven?

De specifieke patronen van sneeuwvlokken en bloemharten krijgen die vorm omdat ze simpelweg reageren op geluiden in de natuur.

Ze vraagt verder alle gebruikelijke dingen. We hebben het over bedreigde soorten, natuurbescherming, mijn veldwerk. Ze schuift dichterbij, ik zie iets flitsen in haar ogen. Hebt u ooit het gevoel gehad dat u uw persoonlijk leven heeft opgeofferd voor uw werk?

Getrouwde vrouwelijke wetenschappers hebben geen schijn van kans. Mannen kunnen wel trouwen. Ze kunnen kinderen krijgen en gewoon blijven werken als wetenschapper. Maar dat zeg ik niet hardop. In plaats daarvan pak ik haar recorder, loop naar het raam en houd hem omhoog. Door de kathedraalachtige bomen met brede bladeren stroomt de kakofonie van vogels, kikkers en insecten de kamer in. Het gekrijs van flessengroene papegaaien, als een waterval.

Ik zet de recorder weer op het tafeltje. Deze geluiden zijn talen die worden uitgewisseld en waarvan de mens iets kan leren, ze kunnen ons een soort culturele evolutie laten zien. Maar de meeste mensen letten niet goed op. We moeten ons zorgen maken, want als we niets aan de situatie doen, zullen we dit allemaal verliezen, zeg ik, naar buiten gebarend. Je vraagt naar persoonlijke offers, en ik weet niet goed wat ik daarop moet zeggen. Ik weet dat liefde een taal heeft die begint en ophoudt, maar deze talen... Die eisen niets. Ze vervullen je met verwondering. Ze betoveren je.

U bent neergezet als activist vanwege uw protesten tegen bepaalde zaken. Stoort u dat?

Ik noem mezelf liever interventionist. Protesteren is een veel te passief woord. Het impliceert dat er iets is om tegen te protesteren. Ik ben juist de conservatief hier. Ik doe aan conservatie. Het zijn de radicalen die de aarde vernietigen.

Marisol schopt haar schoenen uit en trekt haar benen op, zodat haar kin op haar knieën rust. Ze heeft al een ander beeld van me. Ze ziet in dat werk dat je naar zo'n mooie plek brengt, met zijn ongrijpbare charmes, de prijs waard is. Ze heeft gelezen over de excentrieke Britse aristocraat, die een onwettige zoon van een Engelse koning zou zijn en zijn gehele fortuin heeft uitgegeven om hier in het regenwoud, in de bergen van de Sierra

Madre, een surrealistisch Xanadu te scheppen. Hij lijkt zich nauwelijks bewust van de papegaaien die op zijn hoofd en armen zitten terwijl hij driftig bezig is zijn fantasie te verwezenlijken. Ze was van plan daar nog een kijkje te nemen voordat ze terugging naar Xilitla, maar voelt nu dat het werk nog niet af is, dat haar onderwerp haar nog niet loslaat. Haar redacteur had gezegd dat het nog niemand gelukt was de biologe aan de praat te krijgen over haar verleden en denkt dat de ontwapenende Marisol, die is afgestudeerd aan de Sorbonne en drie talen spreekt, dat wél kan.

Op de derde dag dat Marisol hier is, begin ik me meer open te stellen en ben me niet meer zo bewust van de recorder. Ik geniet van haar gezelschap. Met verrassende behendigheid heeft ze zich een weg door het bos gebaand en zonder een enkele klacht de steile hellingen beklommen. Ik zie schrammen op haar armen, insectenbeten in haar hals. Haar snelle denkvermogen en nieuwsgierigheid zijn goede eigenschappen voor een toekomstig wetenschapper, maar ze weet ook veel van kunst. Ze heeft tijd doorgebracht in Parijs en met haar vader galeries bezocht. Hij liet haar de pasteuze, zwarte schilderijen van Pierre Soulages zien. Ze vertelt dat ze vroeger een tomboy was, dat ze boeken jatte en een jaar lang rondliep met een oranje touwtje om haar nek. We praten over onze favoriete plekken in Parijs. Ik laat haar zien hoe de cymatica-apparatuur werkt en ik observeer haar terwijl ze met stomme verbazing naar de bijzondere geluidspatronen van de groen-blauwe ara's kijkt. Ze zegt dat ze begonnen is in de film, maar het dodelijk saai vond, omdat je het grootste deel van de tijd niets te doen hebt. Ze heeft samengewerkt met een beroemde regisseur die ze eens hoorde zeggen dat hij het zat was om films te maken. De meeste mensen in de filmindustrie zijn ongeschoold, zei hij. Vroeger zou je ze variétéartiesten hebben genoemd. Ze zegt dat ze misschien niet geschikt is voor de journalistiek, maar dat het tot nu toe de enige manier is geweest om geld te verdienen met schrijven. Bij een redactievergadering kwam ze met het voorstel om een artikel te schrijven over een oudere, enigszins obscure dichter die ze erg goed vond en die pas was overleden. Het enige wat de hoofdredacteur zei was: De dood is geen verhaal. Pas als het op een onverwachte manier is gebeurd, is het een verhaal.

Die avond drinken we goede tequila die Marisol heeft meegebracht en ik draai de enige muziekcassettes die de vochtigheid hebben overleefd: Sidney Bechet, Edith Piaf, Patsy Cline.

I've got your picture that you gave to me
And it's signed 'with love' just like it used to be
The thing different, the only thing new
I've got your picture, she's got you

Het donker valt in en aan de hemel verschijnen een maansikkel en alle schitterende zuidelijke sterren. De toonhoogtes in het regenwoud passen zich aan. Een langzaam wegsijpelen van warmte, het vertrouwde lome gezoem. Marisols wangen zijn rood. Elke keer dat ze gaat verzitten, kraakt de stoel luid. Ze vertelt dat de meeste schrijvers die ze kent in New York vreemde snuiters zijn. Het ene moment zijn ze slim en charmant, en het volgende moment, terwijl je gewoon met ze aan het praten bent, gaan ze er als een pijl uit de boog vandoor, als een kat. Ze zegt dat ze dansen spiritueel vindt. Haar haar valt voor haar gezicht. Lachend zegt ze: Wat een armetierig hutje is dit.

Nou, Marie Curie ontdekte radium in een onverwarmd schuurtje, zeg ik.

Ik moet alle feiten weten. Morgenochtend vroeg vertrek ik al.

Feit? Niets is een feit. Ik laat per ongeluk een enorme geeuw ontsnappen.

O, ik hou je uit je slaap.

Ik ga inderdaad naar bed als het donker wordt en word wakker met het licht. Als een kip.

Wat is dit? vraagt ze, doelend op een vaag rastervormig spiraalpatroon.

Monarchvlinder.

Prachtig zijn die, met hun Halloween-kleuren. Mijn moeder had het vaak over de viering van de Dag van de Doden in Mexico-Stad. Dat op die dag ontelbare monarchvlinders steevast, zonder mankeren, naar de bergen vlogen. De Mexicanen geloven dat de vlinders de zielen zijn van de teruggekeerde doden.

Dat klinkt volkomen logisch, zeg ik terwijl ze mijn glas bijvult. Psyche, de godin van de ziel in de Griekse mythologie, wordt met vleugels afgebeeld als een vlinder.

Ivory?

Ja?

Vertel 'ns over Lev Volkov.

Ik slik. Er valt een stilte. Ik hoor het tikken van de ventilatorbladen. Ik praat niet over hem.

Wanneer heb je hem voor het laatst gezien?

Ik kijk strak voor me uit. Aan het einde van de oorlog, zeg ik effen. Lissabon.

Zijn jullie door de oorlog van elkaar gescheiden?

Mijn lichaam verstijft.

Ik heb gelezen dat jij hem hebt verlaten. Maar ik heb ook gelezen dat hij zich verloofd had.

Marisol. Als je hem nog één keer noemt, zal ik je moeten vragen te vertrekken.

Daardoor schrikt ze wakker, is in één klap ontnuchterd. Ze weet dat ze te ver is gegaan. Toch schrikt haar dat niet af: wanneer haar redacteur haar vraagt naar de Parijse details, zal ze de leemtes opvullen met wat ze daarover kan vinden. Het blijkt dat ze Lev jaren geleden heeft geïnterviewd voor een Parijs kunsttijdschrift en dat ze hem een onmogelijke man vond. Ze dacht dat ze dat wel met Ivory zou kunnen bespreken. Ze zouden ernstig zijn en lachen en tot de kern ervan doordringen. Maar nu beseft ze dat ze zich vergist heeft. Ze weet dat ze er beter niet meer over kan beginnen.

Ze spoelt de band terug en drukt op play. Waarom het woordenboek?

Ik zucht diep. In het werk vind ik rust. Uitsterving, zeg ik. Als we niet kijken naar het verleden, zullen we keer op keer dezelfde fouten maken. Mijn werk is een protest tegen het vergeten.

Wat vergeten?

Vroeger zongen de dieren en nu zijn ze stil.

Kun je het verband tussen verlies en uitsterven uitleggen?

Ik heb ooit onderzoek gedaan naar de ontdekkingsreizigers die langs een rivier trokken in een gebied dat nu Venezuela is, waar een ongelooflijke taaldiversiteit heerste, zoals overal in de tropen. Er waren twee strijdende stammen. De ene stam had kort daarvoor de andere uitgeroeid. De ontdekkingsreizigers liepen door de jungle in een wolk van neongroene papegaaien die een onverstaanbare taal spraken. Toen ze aan de nog levende stam vroegen welke taal het was, zeiden ze onverschillig dat het de taal was van de stam die ze hadden uitgeroeid. Dit waren hun papegaaien geweest. De stam was dood, zeiden ze, en met de laatste van hun vogels zou ook hun taal sterven.

Als ik de volgende ochtend voor de recorder zit, ervaar ik een merkwaardige intensiteit, zoals je die soms hebt na een avondje doorzakken. Het lichaam is alerter, staat meer open, ondanks de licht kloppende pijn onder mijn schedel. Marisol, die al in het vliegtuig zit, heeft haar notitieboekje laten liggen. Ik sla het open om te zien of er een telefoonnummer of adres in staat.

PROFIEL FRAME

Tropisch regenwoud hooggelegen in de Sierra Madre. Kleine hut, overal kruimels langs de plinten, doorzichtige etensresten op de vloer, stapels veldboeken vastgebonden met elastiekjes. Twee emmers vangen het water op dat door het dak lekt. Zand, in elke hoek een berg opnameapparaten, stapels cymatische afbeeldingen op briefpapier – alles klam en vochtig.

Merkwaardige beelden, maar enorm intrigerend – alles gerangschikt in categorieën: AARDE/LUCHT/WATER. *Ze lezen als een gedicht.*

De meeste informatie lijkt in haar hoofd te zitten.

Ze draagt een versleten canvasbroek en een tot aan de hals dichtgeknoopte blouse, opgerolde mouwen, ouderwetse veterlaarzen. Prachtige bos wit haar in een losse victoriaanse knot. Hoge jukbeenderen, diepliggende ogen. Iets opmerkelijks aan haar uiterlijk. Ze lijkt op geen enkele van haar foto's. Wat is het? Ze ziet er altijd (op de foto's) uit alsof ze gevangen is – als een prooi (of schermt ze gewoon bepaalde dingen van zichzelf af?).

In haar lichaam, zo beschrijft ze het vaak, zit een zoemende haast mystieke energie (ze omschrijft gevoelens als mystiek) maar volgens een arts was dat gewoon een symptoom van een parasiet die ze ooit had opgedaan door besmet water te drinken.

Ze klimt als een tiener steile boshellingen op, terwijl ik hijgend achter haar aan sjok. Geboren in 1917. Zesenzestig? (Controleren.)

Beschrijft de krijsende roep van een tropische vogel (Latijnse naam opzoeken) als het geluid van een baby bij wie een tandje doorkomt.

De intensiteit van haar blik bijna onmogelijk te weerstaan (dit waar zetten? Aan het begin?).

Gebruikt het woord verbluffen – bijvoorbeeld: ik heb rozemarijnthee gedronken, heet water met kruiden, en het effect was verbluffend.

Dingen die ze zegt die ik graag in mijn artikel wil gebruiken: 'ongewone energie', 'de schoonheid deed me pijn'.

Ze laat me haar opnameverslagen zien, met kanttekeningen uit haar veldboeken. Bijvoorbeeld: eenzame olifant die een storm tegemoetloopt. Opname registreert wind die zijn oren laat golven als een zeil.

Periodes dat ze elk sociaal contact uit de weg ging. Maar ze is geestelijk helemaal gezond. Sneller van begrip dan ik, vind het moeilijk haar bij te houden. Ze zei dat ze gek is geworden. Dat waren haar exacte bewoordingen, en toen niets meer. Moet officieel bewijs hiervan opsporen. Is dat er wel?

Ze verkiest het gezelschap van dieren boven dat van mensen. Ze heeft de autonomie van een dier. Ze heeft de maatschappij niet nodig, hetzelfde gold voor Volkov. Wat is het citaat? 'Mensen die ervoor kiezen alleen te zijn, zijn of een dier of een god.' (Kafka? Aristoteles?)

Toen ik haar een foto liet zien van een zwarte Soulages, een van zijn outrenoir-schilderijen, zei ze cryptisch: 'Duidelijk door iemand gemaakt die winterlicht begrijpt.' (Citaat zoeken van toen hij als klein kind met zwarte inkt lijnen tekende. Zusje: Wat ben je aan het maken? Pierre: Sneeuw.)

Noemde kunstenaars agressieve rivaliserende eenlingen, maar zei direct in de volgende zin dat ze heel erg – (de rest van de regel kan ik niet lezen.)

Ongemakkelijke koelte, nerveuze stilte bij elk persoonlijk onderwerp. Ze heeft een soort afstandelijk schild ontwikkeld.

Bezeten.

Gewend om te werken zonder stroom. (Handig met een houtfornuis.)

Er is iets aan het woordenboek van dieren dat ze niet kan verklaren of onderdrukken; het is of er dan een levende vogel in de kamer is. Ze raakt helemaal opgetogen (vervoering/bevriezing/trance – de staat van buiten jezelf treden).

Haar respect voor de natuur en dieren grenst aan het mystieke. Als ik haar vraag wat haar favoriete opgenomen dierengeluid is, zegt ze: Dat soort vragen beantwoord ik niet. (Achteraf geeft ze toe dat dit soort opmerkingen uit de mond van een vrouw nogal onbehouwen klinken.)

Soms zijn haar antwoorden verwarrend: bijv. Ik: Kun je me iets meer vertellen over die drang om alles vast te leggen en te bewaren?

Zij: Iemand heeft ooit gezegd dat elk atoom van ons lichaam ooit binnen in een ster zat. Misschien dat ik daarom die ge-

luiden verzamel. Net als de sterren geven ze licht, ondanks het donker.

Doet luidruchtig de afwas in de teil terwijl ik transcribeer. Ik heb iets verkeerds gezegd. Kille woede bij het noemen van Volkov – zelfs na al die tijd. Ik vertel haar niet over mijn interview met hem in Parijs. Ik dacht eerst dat ik dat wel zou doen, maar bedacht me. Ze is op haar hoede. Haar leven houdt ze verborgen. Ook voor zichzelf.

Ze is als een bliksemflits. Of een oude heilige. Gewond en toen genezen.

KRAAI

Grillige roep, geïmproviseerd, schor.
Duikvlucht, glitterend, in de leegtes
tussen de wolken.

In het donker zie ik zijn woeste ogen, hoewel hij ze draagt als een geheim. Na al die tijd denk ik dat ik delen van zijn lichaam verkeerd heb onthouden, alleen is het niet mijn geest maar zijn lichaam dat is veranderd. Dunner, harder, als een mes. Hij weigert te praten over wat er is gebeurd. Hij zegt niets. Zijn geest is niet geknakt, maar onveranderd, zoals voorheen.

Zonder kleren, zijn ribben scherp afgetekend. Een kooi om zijn hart heen. Ik neem hem in me op, zo verbijsterd dat ik niet kan bewegen of praten. Begrijp dat hij nu, op dit moment, hier is.

Hij kust mijn mond, de huid bij mijn oor, mijn keel. Zijn hand op mijn borst drukt me tegen de muur en dan slaat hij zijn armen om me heen.

Ik bedenk dat ik anders op dit tijdstip alleen in de kamer zou zijn geweest. Dan had ik misschien naar de koude straten getuurd of was ik aan het schilderen of verzonken in een staat van uitputting. Had ik een bureaulamp aangeknipt en door de kamer gelopen alsof hij naar me keek. Ik schrijf deze onbeantwoorde brieven vol met verdroogde kleine vragen en verlangens. Al het gevoel dat ik in twee pagina's van wit papier probeer te vatten, gemaskeerd door een neutrale toon en een strikt functioneel taalgebruik. Het woord liefde valt geen enkele maal. Al is het geen woord dat hij ooit zou gebruiken. Liefde is voor bakvissen, zegt hij koeltjes. En voor mij is het meer dat woorden nooit lijken te stroken met wat ik voel. Ze worden gelezen, is me verteld. Maar er moet iets zijn, twee punten in de tijd die ons verbinden. Weten dat lijden een getuige heeft. Ik beschouw het als een vorm van straf. Brieven als bewijs van afzonderlijke leefgebieden.

Hij ziet wat ik allemaal heb gedaan, het atelier vol met doeken, de geur van terpentijn, mijn notitieboekje dat bol staat met volgepende bladzijden. Een productie die niet onderdoet voor die van hem. Deze lange zware afstand, het niet-weten. Toen we gescheiden waren van elkaar, gingen we gewoon op dezelfde manier door, maar ik ben benieuwd of hij ziet dat ik in mijn eentje de kracht en bezieling heb om me over te leveren aan mijn werk, op een manier die niet mogelijk is als hij in de buurt is.

Hij laat me een donkere cirkel op een pasteuze, witte achtergrond zien, stralend als een maan of de zon, zijn voorstellingen lijken een voorafspiegeling van de fotografie. Eronder zijn kriebelige, Franse handschrift.

Beetje bij beetje klaart de lucht op. Alleen de lucht.

Zijn blik richt zich op het doek dat op mijn schildersezel staat.

Dat is de vogel in dit schilderij, zeg ik. Hoewel ik in mijn geluidenboek de stemmen heb uitgeschreven, in verschillende delen, als een symfonie. De noten zijn mysterieuze symbolen op de stugge witte vellen papier, waarvan sommige nog halfleeg zijn, de kleine zwarte bolletjes zitten op de smalle lijnen als piepkleine kraaien op telegraafdraden.

Vanuit mijn atelierraam zag ik hoe een kraai in de zilveren lucht tegen telefoonkabels vloog en geëlektrocuteerd op de grond neerviel. Ze kunnen alleen geëlektrocuteerd worden als ze met hun gespreide vleugels twee draden raken en de stroom door de vitale delen van hun lichaam gaat. De vogel lag in de steeg waar een grote groep kraaien zich omheen verzamelde, allemaal tegelijk. Ze streken neer in de bomen, verzamelden zich op het trottoir, bevederden de auto's en begonnen allemaal te krassen, een oorverdovend, kakofonisch geluid, waarna ze in één keer stilvielen. Dit tafereel herhaalde zich elke dag, al slonk de groep langzaam in aantal. Op een zeker moment was het kraaienlijk verdwenen en bleef er van de massa krassende kraaien nog een enkele kraai over. Deze vogel kwam maandenlang elke dag in zijn eentje naar de plek waar de kraai dood was neergevallen.

Je hebt gelijk, zegt hij, kijkend naar het schilderij. Ik wacht op zijn oordeel over het doek. Maar na een lange stilte zegt hij: Kraaien houden een begrafenis.

Ik schenk wijn in twee gebutste drinkbekers die ik op straat heb gevonden, en geef hem er eentje. De beker is klein in zijn hand. Ik word opeens door angst bevangen. Dat hij gewoon kan verdwijnen en weer kan opduiken, en dat ik naar zijn handen kan kijken, soms echt, soms ingebeeld.

Ik hoor zijn ritmische ademhaling, hoorbaar omdat het binnen zo stil is. Deze kleine triomf. Ik zie inkt op de binnenkant van zijn onderarmen, hiërogliefen op huid. Voor hem zijn periodes van lijden altijd een bron van inspiratie geweest. Want lijden is een keuze, pijn niet. Het denkbeeld van creatie als houvast. En voor het eerst besef ik dat voor mij misschien hetzelfde geldt.

Toen we elkaar voor het eerst ontmoetten, zei Lev dat hij altijd het gevoel had gehad dat hij gedoemd was, voorbestemd voor een kort maar heftig leven. Daar wilde ik niets van horen en ik legde mijn vingers op zijn kaak. Er is geen dood in dit gezicht. Al zouden we zulke dingen nu nooit meer zeggen.

Het is maanloos en koud als ik midden in de nacht Levs stem hoor.

Ivory, ik wil je over mijn vrouw vertellen.

Ik geef geen antwoord. Het woord dodelijk, als lucht in een ader.

Aglaya. Ik heb gelezen dat dit in het Grieks mooi betekent. Ik wil niet weten of de Russen dezelfde definitie hanteren. Ik probeer me te herinneren wat Madame Tissaud ook alweer had gezegd. Dat jaloezie de heftigste emotie is omdat die zowel liefde als haat bevat.

Aglaya komt niet uit Vislok, het dorp in Oekraïne waar ik vandaan kom, zegt hij. Ze groeide op in Moskou, maar was vaak in de familiedatsja waar ze uiteindelijk bleef wonen na de dood van haar vader. Op school werd ze gedwongen door de Partij goedgekeurde versregels van Poesjkin en Toergenjev uit haar hoofd op te zeggen. Mijn vader was Russisch, mijn moeder Oekraïens, maar we woonden in een dorp dat door het Habsburgse rijk was ingelijfd. Dus toen ik negentien was, moesten mijn broer Metro en ik het Oostenrijkse leger in. Zes maanden lang kregen we daar onderricht in de krijgskunst. Daarna werden we overgebracht naar Peremysjl aan de grens van Oekraïne en Polen, en vervolgens werden we naar het Russische front gestuurd. We waren gestationeerd in de provincie Voluska, die voorheen deel uitmaakte van Oekraïne. Het was een bittere ervaring. De winter was streng. We bivakkeerden op een winderige vlakte en moesten een twee meter diepe geul, van twee kilometer lang, naar de keuken graven. De kok reed op een door de vlooien kaalgebeten merrie met ons eten naar ons toe, over die verzonken snelweg die spekglad was van de modder en de sneeuw. Elke soldaat kreeg een homp koud vlees, die je midden in de nacht rauw opgediend kreeg, om te voorkomen dat de Russen ons opmerkten. Daar bleven we zeven maanden totdat we te voet oprukten naar Tsjernivtsi, een klein stadje bij de grens van Roemenië. Toen de Kozakken het leger aanvielen, trokken we ons weer terug, door de velden, bossen en beken totdat we in een provincie in het zuiden van Oekraïne kwamen, in de buurt van de rivier de Proet. De Russen braken door de linies en omsingelden ons, tot ze zo dichtbij waren dat ik van achteren een klap kreeg met een geweer. Toen ik me omdraaide, zag ik alleen maar Russische troepen. Ik liet mijn wapen vallen. Mijn broer deed hetzelfde. We werden meteen gevangengenomen. Wij hadden ons leven aan die soldaat te danken. Hij had ons ook ter plekke dood kunnen schieten. Dat zou gemakkelijker voor hem zijn geweest. We werden hun gevangenen, ook al waren we voor een deel Russisch en spraken we hun taal.

We werden naar de Russische provincie Peskovsko gebracht waar we werden uitgeleverd aan machtige landeigenaren die ons in groepjes van tien indeelden en te werk stelden op hun landgoed. Er was een oude vrouw die het eten voor ons klaarmaakte. Elke keer vissoep. Niet alleen van het lichaam van de vis, maar ook van de kop, met ogen en al. We durfden er nauwelijks naar te kijken. Tot we op een dag weigerden nog langer de soep te eten. De opzichter haalde onze baas erbij en die ontbood zijn vrouw. Zwaaiend met een pollepel kwam ze woedend het land op en begon ons uit te schelden. Jullie Oekraïners hebben niet eens maïsbrood te eten en toch weiger je onze soep! Maar toch kregen we daarna nooit meer soep bij de maaltijd.

Metro raakte bevriend met een van hen en ruilde zijn geliefde zakhorloge voor papier en houtskool voor mij. Van kinds af aan had ik al de drang om te tekenen en had gehoopt naar de kunstacademie in Petersburg te kunnen gaan. Ik was altijd blijven tekenen, ook al was er niets voorhanden. Ik had gelezen dat Japanse kalligrafen met water een dagboek op steen schreven. Alles vervliegt, zeggen ze, maar als je met je ogen drinkt, blijf je vol.

We hebben de landeigenaar zelf nooit ontmoet. Alleen zijn

opzichter, die we 'heer' moesten noemen en die ons elke dag om drie uur 's morgens wakker maakte door tegen ons stromatras op de vloer te schoppen en te schreeuwen: Opstaan, vervloekte levende lijken!

Het was een deprimerende strenge winter. Omdat alles met de hand werd gedaan, moest de tarwe in fases gekapt worden, en dat ging tot ver in de winter door. Wij haalden de schoven van het land in een slee en legden ze in stapels op de zolder van een graanschuur. Boven was het erg warm door een kachel die een knecht de hele nacht brandend hield. Zo werd het graan gedroogd. Daarna gooiden we de schoven vanaf de zolder naar beneden. De molenraderen roken naar nat kaf. Het was zo warm op de zolder dat we doorweekt waren van het zweet als we 's avonds laat klaar waren met het werk. Op de terugweg door het donker vroor onze kleding vast aan ons lichaam.

Na een tijdje werden we door een naburige boer uitgenodigd voor een dansfeest in het dorp. We wilden eerst niet gaan omdat we alleen het armoedige kloffie van krijgsgevangene hadden. Toen we de vrouw van de oudste broer uitlegden waarom we niet gingen, gaf zij ons pakken te leen van de jongste broer die aan het Duitse front vocht.

En zo gingen we naar dat feest. De vrouwen droegen geborduurde jurken en jassen met een bontkraag. Een schril contrast met het leven dat wij leidden. Er kwam een jonge vrouw naar me toe. Ze bleef een hele tijd voor me staan en toen zag ik iets in haar opwellen. Haar gezicht stond strak. Daarna werd ze woedend. Haar mond brak de woorden in scherp afgebakende lettergrepen. Ze was, zo bleek, de verloofde van de man wiens pak ik droeg.

Daar hebben we Aglaya voor het eerst ontmoet. Ze had lichtgoud haar tot aan haar middel. Ze was klein maar sterk. Ze woonde nu in een bescheiden huisje, maar vroeger had ze een ander Rusland gekend. Als meisje had ze verhalen gehoord over feesten waar zwanen van ijs bedekt met kaviaar werden opgediend. Kristallen kroonluchters aan de plafonds. Al die glimmende, luxe spullen die een mens gek kunnen maken van hebzucht.

Na de dood van haar vader verhuisde ze naar de datsja met haar tante, die tijdens die strenge winter longontsteking kreeg en stierf, waardoor Aglaya verweesd achterbleef. Het huisje had houten kroonlijsten en luiken met kunstig snijwerk van dieren en bloemen, als iets uit een sprookje. Er waren berkenbossen en felgele bloemen in de zomer. Ze voelde zich veiliger in de datsja, ook al was ze alleen, ver weg van de politieke onrust in Moskou. Ze kende de naam van elke plant in de omgeving. Nadat de winter was ontdooid tot de lente, rook het er altijd naar de gekneusde kruiden die ze uit de wirwar van wilde planten rond haar huis plukte. Toen voedsel schaars werd, wist zij uitgebreide maaltijden samen te stellen van voedsel dat ze in het bos foerageerde. En op elk gerecht brak ze een gestolen ei. Salades en stoofschotels gemaakt van welig onkruid. Na bijna de hongerdood te zijn gestorven en na het smerige voedsel dat we als krijgsgevangenen voorgezet kregen, was de eenvoudige elegantie van deze schotels bijna sacraal.

Aglaya stond bij de ingang van de danszaal. Een opvallende verschijning, in haar zware donkere fluwelen jas en met haar besneeuwde haar. Haar schoonheid ging verder dan alleen het uiterlijk. Toen ze wegliep, vulde de sneeuw meteen haar voetafdrukken, waardoor ik me afvroeg of ze er eigenlijk wel geweest was.

Op een vergadering van de koelakken, de welgestelde boeren, werd besloten dat we hout moesten kappen in de bossen die eigendom waren van de adel. Het was een dichtbegroeid bos met bomen met kleine blaadjes die gehard waren tegen de kou. Daarna moesten Metro en ik hout kappen in het bos van onze landeigenaar. Drie weken lang kapten we bomen en stapelden de houtblokken op in vadems.

Omdat we niet te eten kregen, maakte Aglaya maaltijden voor ons klaar en bracht die naar ons toe. Ze had altijd een schoffel bij zich zodat ze, als ze gesnapt werd, zou kunnen zeggen dat ze aardappelen ging uitgraven, die nog steeds uit de koude grond werden gehaald. Omdat we voor haar veiligheid vreesden, zeiden we dat ze beter niet meer kon komen.

Op een dag, toen we het gekapte hout op onze slee uit het bos wilden halen, stond de landheer opeens voor ons met zijn jachtgeweer. Jullie hebben geen recht op dit hout! brulde hij. Hij vertelde ons dat een groot Duits leger Rusland was binnengevallen en had verkondigd dat alle staatsburgers hun vroegere rechten terugkregen. Dus gingen we naar huis met een lege slee. De Duitse autoriteiten gelastten alle krijgsgevangenen zich bij het Duitse hoofdkwartier te melden om per trein terug te keren naar Oekraïne.

Metro en ik werden onmiddellijk ingelijfd als kanonniers en vervolgens naar het Italiaanse front gestuurd. Hoewel de oorlog voorbij was, had onze bevelvoerende officier verzuimd ons dat te vertellen. Om een of andere reden dacht hij dat onze wapens en uitrusting gered konden worden als we ze via Italië terugbrachten naar Oostenrijk. Maar bij Triëst werden we ingehaald door het Italiaanse leger en ontdaan van onze wapens, want onze bevelvoerder had ons opdracht gegeven niet te schieten op de Italianen. En toen werden we als krijgsgevangenen weer teruggebracht naar Italië.

We werden gestraft door onze gevangennemers. We kregen niks te eten en we moesten acht dagen achtereen geforceerd marcheren. We sliepen in het veld, zonder dekens, in de regen, ijzel en sneeuw. Een groot deel van onze manschappen werd ernstig ziek.

Ik herinner me die mars van acht dagen nog goed. We werden gedwongen door dezelfde dorpen en steden te lopen die door het Oostenrijkse leger tijdens de oorlog waren verwoest.

De inwoners gooiden dingen naar ons. Verrot eten en metalen schroot, en als we onder een brug door liepen, goten ze kokendheet water over ons heen. Op een nacht, toen we in de ijzel ergens op een akker lagen, zei Metro dat hij me iets moest vertellen.

Aglaya en ik zijn in het geheim getrouwd, zei hij. We wilden niemand kwaad berokkenen of achterdocht wekken, dus hebben we het aan niemand verteld, zelfs aan jou niet. En toen zei hij: Ze is zwanger van ons kind.

Op de achtste dag van de geforceerde mars liep een uitgehongerde soldaat het veld in om een onrijpe maïskolf van de stengel te plukken en werd meteen doodgeschoten. Toen Metro hem te hulp wilde komen, werd hij ook ter plekke doodgeschoten. Lev zwijgt even.

Ik kon zelfs niet naar hem toe terwijl hij daar op de grond lag. Hij stierf op de plek waar hij was gevallen. Ik proefde bloed in mijn keel.

Ze begroeven hem daar in de akker met een paar takken in de grond, waar ze zijn pet aan hingen om zijn graf te markeren. Dit alles vertelt Lev volkomen beheerst. Emotieloos, onwrikbaar.

Toen Aglaya het nieuws over de dood van mijn broer kreeg, verstarde ze compleet. Na zijn dood beperkten haar denken en bewegingen zich alleen nog tot het hoognodige. Ze pakte het geweer van haar vader dat bij de zijdeur stond van het huis waar ze nooit samen zouden wonen, en testte het metaal in haar mond. In haar hart telde ze hoeveel minuten er zaten tussen hem verliezen en naar hem teruggaan. Ze weet nog dat ze muggen door het open raam naar binnen hoorde zoemen. Het onregelmatige tikken van de klok. Het blaffen in de verte van een hond van de vriendelijke broers twee akkers verderop. Toen draaide ze zich langzaam en doelbewust om en schoot een gat dwars door de klok. Ze schoot de tijd er in één keer uit. Ze wilde zich voorgoed het precieze moment herinneren waarop haar leven, zoals ze het kende, ten einde was gekomen.

En toen voelde ze iets bewegen. De baby schopte. Het bracht haar terug naar de werkelijkheid. Het deed haar beseffen dat ze zelfs in haar diepste wanhoop nog steeds deel uitmaakte van de wereld.

Ik kan me niet meer herinneren dat we in een wagen werden geladen en naar een gevangenenkamp bij Caserta Casino in Noord-Italië werden gebracht. Maar daar werd ik wakker, liggend op een brits. Net als veel van de Oekraïense gevangenen had ik tyfus opgelopen. In mijn ijltoestand vroeg ik me soms af of ik ook dood was. Mijn hart voelde als een steen op mijn borst. Mijn longen waren zo droog als leer. Ik had het gevoel dat de brits waar ik lag vervloekt was, dat er te veel mensen in gestorven waren, maar als ik probeerde iets te zeggen, kwam er niets uit mijn mond. Ik herinner me de oudere Italiaanse arts die de kazerne binnenkwam met watten in zijn neus en oren tegen de stank. Hij kwam de slaapzaal in met een lange stok waarmee hij de zieken aanwees die dagelijks een ei en een glas melk mochten hebben. Het eten was streng gerantsoeneerd. Een kop soep en een snee brood, daar bestond doorgaans onze dagelijkse maaltijd uit. Alle gevangenen uit alle delen van het Oostenrijkse Rijk waren gerepatrieerd, behalve de zevenhonderd Oekraïners, want die hadden geen land om naar terug te keren. Er werden nieuwe landsgrenzen getrokken en het westelijke deel van Oekraïne waar ik vandaan kwam bestond niet langer. Twee jaar lang heb ik in Italië gevangengezeten omdat ze geen idee hadden naar welk land ze me terug moesten sturen. Een Russische vader, een Oekraïense moeder. Niets deed ertoe, alleen de grond waar je op stond. Dat was het enige dat bepaalde voor wie jij vocht. Uiteindelijk besloot ik terug te gaan naar Peskovsko, naar Aglaya. Als ik was teruggegaan naar Vislok, zou ik zijn ingelijfd door het Poolse leger, dat toen tegen de

Russen vocht. Ik had mijn buik vol van het leger, van vechten. De grenzen en de vijanden waren veranderd, de ene helft Russische Oekraïners, de andere helft Oostenrijks-Hongaren, die tegen elkaar vochten. Een verdeeld slagveld. De stad waar ik opgroeide was van de kaart verdwenen. Ik kwam nergens vandaan. Ik bestond niet. Ik voelde een grote eenzaamheid, als een gloeiend puntje in de ruimte.

De dorpelingen beschouwden Aglaya als een gevallen vrouw. Zwanger, geen man. Toen ik haar terugzag, op wat de dag van onze bruiloft zou worden, was ze een schim van haar vroegere zelf. Haar eens zo mooie haar was dof. Ze droeg vuile vodden en met modder aangekoekte veterlaarzen, haar bleke gezicht afgetobd en gegroefd, ogen als kraters, verlepte viooltjes. Uitgeteerd en afwezig.

Ik had haar geschreven dat ze moest wachten en dat ik met haar zou trouwen. Maar toen ik in Italië zat, was de baby te vroeg geboren. Hij was ziekelijk en het lukte haar niet hem borstvoeding te geven. Ze had de navelstreng die hen beiden had verbonden met touw afgebonden en met een keukenmes doorgesneden. Die was hard als bot, zei ze. Het kindje stierf een week later. Omdat ze ongehuwd was met een ongedoopt kind mocht de baby niet op het kerkhof begraven worden. Ze wikkelde het kindje in haar sjaal en begroef het bij de rivier. Ze had eigenhandig een gat in de harde grond uitgegraven. Ze had hem Metro genoemd.

In één nacht was ze heel vroom geworden. Ze zei dat er geen reden meer was om met haar te trouwen, maar daar wilde ik niks van horen. Er was geen bruidsschat, alleen een oude witte koe en de datsja die de dood van haar vader had overleefd maar spoedig zou moeten worden overgedragen aan de staat. Restanten van een verwoest koninkrijk.

Ik vond werk. Ik rooide suikerbieten, die op wagens werden geladen en naar de stad vervoerd waar ze in een nabijgelegen fabriek tot suiker werden verwerkt. Ik schilderde 's nachts, bij het licht van een petroleumlamp, terwijl Aglaya constant haar hand op haar schortzak legde waar een versleten bijbel in zat. Ze wilde niet meer eten. Ze wilde geen vrouw meer zijn. Ze verloor alle contact met de echte wereld, alleen met God wilde ze spreken.

Onrein, onrein. Ik ben een graftombe. Ik hoor hier niet thuis.

Ze was vel over been, nietsziende ogen. Toen ik op een dag thuiskwam van het werk op het land, was het huis leeg. Later ontdekte ik dat ze acht dagen door de regen had gelopen, op haar kleine blote voeten. Ze bad en smeekte om te worden toegelaten tot het Novodevitsji-klooster in Moskou, waar de nonnen uit adellijke families kwamen. En hoewel ze gekleed was in vodden, werd ze opgenomen en kreeg ze er onderdak.

Ik schreef een brief aan de abdis, die zei dat Aglaya me niet wilde zien. Ze was nu een kind van God, zeiden ze. *Pozhaluysta.* Kom niet terug.

De vrouw die ooit de vrouw van mijn broer was en nu mijn eigen vrouw, verdwenen onder de gouden koepels van Novodevitsji.

Ik besloot naar Frankrijk te vertrekken; mijn passage betaalde ik door een geschilderd portret te maken van een partijleider die later al zijn bezittingen zou verliezen en naar een goelag werd gestuurd vanwege een terloopse opmerking op een cocktailfeestje. Dat ik geld van hem had aangenomen, bleef niet onopgemerkt. Maar ik wist dat mijn vertrek uit Rusland betekende dat ik mijn leven zoals ik het kende achter me liet. Ik wilde het leven zoeken dat ik altijd al had willen leven.

We liggen in elkaars armen, het ruisen van de bladeren in de wind door het raam. Het is vreemd om te bedenken dat ik vanochtend nog over de binnenplaats van de Sorbonne liep om een serie biologische illustraties – slakken, vogels, een pijlstaart – aan de verzamelaar, Monsieur Barbary, te overhandigen. In zijn kantoor bladerde hij door de map, knikte en gaf me het overeengekomen honorarium. Buiten, voor zijn kleine kantoorraam, de wind, dezelfde ruisende bladeren die ik nu hoor, waardoor de vluchtige ingrijpende dingen die op een dag kunnen gebeuren aaneengeschakeld worden.

ZANGVOGEL

Territoriumafbakening is gerelateerd aan gedeelde zang met buren, maar niet aan omvang van repertoire. Ornithologen zeggen dat als je speelt of zingt voor de vogels ze terugzingen.

Hij draagt me op één koffer te pakken. We zullen elkaar morgenochtend ontmoeten. De deur valt achter hem dicht alsof hij er nooit is geweest. Ik sleur de *valise* onder mijn bed vandaan. De klik van de koperen sloten, de glanzend rode ingewanden midden op de vloer opengeklapt. Het herinnert er me weer aan dat we altijd op het punt staan te ontsnappen. Een wollen cape van Madame Tissaud, twee witte jurken, ondergoed, potloden, inkt, notitieboekjes, rollen papier.

Hij is levend teruggekeerd, ongebroken. Alle angsten, het stilzwijgen over zijn verleden heeft hij zelf opgeheven. Ik heb hem nooit gevraagd waarom, heb me steeds ingehouden. Wat mij het meest stoorde, was zijn zwijgzaamheid. Maar een tragedie kan alleen worden verteld door iemand die er klaar voor is. Het is bijna pervers om dit stukje klein geluk aangeboden te krijgen dat zoveel heeft gekost. Mijn genoegen betekent het leed van een ander.

’s Ochtends zeg ik hardop zijn naam, de sterke lettergreep vult het vertrek. Het voelt onwerkelijk. Alles is anders. Hij heeft gesproken. Een deel van zijn verleden is behoedzaam overhandigd, als een offer. Ik begon zijn raadselachtigheid te zien als vorm van liegen, maar hij is geen echtbreker, niet op de manier zoals iedereen denkt. Kleur stroomt weer naar binnen. Ik ben opgetogen, vol zelfvertrouwen.

Ik loop naar buiten, de straat op. De koele grijze glooiing. De mensen kijken op hun horloge en klikklakken over de straatkeien. De bladeren bewegen in de wind. De wolken lijken op hoge natte veren, niet het soort dat regen voorspelt. Ik observeer het tafereel met een onthecht gevoel, omdat ik weet dat ik al weg ben. De rekensom: hij is hier. Ik ben weg.

Maar ik zie hem niet.

De ochtend begint weg te glijden.

Er is geen honderd procent zekerheid dat angst ongegrond is. Dat alle dingen die hadden kunnen gebeuren niet gebeurd zijn. Onze plannen lijken opeens te groot, te zeker voor wat ons omringt. Ik heb het vermogen tot interpretatie verloren. Het duurt maar een paar minuten.

De ochtend verruimt zich. Er zijn duiven en het gebrul van motoren, en Madame Tissaud staat op het punt om naar de achterkamer te lopen en in haar ijskast te kijken of ze nog room van de zwarte markt heeft. Ze zal koffie zetten, de jaloezieën optrekken zodat de zon door de glazen winkelpui naar binnen schijnt.

Hij is er. Gezicht vol ochtendlicht. Dat me verblindt. Hij is in een geleende auto, die we van Istvan naar het zuiden moeten brengen. Ik kijk niet naar beneden. Tot nu toe heb ik alleen met hem gewandeld. Zijn lichaam afgetekend tegen gebouwen.

Onder het rijden wordt de lucht zachter. Uren later maakt de aarde plaats voor rood, en vervolgens het zilver van olijfgaarden. De leren zitting brandt door mijn dunne jurk heen. De greppels zijn roodgekleurd van de klaprozen, het lome meanderende geluid van cicaden en dorpen die verscholen in het landschap staan, zoals ze altijd hebben gedaan, ongestoord. Kerktorens die oprijzen uit de heuvels.

Lev heeft nooit iets bezeten, maar mensen willen hem altijd dingen geven. Een kunsthandelaar uit Parijs, een groot bewonderaar van Levs werk, adviseerde hem naar het zuiden te gaan. Hij gaf hem de sleutels van zijn oude familiehuis op het platteland. Het is vervallen, stoffig en begroeid met wijnranken, had hij gezegd. Hij weet dat Lev geen geld heeft. Hij zal hem niets in rekening brengen.

We maken de enorme houten luiken open en het licht stroomt de ruime kamers binnen. De lucht binnen is wonderbaarlijk oud. Krekels vluchten weg. De wind ruikt naar lavendel, die net in bloei staat, alles eerder dan in Parijs. De dagen zijn gevuld met te fel zonlicht. Desoriënterend en lang, zoals wanneer de klok vooruit wordt gezet.

Het huis komt weer tevoorschijn door te schrobben, te schilderen, onkruid te wieden en de wijnranken te snoeien die de steen hebben overwoekerd. We leggen een moestuin aan zodat we ons eigen voedsel kunnen kweken. De enige geluiden zijn afkomstig van de wind, vogels, de verzengende zon op het land. De avond valt hier langzaam.

Deze lange dagen hebben een uitgerekt traag ritme, een vreemd contrast met de gecomprimeerde tijdvakken in Parijs. Levs gevangenschap heeft ervoor gezorgd dat hij zich gedeisd houdt, er is een kalmte. Begin er niet over, denk ik. Hij weet, net als ik, dat er altijd een schaduw van dreiging hangt, zoet en rijp. We zijn goed in alles uit de dag te halen. Voetstappen door de zonbeschenen bladeren. Ik vind het moeilijk te geloven dat Lev er niet onder gebukt gaat, maar hij beweegt zich soepel en zelfverzekerd, de oude vertrouwde losheid van zijn lichaam.

Hij werkt aan een reeks schilderijen voor de kunsthandelaar, die hij inpakt en naar Parijs verstuurt. Ik ben begonnen aan doeken en er weer mee opgehouden, niets beklijft. Maar het leven is hier gemakkelijker. We hoeven geen francs uit te geven aan steenkool, dure drankjes af te rekenen in cafés of een uitgebreid menu in restaurants te bestellen. Niet hongerig staan kijken voor de overdadige vitrines van boulangeries. Alles begint te ontluiken. Bladeren ontvouwen zich. Het plotse klapperen van veldleeuwerikvleugels. De zilveren rivier achter het huis breekt luid op de gladde stenen. Mijn geluidenlogboek vult zich met nieuwe gegevens. Na een tijdje arriveert er een lichtblauwe envelop met geld. Dat is een opluchting. We hebben niet veel gegeten, we wachten tot alles rijp is. Lev komt terug uit het dorp met eau de vie, wijn, brood, olijven en heerlijke kleine pakjes uit de fromagerie. Gelukkig heb je talent, zeg ik, zuigend op een olijfpit, anders zouden we omkomen van de honger.

Overdag is het warm genoeg om in de beek te gaan zwemmen, naakt, wat voor commotie onder de dorpsbewoners zorgt. We worden getrakteerd op achterdochtige blikken. Leonor, die twee dorpen verderop woont, vertelt wat er over ons gezegd wordt. De man heeft een buitenlands accent. Wat zit er op zijn armen? Het haar van die jonge vrouw is wel erg slordig, misschien is ze niet goed snik.

Maar de avonden zijn koel en dan werken we bij lamplicht. We klokken eau de vie naar binnen en wachten op het vurige branden. Handgerolde sigaretten om wakker te blijven, de schaduwen die flakkeren op stenen muren. In het donker zien we er op de muren uit als reuzen. Ik kijk naar Levs gezicht.

Waarom zo droef? Ik zie iets in je ogen.

Ik vertrouw dit niet.

Wat niet?

Hij kijkt me aan.

Geluk.

Voor het eerst komt het bij me op dat geluk een vloek kan zijn.

We drinken zwarte koffie en plukken bessen, kruiden en fruit dat rijpt aan de bomen die worden bevolkt door vogels met grauwe halzen. Het is een hoorn des overvloeds na de gerantsoeneerde porties in de stad. Lev schraapt en graaft in de grond. Hij kan wonderen verrichten met niets, wilde waterkers, prei, paddenstoelen die hij in het bos vindt. Zijn zakken vol met korstmos, wortels en zaden. Hij is verliefd geworden op het onkruid, vooral omdat het hem aan zijn jeugd herinnert. Ook de zonnebloemen, zegt hij. Oekraïne staat er vol mee. Niet lang daarna zijn er kersen en witte perziken, geweekt in Lillet en dan geflambeerd, en er zijn abrikozen, waarvan de nectar plakt aan onze lippen. Zijn handen in mijn hals en schouders als ik tussen de viooltjes kniel. We vallen in slaap, Lev draagt Mallarmé voor: *Et notre sang, épris de qui le va saisir / Coule pour tout l'essaim éternel du désir*, een verschoten rood-witte sprei verkreukeld en warm onder ons.

Alles is weelderig en oud, en ruikt naar rozen en zon. De beek stroomt luid, en er zijn dikke zoemende hommels, wiekende vleugels, witte grotten en de weidse blauwe lucht. Onze huid wordt bruin, nagels gebleekt door de zon. We zonderen ons af, en werken en wandelen in ons eentje. De schilderijen stapelen zich op.

Lev vertelt dat zijn vader bijen hield in Oekraïne. Hij kreeg de koningin in een kistje per post toegestuurd. Hij praatte op tedere toon tegen haar, zegt hij, alsof ze een vrouw was. De koningin is de enige sensuele levensvorm in de bijenkorf. Alles wat zijn vader deed werd afgemeten aan de zon. De zon doet er eenentwintig dagen over om rond zijn eigen as te draaien. Precies het aantal dagen dat een werkbij nodig heeft om tot wasdom te komen. Dan heb je de geslachtsdaad. Die vindt op klaarlichte dag plaats, vertelt hij terwijl hij houten panelen van gelijke grootte tegen de muur zet. De koningin vliegt zo dicht mogelijk naar de zon toe. De dar die het hoogst kan vliegen, krijgt de koningin, zwevend in de lucht. En dan gebeurt er iets heel vreemds. De werkbijen beginnen zich zo loyaal te voelen aan de oude koningin dat hun kleine ogen, de ogen die nooit zijn blootgesteld aan het directe zonlicht, plotseling de zon voelen. Op een of andere manier voelen ze dat er een nieuwe koningin uit de zon wordt geboren. Ze kunnen het licht van haar niet verdragen. Het vertaalt zich als angst. Franse imkers noemen de emotie die de koningin overvalt als ze voor het eerst haar cel uit kruipt en de bloemen bezoekt *soleil d'artifice*. De zon van onrust. Blijdschap doorsneden met doodsangst.

'S Nachts wordt hij gekweld door nachtmerries, schreeuwt en woelt. Tijdens een van deze angstaanjagende momenten vertelt hij over zijn ontsnapping, een kans die zich voordeed op een rustige avondwandeling, samen met een dichtende celgenoot die niet bleek te kunnen zwemmen. Hij werd een zachte haveloze last die Lev door beken en riviertjes moest dragen. Ze klommen over heuvels, verstopten zich in schuren, vermeden wegen en steden. Bruggen zijn het ergst, zegt hij. Die worden aan weerszijden bewaakt. Wanneer hij wakker wordt, zegt hij, heeft hij steeds het gevoel dat hij wordt bespied.

Ik was al bang dat deze vrijheid een eigen maaksel was. Het wijst me er weer op hoe wonderbaarlijk deze dagen zijn, vooral omdat ze het vooruitzicht in zich dragen dat er misschien geen toekomstige dagen zullen zijn. Naast de voordeur tikt een kleine metalen klok. Zelfs als hij maar een paar uur weg is, houd ik de tijd bij. Wacht op zijn terugkeer. Besef dat als hij weg is, er geen heden is, alleen de belofte ervan.

Ga mee, zegt Lev, die na een lange dag weg te zijn geweest het huis binnenloopt.

Ik volg hem langs een smal pad hoog boven de rivier. We gaan op de rand van een grillige rotswand zitten en kijken hoe het licht valt op de strook land tussen ons en de verre heuvels, die overdag witgebleekt zijn, als beenderen. We wachten en dan komt het. Het hele lint van land begint te gloeien en vult zich met een overdaad aan zangvogels die melodieus door elkaar heen kwetteren, een doorlopend continuüm van expressie. Lev en ik zitten gevangen in onze eigen hemelbol van verwondering, die ons gelijkelijk vervult met verhevenheid en vreugde om het gezang en zich vervlecht tot één verheven gewicht en vreugde. En ik denk: kun je aan de buitenkant zien wat zich vanbinnen afspeelt? Als ik naar Lev kijk, weet ik dat hij hetzelfde voelt. Dat het geluid van binnenuit lijkt te komen. Ik zou om het even wat kunnen doen, ik zou alles kwijt kunnen raken wat ik heb, ik zou zelfs van deze rotswand dood kunnen neervallen, en toch zou alles wat me tot hier heeft gebracht het waard zijn geweest om dit ene onmetelijke moment te ervaren.

We lopen zwijgend terug naar huis.

Gaan we vanavond nog uit? vraagt Lev, onverwachts doelend op een eerdere uitnodiging die we hadden ontvangen. Een feestje. Ik zie aan de manier waarop hij het vraagt dat hij zin heeft om te gaan. In een prachtig huis, een paar dorpen verderop, komen kunstenaars en schrijvers samen.

Ik heb niets om aan te trekken, zeg ik half schertsend. Maar wat ik eigenlijk bedoel is dat ik geen zin heb om hier weg te gaan.

Je hebt niets nodig, zegt hij, terwijl zijn lippen mijn blote schouder beroeren.

Het huis van Leonor schittert van het goud, van voorouderlijke diamanten. De *fine fleur* uit Parijs vult de hoge vertrekken als een netwerk van tinkelend glas. Er trekken steeds meer mensen naar het zuiden. Het is veiliger. Leonor heeft zich uitgedost in bont en veren – geflankeerd door haar twee minnaars – ze geeft de voorkeur aan lichamelijke ervaringen boven alle andere, vooral emotionele. Haar donkere Spaanse haar heeft ze platinablond geverfd. Het glinstert onder de kroonluchters. Ik heb gehoord dat Lev vroeger een relatie met haar had, maar nu maken ze grapjes en plagen elkaar, als broer en zus. Iedereen dromt om

Lev heen en wil hem uithoren over zijn gevangenschap en ontsnapping, maar hij houdt zijn mond stijf dicht. Voor het eerst voelen we ons samenzweerders. Het maakt me sterk. Als Leonor tegen me zegt: Chérie, geef me toch die... en even pauzeert om het woord te zoeken voor het zwarte fluweel dat om me heen is gedrapeerd, schud ik mijn hoofd en geeft ze me een glas champagne. De prikkende belletjes geven lucht aan mijn geest, die zo vol zit met ideeën en klankexplosies. Hakken op de tegelvloer, Leonors horde katten die overal aan krabben en door het hele huis rennen, het metalen gerinkel van bestek, knallende kurken, lachsalvo's, droog gekuch, het overslaan van de naald van de grammofoon, waarop gedempt Strawinsky klinkt.

Ik knoop een praatje aan met een stel vrouwen, van wie één verkleed is als man en de anderen zijden jurken dragen, die van dichtbij subtiel versleten zijn, kleine gaatjes in de stof, rafelende zomen. Ze zijn enorm enthousiast, praten en lachen, sigarettenfilters rood van de lippenstift. Ik ben elders met mijn gedachten. Aan de andere kant van de kamer zie ik Lev met twee vrouwen praten. Een van hen gaat dichter bij hem staan. Hij kijkt over zijn schouder naar mij en raakt de blauwe bloem aan die ik voordat we in de auto stapten in het knoopsgat van zijn jasje had gestoken. Een man met opgerolde hemdsmouwen neemt hem aan zijn arm mee naar buiten. Ik heb een opmerkelijk sterk gevoel dat ik leef, vervuld van deze geheime vreugde. Naast me op de vloer knielt een vrouw met een schaar in haar hand. Ik besef dat wat hier werkelijk onacceptabel is, zoiets burgerlijks en bezadigds is als romantische liefde.

Leonor komt naar ons groepje toe. Een van de vrouwen buigt zich voorover en steekt de sigaret tussen haar lippen aan, hij gloeit op in haar mond. Leonor blaast uit, kijkt me aan en zegt dan met luide stem: Zien alle mensen er niet beter uit als ze geneukt worden? Ze slaat een arm om me heen. De vrouwen moeten lachen. Ik schud mijn hoofd tegen haar, maar moet ook lachen. Ze kijkt me aan en zegt rustig, resoluut: Verlangen is geen licht iets. En trouwens, waar leef je anders voor? En daarna loopt ze naar drie nieuwe gasten die net binnen zijn gekomen. Ik kijk rond in haar huis, dat vol is met mensen, met kostbare tapijten bedekt met kattenhaar, met kunst die ze hier in veilige bewaring heeft gesteld, de werken hangen dicht op elkaar in de immense kamers, stemmen die langs het pleisterwerk omhoogzweven.

Ik draai me om en vraag aan de manvrouw, een schrijfster die ik weleens in Parijs heb ontmoet, waar ze mee bezig is. Ze tilt haar kin op en blaast rook uit. Mijn vertrekvisum.

Een van de in zijde gehulde vrouwen, degene die op de vloer knielt, knipt een vel papier in stukjes waar ze vragen op schrijft. Eerder heeft ze al blanco papiertjes uitgereikt om antwoorden op in te vullen. Nu begint ze de vragen en antwoorden in het wildeweg aan elkaar te koppelen en leest ze hardop voor.

Wat is gelijkheid? Een hiërarchie zoals elke andere.

Wat is het leger? Het geluid van een lamp die wordt uitgeknipt.

Wat is logica? –

Op dat moment besluit ik het fluweel van mijn schouders te laten glijden.

Alles komt abrupt tot stilstand. De mensen. De muziek, de gesprekken, alles en iedereen verstomt. Vanuit de deuropening geeft Leonor me een knipoog. Ik begin te lachen, het geluid verspreidt zich in de algemene verwarring door de kamer. Lev loodst me snel naar buiten.

Wat? zeg ik, nog steeds lachend maar met een ernstige blik. Mijn hak blijft haken in een stuk van het gevallen zwarte fluweel en maakt een snerpende scheur. Hij strijkt met zijn hand over de stof, die golft onder zijn vingers. Glimlachend schudt hij zijn hoofd.

Jij zei–

Hij kijkt me aan.

Onvoorstelbaar dat huid zo'n effect kan hebben, zeg ik terwijl ik het raampje van de auto omlaagdraai en mijn arm onder het rijden op het koele portier leg. Het zijn waarlijk woelige tijden. Normaal gesproken kijkt niemand ervan op als je zoiets op een feestje doet. Ik voel me overmoedig, compleet mezelf in zijn aanwezigheid. De rest is onbelangrijk, uiterlijke schijn. Het maakt me overmoedig. Een daad die opzien baart kan som ook een uitweg zijn, anders waren we misschien we tot het ochtendgloren op het feest gebleven. Wat ik wil is privacy, denk ik. Alleen met hem zijn. Maar wat ik ook voel, is de heimelijke fonkeling van macht.

Levs stem boven het schakelen uit en ik denk dat hij zegt: De satijnzachte stukjes.

Niemand lachte.

Een mooie naakte vrouw is niet grappig, zegt hij effen.

Hoe komt dat? Iedereen moest om Félix lachen.

Mannenlichamen zijn wel grappig.

Waarom?

Dat weet ik niet precies. Hij schakelt naar de vierde versnelling. Zwaartekracht.

PAUW

Vogel van Hera, echtgenote van Zeus. Onsterfelijk.
Staartveren spreiden zich geruisloos uit, al die
starende ogen, gebrandmerkt door de zon.

Ik heb een idee, zeg ik. Het is ochtend, goudkleurig.

Vertel op.

Eerst moet je me een compliment geven, zeg ik voor de grap.

Ik denk dat hij met iets lolligs zal komen, maar dan wordt hij ineens serieus: Jij hebt de zeldzame gave om in het hart van alle levende wezens te kijken.

Echt waar?

Echt waar, zegt hij terwijl hij mijn hand pakt en met zijn mond langs mijn knokkels strijkt.

Jij slaapt al zo lang je je kunt herinneren met één oog open, zeg ik. Je moet datgene worden dat je 's nachts zo meedogenloos achtervolgt. Je moet de confrontatie met de wolven aangaan. Er is een Japanse legende over mensen die hun nachtmerries tekenen en vervolgens in zee gooien. Maar daardoor wordt de zee onvoorspelbaar en veroorzaakt groot verdriet bij de vissers en de anderen die leven van de rijkdommen van de zee.

Dus wat doen ze dan? Ze tekenen hun nachtmerries, snijden het papier in stukken en gooien ze in de wind. Zo hebben we vliegers gekregen. Dat zou jij ook moeten doen, zeg ik.

We zitten op het stenen stoepje voor het huis koffie te drinken in de zon. We zijn dagen achtereen aan het schilderen en beeldhouwen geweest, Lev in het atelier achterin en ik in de buitenlucht. Tijdens onze pauzes nemen we een bad in de rivier, onze vingers aalglad van de natte klei. Op een avond, wanneer we wijn drinken, met blote voeten in het gras, beseffen we dat we ons hebben omringd met totems. Enorme reliëfs tegen daken en muren die nog lang nadat we zijn vertrokken dit huis zullen bewonen.

'S Nachts wisselen we armen en benen uit, in slaap verstrengeld. Niets is dichtbij genoeg. Maar de nachtmerries blijven komen. Ik zeg dat ik op hem zal letten als hij slaapt. Wat ik hem niet vertel is dat ik bang word van hem observeren. Ik vind het eng om hem zo onbeschut te bespieden. Al die woeling en doodsangst in elke huidplooi, de wereld dwingt hem zijn snijtanden te tonen. Alleen in de nacht, wanneer hij slaapt, kan hij worden meegesleurd en ondergedompeld. Overdag is hij onaantastbaar, zelfverzekerd, gevaarlijk. Een dier, een middenafstandsloper, dat alleen uit eigen keuze naderbij komt.

Lev tekent naar de natuur, maar dat zou je niet zeggen. Hij ziet andere dingen. Niet de dingen die ik zie.

Zijn werk is eigenzinnig en eenduidig, en ik weet dat het goed is. Ik ben een vat vol tegenstrijdigheden. Ik word omringd door mijn onafgemaakte tekeningen, onvoltooide schilderijen. Het verlangen naar productie zonder iets door te zetten.

De slechte schilderijen moeten ook geschilderd worden, Ivory.

En als het nu geen schilderij is? zeg ik gefrustreerd. Als de weg die ik insla de verkeerde is?

Er bestaat niet zoiets als de verkeerde weg.

Ik ben bang dat ik mijn geloof begin te verliezen.

Geloof waarin?

Mensen.

Dat idee kun je ook voor iets anders gebruiken, zegt hij. Ik zie wat je doet. Mee bezig bent. Je hebt een hekel aan hiërarchie en daarmee schep je een democratie.

Zijn ogen glinsteren.

Een wereld waar mensen, dieren, planten en levenloze voorwerpen gelijkwaardig zijn.

Tacita zei hetzelfde. Grappig.

Doe het dan.

Ik voel me niet voldoende toegerust.

In welk opzicht? wil hij weten, al vraag ik me af of hij niet 'Hoezo niet?' bedoelt.

Vogels bijvoorbeeld. Het schilderen van hun veren voelt ontoereikend omdat ze zo'n eeuwenoude taal hebben. En net als andere oude taalvormen is die elliptisch. Er wordt weinig gezegd, maar veel bedoeld.

Concentreer je dan op stemmen in plaats van veren.

De stemmen bevatten een boodschap. Een waarschuwing. Als we die maar konden verstaan. Ze begrijpen zodat ze zich niet zouden terugtrekken. Of juist verschijnen wanneer ze dat beter niet kunnen doen, zoals de grote zwarte vogels die opduiken tijdens een luchtaanval.

Uitgerekend op dat moment klinkt er een harde knal bij de boerderij verderop. Het gekrijs van krassende kraaien.

Waar schieten ze op? vraag ik geschrokken.

De boeren beschermen hun kersenbomen tegen nestelende vogels, zegt Lev die de veter van zijn schoen strikt.

Wanneer ik Lev teken, is het mijn hand. Er zit iets van mij in, mijn voorstelling van hem. Het is bijna onmogelijk om hem goed vast te leggen. Er ontbreekt altijd iets. De donkerte. Flarden, maar nooit het geheel.

Terwijl hij achter in het atelier aan het schilderen is, neem ik de dieren op in mijn geluidenboek. Het trillen van bladeren. De striemende wind. Het vibrerende zoemen van honingbijen. Het zijdezachte fladderen van leeuwerikvleugels. Het is voor het eerst dat ik ga zitten en echt schrijf. Ik drink zoet bronwater, verlies me compleet in het werk, en verberg mijn opwinding.

Ik ben een hele middag bezig met het plukken van bessen voor inkt. Wanneer ik Lev omhels, wordt zijn mouw rood, mijn mouw rood. Het sijpelt door onze kleren heen, en als we ze uittrekken, hebben de bessen onze huid gekleurd. Overal kleverig sap en donkerpaars, Lev die likt. Buik, vingers. We besluiten naar de rivier te gaan. Hij pakt mijn beide polsen met één hand vast en ik bijt hem in zijn hals. Glanzend rijzen we op uit het water, als vorsten. Pauwen, schitteringen van iriserend blauw, kloppende harten die in het volle licht staan. Lachend en druipend lopen we terug naar het stenen huis.

De weken erop staan in het teken van plukken en verzamelen. Vlierbessen, korenbloemen, rozen, walnootbolsters. De kleuren branden in het netvlies van deze rode aarde. Er zijn meer feesten en gezellige bijeenkomsten in het nabijgelegen dorp, dat op zo'n steile heuvel ligt dat de koffie van de cafétafeltjes druipt.

Als ik op een dag terugkom van de rivier, staat de voordeur van het huis wagenwijd open. Mijn knieën beginnen te knikken. Buiten, bijna voor het eerst sinds we hier zijn, klinkt het geluid van regen. Eerst schuchter, dan allengs harder. Het soort regen dat de boeren willen.

Binnen liggen overal papieren verspreid. Levs tekeningen en schilderijen zijn verdwenen. Mijn geluidsnotitieboekje is weg. Lev is ook weg.

Lev. In mijn stem weerklinkt niet de wanhoop die ik vanbinnen voel. Ik sta rauw, opnieuw, de ontvelde wond. Zo sta ik lange tijd, het voelt als een eeuwigheid. Verbijsterd. Ik doorzoek elke kast, elke la. Waar ben ik naar op zoek? Ik maai wild om me heen maar er is geen uitweg uit mijn hoofd. De kamer zakt weg. Ik ga aan tafel zitten om niet te vallen. De kamer wordt zwart als de nacht en ik steek kaarsen aan. Ik klok eau de vie naar binnen, als kogels door mijn keel, en het brandt in mijn ingewanden. Nog een glas. Ik wil iets voelen. Nog eentje. Tot de fles leeg is en de kamer een wazige brij, flakkerende kaarsen. Ik vind een fles wodka. Al het andere is donker en ingewikkeld, maar de alcohol die de Russen drinken is helder en simpel. Ik schenk een groot glas in alsof het water is, op z'n Russisch, en ik word overvallen door de heftige, samentrekkende smaak. Ik schenk nog een glas in, maar de fles glipt uit mijn trillende handen en spat uiteen op de stenen vloer. Als ik de stukjes wil oprapen, stap ik in een van de scherven en het bloed stroomt uit mijn voet, vermengt zich met de wodka. Het sijpelt weg van de voordeur, omdat de vloer schuin naar achteren afloopt.

Ik wil mezelf verwonden. Ik wil afleiding van de pijn die ik in mijn borst voel. Er zijn nu tranen, geloof ik. Ik raak mijn gezicht aan maar mijn hand glijdt door het vocht op mijn huid. Bij tragedie is er sprake van herhaling. Het is nooit 'er was eens', zoals aan het begin van een sprookje.

De nacht komt snel, het diepzwarte stolsel. Het lukt me op een of andere manier om tegen de ochtend in slaap te vallen, alsof ik in een donker, regendoordrenkt gat val. Angst jaagt mijn ademhaling op. Ik zoek een dweil en veeg het bloed op dat nog steeds niet is opgedroogd. Een lichtroze laag vloeistof klotst boven in de stenen wasbak. Ik inspecteer de snee. Die is breed en rood met opstaande randjes. Ik verbind de wond, ga zitten en maan mezelf tot kalmte. Mijn hoofd bonkt. Mijn ogen zijn gezwollen. Mijn keel dik en droog. Slikken gaat moeilijk. Ik trek mijn schoenen aan, krimp ineen van de pijn, en loop langzaam naar het dorp, langs het groepje fluisterende kinderen dat op de onverharde kronkelweg staat, en vraag of iemand soms heeft gezien wat er is gebeurd. Gistermiddag.

De volwassenen kijken me aan, schudden hun hoofd. *Non.*

Non plus. In hun ogen is de minachting doordesemd met medelijden, hartelijkheid zelfs.

Ik probeer niets te laten merken, bijt op mijn lip om de tranen tegen te houden. Maar ze vallen toch. Ik proef verroest metaal. Een dof gerommel van honger en misselijkheid steekt tegelijk de kop op en beneemt me de adem.

Er is een jong meisje met lange blonde vlechten die over haar blauwe sjaal dansen. Ze komen helemaal tot aan de bovenkant van haar plooirok. Tussen de rok en haar laarzen zie ik een stukje been, vol met paarse littekens, mogelijk van insectenbeten. Een vrouw met een paar ontbrekende tanden komt op me af, in een verschoten schortjurk met bloemen die vroeger helder moeten zijn geweest, kaken die van links naar rechts malen als die van een geit. Ik ben bijna boos dat ze kan eten, alsof er niets aan de hand is.

Ze zegt dat ze in een glanzende zwarte auto kwamen. Ze bleven niet lang binnen. De man werd bijna vreedzaam naar buiten geleid.

Heeft hij iets gezegd? Hebt u iets gehoord? Hebt u zijn gezicht gezien?

Ce n'est pas grave, cocotte, zegt ze. Maar ze weet dat het niet in orde is. Ondanks haar troostende woorden zie ik in haar ogen dat het niet in orde is.

De vorige keer dat hij werd opgepakt, ging het er hard aan toe. Ik herinner me nog–

Je herinnert je te veel, zegt de oude vrouw. Je kunt maar het beste vergeten wat je hebt gezien.

Ik vergeet nooit iets, zeg ik.

Ze schudt haar hoofd uit medeleven, niet uit afkeuring.

Les enfants se souviennent, zegt ze. Ze geeft me een *pain au raisins*. Ze denkt dat ik een kind ben.

Mijn laatste beeld van Lev. We spreken af voor het avondeten in het huis. In zijn ene hand heeft hij een stuk brood, in zijn andere zijn kwasten, als een waaier. Hij keert zich plechtig naar mij toe en sluit zijn ogen. En dan, op het laatste moment, grijnst hij even ondeugend en schiet de deur uit.

Er werd deze keer geen geweld gebruikt. Juist daardoor lijkt het erger.

Er was het kletsende geluid van laarzen op natte steen. Het starten van de motor, die vervolgens ervandoor spoot en een spoor van zand en grijze kiezels de lucht injoeg.

Nu is de regen licht, kleurloos en zonder hoop. Ik loop over het pad, het hoge gras is nat en strijkt langs mijn benen. Ik zie mijn benen over het pad lopen, alsof ze van iemand anders zijn. Ik vul mijn zakken met zware stenen en ga naar de rivier. Hoewel dit niet is wat er gebeurt. Het gewicht dat zinkt is niet dat van de stenen. Wat onder water wordt getrokken, is niet het lichaam.

Ik word gevonden, maaiende scherpe ellebogen, ontveld, open zenuwen. Hun timing een gelukstreffer. Ze komen de auto ophalen voor twee schrijvers die naar de haven moeten. Ze vallen meteen stil, verstoren niets. Halen me daar vlug weg. Ze dart om me heen, brengt me naar het huis en geeft me warme melk, normaal gesproken walgelijk, maar het is het enige wat ik binnen weet te houden.

Tacita, ik loop vol, vol, halfdiep vanbinnen met water.

Ze drukt me tegen zich aan, haar lichaam warm tegen mijn koude huid, achter me vervagen de velden terwijl we wegrijden.

WALVIS

Megaptera novaeangliae. Alleen de mannetjes zingen.
Knip muzikale loopjes uit een spectrometer,
analyseer ze, laat ze steeds opnieuw overlappen.
Onderscheid individuele stemmen in een kwartet en
schrijf de partituur uit.

Mijn handen tasten naar de schakelaar, maar alles is zwart. Ik hoor het geluid van voetstappen in het huis. Ik slaak een gil, gedempt en weifelend. Er komt een man naar me toe die mijn arm vastpakt.

De kamer schommelt heen en weer en ik laat me in een stoel zakken, half bij en half bewusteloos.

Een mannenstem. Hartkloppingen. Het afschuwelijke bonzen. De stoel uit. IJskoud en kokhalzend alsof ik zeeziek ben. Ik ben mijn gevoel van tijd en ruimte kwijt. Kalm blijven.

O god.

Ik ben zo oud dat zelfs een indringer niet de show van me kan stelen. Want ik ben hier het afschrikwekkende voorwerp. Toegeknepen ogen, zwoegend lichaam, ik zie in het donker de contouren.

Ik ben het.

Hoe heb je me gevonden?

Hij antwoordt niet.

Wil je gaan zitten? Hij helpt me op de bank en vult een van de talloze drinkbekers van de Amerikaanse met kraanwater, waarna hij een emaillen kom vindt en die met afgemeten precisie op mijn knieën zet.

Dat doet er niet toe. Ik moest komen. Er is iets waar we het over moeten hebben.

Dat weet ik, breng ik met enige moeite uit.

Hoe weet je dat?

Mijn geest wankelt. Ik glijd weg. Ik ga dood. Maar mijn instinct zegt om te hamsteren. Ik krijg geen lucht. Net als de oude walvissen die een deel van hun hersenen dag en nacht waakzaam moeten houden, zodat ze niet vergeten regelmatig aan de oppervlakte te komen om adem te halen. Soms, als ze heel oud zijn, laten ze zichzelf expres aanspoelen op een vlak strand waar ze kunnen sterven zonder te verdrinken. Zonder na te hoeven denken over verdrinken.

Dit is niet hoe ik hem terug wilde zien. Flitsen scherpe werkelijkheid die wegzakken in een diepere, donkere ruimte. Mijn geest ontoegankelijk.

Ik probeer mijn gedachten te ordenen in deze wazige brij.

Hoe ben je ontsnapt?

Hij strijkt een lucifer af, dat mooie, schavende geluid en brengt die naar zijn gezicht.

Lev.

Ik probeer mijn blikveld stil te krijgen. Hou vol. Maar ik krijg mezelf niet onder controle. Nee. Ik moet opnieuw droog braken in de kom. Draaiende ogen, hitte die zich over mijn hals en gezicht verspreidt. Ik heb Levs naam niet hardop uitgesproken, ik heb hem uit mijn geheugen gesneden. Een slachtoffer van mijn zwijgen. Maar hij verschijnt weer, mijn ledematen die tot as verpulverden. Dit nutteloze lichaam. Elke herinnering aan hem is een aanslag.

De tijd heelt niet, maar verzacht.

Ik kijk naar dit gezicht in het blauwe licht. Ongetemd. Dik warrig haar dat in plukken overeind staat. Toen ik een keer in

Parijs op zoek was naar Lev, gaf een vrouw me een beschrijving van een man die zijn haar in een zijscheiding droeg. Maar nee, besefte ik, ik zou onmogelijk een relatie kunnen hebben met zo'n pietje precies.

Knipperende ogen. Lange vingers.

Lev? Hij zegt het hardop als een vraag.

Ja.

Ik ben het.

Ik pijnig mijn hersens, op zoek naar zijn naam, als een verdwenen woord dat zich weigert in mijn mond te vormen. Ik kan niet nadenken. Een nabeeld van zijn gezicht. Een zwarte vleugel. Koud land. Siberische ogen. Zijn stem. Parijs. Aantekeningen, geluiden en raadsels die boven komen drijven.

Ik weet niet wie je bent, zeg ik, waar ik oprecht van schrik. Omdat het nu eindelijk tot me doordringt dat ik het wel zou moeten weten.

Hij registreert angst.

Hij pakt me bij de schouders. Het Instituut voor Bescherming van Bedreigde Diersoorten. Yukon. Wolven. Jezusmina. Ik bedoel, toe nou.

Skeet. De aanval is voorbij, de vloer wankelt niet meer. Mijn denkvermogen hinkt binnen.

NatuurlijkSkeet.

Ik moet met je praten, Frame.

Hoe heb je me gevonden?

Jezus, Frame. Ik spoor dieren op.

O ja, zeg ik, dat is ook zo.

Het spijt me heel erg, zegt hij en hij kijkt me aan. Ik had geen idee dat ik je zo zou laten schrikken. Gaat het?

Prima.

Heb je een brief van het Instituut ontvangen?

Ik heb gewacht maar nee, die is nooit gekomen. Wat ik heb wel heb gekregen–

Dus ze zei niets over iemand die je zou komen interviewen?

Nee.

Hij slaat zijn ogen neer en kijkt me dan recht aan. De persoon die ze zouden sturen is niet van de universiteit.

Ik begrijp het niet. Een adviseur?

Nee. Deze externe persoon is helemaal niet verbonden aan het Instituut. Ze hebben een psychiater uit een kliniek ingeschakeld, de angst vertraagt zijn adem, voor een psychiatrisch onderzoek. Om te zien of je nog wel helemaal… goed bij je hoofd bent.

Ik zou zo iemand nooit binnenlaten–

Dat weet ik. En zij ook. Daarom is het onder het mom van je werk gedaan. Zodat hij volledige toegang had om een beoordeling van je toestand te maken.

Wat? Hoe kan dat, terwijl ik zelf nog bezig ben met onderzoek voor ze?

Dat is het 'm juist. Hij aarzelt. Een tijdje geleden heb ik het proberen uit te leggen, in Hotel du Nord. Maar ik wist niet zeker wat er nou precies aan de hand was op de universiteit en bij het Instituut. Ze denken dat je...

Zeg het alsjeblieft niet, Skeet. In godsnaam. Hoewel je vast je twijfels zult hebben na wat je net hebt gezien.

Jezus, Frame, waarom denk je dat ik hier ben?

Waarom ben je hier, Skeet? Moet je geen data verzamelen? Je hebt toch dat belangrijke congres in Denemarken?

Er is geen werk meer voor me.

Dat begrijp ik niet.

Ze hebben de subsidie voor je project stopgezet, voor een heleboel projecten, zegt hij terwijl hij de kom pakt en wegbrengt. Ze hebben zelfs een pr-bedrijf in de arm genomen om alles glad te strijken. Een of andere firma uit Los Angeles die onlangs een afgescheiden natie op de kaart heeft helpen zetten. Een compleet land! Een van de -stans, zegt hij. De buizen knarsen als hij de kraan opendraait. Blijkbaar is een van de vrouwen een Pulitzer Prize-winnende journaliste. Die weet hoe je van gelul goud kunt spinnen.

Je vraagt je nooit af of je geestelijk gezond bent, tot iedereen denkt dat je gek bent. Dat weet ik wel. Was er maar een vorm van garantie, zoals de zwaaiende kruisjes om de hals van Europese vrouwen die voorovergebogen hun huishoudelijke taken verrichten. Maar zo is het niet. Deze verwarring. Deze voorbijgaande verandering in waarneming.

Skeet heeft me eerder verteld over nieuw onderzoek naar veroudering. Technieken die worden ontwikkeld om te proberen de lichaamsslijtage terug te draaien door de afgestorven cellen in de botten en het hart te vervangen.

Maar wat als het nou de bedoeling is dat die cellen afsterven? Stel dat ze de delen van ons leven bevatten die juist bedoeld zijn om te verdwijnen?

Maar wie zou nou niet het alternatief kiezen? vraagt hij.

Het lichaam wordt koud, Skeet. Zo hard als ijs. Een versleten omhulsel. Als ik naar iets kijk, zijn er alleen deze ogen die niet vastzitten aan een bepaalde huid, afgesneden, niet een bepaald lichaam maar iets kleiner dan een lichaam. Wie geeft er om het lichaam? Tegen de tijd dat je oud bent, leef je er al bijna niet meer in, maar aan de andere kant is het alles wat we zijn. Het vervelende van oud worden is dat het zo plotseling gebeurt. Op een dag kijk je om je heen en merk je dat je niets meer herkent, zelfs je eigen gezicht niet.

Skeet schuift ongemakkelijk op zijn stoel, er komt vaal licht binnen, dat de suggestie van daglicht wekt.

Skeet, zeg ik zachtjes en zo rustig mogelijk. Ik zou nog liever aanstekerbenzine drinken dan naar zo'n verpleeghuis gaan. Daar ruikt het naar de dood. Al die eendere mensen, weggeborgen alsof ze een besmettelijke ziekte hebben. Weet je wat er gebeurt met die mensen in zo'n huis? Hun waterige ogen vertroebelen als een pot spekvet die onder de gootsteen wordt bewaard. Vrouwen van wie het lichaam hapert of de geest niet meer werkt. Madame Tissaud zei altijd dat de geest een spiegel is, er komt stof op. Het gaat erom dat je het stof moet weghalen. Het ene gezicht wordt verward met alle andere gezichten. Afwachtend. Alsof ze wachten op de allerlaatste instructies. Weet je wat het is? Het is alsof ze al gestorven zijn.

Op de nonnenschool werden we gedwongen zulke tehuizen te bezoeken, wat voor mij een traumatische gebeurtenis was. Ik herinner me dat die huizen waren versierd met verschrikkelijke schilderijen van kinderen zonder een greintje artistiek talent. Er was een kleine gekrompen vrouw met een witte glanzende huid zo dun als bijbelpapier die niet bij haar dochter in het zuiden op bezoek wilde omdat ze dacht dat haar exotische lelie op het punt van bloeien stond. Een gruwelijk ding. Het rook naar een lijk en zag eruit als een fallus. Het is een zeer zeldzame plant, hoor, wierp de vrouw tegen. Ik ben al een oude vrouw, zei ze, en als ik nu wegga, zal ik de plant hoogstwaarschijnlijk nooit meer zien bloeien. De verzorgsters hebben hem te veel water gegeven maar ik heb ze in het handboek laten zien dat het tientallen jaren kan duren voordat er een bloem aan de plant verschijnt. Er was ook een vrouw die met een soort juwelenkistje onder haar arm rondliep. Maar daar bleek dus haar echtgenoot in te zitten. Ze duwde het onder mijn neus en wees op iets wat eruitzag als schelpen op het zand. Zijn schouderbladen, zei ze op een vreemde toon. Later besefte ik dat het trots was. De meeste mensen die daar werken zijn manwijven met gemene oogjes die lijken te genieten van het getreiter. Al dat onuitgesproken lijden, die hulpeloze wezens. En het ergste van alles is nog wel, Skeet, dat wij die mensen zijn. Dat ben ik en op een goede dag jij ook, eerder dan je denkt.

Hij staart me aan. Hij is te jong om dit echt tot zich door te laten dringen. Het is waarschijnlijk ook niet het goede moment.

Ik ben hier omdat... Hij pauzeert. Er zijn dingen die je moet weten.

Mijn aanval van verwarring heeft een diep gat geslagen, een ontzettende honger. Skeet, kunnen we dit beschaafd afhandelen?

Hij is al bezig in de keuken, uit een soort schuldgevoel.

Zijn er eieren in het kippenhok, Frame?

Ja, zeg ik. Maar hij heeft me niet gehoord. Koffie, zeg ik. Ik krijg nog steeds een steek van genot als ik aan het eerste kopje denk. Dat blijft een van de goedkoopste geneugten van het leven.

Brood, fruit, sigaretten ook, zeg ik opgewekt, dankbaar dat ik me aan deze broze kalmte kan vasthouden. De eieren zijn van de boerin. De enige die ik durf te eten. Die kippen worden enorm in de watten gelegd. Hoewel de activisten het waarschijnlijk zouden afkeuren als ze wisten dat ik dierlijke bijproducten eet. Skeet legt zijn handen op zijn oren. Ik voel een golf van genegenheid voor hem, voor zijn lange armen en benen, zijn onbeholpen charme, zijn soepele manier van bewegen. Misschien is dat het voorrecht van de jeugd, voor wie obstakels louter denkbeeldig zijn, terwijl ze op latere leeftijd van steen worden.

Er is een groot onrecht, Skeet.

Op het Instituut?

In het leven. Ik hoor de woesj van de gasvlam.

We wachten en wachten, maar tegen de tijd dat we volwassen zijn, heeft de neergang zich al ingezet.

De eieren sputteren en spetteren op het fornuis.

Ik bedenk dat ik door mijn bezeten luisteren naar de puurste, persoonlijkste geluiden in alles vervoering kan horen. In opnames. Ravel. Arvo. Satie. In Sappho's verzen. *Eros doorsiddert mijn ziel, zoals de wind van het gebergte op de eiken valt.* Dat las ik in Toronto, alles viel op zijn plaats. Al die dromen over geluid en klank toen ik er net woonde. In mijn eentje zit ik verscholen achter een wijnrode kornoelje omringd door uilen die laag en schor roepen, krasserig en etherisch, zoals de breekbare 78-toerenplaten in Levs atelier. Maar toen ik de geluiden probeerde te transcriberen, viel alles stil en hoorde ik alleen een naald die ritmisch in een groef bleef steken, als een hartenklop. In een andere droom schrik ik van een vos die naar me toe is geslopen en begint te praten. Hij heeft geen echte stem maar ik hoor de woorden: Wij hebben dit aan jou onthuld opdat je er iets mee zou doen. De andere dieren zitten toe te kijken, als rechters. Ik word wakker in paniek en herinner me dat Freud zei dat elke droom een wens of een antiwens is.

Breton had in zijn manifest de vraag gesteld: waarom hechten we meer belang aan gebeurtenissen in ons wakende leven dan aan die in onze dromen?

VELDLEEUWERIK

Alauda arvensis;
10 juni – Roze, weerlicht 9:00 uur
11 juni – Violet, vertakt en zeer indrukwekkend, rond 22:50 uur
12 juni – Blauw en geel, gevarieerd, veel weerlicht, rond 23:00 uur
13 juni – Rood, lichtgeel en blauw, weerlicht, donder in de verte, 23:30 uur
14 juni – Roze, weerlicht, 19:20 uur, blauw, weerlicht, rond middernacht.
16 juni – Geelachtig, maar van dichtbij, roze; enorm felle flits 19:26 uur, violet.
17 juni – Lichtgeel, vertakt, maar niet erg.
18 juni – Prachtig roze met een vleugje violet. Onweersbui rond 16:00 uur
19 juni – 15:34 uur fel heldergeel, 15:36 uur, geel, 15:37 uur lichtgeel, 15:41 uur felroze, 15:51 uur felroze, 15:54 uur felroze, 15:55 uur felroze – schitterend roze – zo'n prachtige kleur heb ik nog nooit gezien.

Skeet schenkt koffie in. De wind wordt nu opgewarmd door de langzame zon, dit mystieke licht op beslagen ramen doet me denken aan uiteenlopende dingen. In de nonnenschool naar de eetzaal lopen voor het ontbijt, het slappe elastiek van mijn kousen, wol die kriebelt aan mijn benen. Ik zag mijn weerspiegeling in de ruit, op weg naar waar? Wat had ik precies gedaan of tegen de andere meisjes gezegd? Ik ben bijna alles vergeten, maar ik herinner me nog wel de stilte en de fonkelende wereld die de zon tevoorschijn kon toveren. Hetzelfde soort licht in het atelier van Lev. Alle liefdesochtenden, profane handelingen in het daglicht die me veranderden, maar deze herinneringen zijn inmiddels getransformeerd tot iets anders. Ik ben me er scherp van bewust dat alles – de pijn, de vreugde, de essentie ervan – is vervaagd en er alleen nog sporen over zijn van beelden, geluiden, van hoe het licht viel. Zoveel herinneringen verliezen hun substantie, de kern van hun ontstaan. Soms ben ik bang dat ik Levs gezicht vergeten ben. Ik kan niet goed bepalen of dit een wrede of juist een barmhartige daad van de tijd is. Ze zeggen dat de tijd geen rechte lijn is, maar het leven beweegt zich stellig in één richting.

Frame?

Oké, zeg ik, voor de draad ermee.

Hij neemt een slokje koffie en rommelt dan in zijn grote tas.

Eigenlijk zou je nu samen moeten zijn met een onweerstaanbaar sexy meisje, zeg ik plompverloren. Een ongemakkelijke stilte.

Shit, zegt zijn blik. Ze weet het.

Goed, zegt hij zonder op mijn opmerking in te gaan. Frame – hij begint de inhoud van zijn tas te legen – ik ben op de vlucht. Wat wil zeggen dat, eh, dat *wíj* op de vlucht zijn.

Maak je een grapje?

Absoluut niet.

Is het de universiteit? Het Instituut?

Min of meer. De raad van bestuur.

God. Dat walgelijke clubje mannen.

Het lijkt erop dat ze zich zorgen maken, onder andere. Hoe zal ik het zeggen–

Vooruit, Skeet, er is nog maar weinig dat me kan choqueren.

Ze weten niet wat ze met je spullen moeten doen.

Dat had ik even niet zien aankomen. Ik heb een sigaret nodig.

Hij haalt een doosje lucifers uit zijn zak en strijkt er eentje af op de stenen muur.

Spullen? Bedoelen ze mijn werk? Mijn archief? Wat?

Ze hebben een zeer waardevol object van je en ze weten niet goed wat ze ermee aanmoeten. Goed. Oké. Ik geloof dat ze het willen verkopen. Voor het Instituut is het een kapitaal aangezien ze bijna blut zijn.

Skeet, ik snap het niet helemaal. Zou dat waardevolle object van mij – ik kijk hem recht aan – niet naar mij moeten gaan?

Ze vinden het tijd dat je naar een tehuis gaat. Ze denken dat je niet–

Ik lach. Helemaal honderd bent. Het valt me nu pas op, ik ben inderdaad nog geen honderd.

En omdat ze dachten dat je geen nakomelingen had, hebben ze een jurist in de arm genomen om te kijken of ze een volmacht kunnen krijgen.

Ik drink mijn koffie op en veeg zo kalm mogelijk mijn mond af met een servet. Skeet?

Ja.

Waarom zei je dat ik geen nakomelingen had?

Ik haal de brief uit mijn zak en geef hem die. Hij vouwt hem open. Gaat er vliegensvlug doorheen. Strijkt met zijn hand door zijn haar. Gaat zitten. Er trekt iets over zijn gezicht maar hij zegt iets anders. Hij weet het. Het museum had contact opgenomen met Valentina om te vragen waar ik zou kunnen zitten. Hij weet al van de kleindochter.

Het object. Wat is het object?

Het is een schilderij, zegt hij op een fluistertoon die ik niet van hem ken.

Bloed klopt in mijn oren van een plotselinge angst. Ik vraag me af of hij het over dingen heeft die nooit gebeurd zijn. Het enige wat ik opvang: een bourgeois vrouw die haar chateau in het zuiden wil renoveren en haar metselaar opdracht geeft om de stenen opnieuw te voegen, maar op het laatste moment besluit dat ze toch vervangen moeten worden. Voorzichtig verwijdert hij ze, legt de kleinere stenen op zijn vlakke hand, gaat met zijn arm op en neer om zo hun gewicht te schatten. Een kleurig stukje piept ergens uit de steen. Het zit vast in de paar centimeter ruimte tussen de muur en de open haard. Het moet naar beneden zijn gevallen. Hij schuift het voorzichtig omhoog en eruit en ziet dat er een datum op staat. Het is oud. Het is van die beroemde Russische kunstenaar. Hij is dood. Is hij dood? Dat kun je soms hebben met beroemde mensen uit het verleden, dat je niet goed weet of ze dood zijn of nog leven.

Weg wond.

De vrouw heeft het doek naar Oslo opgestuurd omdat het aan jou was geadresseerd, zegt Skeet. Ze heeft je via het Instituut gevonden. Daar hebben ze het werk laten authenticeren. Omdat er zoveel van zijn schilderijen uit die tijd zijn vernietigd, denken ze dat het veel waard is.

Waarom ben ik niet op de hoogte gebracht?

Het is allemaal – hij schraapt zijn keel – nogal recent.

Het woord recent betekent feitelijk niets. Wist je dat?

Het spijt me, Frame, zegt hij.

Het is gruwelijk. Ik weet niet of ik moet lachen of huilen. Ik voel me als een kind. Machteloos. Een rilling van woede. Al die tijd bezig geweest om het heden tegen het verleden te beschermen. Beschermen tegen wat? De zwaartekracht. Een ruimte tussen twee objecten die geen derde binnen mocht laten. Dezelfde hiaten waarmee anderen over mijn leven kunnen beslissen.

Skeet?

Yep.

Vertel me welk schilderij het is.

Hij kijkt naar mij, dan naar zijn tas en grijnst. Je kunt het met eigen ogen zien.

Ik hou van geduldige mensen. Zoals professor Tapping. Hij kon urenlang rustig tentamens zitten nakijken, eindeloos discussies voeren over de onbenulligste vragen die zijn studenten stelden.

Ik stelde geen vragen in het begin. Ik las, ging naar colleges en schreef aantekeningen over. De stad zag er keurig maar doods uit, als een ansichtkaart. Ik leefde tussen de universiteit en de kleine kamer die ik had gehuurd, een actieradius van een paar straten met smalle bakstenen huizen. Er waren geen cafés met terras. Alles gebeurde binnenshuis. Opnieuw de bovenste verdieping van een huis. Een zolderkamer. IJskoud in de winter, bloedheet in de zomer, weinig anders ertussenin. Ik zette de ramen open, maakte de kamer schoon. Het was Lev die me had geleerd dat je je verhaal moet vertellen en dat je het daarna moet vergeten. Elke ochtend, onder mijn raam, gooide de bezorger de krant naar de voordeur en elke keer miste hij het stoepje. Ik hoorde 'sssss' wanneer de krant in de struiken viel. Voordat ik in Toronto aankwam, voordat ik me weer goed voelde, ging het slecht met me. Zoveel dingen, ik weet niet eens wat het ergste was. De dood van Tacita na het verlies van Lev voelde als huid die van me afgestroopt werd. Er ging geen dag voorbij dat ik niet aan hem dacht. Zijn naam bij me droeg. Niet in staat zijn aanwezigheid te wissen. Alles had ik naar binnen geslokt, vlees, botten, en zijn onverstoorbare kalmte daarbinnen. Het geheugen laat geen gelegenheid voorbijgaan om terug te grijpen. Tacita, die me altijd voorhield dat er geen keuze was, dat alles liep zoals het moest lopen. We zouden tekenen en schrijven en lachen, en mijn dagen zouden niet beheerst worden door verdriet. Dat was hoe ik toen dacht.

Tacita was degene die zei dat vriendschappen daden van accumulatie zijn. Maar wat moet ik daar nog mee? Het is bijna onverdraaglijk om nu aan haar te denken. Ik zal nooit meer een Parijse ambulance kunnen horen, de mineurtoon van de sirene, zonder een misselijkmakend gevoel. De dissonante toon, een vogel in het huis, elke keer dat ik die geluiden hoor, krijg ik opnieuw het bericht dat ze binnen is, bedekt met een wit laken.

Toen de gendarmes aan de deur kwamen, was het enige wat Istvan kon uitbrengen: Is ze dood? Hij was volledig in shock maar bleef ongekend kalm. Echt helemaal dood?

Ik herinner me dat ik me nauwelijks meer voelde dan een anatomische tekening, zonder huid, met rode pezen en blauwe aderen.

Il faut refaire ta vie, zeiden ze tegen Istvan. Oftewel: je kunt weer een andere vrouw vinden.

Tacita was op weg naar huis toen het weer begon te regenen. Ze liep door een smal straatje vlak bij de Rue du Bac, niet ver van Deyrolle. Ze bleef staan om iets glimmends te bekijken dat op het wegdek lag. Ze werd aangereden terwijl ze neerhurkte. De bestuurder remde te laat. Zijn rechterachterwiel verpletterde Tacita's schedel. Haar hersenen lekten op de natte keien.

Vlak voordat ik het hoorde viel er een enkele witte roos uit het niets voor me op de natte stoep. Mijn laatste onvoltooide schilderij zwak tegenover het lawaai van de zinloosheid van deze daad, de absurditeit ervan in het licht van de dood. Ik heb geen interesse meer voor wat ik heb uitgebeeld, het voelt oppervlakkig, lachwekkend zelfs. Met andere dingen kun je nog liegen, maar niet met tekenen. Alles wordt koud, zoals bij de wisseling van de seizoenen als de zon geen warmte meer geeft. Ik zal deze neiging wegvagen. Voorgoed doven. Ik leg mijn kwasten zorgvuldig in een doos en geef ze allemaal weg. Ik geef al mijn verftubes en rollen doek aan jonge kunstenaars die zijn zoals ik was toen ik net in Parijs arriveerde. Tacita had enorm veel dozen, de stapels waren in de loop der jaren steeds hoger geworden. En toen ik wegging, stonden de stapels daar als een geannuleerde vlucht. Istvan, alleen en radeloos, besloot zich in te zetten voor de goede zaak. Met een groepje vrijwilligers hielp hij mensen onder te duiken in het zuiden vanwaar ze het land uit gesmokkeld konden worden. Hij wist uitreisvisa te bemachtigen, regelde begeleiders voor de meer kwetsbare mensen en zette nieuwe vluchtroutes op. Het was het soort werk wat iemands dood kan worden. Maar in zijn geval redde het levens. Het bracht beweging tijdens stilstand. In weerwil van gesloten grenzen. In weerwil van paspoorten wemelend van de swastika's. Maar hij bleef achter met alle spullen van Tacita, ontdaan van betekenis nu zij er niet meer was om alles met elkaar te verbinden, om de wereld, alle kleine stukjes, tot één ononderbroken droom te smeden.

Ik had ermee ingestemd om te vertrekken, maar alleen omdat Istvan me dat had verzocht. Ik wilde blijven om hem te helpen. Hij zei: Doe het voor haar. Het is wat ze voor jou had gewild. En als ik aan de kust arriveer, moet ik een taal spreken die me niet vertrouwd is. De woorden, de korte buitenlandse zinnetjes onbruikbaar. Wat is een taal? *Ik ben. Jij bent.* Slechts geluiden die we maken.

Alles ruikt naar nat fluweel. Het leven voelt armoedig, onzeker. Mijn geest speelt spelletjes met me. Probeert me onderuit te halen. In het begin zijn er dagen, wanneer ik wacht op documenten, dat ik me niet was. Mijn kousen ladderen. Mijn armen en benen slap. Lichaam rillend van de koorts. Maag die zich omkeert en ongewenste eetlust opwekt. Verlangen naar Lev. Een wulpse vrouw ergens in de haven spreekt me aan. Misschien is ze een prostituee, dat valt moeilijk te zeggen. De meeste vrouwen hier hebben vies haar, versleten jassen, omlijnde ogen die zoeken naar een uitweg. Ze zegt dat ik een minnaar moet nemen. Met een man naar bed om te zien of ik nog iets kan voelen. Ik ben zo leeg dat ik gevuld wil worden. Hun vingers, hun mond, alles duwend en stotend tot ik bang was dat ik zou breken. Met opwinding komt schaamte, heupen die onder hen bewegen. Soms ben ik doods. Levenloos. Soms is het ruw en gewelddadig, maar dat wil ik dan. Meestal voel ik niets. En ondertussen is er geen vezel in mijn geest die niet geschokt is door mijn acties. Het lichaam losgekoppeld van het zelf.

Niemand heeft het over haar tijd in de kliniek.

Een bioloog in een gebreide spencer die zijn eigen sigaretten rolde vroeg me uit eten toen ik net een paar maanden in Toronto zat. Ik was verbijsterd. Je hebt geen idee, dacht ik, hoe ver ik van jou verwijderd ben. Ik snap niet dat je niet ziet dat ik incompleet ben.

Soms zie ik Tacita's stralende ogen voor me, haar vingers, al haar grootse plannen waardoor ik denk dat ze meer levend is dan ik. Ik begin me af te vragen of ik misschien dood ben en niet zij. Ik begin te vermoeden dat mijn werk op de universiteit veel meer behelst dan ik aanvankelijk dacht. Er vindt een verschuiving plaats. Het is mogelijk om te werken als je geen vreugde in je leven hebt, en dat kan een uitweg bieden. Symbolen worden vergelijkingen die zich over mijn eigen leven heen schrijven. Voorspellingen die schreeuwen om waarheden. Op de universiteit vindt men mij intelligent, streng, onsentimenteel, zoals een man. Ik laat mijn grijze jurk vermaken, laat mijn haar groeien. Ik lach. Elke zondag eet ik bij professor Tapping en zijn twee zusters. Er is nu alleen nog werk. Mijn toewijding eraan ongekend. Bevredigend. Compleet. Op deze manier zal ik met vergeten beginnen.

Skeet?

Ja?

Wat staat er op het schilderij?

Ik moest het ingepakt meenemen. Niemand heeft het gezien behalve Valentina, de taxateur, en de raad van bestuur, denk ik.

Ben je niet nieuwsgierig? Waar wachtte je op?

Hij schraapt zijn keel. Op jou.

Mijn hart klopt in mijn oren, hoewel ik me licht en los voel.

Hij haalt behoedzaam een groot pak uit zijn tas. Hij trekt de tape los en scheurt met zijn vingers het strak omwikkelde noppenfolie open waarna er een wit doek tevoorschijn komt, niet groter dan een vel briefpapier. Hij rolt het voorzichtig uit. Het is brokkelig, met dikke verf, die inmiddels gebarsten is als een uitgedroogde woestijnbodem.

Stilte.

Hij weet hoe hij moet zwijgen.

O, mijn god. Skeet. Ik begin te lachen, terwijl ik naar het doek kijk. Ik begin te beven.

Ik was zo met hem vervlochten dat we vingers, armen en gedachten uitwisselden. Maar dit schilderij? Dit schilderij heb ik nog nooit gezien.

Wanneer ik hem aanzet om zijn nachtmerries te schilderen, weet ik dat ik hem niets kan laten doen wat hij zelf niet wil. Hij gelooft niet in advies of invloed. Het enige waaraan hij gehoorzaamt is zijn eigen geest. Ongelovig kijk ik naar het werk. Het heeft niet de pasteuze witte en lichtgrijze geometrie van zijn bekende abstractie. Hij heeft zijn geliefde niet-objectieve wereld verlaten. Het schilderij staat vol met dichtbegroeide bomen. Er is lucht en gras en fonkelend licht. Het is een bos met wolven. Grijze wolven die één enkele wolf omcirkelen. De eenzame wolf kijkt omhoog naar een tak waar een veldleeuwerik zit, die toezicht lijkt te houden op een ritueel. In de rechteronderhoek zie ik Levs handschrift. *Requiem voor een ononderbroken bestaan*. En daaronder: *Voor Ivory, componerend*. Ik voel een mengeling van vreugde en verdriet. Voor het eerst bedenk ik dat een kunstwerk de onbekende gedachten van de kunstenaar bevat, en dat iedereen die naar dit doek kijkt nooit zal weten wat er in hem omging toen hij het maakte. Zelfs ik niet.

In Zuid-Frankrijk werkte Lev in een stenen bijgebouwtje

naast het grote huis. Het had één raam op het noorden, met precies de goede lichtval, gelijkmatig. Hij zette de deur vaak open en knoopte zijn shirt om zijn middel, omdat er nooit wind stond. Gelukkig was het er 's nachts koel en donker, en dan verlichtte hij de ruimte met olielampen. Ik ging er zelden heen. We werkten altijd apart van elkaar. We wisten hoe we afstand moesten houden. Hij praatte niet graag over waar hij mee bezig was en ik vroeg er niet naar. Soms staakte ik mijn werk aan de geluidsnotities en dan zocht ik 's middags de zon op aan de zijkant van het huis. Leonor kwam ook regelmatig langs. Een keer had ze een nieuwe camera bij zich en nam foto's terwijl ik in Levs shirt tegen de stenen vensterbank leunde. Ik had het opengeknoopt om mijn huid door de zon te laten verwarmen. Ik schrok van Lev die van achteren kwam aansluipen. Hij kuste me in mijn hals en legde zijn handen op mijn borsten. Wat ben je toch een stommeling, zei ze tegen hem. Waarom heb je haar niet geschilderd? *Ta femme.*

En het dan voor een grijpstuiver aan die mannen in Montmartre verkopen? grapte hij. Nooit.

Later gaf ze me de foto's. Ze zei dat er in de donkere kamer altijd een moment van waarheid is, het beeld verschijnt terwijl je eigen gezicht je in golfjes vanuit de bak met water aankijkt. Er waren foto's van de gewelfde natuurstenen muren bedekt met wijnranken, de dierentotems. En dan de foto met Levs handen op me, de boorden van zijn shirt nauwelijks zichtbaar, de zon op mijn knieën, zijn opgerolde hemdsmouwen, zijn hoofd tegen dat van mij, ogen gesloten. Ik ben getroffen door onze uitdrukkingen – zijn innige blik, mijn uitdagende. De man die voor de meeste dingen zo weinig respect had, was wel in staat tot deze diepe zuivere liefde, vol tederheid. Ik herinner me dat ik praatte en lachte in de felle zon. Waar hadden we het over? De woorden zelf herinner ik me niet meer. Maar ik zie de keuken, de tafel waaraan ik werkte, de schuin aflopende vloer. Opstaan en lopen om mijn verdoofde benen, na urenlang zitten, los te schudden. Of aardappelen schillen bij de gootsteen, buitengeluiden die naar binnen zweven. Het gevoel dat ik kreeg als hij door de deur kwam en zei: Niet bewegen. Ik wil alles zien wat wezenlijk is aan jou. En ik was weerloos. Dat moment heb ik zo vaak in mijn hoofd afgespeeld dat de herinnering is gecomprimeerd tot één geluid: de abrupte metalen klik van een deurklink die wordt ingeduwd.

Ik bedenk dat elk moment in het leven, alles wat we doen, een manier is om te vergeten. Ik trok naar de groep kunstenaars om te vergeten dat mijn ouders me in de steek hadden gelaten. Naar Tacita om te vergeten dat ik alleen was. Naar Lev om mezelf te vergeten. Naar mijn werk om Lev te vergeten. Hij deed hetzelfde. Hij kwam naar mij als een manier om te vergeten. Om zijn verleden te vergeten. Te vergeten dat er op hem werd gejaagd. Toen we net in Zuid-Frankrijk waren, kon hij nauwelijks kijken naar de linnen gordijnen die bewogen in de wind, de stapels boeken, de vaas met veldbloemen op tafel, dat vredige huiselijke tafereel. Hij wist niet wat hij moest eten. Ik stelde dingen voor en dan fluisterde hij in mijn oor: Het maakt me niet uit, terwijl zijn handen mijn jurk optilden. Alleen als hij schilderde, of bij mij was, zijn niet-aflatende behoefte om binnen in me te zijn, was hij in staat te vergeten.

Ik schud alle beelden van me af, maar in werkelijkheid weet ik niet hoe ik hem moet vergeten. Hij zag me beter dan wie dan ook. Het doet me beseffen hoe ver ik van mezelf ben afgedwaald. Plotseling verlang ik naar die versie van mij, hartstochtelijk, vurig. Die persoon is al lang geleden verdwenen, dat is duidelijk. Ik realiseer me dat ik mijn eigen leven heb geplunderd om tot dit inzicht te komen. Ik maakte van luisteren een schuilplaats. Ik draai me om en zie Skeet, zijn lange armen en benen, zijn verre afstandelijke blik. We kijken elkaar even aan maar zeggen niets. Stilzwijgend wordt er iets tussen ons uitgewisseld. Het is alsof ik op dit moment voor het eerst de dingen haarscherp zie. Dit huis, deze hoge, witte grotten, en ineens lijkt het vreemd dat ik hier ben. De grotten zijn mythisch maar smerig. Hun stralende doel aan het oog onttrokken. Volle klanken. Skeet geeft Levs schilderij aan mij. Ik voel tranen in mijn ogen opwellen en alles wordt wazig, denkend aan hem. Mijn herinnering aan hem is zo levendig dat het net lijkt of hij voor me staat. Zijn loopje, zijn intense, diep gevoelde reactie op alles, zoals geen ander die ik ooit heb gekend. Of zal kennen. Waar is het allemaal naartoe? Ik voel verdriet om alles wat verloren gaat in het leven. Alle wreedheden. De extreme verlangens. We waren jong en hadden geen enkele twijfel over wat weggegooid kon worden. Zonder een idee hoe zeldzaam dingen eigenlijk zijn. Al deze herinneringen, hun gewicht wordt plotseling verplaatst. Alsof er ruimte wordt gemaakt voor ruimte, alsof iemand de lucht heeft opengebroken. Waarom komt dit nu allemaal boven, op dit volkomen ongepaste moment, denk ik, mijn tranen wegvegend. Het bloed bonkt in mijn oren, terwijl ik denk aan mijn onverbiddelijke besluit, mijn onwrikbare vastberadenheid om te blijven drijven. Het werk was mijn redding. Het drong door tot het hart der dingen. Ander hart. Andere dingen. Mijn handen trillen. Ik moet ineens het doek neerleggen, als een levende veer. Mijn verdriet heeft lang genoeg geduurd. Het brokkelt het zwijgen af waarmee ik zorgvuldig het verleden heb ommuurd. In historische termen: zwijgen is vergeten.

PAARD

Snuift, rukjes met zijn hoofd, opgetrokken hoeven
die tikken op steen. Golvende huid, vliegen wegjagend.
Spitst zijn oren, die naar achteren draaien,
alert op iets, iets wat leeft.

Alles is helder en vervolgens is er niets, alleen duisternis, ook met mijn ogen wijdopen. Het zorgt ervoor dat ik mijn evenwicht verlies en val. Dit keer op de stoep, opengebarsten knie, bloed op de tegels. Ik ga naar een dokter, niet iemand die ik ken maar een arts waar een onbekende me naartoe brengt. Een koude stethoscoop, de prik van een naald. Hij stelt een aantal vragen, onder andere welke dag het is. Ik weet genoeg om te weten dat dit aan mensen wordt gevraagd die in de war zijn.

Ik ben in het atelier van Lev geweest. Tacita heeft me daar direct heen gebracht toen ik weigerde terug te gaan naar Madame Tissaud. Er moeten aanwijzingen zijn. Ik zal alles meenemen. Ik zal zijn doeken verzamelen en oppakken, het gewicht van al die verf, en ze in een veld begraven tot hij wordt vrijgelaten. Ik zal elk boek in zijn kast lezen. Ik zal Russisch leren. Ik zal op de vloer gaan liggen, met de verftubes, het vuil en de papieren die ik zal bewaken tot zijn terugkeer. Maar als we er aankomen, geregeld via de huisbaas die we wat geld hebben gegeven, is er geen spoor meer van de prachtige smeerboel. Geen droogrekken. Geen kunst. Geen brieven. Niets meer wat wijst op de aanwezigheid van Lev. Het enige wat rest is het bed, zijn bureau en zijn lege ezel in de hoek.

Ik wil hier blijven. Het is de enige manier die ik kan bedenken om dicht bij hem te zijn. Ik blijf er dagen, zonder de kamer uit te komen. Zijn schildersezel houdt me in de gaten als een hond. Het is er bedompt en het enige wat ik vind, zijn sardientjes in blik en flessen drank. Ik ben voortdurend misselijk. Wanneer ik emoties voel, voel ik het in mijn buik. Mijn huid is krijtwit en vochtig en voelt als de huid van iemand anders. Ik ben verlamd. Mijn gedachten klotsen, mijn blik glijdt de kamer door en berekent de afmetingen van mijn eigen gevangenschap. Maar ik hou het niet uit. Ze hebben Levs aanwezigheid hier al uitgewist, ook voor mij. Het is er schoner, netter, al zijn spullen zijn doorzocht. Het herinnert me alleen aan wat afwezig is. Aan wat niet kan worden veranderd. Uiteindelijk, door honger of uit wanhoop, dat weet ik niet goed, loop ik het daglicht in, een nachtvlinder die naar het licht fladdert.

Dus als hij me vertelt wat er aan de hand is, krijg ik bijna geen lucht. De mededeling van de arts een ontstellende nieuwsuitzending zonder genade. Mijn borst wordt plotseling verpletterd door een stapel stenen. Ik herinner me verder niets meer, alleen het overweldigende instinct om te vluchten. Maar je kunt nergens heen als je eigen lichaam je heeft verraden.

Vroeger zei ik tegen vrouwen dat er drie opties waren, zijn stem laag en autoritair. Maar nu is er eigenlijk nog maar één. Hij schraapt zijn keel en schuift nodeloos papieren heen en weer. Naast hem staat een asbak in de vorm van een grote roze zeeschelp met sigarettenpeuken erin.

Zoals u misschien weet, staat op de ene optie de doodstraf, de andere – hij schraapt nog een keer zijn keel – is lastig in deze tijd.

Later zal ik vernemen dat de wasvrouw die tientallen wanhopige vrouwen heeft geholpen voor haar daden naar de guillotine gestuurd werd. *La faiseuse d'anges*, wordt ze genoemd. Engelenmaakster.

Een man van middelbare leeftijd in hemdsmouwen die zijn weekenden opluistert met etentjes en tennisbanen, wiens ingelijste bul vanachter zijn hoofd op me neerkijkt, deelt deze woorden uit als kleine klappen. Alsof ze niet aaneengeregen worden.

Ik kan geen moment langer luisteren. Ik vertrek, vergeet een handschoen, een smet op zijn opgeruimde bureau met de glinsterende pennen schuin in hun granieten houder, zoals botten waar het vlees vanaf is geschraapt. Ik denk aan wat de dokter zei. *Vous n'avez pas de chance.* U treft het niet.

Ik heb niet betaald, besef ik. De dokter. De francs zitten nog opgevouwen in mijn jaszak. Zijn sterke eau-de-cologne ruik ik nog steeds, onmogelijk, op mijn jas, terwijl ik al straten van zijn praktijk verwijderd ben.

Op straat staan vrouwen in deuropeningen te smiespelen. Misschien moeten ze, net als ik, rondkomen van vijftig centimes per dag, hoewel je op de zwarte markt nog wel luxe waren kunt kopen voor een etentje. Het merendeel van het voedsel gaat naar Duitsland. Ze zijn begonnen met rantsoenkaarten uitdelen, binnenkort zullen de mensen honger krijgen. De stad oogt nog steeds normaal. In de tuin van het Palais Royal wordt er door de vrouwen nog steeds met tikkende naalden gebreid. Wat bezielt hen om te breien? Wat gaat er in ze om? Niemand draagt hier met de hand gebreide spullen. De cafés zitten vol, al is twee derde van de inwoners in een trage paniekgolf de stad ontvlucht. Madame Tissaud zegt dat het onmogelijk is om nog aan leer voor haar boeken te komen. Het gaat allemaal naar hun legerlaarzen, zegt ze. Ze hebben hun vlag opgehangen aan de Arc de Triomphe, organiseren concerten van Wagner in de Tuileries en hebben om negen uur de avondklok ingesteld. 's Nachts zijn de straten griezelig leeg, geen auto's of mensen. Er kan niet meer op de elektrische verlichting worden vertrouwd. Ik kan Madame Tissaud de ene na de andere lucifer horen afstrijken. Sinds ze zijn begonnen met benzine lozen in de monding van de Seine hoor je haast geen vogelgezang meer omdat de meeste vogels het loodje hebben gelegd. Wat er nog wel is zijn zwarte fietsen en jonge stelletjes die hand in hand lopen. De stad ruikt naar kastanjes opgewarmd door de zon. *Se débrouiller.*

Onbewust ben ik, zonder dat ik er erg in heb, naar Levs straat gelopen, Rue Jacob, als een postduif. Er staat een sterke wind, als op zee. Ik heb geen idee waar ik heen moet. Alleen al de aanblik van het met de hand geschreven *Sept-Bis* snijdt als een mes door me heen, vanwege het missen van Lev. Ik weet niet wiens handschrift het is. Ik heb er nooit zo op gelet. Het lijkt op het schoolse schuinschrift van ieder Frans kind, met zijn gehuifde letters, de krullerige kapitalen. Levs huisbaas misschien. Een man die met tegenzin kunstwerken accepteert als huur. Het is een bleke, bijna tuberculeuze man met weinig fantasie. Het soort man dat op zijn horloge kijkt om te bepalen of hij moet eten.

Het raam boven wordt nog door de zon beschenen, middagwarmte, de steile wenteltrap achter de zware houten deur die niet opengaat. Ik ben er vertrokken, dus is hij nu voor mij afgesloten. Toch heeft het pand, ook al woont hij er niet meer, gezag over me. Zijn atelier. De enorme ruimte. Alle verftubes leeggedrukt op paletten. Alle verfpotten bedekt met een vel.

Joséphine zal vast, zoals elke dag, bezig zijn met haar saaie werk, het dweilen van de zwart-witte zeshoekige tegeltjes in de hal. Hoewel ze een bochel heeft, ziet ze eruit of ze vroeger mooi was. Volgens Lev was ze ooit getrouwd met een man van adel, maar was nu gereduceerd tot het schoonmaken van huizen. Gereduceerd. Het woord van de huisbaas, niet dat van Lev. Ik heb een keer met haar gepraat en ze zei dat ze schoonmaken bevredigend vond. Ze hoefde aan niemand verantwoording af te leggen. Werd met rust gelaten terwijl ze de richels in de houten trapleuningen schrobde. Stof, had ze tegen Lev gezegd, is mensen. Het is gewoon iedereen die er ooit was.

Ondanks de angst is er nog steeds orde en regelmaat. Zij maakt schoon. De huisbaas bezit. De winkels verkopen, al is het inmiddels niet veel meer.

Het schuren en kraken van het wasgoed dat uit het bovenste venster aan een houten stok hangt klinkt als klapperende vlaggen. En ik denk: wat zijn vlaggen toch agressief. Misschien is het de Russische vrouw die beweert Pools te zijn. Volgens haar is dat veiliger. Het geluid doet me denken aan Lev die zegt dat je alleen naar je eigen hartslag moet luisteren wanneer de tortelduiven hoog cirkelend in de lucht een bruidsvlucht uitvoeren, het klapperen van hun neerwaartse vleugelslag tegen de grijze hemel. Zulke kleine wondertjes, zegt hij. Maken verraad draaglijk.

Hoe snel wordt het ondenkbare normaal. Er was een tijd dat de inwoners van deze stad zo erg honger leden dat ze iets verschrikkelijks deden, wat inmiddels al gewoon is geworden: ze aten hun eigen paarden op. Iets wat ze bleven doen, ook toen er weer voldoende voorraad was. Vervolgens deden ze zich tegoed aan de dieren uit de dierentuin, waaronder een geliefd paar olifanten. Maar bij apen werd de grens getrokken, hoe erg hun honger ook was, een fenomeen dat zelfs de creationisten ongemakkelijk maakt.

Ik ervaar een kortstondig moment van rust. Het trekt als een koele bries door me heen. Lev die vertelde dat zijn vader hem bij zijn geboorte midden in de nacht eigenhandig opving. Zijn moeder moest wachten totdat zijn vader eerst het paard en twee koeien had helpen bevallen. Hij moest met een bijl de beijsde deur openhakken om de inhoud van de emaillen kom in de versplinterende kou te legen. De enige keer dat zijn moeder het echt warm had in dat hoge huis vol gaten en kieren was toen ze een kind baarde.

Her en der duiken mannen in uniform op, als figuranten in een toneelstuk. Ze drinken koffie, gaan naar balletvoorstellingen, winden hun horloge op. Parijs ziet er nog goeddeels hetzelfde uit ondanks de duistere dreigende onderstroom. Ik zie ze poseren voor de Eiffeltoren. Misschien is dit hun manier van bezetten en willen ze, net als iedereen, gewoon van Parijs genieten.

Ik draag mijn haar op dezelfde manier, in een rommelige vlecht. Ik denk na over waar ik loop. Ik speel de rol waarin alles in orde is.

Tacita zegt: Pas toch op, als je hard genoeg je best doet, vergeet je wie je bent.

Voordat ik het weet, gooi ik een steen door het raam van het appartement van de wasvrouw. De vrouw die doet alsof ze Pools is. Ik moet iets horen breken. Een subtiele ster in het glas. Er wordt geschreeuwd. Ik moet snel wegwezen. Even ben ik mijn Frans kwijt. Deze pijn is kristalhelder. Zoals de kou die alleen mensen uit het noorden kennen. Het gaat niet over verdoofd raken maar over wakker worden geschud. Schrijnende huid, een straaltje uit de schedel dat langs de ruggengraat loopt. Het soort kou dat je dwingt te blijven bewegen omdat je anders doodgaat.

SCHAALDIER

Vuilgroen. Luidruchtig. Produceren geluid door met delen van hun exoskelet te tikken,te schrapen, te buigen, te klikken of te schuren.

De tijd haalt niet van alle herinneringen de scherpe kantjes. Sommige krijgen juist vlijmscherpe randen, als een mes. Ik dacht dat het verleden voorbij was, dat ik alles achter me had gelaten. Maar ik besef dat ik de dingen alleen heb weggestopt. En de pijn keert terug wanneer een van die dingen onverwachts bovenkomt, in de vorm van een simpele vraag, de geur van een oplosmiddel of wanneer de regen in een bepaalde hoek schuin neervalt. Levs schilderij schudt de bestaande orde dooreen. Er valt iets op zijn plaats. Niet de grote levensvragen maar het wonder van dit kleine iets. De grote openbaring komt nooit, want hoe kan er maar één zijn? Het zijn alle dingen die overrompelen, onverwachts, zonder zich te houden aan logica of emotie.

Ik snap nu waarom oude mensen in het verleden leven, zeg ik tegen Skeet. Het behoedt je voor verrassingen omdat je al weet wat er komen gaat.

Maar wijsheid komt juist met de jaren...

Ik zie zijn bruine handen, lichte ogen. Hij is ook iemand die het ene leven verruilde voor het andere, rooit het voornamelijk in zijn eentje. Ik weet zeker dat hij niet het cliché van de wijze oude vrouw onderschrijft, net zoals hij ook niet gelooft in dat van een oud maf wijf dat steeds gefrustreerder raakt. Ergens had ik gewild dat dit nooit was opgerakeld. Dat hij het niet wist. Het heeft me zoveel moeite gekost om het verborgen te houden. Ik heb nooit zo'n vrouw willen zijn die zich vastklampt aan het verleden. Aan de trieste, harde werkelijkheid van de oorlog.

Jij praat over werk, zij praten over honger. Jij hebt het over vreugde, zij vertellen over ontberingen. Ze ontkennen hun leven door in het verleden te blijven hangen. Hun lijden vraagt om getuigen. En die zijn nu bijna allemaal verdwenen. Ik had nooit behoefte aan getuigen. Het heeft bijna iets ironisch. Iemand die haar leven lang heeft geobserveerd en nu pas begrijpt dat een leven, elk leven, een getuige nodig heeft. Ik herinner me dat je bij schilderen alleen kunt weten wat je hebt gemaakt nadat een ander er zijn gedachten over heeft laten gaan. En nu is Levs schilderij hier en giert de angst weer door mijn lijf. Het is te laat, te warrig, te versplinterd om weer tot een geheel te maken, in dit huurhuis, te midden van deze verschroeide akkers.

Frame, zegt hij, blik omlaag. Ik wacht. Mis je hem?

Ik hoef niet te vragen wie hij bedoelt. Ik vraag me af wat er door Skeet heen gaat. Dat zal hij me nooit vertellen. Als ik naar hem kijk, moet ik denken aan alle verliezen die ik moet accepteren. Het veldwerk dat ik nooit meer zal verrichten, Skeet en ik die zwijgend naar de ondergaande zon kijken, het roze licht waarin we baden. Opnameapparatuur en microfoons inpakken en teruglopen naar het busje, zintuigen op scherp, oren nog dagen erna gespitst op het geringste geluidje. Al het werk dat niet meer uitgevoerd zal worden. Skeet gedraagt zich alsof niets evident waar of onwaar is. Hij prefereert vragen boven antwoorden en houdt zichzelf altijd afzijdig, iets wat ik – besef ik nu – ook doe. En altijd heb gedaan.

Ik blijf even peinzend zitten. Elke ochtend word ik wakker; ik rook, ik werk. De geluiden verbinden me met de wereld. En ik voel me het meest levend als ik opga in een ontdekking en mijn hele omgeving vergeet. Ik lijk veel op de vogels die ik heb bestudeerd, met hun eigen privéwereld, hun eigen gewaarwording van het licht, van voldoening, van een doel.

Ja, ik zeg ten slotte, ik mis hem.

Frame?

Skeet, ik weet niet hoe ik het moet vertellen. De wezenlijke dingen zijn te verinnerlijkt om een duidelijk omlijnde taal te hebben. Ik ben ouder, iedereen wordt ouder, maar dat betekent niet per se dat het je iets oplevert. Alles wordt dagelijkser. Dringender. Maar op een bepaald punt moet je de waarheid kunnen vinden van de tijd die je hebt verbruikt. Van al het leven dat je hebt geleefd – wat het allemaal waard is.

En de kennis uit het woordenboek dan, al het werk dat je hebt verricht. Ik bedoel, wat is de zin daarvan? Vanwaar die obsessie om het ongeordende te ordenen?

Ik leg mijn brandende sigaret in de glimmende keramische asbak. God. Zo heb ik het nooit bekeken. Als een obsessie om te ordenen. Zoals mijn moeder. Ik zie het meer als het heden vastleggen voor de toekomst. Dat is wat kunst doet. Het zorgt voor een doorlopend heden. Het vat wat niet gekend kan worden totdat je het ervaart. Wanneer Lev aan het schilderen was, zag ik hoe hij letterlijk buiten de tijd stond. Hij beeldde uit wat hij niet in staat was zelf te kennen.

Ik wil je iets laten zien, zeg ik tegen Skeet terwijl ik langzaam, moeizaam, van tafel opsta.

Skeet pakt zijn tas op en steekt zijn hoofd eronderdoor, het leren hengsel dwars over zijn borst als een krantenjongen, en pakt mijn arm. We lopen samen de voordeur uit, het grind knerpt onder onze voeten, de lavendel strijkt langs onze benen als we het stenen bordes aflopen en door de poort naar buiten lopen. De grotwanden glanzen wit. Ik zie dat een van mijn opgeplakte briefjes is gevallen. *Negenduizend jaar hebben we onszelf tegen de natuur beschermd, nu moeten we de natuur tegen ons beschermen.* Jarenlang had ik een citaat van William Blake boven mijn bureau hangen. Er is geen verschil tussen het hele ding en het ene ding, luidde dat. Het klonk voor mij beurtelings als volkomen logisch en verwarrend. Maar het kon prima dienen als levensfilosofie. Mijn papieren worden verzwaard door stenen. Het waait maar weinig hier en het is opmerkelijk droog. Ik sla mijn sjaal om me heen. De aanblik van al het werk geeft me een lichte opwinding die me nog steeds iets doet.

Skeets handen raken de papieren aan, zijn blik gaat door het vertrek. Ik had het me anders voorgesteld, zegt hij, opkijkend. Ogenglinstering bij gebrek aan licht.

Wat had je je dan voorgesteld?

Weet ik eigenlijk niet.

Hij kijkt naar al het werk, de stapels papier, mijn tekeningen van parabolen vertaald in vormen, vervolgens in kaart gebracht als vertakkende netwerken van glissando's. Tekstvellen vastgeprikt op de muren, digitale recorders, een doos batterijen, een vlekkerig theekopje, potloden, enorme stapels archiefmappen, een stug groot vel papier vol met symbolen, kratten met harde schijven vol met gegevens, geluidsbanden, veldboeken, verschillende koptelefoons, veldnotities gekrabbeld op stukjes ruitjespapier, kapotte opnameapparatuur uit verschillende tijdperken, lege pakjes sigaretten, foto's, vergeelde notitiebriefjes, spectrografen.

Dit... Hij stopt. Ik ben vergeten hoeveel je hebt gezien, zegt hij op een plechtige toon die ruimte nodig heeft.

In het begin verloor ik mezelf erin, zeg ik tegen Skeet, en toen zag ik het duidelijk en begon er nauwgezet aan te bouwen. En nu, na al die jaren, zie ik dat het voortkomt uit een toewijding aan het leven.

Maar waar, wil hij weten, komt die toewijding vandaan? Komt die van buiten of zit die in jou?

Het is groter dan ikzelf.

Die nacht in het zuiden van Frankrijk waren er geen sterren meer, de lucht was zwart. Toen de zon nog scheen klonk er al een laag gerommel. Toen ik langs de rivier liep. Eerst was er een kort regenbuitje. En nadat ik terug naar het huis was gelopen, nadat ik zag dat Lev verdwenen was, begon de regen pas goed te vallen. De aarde schreeuwde erom. Ik bleef binnen en luisterde naar het onverwachte violette onweer, telde de seconden tussen de bliksemflitsen. Ik zat buiten op het gladde stenen stoepje. De bliksem die naderde. Tref me.

Verdriet en regen gaan naadloos in elkaar over. Ik ren het noodweer in en voel zijn boze chaos. De regen prikt op mijn schedel. De regen is al tussen ons gekomen, wist alles uit. Jouw droge voetafdrukken. De zon glinstert door de bladeren, een geheime schatkist met antiek goud. Hoge leeuweriken vullen de zilverblauwe dageraad. Greppels zo rood als de eerste papaver die je ooit zag, delicaat, met een donker hart. Je schilderijen zijn zo zwaar dat ik ze niet eens in één hand kan vasthouden. Het is alleen maar verf, zeg je met toegeknepen ogen tegen de zon. Verf op verf, geen geld voor nieuwe doeken. En ze veranderen de hele tijd. Als ik de volgende ochtend wakker word is alles wat donker was wit en alles wat wit was is zwart. Je zegt dat na verloop van tijd zwart op zwart wit op wit wordt. De randen zijn een archeologie van kleur. De veeg witte verf trekt een spoor over de voorgrond, de kwast steekt uit je hand als een zesde volmaakte vinger.

De waarheid is: hoe dicht je ook bij een andere persoon komt, het is nooit dichtbij genoeg.

We hebben de tussenliggende ruimtes nodig, zegt Lev. Het niet-weten. Daartussen bevindt zich de echte wereld.

Maar het belangrijkste is het iets wat we nooit zullen weten.

Ik kijk de grote kamer rond. Hoe een openstaande deur en overhoop gehaalde papieren geweld kunnen bevatten. Ik laveer tussen verdoving en een verdriet dat in golven over me heen spoelt, het soort verdriet waar je aan onderdoor kunt gaan. Ik ben miserabel en oud. Gerimpeld, dof, gegroefd, uitgehold. Maar als ik even in de spiegel kijk als ik naar de voordeur loop, donker als een kraai, is dat niet wat wordt weerspiegeld. Ik ben totaal verregend, maar alleen mijn ogen staan raar. Het zijn alleen de ouderen die er ouder uitzien bij rampspoed.

Ik wilde Lev zien weggaan. Dat hij ineens verdwenen is, is niet logisch. Ik begrijp nu waarom mensen de doden willen zien. De open kist, het lichaam mooi aangekleed voor de engel des doods. Bril op niet-ziende ogen, sieraden, een bloedeloze versiering die langer meegaat dan huid. Haren gekamd – slordigheid is iets voor de duivel. We willen zo graag afscheid nemen. Alsof onze plechtige rituelen het feit kunnen verzachten dat mensen gewoon kunnen verdwijnen. Maar waar gaan ze heen? De vraag van het kind en de vraag van de volwassene zijn hetzelfde.

Lev schreeuwt in zijn slaap, angstkreten. Dat ene geluid dat de recorder weigert te herkennen. In vervoering is er geen plaats voor iets anders. Nog meer dan bij een storm waarvan in het oog rust heerst. Vervoering is een plek van absolute schoonheid. Maar ik word weer met mijn neus op het feit gedrukt dat alles tijdelijk is. Niets blijft. Ik probeer zijn handen voor me te zien. Ik zie ze heel duidelijk. Ik ken zijn beenderstructuur. De dingen die niet weggevoerd kunnen worden zonder getuige. En de regen blijft maar vallen.

Waar denk je aan? vraagt Skeet.

Aan het weer, antwoord ik.

We hebben niet veel tijd, zegt hij. Op hetzelfde moment beseffen we hoe absurd dat klinkt. Als op het verkeerde moment de slappe lach krijgen, bij het verplaatsen van meubels. Of op een begrafenis. De lach van Skeet is laag en aanstekelijk, en maakt me aan het lachen.

Ik ben mijn gevoel voor tijd kwijt.

Misschien is dat juist goed.

Ik herinner me vreemde dingen, zeg ik.

Zoals?

Ik weet het niet. Idiote dingen, zoals huisvliegen die brommen in F. Schaaldieren zijn instrumentalisten. Of dat zeepaardjes tijdens intieme omgang felle kleuren aannemen. En ik denk bijvoorbeeld ook aan mijn vader. Ik heb nooit veel tijd met hem doorgebracht als kind, maar soms zeiden we precies hetzelfde op hetzelfde moment. Iets ongewoons als: Ondanks het kabaal.

Boven klinkt een geluid. Houd die gedachte vast, zegt hij.

FRAGMENT UIT INTERVIEW MET LEV ALEKSANDR VOLKOV, PARIJS, FRANKRIJK, 1974

V.
A. Het gaat om het vinden van een andere vorm of een andere mythe, iets wat ons meer vertelt.

V.
A. Epifanische chaos.

V.
A. Ik denk dat kunstenaars een groot vermogen hebben hun emoties te laten gaan.

V.
A. Nee, het is grondig geordend. Hoewel er ook toevalligheden zijn.

V.
A. Ik probeer altijd het werk hoger te brengen, dichterbij bij wat ik wil.

V.
A. Het risico bestaat dat naarmate je dichterbij komt het beeld ineens volledig kan verdwijnen.

V.
A. Ik bespreek mijn dromen niet.

V.

A. Ik beantwoord geen expliciete vragen.

V.

A. Verkeerde vraag. Volgende vraag.

V.

A. Wat wilt u precies weten?

V.

A. Niet mijn vrouw of mijn kinderen.

V.

A. Feiten zijn slechts speldenprikjes. Ze zijn als de kleine donkere gaatjes die tonen waar de regen is gevallen.

V.

A. Er zijn geen feiten meer wanneer iemand sterft. Er zijn essentiëlere dingen.

V.

A. De dood heeft me volwassen gemaakt.

V.

A. Ik heb extreem geweld van dichtbij meegemaakt. Maar ik heb ook schoonheid gezien.

V.

A. Schoonheid. Moet het per se omschreven worden?

V.

A. Geen schoonheid maar onverwachte resultaten.

V.
A. Gips.

V.
A. Vastgemaakt aan het einde van een lange stok.

V.
A. Zwaartekracht.

V.
A. Natuur? Nee. Ik vind het stupide om alleen maar na te bootsen wat je ziet.

V.
A. Er komt een punt waarop praten over een schilderij het punt voorbij schiet.

V.
A. Wat is precies uw punt?

V.
A. Als ik me in woorden wilde uitdrukken, was ik wel schrijver geworden.

V.
A. Nee.

V.
A. Voor de toeschouwer? Het is het bezinksel van de bezigheid. Dat vluchtige moment en hun eigen interpretatie ervan.

V.
A. Het bevrijden van het dode gewicht van de wereld.

V.
A. Valéry zei een sensatie teweegbrengen zonder de saaiheid van het uitdrukkingsmiddel.

V.
A. Ik heb geen idee. Het is iets impulsiefs. Een impuls die verandert terwijl ik ervoor sta.

V.
A. De aantrekkingskracht van zuiver voelen. Niets meer.

ZEEPAARDJE

Ze begroeten elkaar elke ochtend met een dans om zich ervan te vergewissen dat de ander nog leeft, en daarna, drijven ze voor de rest van de dag in hun eentje door het water.

Tijd wordt gemeten in centimeters. Eén week, één centimeter. Het doet me beseffen hoe oneerlijk we tegen kinderen zijn. Openspringende knopen, polsen die uit hemdsmouwen steken. Lopen op knellende schoenen van vorig jaar. Verwarmd en gevoederd en vertroeteld terwijl we doen alsof ze niet zoiets verontrustends ervaren als van grootte veranderen. De pure paniek van het wegnemen van het bekende.

Dat er überhaupt iets groeit in deze tijd is een wonder.

In het begin durfde ik Tacita nauwelijks aan te kijken. Een contractbreuk. Dat ik me nu in deze toestand bevind, terwijl we hadden afgesproken dat ons dat nooit zou overkomen. *Elle est tombée enceinte*. Ze is gevallen. Dat is het gedeelte dat ik opvang. Al snel doet het er niet meer toe. Tacita blijft dezelfde. We zweren samen. We sluiten een pact dat dit ondanks alles een creatieve tijd wordt.

Het heeft me een nieuwe status onder de kunstenaars opgeleverd. Een bescheiden verzet tegen de bourgeoisie die altijd met het opgeheven vingertje klaarstaat.

Sloerie. *Pauvre cocotte*. Maar de algemene minachting is niets vergeleken bij de angst vanbinnen.

Ik doe wat ze zeggen. Ik drink melk en slaap, een diepe zagende slaap waar ik omlaag word getrokken het duister in. Slapen is nog het enige wat ik kan doen. Ik ben dik en rauw, en alle lust en verlangen komt ongetemperd binnen, zoals bij een kind, en ik weet dat in deze kinderlijke staat, met dit kalme lichaam, log en vol, de belofte schuilt van het naderende geweld.

Ik keer terug naar de cocon van Madame Tissaud. Haar royale armen om me heen; ze heeft mijn atelier aangeveegd, een stofblik vol met verfbladders, het raam wijd opengezet om de herfstlucht binnen te laten. Ik heb een paar dagen bij Tacita en Istvan gelogeerd maar hun appartement, met al zijn liefde en schoonheid, was te beladen. Ik heb mijn *valise* uitgepakt, de glanzende voering als een graf. Ik vind een van mijn jurken uit het zuiden terug, gekreukt, vergeten. Ik hang de jurk aan de achterkant van de deur en strijk met mijn hand de vouwen glad. De jurk is wit en aan de mouwen en de zoom zitten oogjes van stof. Ik zie een paarse vlek. Dan het oorverdovende geluid van een vliegtuig in de lucht. Al die vliegtuigen. Frans of vijand. Niemand lijkt het te weten.

Ik zit stil op mijn stoel te wachten op inspiratie. Het komt, het komt niet. Het enige waar ik nog met concentratie aan kan werken is mijn geluidenboek. De troost van de koele witte pagina's. Madame Tissaud gaf me een boek gebonden in witgelooid leer, een van de boeken bedoeld voor Angels bibliotheek, maar ze had de witte band ingenaaid met lichtrode linnen draad, en dat vond ze op een of andere manier niet bij hem passen. Ze haalde het tevoorschijn en ik vertelde haar over de diefstal van die van mij, in die volgorde. Alles met haar is in die volgorde.

Hoewel ik misselijk word van de lucht van oplosmiddel begin ik toch weer met schilderen. Ik ben bang dat ik stukjes van mezelf aan het verliezen ben. Mijn hoofd voelt alsof het propvol watten zit. Schilderen houdt me op de been. Het werk begint als een vaag vermoeden, een gevoel van iets uit de verbeelding. Geleidelijk aan wordt het iets wat ik kan zien. Dan wordt het iets wat ik kan doen. Het is een zelfportret. Het voelt als iets definitiefs. Er zijn houten vloerplanken en twee muren die een vreemde hoek vormen alsof ik mijn onderbewuste op een hoog, afwachtend podium heb geplaatst. Ik zit op een stoel, eveneens in een onlogische hoek, en word omringd door dieren. Een wolf, een wit paard, een rode vos, een hert, een raaf en andere vogels bij mijn voeten. Ik kijk recht naar voren, in de ogen van de toeschouwer, een niet-lachende mond, haar is los en golft op verontrustende wijze om mijn hoofd. Mijn kleding is aards en mannelijk, op mijn elegante veterlaarsjes na. Felrode verfstreken naast mijn arm accentueren de stoel onder me. Het lijkt of ik audiëntie hou en met de dieren communiceer. Maar dat zou een verkeerde voorstelling van zaken zijn. Met de vingers van mijn rechterhand maak ik het teken dat ik heb gezien op Italiaanse schilderijen. Het Kwaad laten voortduren of juist afweren. Verbonden in een pact. Ik ben te lang bezig met de vingers, omdat die het moeilijkst te tekenen zijn. Ik geef alles duidelijk omlijnde schaduwen. Het enige raam in het vertrek is niet in perspectief geschilderd. Terwijl ik schilder, heb ik het gevoel dat de tijd wordt opgeschort, niet wordt afgemeten aan de klok, en dat er van alles kan gebeuren. Het sterke contrast tussen binnen en buiten. Als ik het doek van een afstandje bekijk, zie ik hoe wild ik ben. Het dier in mij staart me aan.

Ik slaap op de zij waar mijn hart zit. Door een stethoscoop heb ik naar de hartslag geluisterd. Die klinkt als paarden in galop. Soms blijf ik hele nachten op. Tacita zegt dat er een volksverhaal is: als je niet kunt slapen, ben je wakker in de droom van een ander. Er zijn dagen van werken, en brood, kaas en fruit eten. En dan dagen van sigaretten en wijn wanneer ik uit ben met Tacita en de kunstenaars. Ik ben roekeloos, ik ben kuis, ik ben gevaarlijk, ik ben ondeugend. Ik ben reddeloos verloren.

Je weet dat dit goed is, zegt Tacita. Alter ego's zijn goed. Het is bijna onmogelijk om altijd dezelfde persoon te zijn.

Ik wilde dit niet. Maar ik deed niets. Ik gleed weg, alles ging op zwart. En toen was het te laat. Bedrogen door mijn eigen lichaam. Maar het lichaam alleen bereikt niets. Het trok me naar binnen. Drong mijn gedachten binnen en bracht die tot zwijgen. Wat begon als angst werd zachter, zoeter, overweldigend in zijn behoefte. Het overspoelde me met zoveel kracht en vulde elke barst. En tot mijn eigen schrik merk ik dat ik het niet alleen wil maar het ook wil beschermen. Dat iemand die nog niet bestaat mijn kijk op het leven zo diepgaand kan veranderen is enorm beangstigend. Ik verlies mijn greep. Maar af en toe is er nog een flits van klaarheid, wanneer ik me weer even herinner wie ik ben. Er stroomt iets door me heen. Ik ben niet langer een levenloos object zoals alle andere volwassenen. De geest is wankel, maar het lichaam is solide als staal.

Het is een openbare voorstelling, dit. Iedereen heeft een mening, alle monologen die normaal gesproken ingehouden zijn, zijn nu ineens luid en duidelijk hoorbaar. Op straat legt een vreemde ongevraagd zijn hand op mijn buik en zegt dat hij zijn dochters naar vrouwelijke heiligen heeft vernoemd, en ik vraag me af of de piepjonge vrouw naast hem een van de heiligen is of zijn minnares. Een vrouw zegt dat mijn armen te dun zijn. Een andere zegt dat God alles ziet. Dat herhaalt ze nog een keer terwijl ze ter verduidelijking haar wijsvinger en middelvinger in een V onder haar ogen houdt, alsof ik een visueel hulpmiddeltje nodig heb voor zijn Oogballen die zich in mijn verdorven vlees boren – wat me er voor de zoveelste keer op wijst hoezeer ik een hekel heb aan gelovige mensen. De mannen in uniform grinniken. Met hun dunne koude lippen geven ze commentaar in hun taal, al is er geen vertaling nodig.

De musea zijn gesloten. Hun collecties zijn in kratten gestopt, alle meesterwerken in paardendekens gewikkeld en naar de provincies afgevoerd. De zeldzaamste dieren in de dierentuinen zijn geëvacueerd. Elke week is er weer een dier weg. Tacita en ik zetten ons project voort. We houden bij welke dieren verdwenen zijn. In een notitieboekje teken ik hun stemmen op terwijl zij hun portretten schildert, alsof het koningen zijn.

Klassiek vormgegeven, majestueus, door de tralies heen weet ze hun uitdrukking te vangen. Voor ons beiden is het een afscheid. We vragen de oppasser waar de dieren naartoe zijn. Hij vertelt ons niets.

Alles aan deze toestand is uitgekiend en stevig verankerd, niet dramatisch zoals sterven. Dus als ik de trap oploop met eten dat ik heb verkregen met bonnen en andere listen (ik denk aan Levs land, in de rij staan voor uien, appels en lucifers), schrik ik van een plotse stortvloed van water. Het is warm en stroomt langs mijn benen, waardoor de houten trap glibberig wordt. Een waterval. Heel lichtroze rivierwater.

Net als de dood komt de geboorte te snel. We wachten en wachten, maar toch komt het elke keer als een schok.

Ik loop voorzichtig, behoedzaam, een spoor van water lekkend, dat stroompjes vormt en in plasjes samenkomt, en al mijn bewegingen duidelijk zichtbaar maakt. Ik zet de tas met eten op de houten tafel. Zelfs bij doodsangst is er een protocol. Ik voel de eerste pijnscheut. Ik raak in paniek en stoot een dierlijk geluid uit dat al snel overgaat in een verstikte angstkreet.

Ik wil dit niet alleen doen.

Ik loop langzaam de trap af. Madame Tissaud is niet thuis. Ik zwalk als een krankzinnige naar buiten de zonovergoten straat in. In het openbaar, denk ik, kan er niets ergs gebeuren. Zo onbetrouwbaar is mijn geest al.

Wat ik me herinner zijn flarden. Het vriendelijke gezicht van een vreemde. Een donkere auto. Een vaag waas van poorten en steen. En dan wit. Als ik bijkom, heb ik een gesteven laken over mijn benen, felle zilveren lampen in mijn gezicht creëren een mozaïek van minuscule metalen fonkelingen, zoals het facetoog van een vlieg. Er is iets mis. Alles is al afgegleden naar gevaar. Ik ben een andere, woelige versie van mezelf. Strijdlustig. Mijn armen en benen maaien en zwaaien. Vechten tegen alles. Wat de verpleegsters zeggen als ze geen ader kunnen vinden. Als ze me in een slecht passend ziekenhuishemd hijsen en een rubberen onderbroek aantrekken alsof ik een incontinent kind ben. Zegt u het tegen haar, commanderen ze een van de artsen. Zegt u tegen haar dat ze uitglijdt en zichzelf verwondt in haar eigen vruchtwater. Zegt u tegen haar dat ze naar ons moet luisteren.

Ik hoor mijn hart bonzen in mijn oren. Zwarte golven. Even zie ik iets, dan wordt het weer zwart. De pijn komt met zoveel kracht dat hij doormidden lijkt te scheuren, maar dan is hij plotseling weer helemaal weggeëbd en laat een spoor van leegte achter. Ongevaarlijk aangenaam, als koud water in een glas. Op die momenten zou ik kunnen schilderen, een sigaret roken, zoenen. Maar met het begin van de volgende pijnscheut bevindt zich de herinnering aan de vorige nog net onder het oppervlak. En wanneer de pijn komt, is die zo heftig dat het onmogelijk is om iets te doen, niet eens ademen. Het gaat elke keer dieper. Een oerpijn. Die snijdt door huid en zenuwen naar onderliggend bot. Dieper dan bot. Een lichaam dat opensplijt voor het leven: dichter bij je eigen dood kun je niet komen.

Er verandert iets. Ik probeer ze duidelijk te maken dat ik geen lucht krijg. Alles wordt vaag en vonkt, maar er komt niets uit. Ik kan niet praten. Het is als een nare droom waar alles misgaat. Je kunt je stem niet meer gebruiken en je ledematen doen het niet meer. Ze vergissen zich. Ik hoor ze iets zeggen. Bloeddruk valt weg. Een chirurg komt erbij. Verpleegsters pakken mijn maaiende armen beet en binden ze aan weerskanten van het bed vast, uitgestrekt als Christus. Ze zeggen dat ze dat doen omdat het je instinct is om de baby te willen pakken.

Dit is niet hoe het hoort te zijn. Het komt niet overeen met de eerdere traagheid. De slome groei. De wazige geest. De stroperige, lange dagen.

Bij dieren lijkt de geboorte anders, poëtisch zelfs. Zoals bij zeepaardjes, waarvan het mannetje en het vrouwtje naast elkaar zwemmen, verbonden door hun grijpstaart. Ik heb over hun ingewikkelde baltsgedrag gelezen waarbij ze muzikale geluiden onder een volle maan produceren. Wanneer de mannetjes een paar weken later bevallen, komen er op magische wijze honderden volledig gevormde zeepaardjes tevoorschijn uit een wolk.

Ik word wakker in het donker. Het ruikt muf. Alsof de lucht opgebruikt is. Ik lig in een kamer en er liggen andere vrouwen in bedden met ijzeren, witgeverfde staven. Naast hen mandwiegjes op metalen wielen. Kleine katachtige kreten uit wezentjes met roze gezichtjes die nog nauwelijks decibellen produceren. Ik haal diep adem en blaas uit, en realiseer me dat er geen messcherpe pijn meer tussen mijn ribben is. Geen verwrongen spieren. Geen dik slijmerig gevoel in mijn maag. Geen hard hoofd dat op mijn blaas drukt. Geen afknellen en verschuiven van inwendige organen. Ik voel me open en bloot en uitgerekt, als een achtergebleven karkas. Grote stukken lucht tussen elke rib, uitgebeend en glimmend. Ik raak mijn buik aan en ik voel louter zacht los vel, niet rond en hard meer. Mijn ademhaling gaat snel en oppervlakkig. Alle maanden die nodig waren om aan de gestage groei te wennen en dan in één kort moment is alles weg. Maar de geest werkt zo niet. Zo snel. De baby groeit en duwt je langzaam uit je eigen lichaam om het in een oogwenk weer naar je terug te gooien.

Naast mijn bed staat geen wiegje. Ik voel me afgepeld. Ik raak in paniek, probeer op te staan. Een stekende pijn in mijn buik. Ik glij van het bed af, ik zit met een zware metalen ketting aan een infuusstandaard vast. Die is niet zo licht en rolt niet zo soepel als ik had verwacht.

Ik schuifel door de gang, blote voeten koel op de tegelvloer, het ziekenhuishemd glijdt van mijn schouder, knobbelige ruggengraat zichtbaar, ik bons op elke deur. De scherpe geur van vloerreiniger doordringt de gangen. Niet goed snik, zie ik weerspiegeld in de kleine oogjes van de verpleegsters, als de spelden waarmee vlindervleugels worden opgeprikt.

Op de deur naar de zuigelingenzaal hangt een briefje. Het is een rooster. *Fermé. Ouvert à huit heures*, staat er.

Ik klop hard op de deur. Een verpleegster met zwarte, zwaar opgemaakte ogen komt naar buiten en geeft me een uitbrander. Ik mag mijn bed helemaal niet uit. *Allez au lit!* zegt ze streng, alsof ik een kind ben.

Ou est mon enfant? vraag ik, eerst een zachte bromtoon maar allengs luider, woedend.

Revenir le matin, zegt ze op afgemeten, gezaghebbende toon, wijzend naar het rooster.

Revenir. Revenir le matin, herhaal ik catatonisch. Vertel me wat er is gebeurd. Mijn woorden klinken als botschaafsel. Ik moet met iemand praten. Waar is de baby?

Ga zitten, anders raken uw hechtingen nog los.

Zeg op, schreeuw ik. Zeg op.

Ze brengt me terug naar mijn bed en knipt het licht uit.

Bijna pijnlijker nog dan de bevalling is wanneer de melk op gang komt. Het lichaam geeft je een paar dagen respijt en dan is er opeens het volstromen, voller en voller, de borsten worden hard en gezwollen, blauwe aderen die naar het oppervlak worden gestuwd. Alleen is er geen baby om de pijn te verlichten. In plaats daarvan komen ze ongevraagd binnen en binden 's nachts mijn borsten af zodat de melk zal opdrogen, een handeling die zoveel pijn doet dat ik nauwelijks nog kan ademen.

Ik krijg te horen dat normaal gesproken de ongehuwde moeders op een aparte afdeling liggen, maar door de tekorten en schaarste liggen we nu allemaal in één zaal. Het is moeilijk om je voor te stellen dat we nog iets anders zijn dan op dezelfde afdeling liggen, gepolijst tot gelijkheid. De hele tijd zijn er vrouwen in andere kamers, die ijsberen, kreunen en brullen als dieren in een kooi.

C'est à cause de la pleine lune, zegt een van de verpleegsters. *Elle rend les gens fous* – ze pauzeert, er schiet ineens een harde lach uit haar – *ou les accouchent.*

Mijn ogen klauwen in de muren. Verscheurd, alert in de stilte. Maar overal zijn obstakels, de onwilligheid van mijn armen en benen, van mijn denken.

Uw kindje is tijdens de bevalling gestorven, zegt een verpleegster die binnenkomt, al weet ik niet precies wanneer dat is, hoeveel dagen later.

Het is beter zo, zegt ze, waarna ze er op gedempte toon aan toevoegt, gezien uw situatie. Zonder enig besef van de onvoorstelbare mededeling die ze net heeft gedaan. Ze zet een dienblad met worstjes en bonen voor me neer. Alsof deze offerande volkomen normaal is na zo'n bericht. De worstjes zijn witachtig roze en geslonken in hun velletje. Het doet me denken aan alle verloren vingers, de mannen die hun eigen vinger afhakten. Een manier om aan de dienstplicht te ontkomen, had Lev me verteld.

Op de gang hoor ik een vrouw zacht zingen voor een baby en ik voel mijn eigen hart ineenkrimpen. Er is geen slaapliedje dat in staat is om een stervende baby in slaap te wiegen. Mijn lichaam begint te trillen. Elke scheurende snik zendt een pijnscheut door me heen. Dan valt het metalen blad kletterend op de vloer. Een kind gemaakt en uitgewist, alsof ik gestraft moet worden.

Er zijn geluiden. Haastige tikjes op de tegels. Mijn vuisten tegen de verpleegster. Nog een verpleegster. Er is een injectie en dan een warme, traag binnensijpelende euforie waarna het aardedonker wordt.

Maar als ik wakker word, herinner ik me elke keer de angst, al is de vorige angst niets vergeleken met de nieuwe. Ik probeer de dienstdoende arts te vinden. Niemand weet het. Niemand die maar iets lijkt te weten. Mij wordt niets verteld. Ik heb momenten dat ik helder kan nadenken en andere waarin ik me niets herinner. Ze hebben het bloeden gestelpt. De waarden zijn teruggebracht tot normaal en gestabiliseerd. Ik moet een ontslagformulier tekenen en word vervolgens in een rolstoel tot aan de ingang gereden, alsof alles, wanneer je eenmaal over deze streep heen bent, weer pico bello is.

En als ik naar buiten loop, voorzichtig de ochtendkou tegemoet, beweegt mijn lichaam zich door het grijs. Pas hier in de buitenwereld, terug in het jaargetijde, terug in de tijd, besef ik dat het leven niet meer hetzelfde is. Alsof een deel van mij samen met de baby in het graf is gelegd. Ook al is er geen baby. Ook al is er geen graf.

Dus het zal in februari geboren worden, een Waterman. De sterren beloven iets, Tacita maakt een horoscoop. Geboortebloem: viooltje, leest ze hardop. Geboortesteen: een doodse stilte.

Wat, Tas?

Niks. Aan haar toon hoor ik dat het niet waar is.

Tacita, wat verzwijg je voor me? vraag ik lachend en ik wil het boek pakken. En dan zie ik het. Er staat amethist.

De lucht is koud en op het moment dat ze mijn huid raakt, weet ik dat ik hier weg moet. Er wordt me voorgehouden dat mijn eigen tragedies klein zijn ten opzichte van de grote tragedies die nu in de wereld plaatsvinden. Maar je kunt een tragedie niet op deze manier afmeten, wil ik tegen de verpleegster zeggen. De ene tragedie wordt niet tenietgedaan door het geheel. Tragedie is niet algemeen. Hoe kunnen we nu de ene tragedie met de andere vergelijken? In plaats daarvan zwijg ik. Ik praat met niemand.

Ik wou dat ik ergens anders woonde. Een plaats van tegenstellingen. Waar het nacht is in plaats van dag. Deze stad is te oud. Te ingewikkeld. Een verwoeste heilige stad. Ik verlang naar groen en alledaags. De buitenlucht doet pijn aan mijn ogen. Alles lusteloos. De hele stad is een zacht lijk, slappe nek, hangend hoofd, open ogen die uit het lood staan. De straten, graven. De onnatuurlijke stilte. De dichtgespijkerde winkels. De geblakerde gebouwen. De donkere kronkelige bomen. De lege natte stoelen in de Tuileries. De ijzige wind. Ik blijf wankelend staan. De pijn in mijn lijf is er nog maar wordt minder, hoewel ik niet wil dat hij verdwijnt. Ik wil de pijn als tegenwicht voor wat ondraaglijk blijft.

Ik ben verloren. Nutteloos. De straatstenen worden glad van de nattigheid. De witte sneeuw verandert in as zodra hij op de stoep valt. Met toegeknepen keel kijk ik achter me en zie zwarte voetafdrukken in de kleurloze sneeuwbrij. Bewijs dat ik er nog steeds ben. Drie mannen in uniform op een balkon kijken naar me. Ik ruik cement, de penetrante beschimmelde aarde die als een draak door alle kieren en gaten komt. Ik loop nietsziend verder, vastberaden. Hoewel Tacita een felrode jas draagt, ruim en stijlvol, zie ik niet dat ze onder het balkon staat.

REIGER

Verenlaagjes, krakend riet,
tot aan het middel in het water, de snavel een dolk,
getrokken om te doden.

Alles is veranderd, zoals in sprookjes waarin het hele koninkrijk in slaap valt behalve één iemand, degene die is vervloekt om wakker te blijven. Het liefst zou ik onder een ander gesternte willen bestaan, wakker worden in een andere tijd. Dagen achtereen lig ik lamlendig in bed. Als ik uitga, zie ik voor het eerst overal het gevaar. Het is druk, verwarrend. Het geluid van metaal, de mannen in donkere uniformen, de gepijnigde gezichten, iedereen op de vlucht. De oorverdovende stilte van Lev. Dat mensen kunnen verdwijnen. Hele bevolkingsgroepen kunnen verdwijnen. Ze kunnen van de rand schuiven en in het niets vallen.

Wie weet is hij naar Siberië verbannen, zegt een vrouw in de rij op het postkantoor ongevraagd; ze laat haar blik vluchtig over mijn enveloppen gaan, de magere smeekbedes die niet beantwoord worden. Maar niet naar het uiterste noorden als ze worden vergezeld door hun vrouwen, voegt ze eraan toe, alsof ze allemaal polygamisten zijn.

Er staat een gure wind die schuin uit het oosten blaast. Ik loop naar het appartement van Tacita en Istvan. Binnen klinkt het tinkelende glasgeluid van Russisch-orthodoxe kerkklokken, en dan een Strawinsky-wals. Rusland drukt overal zijn stempel op, zelfs in dit door Hongaren bewoonde appartement in Parijs.

Istvan wordt verteerd door het idee van vrijheid. Onvermoeibaar werkt hij door, kunstenaars helpen ontsnappen. Er is een rijke erfgename met een huis in Zuid-Frankrijk. Speciale routes. Manieren om aan papieren te komen. Tacita en ik hebben ook geholpen.

Het zou nu zo gemakkelijk zijn om niets te doen, zegt Tacita die in mijn hand knijpt. Maar dat doen we niet.

Ik kijk haar aan alsof ik doof ben en me moet concentreren op liplezen, de gelijkmatige klanken, een blik die ze mogelijk interpreteert als geruststelling.

Ik denk dat ik hier weg moet. Ik sla mijn blik op en kijk in haar donkere vijvers, haar bosbessenogen.

Ja. Je moet gaan, Iv, zegt ze met een blik naar Istvan. Maar hij kan zijn werk hier nog niet in de steek laten. Wij zullen later ook passage boeken en vanuit Portugal de oversteek maken. We moeten zorgen dat iemand je naar de kust kan brengen, Iv. Je kunt hier niet blijven. Je zou met de boot naar New York kunnen gaan.

Ze kijkt me aan en lacht. Dan zien we elkaar aan de overkant.

Ik knik.

De opvlammende mogelijkheid dat er ondanks alle dingen die ik niet kan veranderen toch een uitweg zou kunnen zijn. Deze verpletterende angst die me meetrekt in zijn volle wasdom waar het vernietigen van het leven een nabij ideaal lijkt.

De ketel begint te fluiten, Tacita pakt de ketel en giet het water in een muntgroene theepot. Er stijgt stoom op. Ze stopt haar lepeltje in de pot gesmokkelde honing, haalt het eruit en likt het voorzichtig af.

Wanneer we elkaar weer in New York zien, zegt ze, zullen we daar onze tentoonstelling over de verdwijnende dieren houden.

Ik begin ingewikkelde zwarte pentekeningen te maken, ineengedoken in mijn jas. Mitaines aan. Ik eet weinig. Ik wacht op de lift naar Marseille, vanwaar ik naar Lissabon zal gaan om me bij de anderen te voegen, wachtend als weeskinderen om te kunnen ontsnappen. Maar er is iets nieuws in mij gevaren, iets donkers en niet van mij. Ik merk dat moord overal is. Op de gezichten van de mannen, hun strakke verbeten mondgaten. Een vos om de nek van een vrouw, de klauwtjes die ergens tussen haar sleutelbeen en haar schouderblad bungelen. Al die opgerolde huiden als de ongeopende blaadjes van lelietjes-van-dalen, met luchtgaatjes erin geprikt, in de werkplaats van Madame Tissaud. Varkens, kalveren, koeien, de gespikkelde spiralen van struisvogelhals, geitenmagen. Hoewel er nu maar weinig zijn, leer is bijna nergens meer te krijgen. Ik begin dingen te zien die me onzeker maken. Ik spreek dingen hardop uit, als test, om te zien hoe anderen reageren.

Hoort u niet nog steeds de angstkreten van de dieren? vraag ik aan Madame Tissaud, gebarend naar de huiden.

Ik heb een hekel aan de natuur, lacht ze. Die is zo – plantaardig. Ik vind haar te groot, te eentonig. Ik word blij van elektrische verlichting, muziek en de roosvensters van de Notre Dame. Ik kijk liever naar een Delacroix dan naar een bos. Ik heb geen romantische band met de natuur, zegt ze terwijl ze katernen tegen elkaar schuift. Die werd in één klap verbroken toen ik klein was. Ik herinner me dat ik op een zomerdag een moedereend in het water zag met drie gele jonge eendjes achter zich aan. Een majestueuze reiger scheerde over ze heen en verdween weer. Ik keek naar de moeder en haar eendjes die soepel over de vijver gleden en bedacht wat een vredig tafereeltje het was. En ineens een flits van veren. De reiger landde en spietste ze. Een. Twee. Drie. Hij at alle drie de eendjes op, slokte ze zo naar binnen voor de ogen van de moeder die als een gek in het rond zwom en woest met haar vleugels klapperde.

Ik denk dat ik te dicht bij de aarde ben geweest, zegt ze en met een draaibeweging zet ze de snijmachine vast. De grond bewerken, door natte velden lopen, vingers ontveld van het plukken van gewassen. We hadden vee, en slachtten zelf de dieren die we aten. We keken nuchter naar de slachtpartij. Voor mij is dierenhuid hetzelfde als stof, behalve dat ze een andere boekband opleveren.

Dat maakt me niets wijzer, concludeer ik.

Ze veegt haar handen af aan haar ruwe schort en ik volg haar naar de keuken. Ze pakt een zak gedroogde schutbladen die aan de lindebladeren ontspruiten en begint die tot een papje te stampen, waarna ze het in een zeef laat uitlekken. Dat zal ze gebruiken om koekjes van te bakken aangezien er een tekort aan bloem is.

Ivory, Jean-Yves, mijn oudste zoon, zal me in de auto naar de Dordogne brengen. Je zou met me mee kunnen gaan. Na alles–

Alles?

Je moet voorzichtig zijn, zegt ze, terwijl ze mengt en meer blaadjes tussen haar vingers verkruimelt. Het is hier niet veilig.

Veilig?

Ik kan alleen herhalen wat zij zegt.

Hier zijn ze in de meerderheid. En er zijn meer mensen weggehaald. Laatst zag ik hoe ze een tienerjongen naar Gare d'Austerlitz sleurden en op een van die treinen zonder bestemming zetten. Zijn oog was tot een glimmende paarse kring geslagen. Ze valt stil. Ik zie de emotie in haar ogen opwellen. Ze veegt haar vingers af en legt ze op mijn schouders, kijkt me recht aan. Ik zie dat ze schrikt van mijn ogen. De doffe berusting en afstand erin. Ze zegt: In tijden van tegenspoed moeten we ons sterk houden. Maar voor het eerst klinkt haar stem bang, waardoor het niet precies duidelijk is tegen wie ze het zegt.

En Lev. Stilte, een nieuwe taal die tussen ons in druppelt, als bloed.

Niemand noemt zijn naam. Maar, zegt Tacita, die langzaam de woorden uitspreekt, onderschat hem niet.

Ik kan er niet over praten, Tacita. Hoewel niets wat ik zeg de wanhoop vanbinnen kan beschrijven. Ik heb het gevoel dat er iets is uitgeschakeld.

Ik eet angstvallig, alleen aardappelen, terwijl zich in de buitenwereld onbegrijpelijke gebeurtenissen afspelen. Het interesseert me allemaal bitter weinig. Het neemt toe, de omringende duisternis, al word ik door niets van buitenaf bedreigd. Vreemd genoeg heb ik niet het gevoel dat ik voorbestemd ben om te sterven. Leven met deze diep verankerde afwezigheid is een soort straf, een straf die ik zal moeten uitzitten. Me afvragend of het een geschenk is om te blijven leven. Met alleen Tacita die merkt dat er iets niet normaal aan me is.

Ik ga voor mijn ezel zitten omdat me dat bekend is, maar het is meer een restant van een vorige zelf. Ik vind een verhaal vertellen zinloos. Waarom een verhaal? Waarom nu? Maar ik knijp in de onderkant van de verftubes en meng kleuren, zilverblauw en ijsgrijs met roodbruine ondertonen. Een levendige kern van kleur, een bontmantel in de buitenlucht afgebeeld, in een winters landschap. In de linkerhoek een kleine vogel als tegenwicht. De vogel verdwijnt langzaam en ziet nog net zijn eigen weerspiegeling in de spiegel die uit de sneeuw steekt. De figuur in de mantel glimlacht flauw alsof hij een geheim met zich meedraagt. De maan hangt, onbeweeglijk.

Ik hoor een zachte klop op de deur.

Kom binnen.

Tacita's schoenen tikken op de vloer. O, je bent aan het werk, ik kan later terugkomen.

Nee, zeg ik, zonder op te kijken. Blijf.

Ze knijpt haar ogen toe, loopt naar het schilderij en gaat dan weer naar achteren. Het lijkt op een ontdekking, zegt ze, geen gebiedende toon in haar stem.

Ik blijf schilderen terwijl ze rondloopt en dan op het bed gaat zitten.

Een lange stilte.

Ivory?

Hmm.

Ik ben bang.

Ik stop en leg mijn kwast neer, loop naar haar toe en ga naast haar op het bed zitten. Ze beeft. Wat is er, Tas?

God, ik weet het niet eens, er zijn zoveel dingen, zegt ze, de emotie wegslikkend.

Vertel.

Ik sta uren in de rij voor wat schamele etensresten, als een rat. En door al dat wachten heeft mijn geest te veel ruimte. Ik denk niet aan het goddelijke. Ik denk de hele tijd: als er geen schoonheid is, wat hebben we dan precies? Hebben we waarheid? En dan vullen mijn gedachten zich met alle dingen die schaars worden, waardoor ik het gevoel heb dat ik niet kan ademen. Ik zie mensen met verwoeste gezichten, gele sterren op hun jas genaaid. De straten die zo stil zijn. Zo stil dat je je eigen leven kunt vergeten. Ik ben een *chiffonier*, zoals de voddenrapers uit de Belle Époque die de straten afschuimden op zoek naar gebroken glas en dode dieren om te villen. Er is niets hier. En ik weet dat Istvan heel belangrijk werk doet, maar het maakt me ook bang. Alle kunstenaars en schrijvers die hij helpt te ontkomen naar het huis in het zuiden. Dan zie ik overal de soldaten, en weet ik zeker dat ze het doorhebben. De vreselijke, priemende ogen als ik langs onze bezetters loop die zich te midden van ons bevinden. En elke dag zijn het er meer. Misschien ben ik paranoïde, maar soms gebeurt er iets in het echt, dan kom ik bijvoorbeeld thuis en dan is het bad vol. Tot aan de rand met water gevuld. Zo laten ze ons merken dat we in de gaten gehouden worden. En dan denk ik: waar is Lev? Ze begint te huilen. En waar ben jij, Iv? Waar ben jij?

Ik leg mijn arm om haar schouders. Tas, ik ben hier. Het is de wereld die van gedaante is veranderd.

Dat is ook de reden dat we weg moeten gaan, zegt ze, haar wang afvegend.

Tas–

Ja?

Zeg het me. Eerlijk. Denk je dat ik een beetje... gek ben?

Ze zwijgt lange tijd. Volgens mij ben je juist heel erg wakker.

Maar denk je dat we door weg te gaan de falende beschaving ontvluchten?

Ze haalt diep adem. Ik denk dat we nog niet compleet zijn aangetast door ons eigen cynisme. We hebben nog geloof. Ze valt weer even stil. Dat bewijst het schilderij dat jij hebt gemaakt.

O ja? Ik heb het gevoel dat alles onbetrouwbaar is. Dat schilderij komt me zo absurd voor. Ook taal. *J'ai peur*. Wat wordt er nu precies overgebracht van de ervaring zelf? We zitten allemaal in hetzelfde schuitje, maar dat is niet zo. Niet echt. We moeten het alleen doen. We moeten leven met onszelf. Ik heb het gevoel dat ik wegdrijf, Tas. Mijn geest speelt een spelletje met me. Ik kijk naar alledaagse dingen maar weet niet meer wat ik precies zie. Wat hun doel is. We geven zin aan de dingen door ze steeds aan onszelf te relateren. Ik vraag me af wat ze met Lev hebben gedaan. En daardoor zou ik het liefst–

Ze kijkt me aan. Haar ogen staan bezorgd.

Besta in iets wat oprecht is, zeg ik. Iets wat deugt.

Tacita steekt een sigaret op. Dat kun jij doen, Iv. Jij staat op het punt terug te keren naar de grootse bossen van je jeugd. De wildernis waar je zo van houdt. Ik zie een gedachte door haar heen schieten, en dan lacht ze. Misschien is Moeder Natuur wel je echte moeder. Haar blik gaat naar mijn ladderende kousen. Het is gek, je kindertijd is maar zo kort en toch blijf je hem de rest van je leven missen.

Jij mist de jouwe niet.

Sommige dingen.

Ik ben al mijn leven lang bezig om weg te rennen voor dingen.

Jij bent al je leven lang bezig om naar dingen toe te rennen. Dat is in feite niets anders.

Maar ík ben anders, Tas.

Ik heb de hele tijd dromen waar ik aarde proef in mijn mond. Dat ik dood ben en dat ik op een of andere manier mijn eigen lichaam moet begeleiden, zeg ik zacht.

Nou, godzijdank, zegt ze, terwijl ze haar benen over elkaar slaat, dat we niet onze eigen begrafenis hoeven uit te voeren. Ze kijkt op en loopt naar het raam; ze heeft nog steeds haar jas aan. Iedereen leeft inmiddels met z'n jas aan. Het is een bitterkoude winter geweest. Er is geen steenkool. De stroom is afgesloten. We stoppen krantenpapier onder onze truien en jassen. Mensen liggen dagen achtereen in bed, simpelweg om warm te blijven. Buiten valt de koude regen.

Ik hoor het natte zwiepen van de boomtakken tegen het schuine dak in de wind.

Weet je wat me bang maakt, Tas?

Nou?

Dat ik eraan wen.

Aan wat?

Aan alles.

Mensen kunnen overal aan wennen, zegt ze, en dat hoeft niet per se erg te zijn, laat ze erop volgen.

Ik weet het niet. Ik weet niet wat dit gaat overleven. Ik merk al dat iedereen aan het verharden is. Ik verhard.

Tacita draait zich om en kijkt me ernstig aan, al zien haar ogen er groot en moe uit. Snap je het niet, Ivory? Wat zal voortleven is dit. Ze gebaart met haar hand door de lucht. Ons dagelijks leven.

Ik kijk haar wezenloos aan.

Alles. Het stof op het parket. De opgedroogde zilveren theezakjes op je schoteltje. Die plant met de dorre bladeren. Je verftubes die uitdrogen bij de opening. De belletjes in het glas van dat raam. De kale takken van die boom die volgend jaar weer zal bloeien en bladeren krijgen en bladeren zal verliezen, telkens opnieuw. De lucifers waarmee die sigaretten aangestoken zullen worden. De stapels boeken die je al dan niet hebt gelezen. Alle postzegels op alle ongeopende brieven die je hebt verstuurd. Madame Tissaud die beneden een liedje neuriet. Dit prachtige, onvoltooide schilderij. Daar moeten we ons aan vastklampen. Aan alles, want als we er niet meer zijn, zal alles wegglijden, en onze tijd, deze dingen – al deze dingen zullen weg zijn.

Dan zullen we niet opgeven, zeg ik.

Wat ik haar niet vertel: ik droom dat ik in mijn slaap uit het raam spring en tijdens mijn val wakker word.

En terwijl we elkaar bij het afscheid omhelzen, valt buiten de regen.

MOT

Lunificatie.

Het zit zo – de wijzer van de klok verschuift – er is nog iets.

Wat bedoel je? Nog een tik.

Er was een kind dat in Parijs is geboren.

Er is geen kind, zeg ik botweg. De baby is doodgegaan.

Skeet kijkt me diep in de ogen. Er gaat een heel leven over en weer.

Het is niet dood. Ik bedoel, zij is niet dood. Ik heb hier de ziekenhuisverslagen die het museum heeft opgestuurd, zegt hij, gebarend naar zijn tas. Dat zeiden ze vroeger standaard tegen ongehuwde vrouwen, zegt hij voorzichtig, terwijl het kind in werkelijkheid werd geadopteerd. En de moeder werd vaak dagenlang zwaar onder de medicijnen gehouden. En er waren altijd een heleboel gezinnen die een baby wilden. Dit kind, dit meisje, werd geadopteerd door een kinderloos echtpaar dat naar het zuiden vluchtte en zich later weer in Parijs vestigde.

Een dochter, zeg ik, ik probeer dit woord zakelijk uit te spreken, maar ik word overvallen door een ondraaglijke pijn in mijn borst en het woord komt er gekunsteld uit. De vreselijke klank blijft in de muren zitten.

Maar voor we verdergaan, moet ik het je vertellen. Hij buigt zijn hoofd. Ze leeft niet meer.

Als ik niets zeg, voegt hij eraan toe: Ze hadden haar Jeanne genoemd.

Mijn hart zo zwaar als water. Ik slik een aantal keer voordat ik de controle over mijn stem weer terugheb. O god, Skeet. Ik moet gewoon even–

Ik vind het heel naar, Frame. Heel erg naar. Ik wilde alleen maar–

Ik zou moeten huilen, zijn hemdsmouw drijfnat maken. Maar ik ben volkomen overrompeld. Ergens wist ik al dat dit de strekking van de brief was, maar die gedachte durfde ik niet toe te laten. De pijn die ik diep in het binnenste van mijn hart had gehouden, weerhield het ervan om mijn gehele borst te vullen. Alsof er die jaren een geluid, gedempt, bij me is gebleven. Een tweede hartslag die zacht achter mijn eigen klopt. Om één leven te kunnen vergeten, moet je minstens één ander leven leiden. De jeugd komt de schok van liefde te boven omdat er nog een ander leven in het verschiet ligt. Alleen de ouderen sterven aan een gebroken hart.

Toen de directeur van het Volkov Museum op bezoek kwam, zegt Skeet, hoorde ik Valentina zeggen dat ze je zou opsporen, alsof ze niet net geluidsbestanden van je had ontvangen. Op die godvergeten voortgangsbesprekingen van het Instituut leek ze te impliceren dat het over en uit was met het woordenboek, en dat jouw verbetenheid er vooral op wees dat je krankjorum was geworden. Toen het schilderij op haar kantoor was gearriveerd en ze jou daarvan niet op de hoogte stelde, begon ik me af te vragen of zij niet juist krankjorum was geworden.

Skeet zegt dat hij razend is. Hij zal Valentina erop aanspreken. Nee, hij zal de politie bellen. Nee. Hij zal geen van beide doen. Hij vertelde me ooit dat hij alles wat hij weet bij elkaar heeft gestolen. Alleen stond hij nooit stil bij de gevolgen. Toch kon hij er niet mee stoppen. Niet het hele leven is accumulatie. Soms kan een enkel moment op een enkele dag een leven bepalen.

Het was hem opgevallen dat Valentina elke ochtend koffie

dronk in de kleine glazen serre met gladde grenen tafels en uitzicht op de boomtoppen. Daar dronk ze kleine slokjes uit haar beker, met haar notitieboek en mappen op schoot, en las een kwartiertje, de zon op haar schouders. Hij koos een heldere koude ochtend, sloop door de gang, trok zachtjes de deur achter zich dicht. Hij wist dat hij maar een paar minuten had. Zijn hart klopte woest maar hij was uiterst geconcentreerd. Hij plukte de speld tussen zijn tanden vandaan. Die gleed telkens weg uit zijn vochtige vingers terwijl hij ermee in het slot van haar bureaula morrelde. Na een ondraaglijke minuut van verwoede precieze bewegingen, ging de la open. Hij haalde de brieven eruit en stopte ze in zijn tas die eveneens een harde schijf bevatte van elk bestand uit het woordenboek dat hij uit het geluidslab had gepikt. De documenten en het schilderij lagen niet op de plek van de laatste keer dat hij in Valentina's kantoor was. Hij raakte in paniek. Zijn ogen schoten door de kamer, schoon en netjes. Hij opende de archiefkast. Hij hoorde voetstappen bij de deur; hij hield zijn adem in. In gedachten zag hij het beeld van zijn moeder die haar teennagels lakte op de metalen treden van de brandtrap, uit het glazen flesje, het eerste voorwerp dat hij voor haar had gejat. Het was een dubbel gevoel: hij had haar blij gemaakt maar had ook een vergrijp gepleegd. Hij was toen een jaar of zes, zeven. Ze zag dat hij naar haar stond te kijken. Waarom zo somber, joh? Niets aan de, ze zweeg even. Hand. De stappen liepen verder door de gang en hij liet geluidloos lucht ontsnappen. Hij vond de map met daarin verbleekte verslagen uit een Parijs ziekenhuis, uit Spanje. Er was een verslag van een interneringskamp, een lichtblauw telegram, adoptiepapieren, een brief van een kunsttaxateur. Hij pakte de hele map en stopte die in zijn tas. Zijn oog viel op de rand van een dikke grijze envelop. Hij trok hem voorzichtig onder de stapel uit en liet hem onder zijn shirt glijden. De scherpe punten prikten in zijn borst terwijl hij de deur uitliep en die achter zich dichttrok. Hij ging met zijn hand over de koele muur, misschien om zijn evenwicht te bewaren, of om zichzelf eraan te herinneren waar hij was, of beide. Hij beende met lange passen door de hal, zijn schoenen geluidloos. Hij nam de trap en hield zijn plastic veiligheidspasje onder de dunne rode streep van de scanner. Schiet op, dacht hij. Nee, blijf rustig.

Er gebeurde niks. En dan eindelijk een pieptoon. Het tourniquet zwaaide open en hij liep door de deuren. De zon flitste over zijn gezicht, zijn rug naar het gebouw. Na al die jaren die hij daar had doorgebracht, alle uren met Ivory in het geluidslab, wist hij dat hij het gebouw nooit meer terug zou zien. Hij draaide zich niet om.

Wil je wat water, Frame?

Nee, bedankt, Skeet. Er staat nog wat sherry op de keukenplank.

Ik haal het wel. Hij staat op, zijn benen voeren hem naar het huis.

Ik zit ineengedoken in deze grot, klein diertje dat ik ben. Ik heb nooit over de toekomst nagedacht, wat er zou gebeuren als de baby eenmaal was geboren. Lev was onbereikbaar. Er kwam geen post. Geen bericht, goed noch slecht. Hij wist niets over mij. Hij was dood in de ogen van iedereen.

Skeet is terug in wat een oogwenk lijkt. De jeugd. Zijn typische dreunende pas, de zon stroomt de grot binnen als hij met de fles en glazen aankomt. Hij schenkt de sherry in een goedkoop drinkglas dat hij aan mij geeft. Hij zet de fles op mijn bureau. Hij aarzelt – het is nog ochtend, of misschien omdat het een vrouwendrankje is – maar schenkt dan ook een glas voor zichzelf in.

We zitten samen, verbonden in ijle stilte.

Hoe, vraag ik ten slotte, is ze om het leven gekomen, Skeet?

Hij zet zich schrap en gaat rechterop zitten. Er stond– Hij kiest het woord zorgvuldig en laat alle andere wegvallen. Brand.

Maar Frame, ook zij had– Hij schuift zo snel over de rand van het bureau dat hij sherry morst.

Jeanne had een dochter, formuleert hij zorgvuldig. Lou. Hij zwijgt.

En dan, omdat hij vindt dat er nog iets bij moet: Ze woont in New York.

Loup? vraag ik ongelovig.

Lou. Zonder p.

Het verleden glijdt weg onder mijn voeten. Onbetrouwbare grond. Ik heb geen idee waar ik onderdak moet zoeken. Alles opgebouwd rondom liefde is kapot, een kind dat stierf. Dit bericht slaat een bres in mijn voortploegende ritme. Zoals componisten die op twee derde een scherzo invoegen in een muziekstuk. Een grapje. Maar hier uit het zich als iets donkers en zwaars, woest bijna.

Het gebrul van een motor die de toegangsweg op scheurt. Ik voel alleen maar pijn en uitputting. De fysieke ellende steekt de kop op, zoals ze altijd doet. Aan de afgemeten drift van Skeets bewegingen kan ik zien dat hij denkt dat het met het Instituut te maken heeft.

Boven ons horen we het knerpen van grind. Skeet en ik zitten dicht bij elkaar in pikzwarte stilte. Hij vouwt zijn handen achter zijn schedel, zijn lange lijf tegen de afgeronde wanden. Met zijn esoterische wijsheid en opmerkelijke stamboom zou hij de perfecte crimineel zijn, bedenk ik. Hij heeft me een keer verteld dat hij als kleine jongen zijn moeder in een slijterij een fles uit de schappen had zien pakken en onder haar jas zien stoppen. Ze beweerde dat het niet als stelen telde als je geen geld had. Hij zei dat hij op dat moment besefte dat je op latere leeftijd geen dief meer wordt. Het gaat je alleen makkelijk af als je het al van jongs af aan hebt gedaan. Hij heeft beurzen gewonnen, maar die waren niet genoeg om van te leven. Bij onze eerste ontmoeting had hij me verteld dat hij zo arm was als student dat hij zijn bloed voor een donut verkocht. En nu is hij hier bij mij. En ik denk: net als bij dieren is omgaan met iets zwakkers een voorafschaduwing van naderend onheil.

Wetteloosheid vereist een synchrone soepelheid van geest en lichaam. Zoals bij die Frans-Algerijnse schrijfster en haar geliefde die allebei hetzelfde botje in hun voet braken bij hun ontsnapping uit twee verschillende gevangenissen.

De ernst van de situatie dringt tot me door. In mijn leven heb ik verdriet en vreugde gekend, maar dit is van een andere orde.

Ik weet niet wie ik ben, zeg ik.

Dat zeg ik hardop. Alles in mijn hoofd is van zijn plaats. De mens is wat hij doet. Het werk is altijd een wezenlijk deel van mij geweest. Wat geen deel is.

Skeet, zeg ik langzaam, het is meer dat… ik heb al zoveel tegenslagen overwonnen en ik leef nog steeds. Ik wil niet dat mijn leven als een nachtkaars uitgaat.

Zorg dan dat dat niet gebeurt.

Angst vult de ruimte.

Je hebt het nooit over Lev. Over je verleden.

Jij bent misschien de enige die zo tactvol was er niet naar te vragen.

Het is er. Het is er altijd geweest. Het staat in deze tere papieren, zo dun als sigarettenvloei. Papieren met handtekeningen en stempels die enorme afstanden hebben overbrugd. Het is allemaal vastgelegd. Het is geen mysterie. Dingen verdwijnen niet zomaar.

Hij geeft me het dossier, maar ik heb geen behoefte aan deze vergeelde documenten, bleek en klein, bedekt met een elegant handschrift en zilveren drukletters, mooi maar onjuist. Geschreven in talen die ik wel en niet spreek. Hoe kan iets zo keurig en fijntjes de weerslag zijn van een leven dat zo veelomvattend, woest en wild is geweest?

Prénoms: Jeanne Albertine. Sexe: Feminin. Née à l'Hôpital Saint-Vincent-de-Paul, le 10 février 1941. Mère naturelle: Ivory Frame. Père naturel: Inconnu. Parents adoptifs: Gilles et Marie Archimbault du Souillac, France.

Nombre: Ivory Frame. Género: Femenino. Años: Aproximadamente veinte. Cabello: Marrón. Ojos: Marrón. Altura: 170 centímetros. Peso: 43 kilogramos. Nacionalidad: Británica. Observaciones: Rechazó el examen físico. No responde a castigos por parte de las enfermeras. Es incapaz de caminar en línea recta. Es incapaz de subir escaleras. No come. No puede dormir por la noche. Su sentido moral es cuestionable. Solitaria. Delirios: 1. Cree que la institución es 'Un Inframundo'. 2. Asegura que puede comunicarse con animales. Diagnosis: posible psicosis, delirios, reacciones de ansiedad.

Lev Aleksander Volkov. Feind ukrainischer Herkunft. Camp des Milles. Entkommen, April 1940. Nähere Umstände unbekannt. Verhaftet und inhaftiert, August 1941. Ausweispapiere: nicht vorhanden. Einweisung in Drancy 11. Juni 1942. Morgenappell bei Gewitter: Häftling abwesend. Flucht des Häftling bestätigt, 14 Uhr. Nähere Umstände unbekannt.

Toen Lev naar Parijs wist te ontsnappen, bleek er niemand meer te zijn. Het leek of de stad was dichtgespijkerd, leeggestroomd. Hun vlaggen klapperden in de lucht. De straten waren stil en donker, en het stonk er alsof er een epidemie was uitgebroken. Hij wist niet wat er allemaal was gebeurd. Hij wist niet dat Istvan naar het zuiden was gegaan om van daaruit zijn werk te doen. Dat Tacita er niet meer was. Dat ik er niet meer was. Dat ik op weg naar de kust was ingestort. Dat me medicijnen waren toegediend, ingespoten in mijn ruggengraat, die zo'n paniek veroorzaakten dat de artsen dachten dat ze me met schokken weer beter konden maken.

In het ziekenhuis was ik door de hel gegaan. Zo voelde het tenminste. Ik werd gevoed via een slangetje in mijn arm. De deur in mijn kamer heeft tralies. Ik voel me als een gekooid wild dier. Ik weet niet meer waar ik ben of waarom ik hier ben. Op mijn bed ligt een matras dat ternauwernood de lattenbodem bedekt, als het skelet van een walvis. Verpleegsters met gesteven kraagjes met hun rammelende sleutels en gekleurde pillen, dunne lippen die me vertellen dat ik hier ben om tot rust te komen, hun stemmen spreken in angstaanjagend tempo, ze kijken me nooit aan, ze hebben alleen oog voor mijn status die aan het voeteneinde hangt. Gereduceerd tot een witte rechthoek. Ik krijg één groezelig laken en een potlood. Daar klinkt het zachte plofje van de gaslamp die wordt aangedaan. Het melkachtige licht. Van de zwart-witte ruitvormige tegels stijgt de lucht op van bloed, urine en ammoniak. Lange lege dagen gevuld met de paniek van ergens zijn waar niemand anders is.

's Nachts woel ik me vast in mijn laken. Ik onderwerp de details van mijn gevangenschap aan een onderzoek: de goedkope gelakte kledingkast, de spullen die ze me na een tijdje weer terug hebben gegeven: een potje gezichtscrème, centimes, een spiegeltje. Ik houd ze voorzichtig vast. In mijn handen zinderen ze van betekenis. Ik rangschik ze alsof ze misschien de oplossing bevatten voor hoe ik hier weg kom, maar elke ochtend als ik wakker word liggen ze er doods bij. Ze hebben hun betekenis verloren. Op een dag hoor ik achter een raam in de gang het klepperen van paardenhoeven op de klinkers, gevolgd door het lage koeren van een duif bij de groezelige ruit. Sprankjes geluid die me wanhopig doen verlangen naar de buitenwereld. Ik merk dat mijn gedachten naar Levs gezicht zoeken en dan word ik overvallen door zo'n scherpe pijn dat ik de herinnering aan hem uitwis. Ik ben geestelijk niet in orde. Ik ben nog lang niet beter. Er is een arts die zijn hulp aanbiedt, die af en toe zijn sigaret in mijn mond stopt, maar als hij zijn hand over mijn dij laat glijden, begrijp ik wat voor soort hulp.

Uiteindelijk geven ze me boeken, maar die interesseren me niet, geen zin om te lezen. De hoofdverpleegster wordt vaak gevolgd door een zwarte hond. Middelgroot, zachtaardig, met een stugge vacht en grote natte ogen. Ik wil wanhopig graag zijn innerlijke kracht kennen. Ik hoor de pulserende aanwezigheid van dieren, maar ik heb er geen behoefte aan op de normale manier met ze te communiceren. Spaanse woorden ketsen als kogels van de muren af, ze hebben geen vertaling nodig. Mijn lichaam is voortdurend gloeiendheet. Ik veeg mijn lijf droog met het nachthemd dat ik dag in dag uit, nacht in nacht uit aanheb, en dat me veel te groot is. Er is geen maandelijkse bloeding meer omdat ik vrouw noch mens ben, louter ogen, huid en organen. Maar als ik in de kamer zonder ramen lig te slapen, ben ik in mijn lichaam. Ik droom dat ik zwanger ben. Als ik wakker word is er geen dikke buik meer, geen baby. Alleen mijn dwaze ik. Ik zink weg in een diepe paniek. Liggend op mijn smalle matras word ik het kind. Ik strek mijn armen of wiebel met mijn vingers, en dan heb ik even het gevoel dat ik de baby ben. De baby die beroofd is van zijn jeugd, nooit het verdriet of de magie ervan zal ervaren. Ik vraag me af of doodgaan moeilijker is dan dood zijn. Ik kan niet goed lopen. Mijn geest probeert zich wanhopig te verenigen met mijn lichaam, maar alles zit muurvast.

Na een aantal stille weken merk ik dat er iets van mijn oude ik terugkeert, mijn zintuigen worden weer alert. Er fladdert een mot mijn kamer in, zijn klapperende vleugels vangen het licht van het kale peertje en blinken helder en gelinieerd als papier. Er is een sprankje hoop. De vleugels zeggen: tragedie zal worden verbrand, niets zal meer doodgaan.

Ik ontdek dat ik me niet op een mysterieuze plek bevind. Het is een gekkenhuis. Ik teken vluchtroutes en op een dag ontsnap ik ook, op wonderbaarlijke wijze. Mijn ouders willen me zo ver mogelijk uit de buurt hebben om zich grotere schande te besparen. Het maakt een einde aan de gissingen over hoe ik hier ben beland. Het is niet het gesticht waar ze bezwaar tegen hebben. Het zijn de andere dingen die ik heb gedaan. Ze sturen hun huishoudster om me naar een andere kliniek te brengen. We rijden over de snelweg naast een vrachtwagen volgeladen met schapen. Hun geblaat is oorverdovend. Maar mijn geest voelt helder en scherp in de buitenlucht, opgebeurd door het idee dat ik de vuile, smerige wereld van het gekkenhuis achter me kan laten. Het gevoel dat ik op weg ben naar een nauwomschreven, precies bestaan. In de stad stoppen we om te eten in een restaurant. De huishoudster houdt me zenuwachtig in de gaten. Ik besef dat ze aarzelt om me een mes te geven, wat ik ineens zo onvoorstelbaar grappig vind dat ik een schaterlach moet onderdrukken. Ik excuseer mezelf, loop naar de toiletten en ben blij dat ik de juiste inschatting heb gemaakt. Ik kruip door het raam en weet uiteindelijk de haven te bereiken. Daar wacht ik eindeloos op passage.

Maanden later, op straat in Lissabon, zie ik in de verte een figuur. Een man loopt op me af. De man is Lev.

TREURDUIF

Snelle vlucht, kaarsrechte baan.
Vleugels maken scherp fluitend geluid.
Een van de meest bejaagde diersoorten.

We hebben allebei een ticket in onze jaszak. Mijn schip, zijn vliegtuig. We weten niet hoe we elkaar moeten begroeten. Niets is zoals ik me had voorgesteld. Ik ben tengerder, wilder. Hij is gehard. We zijn gevallen. Maar wanneer we elkaar naderen, is alles hetzelfde. Hongerende harten, aan de grond genageld, alles goud. Hij pakt mijn hand en kust mijn vingertoppen. Een mokerslag van warmte in mijn binnenste. Ik ben zo verdoofd geweest, het maakt me bewust van hoe erg mijn lichaam heeft geleden, afgescheiden van hem. Zijn opmerkelijke manier van bewegen, alles komt weer boven. Zijn betoverende ogen, hun felle vlugge glinstering. Hoe ze dwars door je heen boren. Ik word onmiddellijk teruggebracht naar de foltering van hem. De aanraking van hem is alles. Het snijdt mijn verleden van me af. Het is zinloos om te proberen mijn gevoelens op een rijtje te zetten, ze glijden van het oppervlak van mijn geest af. Dit moment zal zich nooit langzaam genoeg voltrekken. Zijn aanwezigheid is zo scherp dat ik hem in mijn tanden voel. Zijn koele huid. Hij ruikt naar het bos. Deze geschiedenis van huid. Elk orgaan dat zich langzaam verbindt. Een lijst met verlangens. Het naar elkaar toe trekken en dan de klik, de eerlijkheid van schaamteloos grof verlangen. Mijn gehoorzaamheid eraan.

Schouder, mond, pols, hals. Hoe snel hij me verandert. Mijn geest vat vlam. Wanneer iemand wordt gedood. Wanneer een baby sterft. Wanneer iemand terugkeert uit de dood. Wanneer de dood is verweven met elk voorwerp. Het lijkt belachelijk om alles op te geven, hoe onvolmaakt ook. Om niet simpelweg één te zijn met het wonder van het lichaam – dat is sterker dan iedereen denkt. Hij streelt mijn gezicht, mijn haar, dat door de wind warrig en verknoopt is, alsof ik op zee ben. Ik vraag me af of hij ziet dat ik mijn jeugd heb verloren. Hij zou het nooit hardop zeggen, maar het is de waarheid. Door alle doden. Alle verdwenen mensen. Al dat gewicht dat me overviel, de last om te dragen. En nu staat hij hier, in volle glorie. Levend en wel. Het is opmerkelijk dat we allebei besloten lijken te hebben om te blijven leven. Wij omhelzen elkaar te midden van het geluid van schakelende voertuigen, schoenen op straatklinkers, stemmen in allerlei talen. Hij kust me, ernstig, sensueel. Een ademhaling lang staat alles stil. Mijn hartslag verdiept zich. Dat vertrouwde gevoel tegelijkertijd uitgehold te zijn en compleet gevuld, al weet ik nooit goed waarmee. Mijn geest vol van talloze dingen die ik niet onder woorden kan brengen. Hij zegt dat hij bang was dat hij me nooit meer zou vinden. Ik zeg dat ik dacht dat hij dood was. Hij was in Parijs naar me op zoek gegaan, maar ik was vertrokken. Zonder iets mee te nemen. Hij had dat aanvankelijk niet als verklaring willen accepteren. Het valt me op dat hij nieuwe kleren heeft, maar dat is niet wat het verschil is. Ik merk dat er iets anders is veranderd. Hij heeft een andere houding. Zijn wereld gevangen. Zijn bewegingen niet vertrouwd meer. De veerkracht verdwenen. Maar dan begrijp ik dat hij niet degene is die is veranderd maar ikzelf. Dat hij altijd de kennis heeft gehad dat het leven vluchtig is. Dat we het maar kortstondig begrijpen. Dat is wat hem onaantastbaar maakt en merkwaardig genoeg ook bezielder.

Ik ben verloofd.

Zijn stem als de kern van een vlam.

Mijn hart versplintert.

Ik zie het donkere begin zich ontrollen. Ik probeer te bedenken wanneer ik hem voor het laatst heb aangekeken. De tijd is zo anders, denk ik, als we pijn hebben, als we lijden.

Een Amerikaanse, zegt hij. Ze neemt me mee naar New York.

Mijn lichaam wordt zo koud dat het aanvoelt als branden.

Ze heeft me met mijn papieren geholpen.

Mijn handen trillen. Een snijdende pijn alsof iemand mijn aderen inkerft.

Ze is rijk.

Mijn ogen scheuren het trottoir onder zijn voeten aan repen. Ik probeer te begrijpen wat hij zegt, terwijl ik hem nog aan het bestuderen ben, nog steeds bij hem ben, bij het beeld in mijn hoofd van hem. Verbijsterd dat hij zomaar kan aankondigen dat hij weggaat, alsof hij een doodgewone man is met een doodgewone verloofde.

Hij houdt zich in, gepijnigd. Ivory. Zijn ogen zoeken mijn ogen. Ze bevatten alles wat we niet kunnen veranderen. Hij zegt: De enige van wie ik ooit heb gehouden ben jij.

En ik denk: dat is een leugen die de waarheid vertelt.

De enige manier waarop ik mijn gevoel kan uiten is hem mijn lichaam aanbieden. Vanaf mijn kruin naar beneden een verzengende pijn. Hij weet wat ik denk. Er is te veel tussen ons gebeurd. Te veel dingen, en waar zou je moeten beginnen? Maar we zijn gedwongen door te gaan, want zo gaat het nu eenmaal.

Ik kan mijn toon niet meer vinden. Ik ben weg. Alles in mij dat jij was, is weg. Lev. Zie je dat dan niet? Maar dat is niet wat ik zeg. In plaats daarvan lopen we samen naar mijn pensionkamer als een dier dat zijn eigen valstrik meesleept. Het is licht in de kamer, met de laatste zonnestralen. De boom voor het raam, met zijn mooie praktische bladeren als een uit het hoofd geleerd gedicht. We hebben beiden zoveel te zeggen, maar we zijn ons er ook scherp van bewust dat woorden vaak niets zeggen. Ze missen hun doel. Ze dwingen je om op te geven. Misschien dat we daarom dezelfde twintig woorden gebruiken voor alles. En de waarheid is dat je je hele leven kunt zoeken en nooit een zin zult vinden die ook maar enigszins toepasselijk is voor dit moment. Ik weet dat Lev zich niet zo voelt. Hij zegt dat woorden zo nauwkeurig als een pijl kunnen zijn.

Hij zegt dat hij zo lang niet heeft geschilderd dat het als een verwonding voelt.

Ik heb al mijn schildersbenodigdheden weggegeven, zeg ik. Alles.

Het is mogelijk om opnieuw te beginnen.

Zijn woorden zijn nadrukkelijk, bestendig. Hij heeft gelijk. Dit idee van op weg zijn ergens naartoe zit in mij als een afzonderlijk persoon. Dat weet ik, zeg ik. Ik wil hem het liefst alles vertellen, maar daar is geen vertaling voor. En wat levert het op als we wél alles konden zeggen wat er te zeggen valt?

Ivory. Waar zit je? Je lijkt. Elders.

We zwijgen.

Dat heb ik van jou geleerd.

Niets kan me weghouden bij jou.

Jij, degene die nog nooit iemand nodig heeft gehad.

Hij wordt overstemd door een ruzie beneden op straat. Geschreeuw, het verpletteren van metaal. Alles lijkt niet echt maar ook niet onecht. Ik word er weer aan herinnerd dat hij zich niet laat leiden door de algemene opvatting van liefde of fatsoen. Hij brengt schoonheid in de kamer, zoals hij altijd heeft gedaan. Alleen al daarom hou ik van hem.

Zijn handen op mijn ribben. Onmogelijk om te stoppen. Ik verstop mijn hele lichaam onder het zijne. Onze handen, onze voeten. Lichamen die op bot worden gegraveerd. Zijn lichaam is zo dicht bij het mijne dat ik hem bijna kan vergeten. Ik ben gewend om snel stil te worden met hem. Er hoeft nu niets voor mij te veranderen, hij is de kwelling waard. In dit ene moment verdwijnt alles. We liggen in elkaars armen.

Lev. Je moet weten, zeg ik met bevend hart als we net mijn kamer binnen zijn, dat ik je nooit meer kan zien. Beloof me dat.

Mijn blik gaat naar de scheuren in de muur. Zijn hoofd op mijn dij. Vreemd dat de zon schijnt en er treurduiven zingen. Hun lied horen, zilverig en noodzakelijk. De lichtbron hoog boven deze kamer. De zon over zijn rug. Hij weet hoe hij moet liefhebben. Hij heeft er talent voor. Er is een vrouw aan de andere kant van de stad die op hem wacht, over deze blauwe afstand, in een luxe hotelkamer. Er zit geen orde in. Het is onmogelijk om met huid en haar lief te hebben en niet je identiteit te verliezen. Ik ben één keer te gronde gericht. Dat overkomt me niet nog eens.

Hij kijkt me aan. Ik trek mijn kousen aan en ga op de rand van het bed zitten, buig me voorover en raak zijn littekens aan. Nieuwe. Twee op zijn schouders. Glanzend, onkenbaar. Ik loop naar het raam, met mijn hand boven mijn ogen, zijn blik op de contouren van mijn lichaam door de dunne jurk.

Ik zal het goedmaken, zegt hij. Laat me dat doen.

Je snapt het niet, zeg ik. Hij weet hoe hij iets moet maken, denk ik, maar hoe kan iemand zoiets repareren?

Wat snap ik niet?

Hij kijkt me aan, zijn ogen vol emotie. Hij weet alles. Hij weet niets.

Ik ben ingestort. Ik ben nog maar net terug in het leven. Ik heb mijn hart opengesteld. Jij kreeg alle stukjes. Wat er is gebeurd, verbindt ons aan iets heel ver weg, een plaats waar we nu geen van beiden zijn.

Ik wil alleen maar zeggen dat ik een ander ben. Wat ik niet zeg, is dat ik niet goed weet wie ik nu ben.

Hij staat op en loopt naar me toe. Ik leg mijn gezicht tegen zijn borst. Hij praat tegen me maar ik geef geen antwoord, schud alleen mijn hoofd.

Beneden zwelt het geluid aan. Er is elektrische verlichting, eten, winkels. Mensen op feestjes. Prostituees in de haven en in steegjes waar de mist binnenkomt als het donker wordt. Smerige mannen. Louche agenten. Aristocraten die gokken in casino's. Steeds minder geld in cafés en restaurants door al het wachten. Vrouwen met magere armen, uitgehold van de honger, heupbotten als bijlbladen. Smeergeld om passage te bemachtigen op een van de volle smerige schepen. Het ene visum verloopt terwijl je wacht op een ander. Er zijn bijna geen kamers meer te krijgen.

Is ze een kunstenares? vraag ik uiteindelijk.

Nee. Ze verzamelt kunst.

Mooi. Goed voor je werk.

Hij neemt mijn gezicht in zijn handen. Dat doet er allemaal niet toe.

Hij kijkt me aan. Onheuglijk. Zeg iets.

Je taxi is er. Hij zegt dat hij tegen de vrouw zal zeggen dat we elkaar hebben gezien. Ik stel me voor dat ze haar hoofd scheef houdt bij het bericht. Ze zullen op gedempte toon met elkaar praten. Ze hebben hun eigen serieuze gesprekken. Die gedachte alleen al slaat een wond. Ik spreek met mezelf af om verdere gedachten aan hem uit te bannen. Angst vermengd met voornemens. We nemen niet eens afscheid. Hij loopt gewoon de deur uit en trekt hem achter zich dicht. Wonderbaarlijk hoe simpel het is. Een enkel precies gebaar. Een deur die sluit. Ik luister naar het geluid van zijn voetstappen op de trap, langzaam wegstervend. Verlaten worden is niet genoeg, denk ik. Je moet voorgoed wegblijven.

Hij zal me vertellen dat de vrouw die wachtte gekrenkt is. Ze voelt zich belachelijk, alsof ze geannuleerd is. Maar ze biedt wel aan om een vliegticket voor me te kopen, wat ik edelmoedig vind, al sla ik haar aanbod af. Nee bedankt, ik ga met de boot. De zeilen hijsen. We zien elkaar aan de overkant. En ik denk: als er één woord is voor Lev, weet ik wat het zou moeten zijn. Het zou doorzetter zijn.

Het licht doet pijn aan mijn ogen. Liefde schept ruimte. Liefde neemt die weg. Hoewel ik getuige ben geweest dat alles verdween, en te snel, voel ik me nog steeds verbonden met hem. Met hem ontdekte ik waartoe mensen in staat zijn. Zonder het te beseffen bracht hij me dichter bij de wereld.

Waarom heb je niet–

Ik schud mijn hoofd.

Maar je had toch kunnen–

Ik zou nooit iets zijn geweest als ik bij hem was gebleven. Snap je dat niet? Wie wil er alleen een hulpje zijn? Maar dat zeg ik niet. Het klinkt kil terwijl in feite het tegendeel waar is. Hij heeft alles overschaduwd. Ik gaf mezelf aan hem over en hij nam bezit van mij. Ik vond het bijna onmogelijk om iets te doen in zijn aanwezigheid. Ik bedenk nu pas wat hij me gaf door niet te zeggen dat hij van me hield. Mijn hang naar eenzaamheid. Hij wilde dat mijn diepste wezen onaangetast bleef. Bij hem zijn vergde al mijn denken, mijn liefde, mijn energie, onafgebroken. Alles wat ik had. Het was niet louter ontzag, omdat het me op de een of andere manier ook kracht gaf. Om in zijn kern te kijken en vervolgens in mijn eigen kern. Maar nu denk ik: waarom kern?

En na al die tijd, zeg ik ten slotte, weet ik niet of ik nooit om hem heb gerouwd of dat ik nog steeds om hem rouw.

VLINDER

Asterope, een vlindersoort. Asterope, een asteroïde uit de hoofdgordel. AsteRope, een paar parallelle perifere tuiers die om een asteroïde cirkelen teneinde verbeterde ruimtewandelingen te faciliteren.

Voor de ingang van de grot ziet Skeet de benen van een man uit een auto stappen. Hij straalt een dreigende energie uit, met bruuske, ongeduldige bewegingen, maar als hij voor de deur staat, is zijn klopje zacht en beleefd. Hij roept mijn naam een aantal keer, geeft dan op en probeert de naam van de Amerikaanse. Zijn accent, ik herken het. Is het Amerikaans? fluister ik tegen Skeet. Ik kan hem niet zien.

Nee.

We houden ons allebei stil. Doen niets, roerloos als herten, en na een poosje houdt het kloppen op. We horen het autoportier dichtslaan. De banden piepen over het grind wanneer de auto optrekt.

God, Frame, hoe ben je dat allemaal te boven gekomen? vraagt hij met lage stem.

Ja, hoe doe je dat überhaupt? Je bouwt jezelf opnieuw op. Mijn studie, het leren, dat gaf me zelfvertrouwen. Mijn werk. Ik schuif met mijn achterwerk over de stenen. De dieren werden het deel van mijn hart dat hij nooit heeft gehad. Het deel wat me in staat stelde mezelf te worden. Ik zwijg. En toen trok er iets door me heen.

Maar ook dingen die door je heen trekken, laten hun sporen na, zegt hij.

De stilte wordt verbroken door een gierende windvlaag. Ik kijk op. Bewegen maakt deel uit van luisteren. In het bos gaan geluiden lang mee. Op de meeste plaatsen is er zoveel ander lawaai dat alle geluiden vroegtijdig sterven. Steden zijn necrologieën van geluid, zeg ik. Wist je dat er in het oude Rome al geklaagd werd over stadslawaai?

Skeet staart in de verte.

Ik weet wat je denkt, Skeet. Dat de geluiden die we hier opnemen ook necrologieën zijn.

Hij kijkt door zijn oogharen naar me, alsof hij tegen de zon in kijkt.

Al dit werk, het hele woordenboek van de taal der dieren, is voortgekomen uit een kunstproject dat ik met een vriendin ben begonnen die nu dood is. En inmiddels is het, besef ik, opnieuw haast een kunstproject. Ik denk even na. Dit idee is als een soort ondertoon. Weet je, zeg ik, ik vraag me af of, als je iets wilt aantonen of bewijzen, kunst dan niet de aangewezen route is.

Wat is dat nou voor vraag?

Kunst bevat een levensvonk waar maar weinig andere dingen tegenop kunnen. Het dwingt je om goed naar dingen te kijken, en ik denk dat dat goed kijken naar dingen nooit zonde van je tijd is. Pas als je de leeftijd bereikt die ik nu heb, besef je dat kleine ervaringen dezelfde hoeveelheid grond in beslag nemen, net zo belangrijk zijn als al het andere, even belangrijk als grote successen. Zelfs als liefde.

Lev zei vaak dat kunstenaars de som zijn van hun risico's. Ik had hem een keer een vraag gesteld toen we in het voorjaar onder de kastanjebomen liepen, waarvan de bleke bloesems als derwisjen naar beneden dwarrelden op de stoep. De kleine vrouw die de bloesems met een takkenbezem aan de kant veegde had zo uit een sprookje kunnen komen, als ze niet boos met haar vuist naar de bomen had geschud, verwensingen brullend. *Va-t'en! Dégueulasse!* Toch bleven de bloesems naar beneden dwarrelen.

Een bruiloft in de lucht, merkte Lev op.

Waarom, vroeg ik, hebben we kunst nodig?

Omdat de wereld angstaanjagend is. Hij keek omhoog. En mooi.

En?

En onnoembaar.

Maar al mijn experimenten, de schetsboeken, de schilderijen, de geluidsnotities hebben hiertoe geleid. Ik wilde niet schilderen, of een interpretatie van de natuur maken, het enige wat ik wilde was de natuur vastleggen zodat ze zichzelf kon zijn.

Skeet leunt achterover, met zijn hoofd tegen de wand.

Weet je, ik heb altijd het gevoel gehad dat mijn werk zowel over de dood als over de liefde gaat.

Als je doelt op het Instituut, hoef je je geen zorgen te maken. We kunnen je werk elders onderbrengen. Ik ken activisten die zouden kunnen helpen.

Nee, het is het hele project, Skeet. Zie je het niet? Het is voortgekomen uit de wijsheid van verdriet. Als je het zo kunt noemen.

Hij kijkt op.

Ik heb geleerd dat je niet op de dood moet wachten om te rouwen om iets. Je moet erom rouwen terwijl het nog leeft. Dat probeerde mijn vriendin Tacita me duidelijk te maken, alleen begreep ik pas veel later wat ze bedoelde. De dieren waarvan we de taal opnemen. Ik voel me verbonden met ze. Zij dragen een soort verdwijnende erfenis met zich mee. Vroeger dacht ik dat dat negatief was, maar nu niet meer. Als je dingen bewondert terwijl er nog leven in zit, blijft er slechts de openbaring van het bestaan over.

Ik weet niet of ik sléchts de openbaring van het bestaan zou zeggen. Ik zou de openbaring van het bestaan eerder álles noemen.

Precies. Wat je leert is dat verdriet niet gaat over iets begrijpen. Je ondergaat het slechts.

Skeet draait een van de gladde stenen op de bodem van de grot om in zijn vingers.

Mijn vriendin met wie ik het project begon, werd aangereden door een auto. Het regende. Ze zeiden dat het een ongeluk was. Niemand wist het zeker. Haar man zat in het verzet. In die tijd was een ongeluk niet altijd een ongeluk.

Skeet ziet er zo oplettend uit, alsof hij naar mij luistert met het soort diepte dat alleen toegankelijk is vanuit het instinct.

Ze ging dood, zeg ik. En ik werd oud. Mijn hele generatie, weg. Ineens dringt het tot me door dat er nooit meer iemand zoals wij zal zijn. Maar natuurlijk is niemand zoals iedereen, in welk tijdperk dan ook.

Ik ga verzitten op de koude grond. Soms vraag ik me af of ik door mijn obsessie voor stukjes geluid de waarde van stilte over het hoofd heb gezien. Stilte verraadt de ervaring niet, woorden wel. Er is een componist die een muziekstuk schreef waarin hij drieënvijftig dichtregels van Hölderlin had verwerkt die geluidloos tijdens de uitvoering gezongen moesten worden. Om te bereiken wat de dichter 'de subtiele harmonie van het innerlijk leven' noemt. Hij had zelfs aanwijzingen voor de vertolkers uitgeschreven, eveneens afkomstig van Hölderlin:

Een verborgener wereld / in rijke stilte / geboren uit ether / in het eeuwig zwijgende licht / verschijnend in lucht en licht.

Maar zodra je stilte observeert, zegt hij, verkeer je er niet langer in. Ze verliest haar doel.

Ik denk dat het je een soort spirituele kracht geeft. In staat zijn jezelf abstract te bekijken. Ik vang doorkijkjes op. Van de kindertijd in de natuur, het muzikale oor, het gevoel echt in een schilderij te zitten, de oriëntatie van cellen. In plaats van overweldigd te worden door de details van een individueel leven, kun je je vastklampen aan de patronen, de klanken, de gewaarwordingen van alles. Ik heb genoeg gezien om te weten dat de dood altijd vóór het einde van je verhaal komt.

Frame, jij zegt toch altijd dat je vijfennegentig procent van je tijd besteedt aan het kijken naar slapende dieren? De overige vijf procent zijn ze aan het kauwen, spugen en neuken. En dat je heel geduldig moet wachten als je getuige wilt zijn van de dood?

Maar die komt altijd, als je maar genoeg geduld hebt. Ik bedenk dat mijn hele leven een oefening in wachten is geweest. Eerst met Lev, daarna met het veldonderzoek. Alles voor dat ene perfecte moment dat zich zou aandienen.

Skeet?

Yep, zegt hij zonder lachje.

Rond dezelfde tijd dat ik last kreeg van de duizelingen begon ik ook verbluffende, onbegrijpelijke momenten van welbehagen te ervaren. Dat heb ik nooit aan iemand verteld. Iets ervaren zoals je als kind doet, wanneer er niets tussen jou en het moment staat. Niet 'ik luister hiernaar' of 'ik zie dat', maar werkelijk zien en horen, los van alles. Alsof ik in direct contact sta met de dingen. En op die momenten ervaar ik een gelukzalig gevoel, vol verwondering voor alles.

Skeet werpt me een lastig te duiden blik toe.

God. Denk je dat het betekent dat ik ga sterven?

Nou, je kunt nu nog niet doodgaan, zegt hij, terwijl hij overeind komt en het stof van zijn benen klopt. Dat mag gewoon niet.

Zoveel mensen die het tegen het einde van hun leven zat zijn om het enorm ingewikkelde maar banale menselijke decorum op te houden. Wat Beckett 'The Mess' noemt. Alle geniepige kleine dingetjes die continu doorgaan. Ze hebben er geen zin meer in. Dingen die hun leven zo onleefbaar maken dat ze er feitelijk aan sterven. Het is gewoon–

Wat? vraagt Skeet.

Ik kijk naar de stapel papier met een touwtje erom. Deze ongebonden bundel berichten. Het ziet eruit als een pakket dat wacht op verzending, optimistisch maar met een vreemde intensiteit. Net als Levs schilderij bevat het de belofte van iets anders. Ongeacht onze verschillen, ongeacht de ellende die we hebben doorstaan, hadden we allebei het essentiële geluk gehad dat we dingen konden maken.

Mijn nieuwsgierigheid is gewekt. Alles staat ineens in een ander licht. Jeanne. Lou. Het idee van sterven terwijl de wereld in zo'n staat van beroering is, betekent dat je bang bent dat je misschien een verrassende gebeurtenis zult missen. Dat er misschien geen einde aan het leven komt.

Het woordenboek… daar kun jij mee doorgaan, zeg ik tegen Skeet. Neem een willekeurig deel en maak het af. Concentreer je op de volgende stap en ga ermee aan de slag. Misschien heb je nieuw materiaal nodig, nieuwe technieken. Het kost veel kracht om je niet neer te leggen bij afwijzing, maar je moet het zonder hen doen. Je moet alles weghalen bij het Instituut, zeg ik, met een knipoog naar zijn andere talent.

Skeet denkt aan Lou. Hij wil degene zijn die haar naar Ivory brengt. Hij spoorde haar op via de contactgegevens van het museum en stuurde haar een bericht, en er kwam een bericht terug. Timide. Hij voelde dat het ondoenlijk was om te weten waar te beginnen, wat te zeggen, dus stuurde hij haar de krakerige opnames van de man die zei dat hij de zon kon horen zoemen, de wijsjes die hij tegen Ivory neuriede toen ze elkaar pas kenden. Ze stuurt een afbeelding terug van sterrenvelden, maanstof geschreven in uitwaaierende lichtstralen, die ze *99 andere namen voor God* noemt. Het voelt als iets dat zachtjes krabt aan het onzichtbare. Haar brief ruikt vaag naar hars. Hij voelt het gewicht van zijn lichaam en moet gaan zitten. Haar reactie is bijna een erotische ervaring.

De lichtbanen op de kiezelgrond worden langer.

Skeet drinkt zijn glas leeg en veegt zijn mond af met zijn mouw.

Je moet naar Lou gaan, zeg ik tegen hem. Dit schilderij is nu voor haar. Je moet het haar geven.

Ik heb haar al geschreven, deelt hij me voorzichtig mee.

Mooi, zeg ik en ik bezie hem met een onverwachte, abrupte verwondering. Zijn opmerkelijke eerlijkheid en aandacht voor alles wat op zijn weg komt. Zijn ruime denkbeelden en brede nieuwsgierigheid. Koel en afstandelijk, dat ook. Maar ik merk dat ik iets kan losmaken in hem. Dat hij iets in mij kan losmaken. Hij heeft zich ook overgegeven aan de wetenschap. Maar de wetenschap is iets vreemds. Je kunt er stilte vinden. Compromisloos. Ik bleef alleen zodat niemand zou weten wie ik was. Ik vraag me nu af of ik daar te ver in ben doorgeschoten.

Maar ze komt je bezoeken.

Ik weet niet of er nog tijd is, zeg ik.

Hij sluit zijn ogen en doet ze weer open.

Verwerk de geluiden kalm, zoals in een droom. Ik voel een klemmende pijn in mijn borst. Horen is het krachtigst. Ik slik en fluister dan: Laat ze niet verdwijnen.

Onze blikken kruisen elkaar. Zijn ogen vol emotie.

Skeet, alsjeblieft. Niet doen. Ik ben iemand die een lange studie van uitsterven heeft gemaakt. Denk maar niet dat ik daar niets van heb opgestoken.

Ik zeg dat hij me moet volgen.

We blijven staan als we knerpende banden op het grind horen.

Hij ziet mijn schrikreactie. Alles wat ik weet. Alles wat hij nog steeds voor me achterhoudt. De blik van Skeet, die er roerloos bij staat, zegt dat hij opgelucht is. Ik weet wat hij denkt. Hij denkt dat paniek betekent dat er nog steeds iets te verliezen valt. Misschien is dat de angst om dood te gaan, zeg ik tegen Skeet.

Het simpele idee het enige te verliezen dat je ooit echt hebt bezeten.

We begrijpen de dingen pas als we ze voorgoed kwijt zijn, zegt hij met een stem waarin grote tederheid doorklinkt.

Niets waar we van houden gaat ooit echt verloren.

Gedempte stemmen weerkaatsen tegen de wanden van de grot. Het zijn er minstens twee.

De activisten, hoopt Skeet, met hun weldadige energie. Hij heeft ze het complete woordenboek gegeven. En Lou, die hem vertelt hoe de relatie tussen een object en zijn schaduw veranderd kan worden. Dat de schaal van het werk bepaalt dat het eerst door het lichaam wordt ervaren voordat het door de geest wordt opgenomen. Dat heen en weer schieten tussen aanwezigheid en afwezigheid. Ze zegt dat ze alles leuk vindt wat rondgaat, vooral de tijd. Ze heeft een verleden gekregen. De onmetelijke ruimte van de verstrijkende tijd die door een tot dan toe gesloten venster gaat. Hij wil haar naar Ivory brengen, maar hij weet ook van vervreemding en uitnodiging en wat er gebeurt als de ontmoeting overhaast tot stand komt. Hij kan de goedkope sherry proeven, zoet, met een zweem van verrotting, achter in zijn keel. Hij voelt zich een beetje aangeschoten. Hij begrijpt dat er te veel verleden is om met een enkele ontmoeting af te kunnen doen.

Stemmen banen zich een weg de trap af, stokken halverwege. Opkomende paniek tussen ons.

Als er één woord is dat alle dieren denken, dan is dat: vluchten.

Mijn lichaam verstijft maar mijn geheugen is bevrijd. Een schok. En een herinnering dat een ander verhaal altijd mogelijk is. Het lijkt op midden in een heerlijke droom zitten.

Volg mij, Skeet. Skeet, het enige kind dat ik ooit heb gekend. Een gedachte die me overspoelt, als bloed dat terugstroomt naar de vingers. En daarna zal ik meteen gaan slapen, beloof ik hem. We lopen langzaam, behoedzaam, volgen de contouren van de grot door een smalle gang die steeds breder wordt totdat de lucht boven ons zichtbaar is, alsof we door een droge rivierbedding lopen, woest en kronkelend. En het voortdurende flonkeren van licht, de grotwanden die hemelwaarts oprijzen, donkerder worden. Niet het soort donker dat licht geeft, maar eerder alsof we door een eindeloze schaduw lopen. Maar in plaats van angst te voelen word ik overweldigd door een verlangen naar meer. Dat ik zelfs op dit moment nog meer wil. Dat er meer is dan wat langzaam afneemt en dan in één keer verdwenen is. Dat er meer is dan wat er daadwerkelijk wordt geleefd.

En op dat moment is er in de lucht het ijlste geluid hoorbaar. Een geluid zo uniek dat al het andere leeg en verlaten lijkt. Alarmerend. Het weergalmt als de laatste lettergreep van een laatste woord. Fladderen. Alle fladderende vleugels. Ze gutsen uit de spleten, ontrollen zich als zwarte linten. Wolken en wolken vlinders met kleine zwarte vleugels, fladderend en glinsterend, zwermend in het licht. Ze blijven maar komen. Ze vormen een bewegend patroon, een lichtgevende schim, een uitwaaierende fragiele schoonheid. Een stormloop naar de vrijheid. Ze vullen de ruimte, scheppen de ruimte. Stralend en moedig als een mooi geheim vliegen ze uit.

DANKWOORD

Mijn dank gaat uit naar de Toronto Arts Council, Ontario Arts Council, Canada Council, The Banff Centre for the Arts, naar Alana Wilcox van Coach House Books voor de Writer's Reserve Grant – wat me tijd en ruimte gaf om aan dit boek te werken. Hartelijk dank, Dave en Claire Cameron, voor jullie pareltje in het bos.

Ik wil mijn agent, Jane Finigan, bedanken voor haar heroische steun en waardevolle adviezen. Mijn redacteur, Nick Garrison bij Penguin Random House, wiens onmetelijke inzichten dit tot een veel beter boek hebben gemaakt. Ik ben je ten minste een goede fles whisky verschuldigd. En verder Philip Gwyn Jones van Scribe in Engeland, voor zijn wijsheid en vertrouwen.

Dank aan Ani Castillo, Julie Gagné, Deborah Kirshner, Lisa Markon, Rahul Parekh, Lizabeth Ronk, Martin Spreer, Kevin Temple en Camille Watts. Verder dank ik Alisha Piercy, Natalie Matutchovsky, en Leonora Carrington, die ons ontving in haar huis in Mexico-Stad waarin een boom groeide, en die ons twee magische middagen bezorgde. En wier verbazingwekkende geest en rebelse leven een inspiratiebron zijn geweest voor dit verhaal.

Ik ben Suzanne Sopinka innig dankbaar voor haar levenslange liefde en steun, en als lichtend levensvoorbeeld. Verder dank ik Nick Sopinka, standvastig en oprecht, mijn eerste lezer en de persoon die ik verantwoordelijk houd voor mijn probleem met boeken. Metro Sopinka, op wiens memoires een deel van dit boek is gebaseerd. Zoe McCready, Amy Sopinka en Steve

Sopinka – het mooiste gesternte. Mijn dank gaat uit naar Claudia Dey, voor haar mentale bijstand en zusterschap, die van wezenlijk belang zijn geweest voor het schrijven van dit boek.

Dank je: Kes Lake, Soren Penn en Winter Violet, die tijdens verschillende fases van dit boek ter wereld kwamen en dankzij wie ik elk moment koester van dit unieke, woeste leven. En dank aan alle inspirerende vrouwen, onder wie Jill Connell, Kerri MacLellan en Gabrielle MacLellan, die zo goed voor hen zorgden terwijl ik aan het schrijven was. Tot slot, bedankt Jason Logan, voor je opmerkelijke oog, hersenen en hart, en aan wie dit boek is opgedragen.